印度神话

李娟 ◎ 主编

中国华侨出版社
北京

图书在版编目（CIP）数据

印度神话 / 李娟主编 .—北京：中国华侨出版社，2017.12
（世界经典神话丛书）
ISBN 978-7-5113-7081-5

Ⅰ . ①印… Ⅱ . ①李… Ⅲ . ①神话—作品集—印度 Ⅳ . ① I351.73

中国版本图书馆 CIP 数据核字（2017）第 256288 号

印度神话

主　　编 / 李　娟
责任编辑 / 高文喆　赵秀村
责任校对 / 王京燕
经　　销 / 新华书店
开　　本 / 787 毫米 ×1092 毫米　1/16　印张 /18　字数 /267 千字
印　　刷 / 三河市华润印刷有限公司
版　　次 / 2022 年 2 月第 1 版第 2 次印刷
书　　号 / ISBN 978-7-5113-7081-5
定　　价 / 48.00 元

中国华侨出版社　北京市朝阳区静安里 26 号通成达大厦 3 层　邮编：100028
法律顾问：陈鹰律师事务所
编辑部：（010）64443056　　64443979
发行部：（010）64443051　　传真：（010）64439708
网　址：www.oveaschin.com
E-mail：oveaschin@sina.com

前言

在绚丽多姿的世界文化史中，神话故事是现代文明灿烂发展的起点，对世界各地文学文化的发展和繁荣产生了深刻和久远的影响。它如珍珠一般闪闪发光，在世界文学宝库中成为一朵不可多得的奇葩。神话故事构思奇特，风格多样，其丰富的内容和无穷的艺术魅力展现了该民族的历史与价值观。

本丛书以世界范围内广泛流传和为人关注的八大神话派系展开，包括希腊神话、罗马神话、埃及神话、印度神话、北欧神话、非洲神话、俄罗斯神话和中国神话。

各文化派系的神话故事各有特点。如希腊神话中，无论是人是神，都有善良和感性的一面，同样有欲和恶的一面，和凡人很相似。因为这种相似，让他们在理智和情感之间，在神性与人性之间，在公正与偏私之间，留下了广阔的想象空间。

再如北欧神话。北欧神话中的世界不是永恒的，神不是万能的，像神王奥丁，他也需要以一只眼睛为代价穿过迷雾森林，从而得到大智慧。另外，北欧神话相信当万物消亡时，新的生命将再次形成，世界上的一切都是无限循环的。

……

不同的特点造就了这些神话的多彩多样性。

本丛书立足不同神话的特点，通过搜集整理大量资料，根据中国读者的阅读特点，进行了细致认真地选编和译注，在保证原神话故事民族文化特点的基础上，让阅读更符合国人的习惯，从而加强可读性。

本丛书内容丰富多彩，故事引人入胜，语言精练有趣，人物栩栩如生，是读者了解世界古代文化与文明的窗口。

目录
Contents

第一章 / 创世神话

创世	003
洪水	005
侏儒的故事	007
人狮的故事	010
恩钵梨奢的故事	014
北极星的传说	016
地王的故事	018
布伦杰纳的故事	020
摩达勒萨	022
赫利斯金达和众友仙人	027
地狱的传说	033
美娘	037
杜尔迦女神	040
摩奴诞生	044
迦鲁娑王族的故事	052

第二章 / 罗摩的故事

罗摩出世　　　　　　　　059
罗摩招亲　　　　　　　　060
流放林中　　　　　　　　062
悉多被劫　　　　　　　　064
寻找悉多　　　　　　　　067
猴国结盟　　　　　　　　068
火烧楞伽　　　　　　　　070
远征楞伽　　　　　　　　074
大战楞伽城　　　　　　　076
大战罗婆那　　　　　　　079
恭波加那之死　　　　　　080
罗刹王子之死　　　　　　082
诛杀罗婆那　　　　　　　084
救出悉多　　　　　　　　087
返回故国　　　　　　　　089
悉多被弃　　　　　　　　091
罗摩之子　　　　　　　　093

第三章 / 摩诃婆罗多的故事

两大家族的世系　　　　　099
紫胶宫　　　　　　　　　101
五子流亡　　　　　　　　103
五子建国　　　　　　　　105
黑公主受辱　　　　　　　107
再度流亡　　　　　　　　109

夜叉湖	110
摩差国	112
积极备战	114
大战爆发	117
毗湿摩之死	119
福授王之死	120
激昂之死	121
阿周那复仇	123
德罗纳之死	125
迦尔纳之死	126
难敌之死	127
马祭	129
升天	130

第四章 / 黑天的故事

大地的哀怨	135
那罗陀会见刚沙	136
大神黑天降生	138
沙迦塔苏尔粉身碎骨	140
普塔娜殒命	141
孪生树被毁	142
迁徙沃伦达	143
降服龙王迦梨耶	144
逯奴迦丧生	146
波罗兰钵之死	147
黑天力擎牛增山	149

众牛之主"戈温德"	150
铲除阿利施德	151
诛凯尸	153
阿迦鲁尔的到来	154
阿迦鲁尔神游水府	155
巨弓被毁	156
古巴尔亚比尔毙命	158
刚沙的末日	159
猛军的登基礼	161
妖连发动进攻	162
迦尔雅万之死	164
建多门城	166
抢劫艳光	167
宝光之死	169
波利迦多神树	171
黑天大战因陀罗	173
奢特普尔之战	175
黑天诛杀尼贡婆	178
金刚脐觊觎天王位	180
明光幽会光照女	182
明光尽诛恶魔王	184
明光战败商钵罗	185
波那得志便猖狂	187
霞光梦中觅夫婿	188
波那与无碍之战	191
寻找无碍	192
黑天战湿婆	195

黑天战魔王	197
霞光女与无碍完婚	198
黑天大战伐楼拿	199
吉罗娑神山之行	201
拯救铃耳	202
黑天会见湿婆	203
榜吒罗王自视强大	204
榜吒罗与黑天之战	206
亨娑与丁婆迦	208
黑天剪除亨娑	209

第五章　湿婆大神

商特耶	215
沙蒂	217
雪山神女	222
塞健陀和群主	226
诛众魔	229
湿婆林加	234

第六章　莎维德丽

公主降世	239
公主选婿	240
喜结连理	242
为夫祈福	243
贤女救夫	244

| 揭开秘事 | 246 |
| 喜报频传 | 248 |

第七章 / 那罗与达摩衍蒂

天鹅做媒	251
公主选婿	252
那罗传信	253
天神遭拒	254
终成眷属	255
恶神嫉恨	256
诱落圈套	257
送子避难	258
那罗失国	259
弃妻林莽	260
寻夫遇险	261
历尽艰辛	263
他乡为婢	266
那罗变貌	267
乔装车夫	268
毗摩悬赏	269
传播隐语	271
夫妻团聚	272
那罗复国	273

说明 / 275

第一章 创世神话

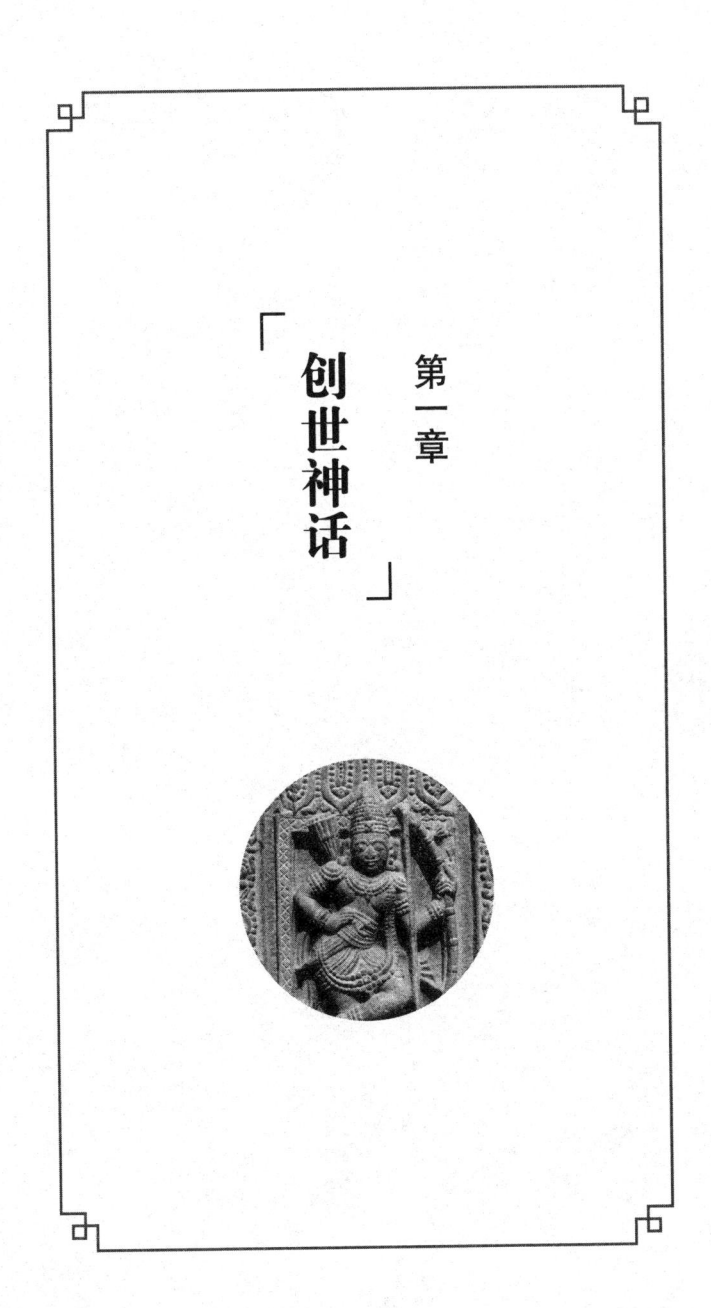

创世

在最开始的时候，整个宇宙一片黑暗，毫无特征，无法被感觉到，也无法被认识，就像是在昏睡一样。一段时间后，宇宙的最高灵魂出现了，他同宇宙一样无法被察觉和认识，却又真切地存在着。他一出现，便用光明驱散黑暗，显露出宇宙的真实面目。接着，他又想运用自己可创造一切的神力去创造世界万物，他为此苦苦思索，制订了周密的计划。

第一步，最高灵魂通过禅思的力量，创造了生命之源——水。第二步，他化身为种子进入水中，种子随即成为一枚金光闪闪的卵。他规定自己是宇宙之主，名叫"梵天"，并自金卵之中出生。第三步，当梵天在金卵中停留一年、预感自己将要出生时，他使金卵裂为两半，将一半变化为天空，另一半变化为大地。第四步，他使天地远远分开，造出中间的空界，又划分出东、南、西、北等八个方位，又创造出海洋，作为水的永久栖息地。最后一步，他又造出宇宙万物，比如说火、风、太阳等，并赋予万物各自的神灵称谓，比如说火之神就是火神，还制定了神灵的行事准则。

万物之神们都出现后，他又创造出一群天神，继而创造出一些能够行动、有气息的生物们。为了使这些有气息的生命能够存活下去，他用《梨俱吠陀》《夜柔吠陀》和《沙摩吠陀》三部祭祀用的经典，进行了祭祀。而这三部经典是从火神、风神、日神那里得到的。他创造出时间、太阳、月亮、繁星、江流、河流、湖泊、大海以及高山和平原。他制定出对错的标准，指明法与非法的界限，用来指引世间众生的行为。为使众生有灵有情，他赋予众生各种感情，比如说酸甜苦乐等。

创造工程太过浩大，梵天便把自己的身体变为两个人，一个是男人，另一个是女人。这对男女结合之后，生了一个叫维拉杰的后代。维拉杰苦苦修行，创造出摩奴，摩奴继承了创造众生的重担，通过苦修创造出十位大仙。大仙们也有创造能力，被称为众生之主，分别叫作摩利支、阿特利、盎吉罗娑、布勒斯底亚、布勒曷、克拉图、波拉切塔斯、极裕、婆力古和那罗陀。他们商量之后，进行了分工，有的创造出众天神、药叉、罗刹、毕舍遮（恶鬼）、乾达婆、天女、阿修罗、龙蛇、大鹏等；有的创造出闪电、雷、云、虹、流星、彗星、奇声异响和种种发光体；有的创造出紧那罗（一种小神灵，人身马头，居于喜马拉雅等山上）、猴、鱼、各种鸟、牛、鹿、人及有上下牙的食肉兽；有的创造出爬虫、甲虫、飞蛾、虱子、苍蝇、臭虫和各种咬人及蜇人的虫子；还有的创造出植物等各类非动物。

可以说，最高灵魂创造了世间万物。当他醒着并活动时，宇宙就随之活动起来；当他躺下安定时，宇宙就也是平静的；而当他沉睡休息时，他就带着万物在宇宙中消失融化。这样一来，无论是活动的万物还是不动的万物，都会随着最高灵魂的沉睡和转醒进行轮回、生死。

天神和人都不能无休止地一直活动，否则很快就会无精打采。梵天造出了太阳，划分昼夜，白昼用来活动劳作，夜晚用来睡觉休息。在时间转化上，人处于最基层的单位：人间一月，相当于祖先的一昼夜；人间一年，相当于天神的一昼夜。在天神的时间上，过去一千年，被称作"争斗时代"；再过去两千年，叫"二分时代"；再过去三千年，叫"三分时代"；再过去四千年，叫"圆满时代"（据印度神话传说，人世要经过四个时代——从圆满时代到争斗时代，一代不如一代，现在人们正处于争斗时代。四时代结束便是一劫，世界毁灭，然后重新创造）。这四个时代的时间全部相加起来，足足轮回一万两千次，也不过是一个天神时代。而宇宙最高灵魂梵天的一日，就是一千个天神时代，他的一昼夜，则是整整两千个天神时代。也就是说，在两千个天神时代终结时，梵天才会由沉睡转为苏醒。梵天醒后，便履行创造之职，先造出一个似实非实、似虚非虚的心，再从心中生出属性为声的空；然后由空生出属性为触的风；接着由风生出属性是色的光，光也就是火。下一步由火生出属性为味的水；最后由水生出属性为香（气味）的地。至此，梵天造出了空、风、火、水、地五大元素，这些元素又相促相生，衍生出世间万物。

对于人间来说，每七十一个天神时代为一个摩奴时期（据说，至今已出过七个摩奴。本卷选了其中两个摩奴的故事）。在每一个摩奴时期，都会出现一个苦修、救世的摩奴，救世间万物于灾难中。一旦梵天沉睡、转醒，世界就随之毁灭、重造，宇宙也就进行了一次又一次的轮回。

洪水

太阳神毗婆薮本就法力高强，而他的儿子摩奴，更是法力无穷，青出于蓝而胜于蓝。从外表上看，摩奴周身有光华笼罩，耀眼无比，和创造世界的大梵天颇有相似之处。而他那高深莫测的法力，不仅来自自己高贵的血统，更多的是源自他日复一日、坚忍不拔的苦修行动。枣树河常年波涛汹涌，摩奴却选择在河边进行苦修，他将自己的身体扭曲成一个怪异的姿势：一条胳膊向天空高举，一只脚坚实踩在地面上，脸也朝向下方，眼睛还一直睁着，不眨动。他以这种艰难的姿势进行苦修，以磨炼自己的意志力，坚持十年也没有放弃。

当那奇妙的一天来临时，摩奴仍在毗梨尼河岸苦修，只见他过长的头发不得不盘在头上，汗水从身上流下，打湿了他破烂的衣衫。忽然，河岸边出现一条小鱼，真挚地向摩奴求助："尊者啊！我是一条柔弱无力的小鱼，河里的大鱼们残暴无比，已经吃掉很多无力保护自己的小鱼了，仿佛对小鱼来说，被大鱼一口吃掉就是我们的宿命。这法则依靠我自己很难改变，因此我来向您求助，将我带离这危机四伏的河水吧，让我得以安全、自由地生存下去。只要您能够拯救我的生命，将来我一定会报答您的。"

摩奴生而为神，有着慈悲的心肠，而小鱼的境地的确也很凄惨，令摩奴很是不忍。他带着满腔的同情，弯下腰并伸出双手，从河水里捞起浑身银光闪闪的小鱼。摩奴觉得小鱼的色泽像白月光那样柔美，他找来一个水罐做小鱼的栖身之所，还特地为它寻找食物，喂养它。在摩奴无微不至地照料下，小鱼慢慢地生长着。日子久了，摩奴对小鱼的感情也日益加深，甚至把小鱼当作是自己的儿子一样照顾它。

时间慢慢流逝，小鱼一直在长大，它的身躯快要占满了罐子，罐子中的一点水儿，也无法完全淹没它了。所以，当摩奴再来喂鱼儿时，鱼儿就恳求道："尊者啊！请你为我找一个更大的住处吧。"摩奴答应了鱼儿的要求，再次用手将鱼儿从水罐中捧出，放入了一个比罐子宽阔无数倍的水塘里。水塘宽一由旬（为古印度计程单位），长两由旬，足够鱼儿自由地游来游去，不受拘束地生长。

　　日月交替，不知几轮回。鱼儿又长大了很多，那原本宽阔的水塘，对它来说也变得狭窄无比，甚至不足以让它转身游动了。鱼儿再次向摩奴恳求道："好心肠的尊者啊！普通的池塘已经盛不下我了，恒河是一条宽阔的大河，请把我放入恒河之中吧。"善良的摩奴又一次答应了，将长大的鱼投入恒河水中。到达恒河之后，鱼儿再次展现出它惊人的生长速度，身躯变得极为庞大，摩奴再来看望它时，鱼儿便说道："恒河已经算是广阔的河流了，也无法提供给我足够的空间啊，如今看来，要麻烦您快点带我去大海里了。"摩奴牢记他对鱼儿的承诺，不辞辛劳地又一次亲自把大鱼从恒河带到大海去，让那一望无垠的大海成为鱼儿新的居所。按照常理，摩奴应该带不动巨大而沉重的鱼儿了，但当他的手碰到鱼儿时，鱼儿就变得轻了，并且放出异香，让摩奴感觉身心愉悦。更奇特的是，当大鱼进入大海时，大鱼告诉了摩奴一件大事："尊者啊！是你一次又一次地向我伸出了援助之手，让我得以存活下来。你的大恩大德值得我倾力回报，现在我说什么，就请你牢牢记在心里，并且必须要照做。再过一段时间，洪水就要开始肆虐大地，将整个世界变成一片汪洋。到那个时候，无论是飞禽走兽，还是植物，世间万物都逃不过洪水的无情洗礼。这场灾难看起来难以避免，但我既然告诉了你，就会帮助你摆脱灾难，免遭洪水吞噬。在洪水之中，唯有船可以漂浮、行驶，要想逃生，你首先要集结人手，建造一条坚固无比、抵抗风浪的大船，并且在船上绑够粗壮的缆绳。接着你要带齐各类种子，使它们不至灭绝；还要带上北斗七星这七位仙人，一起登船。那时我会化作头上长有犄角的鱼，你在船上看到我来后，要及时认出我，并且用缆绳绑紧我的犄角，让我带船到安全的地方去。我的话并不是无稽之谈，你一定要做好迎接灾难的准备。"摩奴一一记在心里，回答说："我会做到你叮嘱的这些事！"说完，大鱼和摩奴分开，去准备各自的工作。

　　按照大鱼的嘱托，摩奴打造坚船、聚齐种子、请来北斗七星，一起待在大船上。一天，洪水肆虐的景象果然出现了，洪水席卷大地，横扫一切。摩奴的大船足够坚固，没有被洪水拍散，却也迷失了方向，只是随着海浪流动。摩奴不得不在心中祈祷大鱼快点出现，大鱼果真马上就出现了。摩奴看它又长大不少，身形如山，并在头上长出了犄角。大鱼向大船靠拢时，摩奴把握时机，用缆绳打好的索套套住了大鱼的犄角，并进一步加固、拴牢。接下来，大鱼迎着波涛而上，拉着大船与洪水对抗，一路远行，不知将往何处。摩奴感觉到船在剧烈摇晃，又听得漫天的水声，只辨不清方向，不知何处是天何处是地。摩奴心下明白，到了这一步，绝大多数生灵都会灭亡，自己和七位仙人以及那些种子能够幸存下来，已经足够幸运了。

滔滔洪水多日不退，大鱼就像不知疲倦一样，也不曾停止拉船的行动。不知大鱼拉船行走了多少年，最后终于抵达了目的地——高耸入云的雪山高峰。到了这里，大鱼让众仙人把船与雪山高峰系在一起，以防大船随水漂走，这座雪峰也因此得名"系船峰"，并沿用至今，以做纪念。系好船后，大鱼终于揭开了自己神通广大的真实原因："我的真正身份是宇宙最高灵魂大梵天，我的神力宇宙最高，其他神明无法比肩。我知晓洪水将要毁灭世界，不忍万物皆亡，因此化作大鱼来解救你们。摩奴心怀慈悲，又不畏苦修，可以担当起创造世界的重任。洪水过段时间就会消退下去，在那之后，他要担负起创造万物的重责，重新创造出天神、阿修罗、凡人、动植物等物种，让世界充满生机。当然，我也会关心再造世界的进展，对摩奴伸以援手。"大鱼吩咐好这些事后，便隐去了踪迹。

由于梵天赐下的恩典，太阳神之子摩奴修行得更加刻苦了，以便早日提升自己的神力，重造一个生机勃勃的世界出来。不知多少年后，摩奴终于有了造物的能力，他便停止修行，认真地开始了自己的创造，尽量赋予每一个生灵优美的体形，最终创造了姿态各异的芸芸众生。

侏儒的故事

布勒赫拉德是底提耶世系的一员，出了名的慷慨大方，他生下的儿子叫韦罗杰，也拥有一副好心肠。韦罗杰又生了一个名叫伯力的儿子，这个孩子从小就是大神毗湿奴的忠实信徒，不错过每一次祭祀大神毗湿奴的机会，平日里也总是按照毗湿奴的喜好和建议行事。

伯力一直居住在净修林中，拜太白金星仙人为师，时刻遵守着做弟子的本分，把太白仙人的起居饮食打理得井井有条。太白仙人越来越喜爱伯力这个徒弟，以至要亲自主持一次祭祀，为伯力祈福。

祭祀将要完成时，神奇的事情发生了：除了火苗便一无所有的祭火盆中突然冒出了几件神界才有的宝物，分别是宝铠甲、神车、神弓和永远装满了箭的神箭壶。布勒赫拉德看到这些宝物后，高兴地为孙子伯力戴上了一个美丽的花环，此花环永远都是一副娇艳的样子。

伯力明白是大神毗湿奴被自己的虔诚所感动，赐给了自己这些宝物。开心的伯力就以这些宝物为装备，征服了凡界，又收服了地界，成为了赫赫有名的国王，很多勇士都投到他的麾下，忠诚地为他效力。

既然凡界和地界都已被自己收入囊中，伯力自然而然地想要征服因陀罗天界，使三界都听从自己的命令。他手下那些英勇的勇士们接到他的命令后，一往无前地攻击着因陀罗天界。到了这种火烧眉毛的紧急时刻，天帝因陀罗生怕失去自己的领地，急忙向祭主木星王师求救："师父，我没能捍卫住自己的领土，伯力马上就要带人攻下天界了。我现在做什么才能扭转局势？"

天师祭主回答说："天神之王，现在你再着急也没有用。时间的力量既神秘又强大，没有人可以扭转时间之神的意愿。伯力之所以迅速崛起，跟时间之神对他的全力支持有着紧密的关系。不管你采用什么手段，都无法阻止伯力进攻的脚步，若是你勉强抵挡他，说不定还会遭到反噬。放弃吧，暂且搬离天界，等时间之神不再偏袒伯力时，就是我们反抗伯力、重返天界的时候。"

因陀罗遵从师父的建议，带领众神离开了天界，将因陀罗天界拱手相让给伯力。

如此一来，伯力就统一了三界，拥有了无上神威，没有谁敢站出来反对他。太白金星认为伯力已无敌手，应该举行马祭彰显自己的功绩。伯力同意了，命令婆利古族的大学者婆罗门主持马祭，在那尔摩达河岸边的"婆利古茅舍"搭建祭祀棚。没过多久，祭祀的准备工作就完成了，祭司大声宣布开始祭祀。

失去了天界的众天神再也没了什么好心情，他们居无定所，只好到处凑合着住，在心里哀叹着自己的不幸。

天神之母阿底提看着儿子们哀愁的样子，心里就像被刀割过一样痛苦，她竭力思索着怎样才能让儿子们回到天界，为此她的脸上再也没有了笑容。

迦叶波仙人瞧见了阿底提的忧愁面容，询问她为何伤心。

阿底提回答说："伯力占领了天界的事情传得沸沸扬扬，难道你没有听说吗？我可怜的孩子们就这样失去了自己的家园，身为母亲，我伤心极了，你有什么好办法让我的孩子们重返天界吗？"

迦叶波仙人说："我知道在这件事里，你的儿子们毫无过错，是伯力欺人太甚。但我们都不能拿他怎么样，因为他活在大神毗湿奴的庇护之下，只有大神亲自出手，才能拯救你的儿子们。我恰巧知道膜拜大神的咒语和方式，你学会后就虔诚地祈求大神去对付伯力，这样你的儿子们才可能重返天界。"

阿底提照做了，以一个母亲的名义，为她饱受痛苦的儿子们祈福。仁慈的毗湿奴不由自主地显形了，询问天神之母有什么心愿。阿底提就一边流着眼泪，一边诉说了儿子们的悲苦际遇。

大神不忍心看她哭下去，马上说："不要再哭泣了，我会托生成一个侏儒，从你的腹中降临人世，去向伯力讨回属于你儿子们的东西。"

第二天清晨，阿底提生下了化身侏儒的大神，他相貌不凡，双眼放出神采，刚毅的脸庞搭配着黝黑的皮肤，见他的人不由得称赞：好一个雄伟的男子汉！天神们送来祝福，感谢大神肯为他们出头，讨要家园。

大神一一安抚了天神们，离开了天神之母，前往"婆利古茅舍"，准备出席伯力举行的马祭。

大神侏儒身穿粗布衣衫，用芦草做腰带，趿拉着一双木屐，一身的打扮让人一看就知道他是梵行者。

大神侏儒到达了目的地，立马博得了在场的全体婆罗门的敬意，仙人们也感觉到了他的不凡，大家纷纷向他施礼，欢迎他前来。

伯力觉得这名特殊的梵行者莫名地让他感到熟悉，好似是见到了大神毗湿奴，因此他恭敬地请大神侏儒入座，然后主动提出："可敬的梵行者啊，您的到来为我的祭祀增添了不少光彩，您所来为何？把你的要求都提出来吧，我将竭力满足你。"

大神侏儒说："好心的国王啊，你继承了你祖父与父亲的慷慨精神，对人从不小气。不过你也知道，梵行者是不图名利的，这些对于我来说都是身外之物。我仅仅只想要三步大小的一块地，还希望你能答应。"

伯力奇怪地问道："整个三界都是属于我的，如果您想要土地，大可以要走一个国家，或者一座山、一片草原，我也都会满足您。可您为什么只要三步大小的一块土地呢？是不是在与我开玩笑？"

大神侏儒郑重地回答："慷慨的国王啊，我并不是在胡搅蛮缠，也没有在开玩笑，对我来说，三步大小的一块地就是我最想要的东西了，其他的我全都不需要。"

伯力不再反驳，捧起一捧圣水，准备答应大神侏儒的请求。发现了异常的太白仙人阻止了伯力："快停下来！伯力你可看出这个梵行者就是大神毗湿奴？那么他要的土地肯定不是寻常的三步大小的一块土地，他是想用这个方法骗过你，为众天神讨回天界！"

伯力说："师父啊，我从小到大都没有拒绝过别人的请求，不管我乐不乐意。何况如果真的是大神毗湿奴向我提要求，我作为他的忠实信徒，怎么可能不答应呢？哪怕他是站在天神那一边的，我也只好认了。"

太白仙人见伯力一意孤行，不把自己的话放在心上，生气地走了，还诅咒伯力将会变得一无所有。

没有了太白仙人的阻拦，伯力就答应了给大神侏儒三步土地的施舍。大神侏儒立刻将自己的身体无限地放大，直到将整个宇宙囊括进了自己的身体才罢休。

这个神通广大的大神毗湿奴，迈了两步就丈量完了整个宇宙，第三步便没有地方可落了，他警告伯力若是第三步落不下去，伯力便算是违背了自己的承诺，日后下了地狱也不会受到尊敬。

果真变得一无所有的伯力说："整个宇宙都被大神两步量完了，还好我现在还活着，大神可以把第三步落在我的头上。"

大神毗湿奴照做了，伯力在他的践踏下依旧活着。面对如此虔诚的信徒，大神再也不忍心责怪他，随即宣布："伯力，你的所作所为让我很高兴，今后你就是地下世界之王，你的后代也将继承你的王位，一直生活在地界。"

伯力谢过大神，带领全体底提耶迁移到了地界。传闻里说，底提耶的子孙们时至今日仍在统治着地界。

于是，大神成功地解放了三界，天神们又在天界住了下来。

人狮的故事

金蒂是底提耶之王，他的兄长叫金眼，两人亲密无间，都喜欢做坏事。当金眼恶行累累时，大神毗湿奴化身成野猪，结果了金眼的生命。金蒂听说这个消息后，打着为哥哥报仇的旗号，号令自己手下的将领带着他们的士兵去杀大神毗湿奴。因为信奉毗湿奴的人越多，大神的力量就越强，金蒂就要求将士们去寻找所有正在进行苦修、祭祀、斋戒和布施这些善行的人，然后杀掉他们，让毗湿奴的力量越来越弱小。由此，无数毗湿奴的信徒倒在了刀枪之下，仙人们的净修林也一一被焚毁，人民对此怨声载道。

金蒂唯恐自己也落得和兄长一样凄惨的下场，他想要夺回自己命运的支配权，让所有人都无法决定他的生死，从而称霸三界，睥睨群雄。这个愿望可谓是很难达成的，金蒂不得不选择了最艰苦的一种修行方式——积年累月地在曼陀罗山苦修。他的苦修行为让三界都为之侧目，天神们唯恐他变得更强大，就祈求梵天不要给他过大的恩典。梵天答应了，显形在金蒂面前，问他想要什么恩典。金蒂吐露出埋在自己心底的愿望："我不愿被别人杀死，因此我祈求所有的生灵都无法打败我！不管我的敌人是谁，不管他使用什么武器，都不能使我丧命。请求您满足我的愿望吧！"

梵天被金蒂的诚意打动了，一时忘记了众神的嘱托，对于金蒂的愿望全部予以满足。

结果可想而知。一个喜欢作恶的人，在得到更强大的力量后，会洗心革面一心向善吗？当然不会。金蒂变本加厉，目无众神，把昔日威武的天神们和桀骜不驯的魔鬼们都折磨得痛不欲生。

众天神决意反抗金蒂，他们众志成城，齐声赞颂大神毗湿奴，要求他除去金蒂。大神毗湿奴回答说："金蒂的好日子快要到头了，他既然敢做我的敌人，就必然会死在我手上。什么时候他对自己的儿子布勒赫拉德挥起了屠刀，梵天赐他的恩典就会失效，那便是我杀死他的时刻。"

布勒赫拉德是金蒂四个儿子中最小、最不受宠的那一个。这倒并不是因为布勒赫拉德太过调皮或者不懂事；相反，他德行出众，同情穷苦人，爱惜生灵，从不奢侈浪费，言出必行，诚信待人。按照常理来说，阿修罗金蒂不可能生出如此纯洁优秀的儿子，但偏偏布勒赫拉德身上没有丝毫恶魔惯有的劣根性。最让人啧啧称奇的是，他一生下来就是大神毗湿奴的忠诚信徒。若是他降生在其他家庭里，肯定要被赞一声"圣人"，但金蒂素来与毗湿奴为敌，不由自主地对他生出了厌恶之心，只好用尽办法想把他的信仰扭转过来。

一天，金蒂问儿子们有什么喜好。布勒赫拉德童言无忌，说出了真话："父王，我喜欢供奉大神毗湿奴，在对他的祈祷中获得心灵的安宁。"

金蒂皱了皱眉头，吩咐下去："这孩子不知道被谁给骗了，竟然会有这种喜好。你们把他带到祭主家中，务必要改变他的思想，让他成为一个我的合格的儿子。"

布勒赫拉德来到祭主家中后，祭司们尽心尽力地教导他，让他不要再膜拜大神毗湿奴，他们的声音在布勒赫拉德的耳边嗡嗡作响，布勒赫拉德却一个字都没听进去，满脑子都是大神毗湿奴的事迹。

祭司们教了一段时间，认为他们就是对一块木头念叨了这么多天，这块木头也该记住他们的话了，因此放心地把布勒赫拉德送回了王宫。布勒赫拉德总算没有一开口就赞颂毗湿奴，而是先向父亲行了触脚礼。金蒂高兴地以为儿子变正常了，考查他的功课："这么多天过去了，你知道了哪些新知识呢？"

布勒赫拉德如实答道："父王，我领悟到了崇拜大神毗湿奴的九种方法，分别是聆听大神的功行，唱赞美诗，默念大神的名号，侍奉大神的圣足……"

太白仙人是众底提耶的祭主大师，他的两个儿子分别叫作商特和阿摩拉迦，负责教导布勒赫拉德和其他底提耶的孩子。此刻他们站在殿下，听了布勒赫拉德的话，面如死灰。果然，金蒂怒气冲冲地向他们问罪："你们是不想活命了吗？竟然这样教导我的儿子！"

商特和阿摩拉迦连忙解释说："伟大的底提耶之王，我们完全是按照您的意思教导王子的，根本没告诉过他刚才那些话，那些都是王子自己领悟的，与我们无关。"

金蒂面色一变，寒心地打量着布勒赫拉德，心中对他的厌恶到达了极点，大声吩咐手下的恶魔："把他拉出去斩了！我没有这样是非不分的儿子！他竟然对杀死了他叔叔的凶手顶礼膜拜，留着他将来一定是个祸害，不如现在就除掉他，一了百了。"

众恶魔把布勒赫拉德带到了行刑的地方，布勒赫拉德一直默念着大神的名字，获得了大神的保护。因此，不管众恶魔是想用长矛扎死他，还是想让大象踩死他，抑或者是别的什么方法，都不能伤到他一丝一毫。恶魔们只好带着毫发无损的布勒赫拉德去向金蒂复命。金蒂罕见地感到了挫败，不知如何是好。

商特和阿摩拉迦出了个主意，对金蒂说："不如把他关起来，等我们的父亲回来后，说不定就能把他教好了。那时候他也长大了，就不会这么愚笨了。"金蒂无奈地答应了。

商特和阿摩拉迦想要纠正布勒赫拉德的思想，布勒赫拉德却说自己才是对的，并把自己的思想传给了底提耶的孩子们，教导他们膜拜大神毗湿奴。孩子们问他有何依据，他回答说是那罗陀大仙教给了他这些知识。

底提耶的孩子们便开始追问那罗陀大仙的事情。

布勒赫拉德说:"天神们趁我父亲在曼陀罗山上苦修时,攻进了王宫,想要杀死怀着我的母亲。还好那罗陀大仙为我母亲求情,说她将会生下一个虔诚崇拜大神的圣洁的孩子,天帝因陀罗才没有下手杀她。那罗陀大仙又让我的母亲住在净修林中,教了她很多膜拜毗湿奴大神的知识,这些话全都被我记住了。父王回来后,大仙又把我们送了回来。"

底提耶的孩子们一接触到来自布勒赫拉德的正统教义,由于他们还没有做过什么坏事,不自觉地就被吸引了,和布勒赫拉德一样崇拜大神毗湿奴。这件事被发现后,怒火冲天的金蒂计划亲手杀死布勒赫拉德这个孽子。

布勒赫拉德不知父王为何生气,茫然地看着他。金蒂气不打一处来:"你是想要气死我吗!你自己蠢就算了,还要带坏其他人!我现在就要杀了你,我倒想看看,那个天天被你放在心上的大神,怎么从我的利刃下救走你!"

金蒂用宝剑敲了敲面前的柱子,准备把宝剑挥向布勒赫拉德,从柱子里传出的奇怪巨响却使他停止了动作。大神毗湿奴可以藏身在万物之中,此时,就是他化作人狮通过柱子降临了。恶魔们看到半身是狮、半身是人的大神,恐惧地往后退着,不敢去看他那尖牙利齿和充满怒火的眼睛。

只有金蒂新仇旧恨涌上心头,拿着铁杵攻向大神。此时梵天的恩典已经失效,大神轻而易举地把金蒂撕成了碎片,为三界除去了一大恶瘤。

众神本来是在欢呼庆祝的,却看到大神依旧保持着人狮的样子,毛发悚立,像是怒气没有宣泄完毕。众神心头一紧,唯恐大神失去理智,摧毁世界,急忙对他唱赞歌,可大神不为所动。天神们又找来大神的妻子吉祥天女安抚大神,依旧没有什么效果。急得团团转的众神死马当作活马医,让幼小的布勒赫拉德去祭拜大神,布勒赫拉德大胆地走向人狮,跪下来向他行礼。大神看到这个心灵纯洁的孩子后,不由得怒气全消,还答应赐给他一个恩典。

布勒赫拉德并没有沾染上父亲的贪婪,只是要求可以永远侍奉大神。大神答应了,告诉他等他在人间把自己所有的罪恶都清除干净后,就会摆脱肉身,成为大神身边的随侍。

大神消失后,在梵天和太白仙人等人的帮助下,布勒赫拉德成为了底提耶之王,开始了自己新的修行。

恩钵梨奢的故事

在恩钵梨奢国王执政期间，他的国家几乎是世界上国力最强盛的国家，百姓们在此安居乐业，每年交上来的赋税堆满了国库，训练有素的军队忠诚地保卫着国家，只要恩钵梨奢国王一声令下，他们便愿意为国王出生入死。但就是在这种情况下，恩钵梨奢国王既不沉溺于奢侈享乐，也不醉心于开疆拓土，只是管理好自己的国家就心满意足了。原来，恩钵梨奢国王将自己所有的心思都放在崇拜大神毗湿奴上，是大神狂热的信徒。

恩钵梨奢从不铺张浪费，连前人留下的华丽王宫都不住，与妻子搬到了小小的茅屋里，一日三餐简陋至极，食求果腹衣求保暖，对物质没什么欲望。他的妻子在他的影响下，也成了毗湿奴的忠实信徒，夫妻二人每天都要按时向毗湿奴大神做祷告，从未遗漏。

恩钵梨奢夫妇的所作所为被毗湿奴大神知道后，为了奖励他们，毗湿奴显形在他们面前，令两人得见真正的大神容颜。毗湿奴还留下了自己的神盘，以防有谁来残害他们。

得到了大神恩典的恩钵梨奢更加虔诚了，决定每月进行两次斋戒，在每月的第十一天和第二十六天什么也不吃，连一口水都不喝，以此推进自己的修行。他们的这种行为也是符合宗教经典要求的，做了这些便会受到人们的尊重。

在恩钵梨奢完成一次斋戒后，他又完成了敬神仪式，按规矩应该在当天太阳下山之前进食，否则就是大不敬的行为。这时，太阳即将要下山了，恩钵梨奢拿出了食物，还没来得及吃到嘴里，敝衣仙人就跨进了他的房门，他慌忙放下碗筷，招待这位远道而来的客人。在当时的宗教经典里，客人和神理应受到同等的敬重。也就是说，在客人没有进食时，主人不得先吃食物。

恩钵梨奢向敝衣仙人问好后，加了一副碗筷，请仙人坐在桌子旁边吃饭。敝衣仙人却拒绝了这一要求，说自己身上有很多灰尘，要去不远处的耶木拿河中洗干净后，再回来吃饭。恩钵梨奢刚想阻拦仙人，仙人就已经出发去河里了，国王只好坐在家里等他回来。

坐立不安的恩钵梨奢国王不时起身张望仙人的身影，却迟迟等不到仙人回来，他又看了看外面的太阳，太阳已经在落山了。心急如焚的国王不知道怎么解决这一难题，他既不愿意破坏斋戒的规则，也不想违背待客的规矩。

国王把这一难题讲给了众多有学问的婆罗门听，他们出主意说："国王陛下，现在只有一个办法可以解决你的燃眉之急。在宗教经典里，没有明确指出饮水算不算是进食，不管怎么划分饮水这一行为都算是说得通的。你可以饮一点水，既遵守了斋戒时太阳下山之后不进食的规矩，又没破坏待客之道。"

国王便赶在太阳完全落山前，饮了一点点水，而后接着等待仙人。敝衣仙人回屋后，看到了心平气和的国王，心中起了疑惑：自己走时国王脸上有焦急的神色，他现在是否已经吃过食物了？仙人直接说出了自己的不满："恩钵梨奢，你竟然敢在客人进食之前先吃饭，这就是你的待客之道吗？我要惩罚你这种无礼的行为！"

国王急忙答道："仙人啊，我并没有破坏待客之道，为了不违背斋戒时太阳下山之后不进食的规则，我仅仅饮了一点点水，这并不算是对您的冒犯吧？！还请您不要生气。"

敝衣仙人却抓住国王饮过水这一点不放，说国王就是怠慢了他，他一定要给国王点颜色看看。

敝衣仙人说完之后，就用自己的一根头发变出了一个长相凶恶的罗刹，他本来是想吓唬国王的，这罗刹却张开血盆大口，要吞吃恩钵梨奢。毗湿奴大神的神盘感应到这一切后，自动飞来杀死了罗刹，又追着敝衣仙人要杀死他。

敝衣仙人害怕极了，连忙跑出了茅屋，那神盘还是在他身后追着他。仙人只好一边逃跑，一边在心中呼唤梵天和湿婆大神，请求他们救救自己，两位大神说自己对此无能为力，你去求求毗湿奴吧，这神盘是他的武器，说不定他能把神盘收回去。敝衣仙人跑去大神毗湿奴家里求助，毗湿奴说："恩钵梨奢是我的忠实崇拜者，你的行为伤害了他，我不能帮你。你要想在神盘下活命的话，就去请求他的宽恕吧，这是唯一的解决办法。"

走投无路的敝衣仙人又跑回了恩钵梨奢的茅舍，道歉说："仁慈的恩钵梨奢国王啊，之前我不该侮辱您。现在我的生命危在旦夕，还请您救救我，不要让神盘再追我了。"

恩钵梨奢国王品德高尚，并没有计较仙人的罪行，他对神盘祈祷道："太阳与火焰的光辉都源自你，你是造物主最伟大的成就。若你能听到我的祈祷，就请放过敝衣仙人吧。"

恩钵梨奢国王的话音刚落，神盘就停止了对敝衣仙人的追杀，再次隐形了。

北极星的传说

乌坦帕德是斯瓦因甫婆仙人，他成为国王后，娶了妙策、妙趣两个妻子，妙策为他生下了一个名叫陀鲁瓦的儿子，妙趣为他生下了一个名叫奥答弥的儿子。乌坦帕德很宠爱妙趣，对她的儿子奥答弥也是百般疼爱。一天，陀鲁瓦、奥答弥在一起玩耍时，国王乌坦帕德抱着奥答弥坐在了王座上，慈爱地摸着他的脸。陀鲁瓦看见了，也伸手要父亲抱，国王没有给他回应。妙趣在一边说："孩子，你别再伸手了，你父王不会抱着你坐在国王的宝座上，因为只有国王和未来的国王才能坐在那里。你的母亲不受你父王喜爱，你便没有资格成为国君的候选人。如果你想得到和奥答弥同等的待遇，你就得用行为打动大神毗湿奴，大神会让你重生成我的亲生儿子。"

得不到父亲疼爱的陀鲁瓦崩溃地哭了，国王只是看了他几眼，没有去哄他，也没有出言责怪妙趣。伤心的陀鲁瓦只好跑到生母妙策的宫里寻求安慰，妙策问他为什么脸上挂有泪痕，他把自己的经历说了出来，妙策明白这孩子是受到了自己的牵连，心里难过极了。但她坚强地开导儿子："孩子啊，不要哭了，你妙趣姨娘的话是有些刻薄，不过她指点的方法却是对的。毗湿奴大神无所不能，掌管世间的一切，你若是得到了大神的恩典，你的人生便会变得顺遂起来。为此你得做一个心胸开阔的人，不要再计较别人怎么对你，专心致志地膜拜大神。"

刚满五岁的陀鲁瓦擦干了眼泪，懂事地拜别了母亲，出了王宫，准备外出修行。陀鲁瓦不知道去哪里修行，漫无目地地走着，碰到了那罗陀大仙。他向大仙询问道："大仙啊，你知道我该去哪里修行吗，我想要感动毗湿奴大神，获得坐上国王宝座的资格，让我的母亲为我感到自豪。"

那罗陀大仙指点陀鲁瓦去耶木拿河岸边的摩杜圣林修行，说那是大神毗湿奴的住所，去那里可以离大神近一些。

陀鲁瓦向那罗陀大仙致谢后，坚定地向摩杜圣林出发了。

得知陀鲁瓦出宫修行去了，乌坦帕德国王后知后觉地反应过来自己错得有多离谱，深深伤害了儿子的幼小心灵。他不禁开始担心：陀鲁瓦孤身在外是否会遇到危险？他那么小，受得了修行的辛苦吗？那孩子会不会在心里埋怨父亲？国王越想越难过，不住地叹气，那罗陀大仙恰巧来到了他的面前，他便询问大仙陀鲁瓦此去是否平安、会得到什么样的结果。大仙回答说："您放心吧，毗湿奴大神会保护他的安全，这孩子早晚会震惊三界，创立下大功业，回来与您团聚。"

摩杜圣林里的修行人看到陀鲁瓦后，都觉得惊奇：这么小的一个孩子竟然孤身前来修行？出于对陀鲁瓦的同情和爱护，大家在生活上很照顾他，并教了他膜拜毗湿奴的具体方法。陀鲁瓦虔诚地祈祷了二十年后，他的事迹传遍了三界，毗湿奴亲自降临在他面前，对他微笑。陀鲁瓦激动地对着大神拜了又拜。陀鲁瓦还没有开口说自己的愿望，了解他心意的毗湿奴便赐下了恩典："孩子，等一下你就起身回国吧，你会得到你父亲传给你的王位，然后成为一代明君，获得众民的爱戴。除此之外，我还要将不灭天界赐给你，你是第一个得此殊荣的人。不灭天界独立于三界之外，不管三界如何发展变迁，那里也会一片安宁，七仙人（北斗七星）永远围绕着它旋转，它是永恒存在的。等你退位之后，我会带你到不灭天界去。"陀鲁瓦踏上了归程，消息传到宫中，国王携妻带子，与众臣赶到城门口等候陀鲁瓦。父子相见后，国王看着已经长成了成熟男子的陀鲁瓦，紧紧地把他拥入怀中，弥补了陀鲁瓦小时候的遗憾。陀鲁瓦修行多年，早已看开尘世之事，更加珍惜亲情，他与亲人们一一问好，激动的妙策流下了幸福的眼泪，一家人终于团聚了。

乌坦帕德国王遵从毗湿奴的旨意，把王位传给了陀鲁瓦，让他执掌国家。国王则去了森林，潜心修行。陀鲁瓦娶了婆罗蜜做妻子，有了劫波和载年两个可爱的儿子。

陀鲁瓦在儿子长大后，传授给他们治国之道，把国家交给了他们，自己循着父亲的足迹，在森林里真诚地膜拜毗湿奴。没过多久，一辆由大神毗湿奴派来的神车接走了他，带他到了不灭天界，又称北极天界。陀鲁瓦就这样变成了北极天界的执掌者，人们称他为永不移动的北极星。

地王的故事

陀鲁瓦把国家交给了两个儿子，即劫波、载年两兄弟。喜好自由的劫波不想被烦琐的政事充斥他的生活，自愿把所有的权力都转移给了他的兄弟载年，过上了闲云野鹤的生活。载年在大臣们的拥护下继承了王位，后来又把王位传给了他的后代安加。

国王安加立誓要当一个励精图治的国王，为人民谋取福祉。为此，他执政一段时间后，举行了隆重的马祭典礼，请求天神们庇佑他的国家。令人不安的事发生了，国王准备的那些十分丰盛的祭品，没有一个天神肯接受。目睹了这一奇事的祭司们向安加国王报告说："伟大的国王啊，天神们对我们的祭品视若无睹，这让我们很疑惑。因为那些祭品并没有沾染污垢，我们也尽了当祭司的职责，没有做冒犯天神的事。"

国王安加回答说："我富有智慧的大臣们啊，既然祭品和祭司都没有出问题，那问题肯定就出在我这个国王身上了，你们替我想想，我曾经做过什么触怒天神的错事吗？"群臣答道："国王陛下，您一直爱民如子，勤政修身，是位品德高尚的人。这辈子您还没有做过错事，您应该是在前世犯下了什么罪过，所以您现在还没有得到子嗣。我们建议您向无所不能的大神毗湿奴祈求子嗣，大神若是赐下了子嗣，就代表他原谅了您前世的罪过，天神们便没有理由再与您作对。"

国王安加深以为然，真诚地祈祷大神毗湿奴赐下子嗣。当他说完自己的愿望后，毗湿奴便派了一个布鲁沙出现在国王面前的祭品盆里，这个布鲁沙把装满牛奶粥的金碗递给国王安加后，就消失不见了。国王安加吩咐妻子吃下牛奶粥，不久之后，王后便产下一子，取名维那。遗憾的是维那并不如其他孩童般乖巧可爱，一生下来就喜欢做坏事，国王安加使出浑身解数也无法令儿子的性情改变，一怒之下，独身一人去森林过上了修行生活，再也不理世俗之事。

安加离家出走后，国家便没有了统治者，因此陷入了混乱之中。这时候，圣者们提出虽然维那品行恶劣，但他身为安加之子，理应继承王位，就这样，整个王国落入了维那的手中。维那刚登上王位，就运用权力命令臣民们不准再崇拜毗湿奴大神，若有违反者，格杀勿论。维那骄横的行为震惊了众圣人、仙人，他们劝导他说这不是为君之道，会惹怒众神、招来报应，但维那把这些话都当成了耳旁风，还撵众仙人滚出他的国家。仙人们气得浑身发抖，用舍圣拘草发出了诅咒，维那倒地而亡。

维那既死，国家再无称王之人，原有的规则全被打破，宵小之辈趁势而起，欺压百姓，人们怨声载道。众仙人怀念起王国繁荣时的景象，不禁怅然，认为安加王族的历任国王都很出色，不该在这一代断了血脉。于是，仙人们施展法力，利用维那的尸体造出了一名新的继承人，名叫钵利图。

钵利图心肠善良，他发现国家国力衰落，百姓们经常吃不饱。地里的庄稼也基本没有收成，下决心要改变这凄惨的状况。

人们收获不到粮食，便结伴逃荒，以乞讨为生。钵利图碰到了一批面有菜色的饥民，问他们为何没有粮食果腹。一位年老的人说："这全是地母在捣鬼，是她狠心地藏起了所有的粮食，导致我们流离失所。国王啊，求你抢回粮食，救救我们吧。"

看着饥民们瘦骨嶙峋的样子，钵利图的心被深深地刺痛了，拿出自己锋利的弓箭，准备射杀地母。地母急忙变成一条母牛，想要躲藏起来，可三界之大，竟没有她的容身之处。她只好停止逃命，问国王为什么要对她痛下杀手。国王回答说："你身为地母，却不尽你该尽的职责，反而藏起了所有的粮食，让我的子民们饱尝饥饿的痛苦，难道我不该为此杀你吗？你若是想要活命，就速速交出粮食。"

地母辩解说："我并不是无缘无故做下恶事的，前段时间，我奉献的粮食全被宵小之辈夺走，毁坏了我的劳动成果。我为此感到痛心，才藏起了粮食。既然您命令我交出粮食，我自然要遵从您的命令。请您拉来一头奶牛，我将把所有的粮食化作牛奶转移到它的身上，奉献给您的子民。在这之后，您还要平整大地，扩大良田的面积，来年便会收获大量粮食。"

钵利图按照地母的建议，命令斯瓦因甫婆仙人变成一头牛，而后亲自挤牛奶分给自己的子民们。

钵利图又带着百姓们开垦荒田，移山填平低洼的地方，大地因此变得一马平川，处处是良田。为了纪念钵利图做出的卓越贡献，人们便把大地命名为钵利特维。

布伦杰纳的故事

国王布拉金·婆罗西总是宰杀大量的牲畜，作为祭品献给天神们。时间一长，那罗陀大仙看不下去了，特意找到他，规劝他停止宰杀牲畜的行为，以免日后被冤死的牲畜们报复。大仙因此还向国王讲述了布伦杰纳的故事。

国王布伦杰纳总是与好友阿韦加德厮混在一起，后来国王想要寻找一座漂亮的城池，在那里定都，两人便踏遍千山万水，孜孜不倦地寻找。国王布伦杰纳对自己一路上遇到的城市都不甚满意，直到他看到了一座格外美丽的城池，打定主意要定居在这里，阿韦加德又独自上路，云游四海去了。国王仔细打量这座城池，从九座城门中的一座城门走了进去，发现城内房屋鳞次栉比，宫殿高耸入云，街道上却空无一人。疑惑的国王出城走进了一片树林，碰到了一群俊男美女，他们簇拥着一位天仙似的女子在地上歇息，这女子正在与一条五头蛇玩耍。

见到国王，女子喜出望外，说："你就是我正在寻找的意中人吗？"国王布伦杰纳觉得这真是太巧了，问女子："天仙般的美人啊，我是国王布伦杰纳，正在找一座美丽的城池定居，你可否介绍一下你的身份？那座九门城是你的财产吗？"女子回答说："我并不知道自己生自何方，姓甚名谁，打我记事起，我就住在九门城里，我的男女仆人们负责照料我的生活，这条大蛇为我保卫城池。若是你想要娶我，婚后你就可以执掌九门城，与我们快乐地生活在一起。"

国王布伦杰纳听后很是高兴，愉快地答应了。从此，他坐拥美丽的妻子，在九门城里肆意游乐，有什么事就交给仆人处理，快活似神仙。他再也想不起自己原来的事情，也忘记了自己的好友，整日只知道和妻子腻在一块。

忽有一日，国王突发奇想，带着男仆们去城外打猎。那天，国王像中邪了一样，抑制不住自己捕杀野兽的欲望，杀害了很多野兽，直到天黑才意犹未尽地回到王宫。他兴奋地想要向妻子报告自己的战果，连叫了几声，都没收到回应，宫里的气氛也不似往日般欢乐。他只好询问女仆王后在哪儿，女仆告诉他王后因为他擅自出门打猎而气得躺在了地上。他连忙向妻子道歉，说自己再也不随便出去了，王后才原谅了他。

国王的妻子陆续生下了一千一百个儿子和一百一十个女儿，每一个儿子又都生了一百个儿子。每当有后代出生时，国王就得杀生祭祀祖先，因为子孙众多，国王造下了大量的杀孽。这时，国王也变成老人了，年老力衰。

凶狠的乾达婆国王金达韦格喜欢带着军队抢劫别的国家的财富，当他们对美丽的九门城发动进攻时，只有五头蛇有力气外出御敌。双方打了一百年也没能分出胜负，国王布伦杰纳在城中整日提心吊胆，害怕五头蛇会有力竭的那一天。

屋漏偏逢连阴雨，耶瓦那（希腊人）的国王波耶也对九门城发动了攻击。在两个国家的夹击之下五头蛇力不从心，放弃了战斗，退回到国王布伦杰纳的身边保护他。

波耶和乾达婆带着他们的手下一拥而入，抢走了所有值钱的东西。依旧沉溺于享乐的国王布伦杰纳还与他的王后和儿孙们生活在一起，没有考虑退路，不肯清醒地面对现实。希腊国王波耶派人抓走了布伦杰纳，声称要像杀死畜生一样杀死他，悲伤的五头蛇和仆人们都跟着他到了城外，甘愿与他一起死去。布伦杰纳国王到了这个时候，仍在想念他美丽的妻子，他死后，灵魂飘浮在空中，那些死于他手下的牲畜们聚在一起围攻他，让他尝到了来自灵魂的剧痛。后来布伦杰纳投胎成了一个女子，嫁给了国王摩勒耶·托杰。

摩勒耶·托杰国王是个潜心修行的人，他带着妻子去森林里居住，他全身心地投入到对大神毗湿奴的膜拜中，王后就在一旁尽力地服侍他。后来，他在三条河岸边抛下了肉身，灵魂升入天堂，不知情的王后对着他留在人间的肉体痛哭流涕，控诉上天不公，无情地夺去了她丈夫的生命。

正当王后准备焚化丈夫尸体的时候，一个婆罗门出现在她面前，慈悲地对她说："你把前尘往事都忘光了吗？你在俗世中迷茫了两世，还不知醒悟吗？我叫自悟，上一世你是国王布伦杰纳，我是你的朋友阿韦加德。在最初的时候，我们是在天上游荡的一对天鹅，你说想要在人间历练一番，我便陪你变化成人。我们分开后，你沉溺享乐，宰杀牲畜，在九门城迷失了自己，又因积恶太多，得到了今世投胎成女人的报应。"

自悟的肺腑之言点醒了王后，她终于不再迷惑，明白自己前两世丢失了灵魂，不过是一具有生命的肉身罢了。当她醒悟之后，她又找回了被自己弄丢的灵魂。

故事讲完了。那罗陀向布拉金·婆罗西解释道："布伦杰纳丢失灵魂的一大原因，就是因为他宰杀了太多的牲畜。你可千万不要步他的后尘。"惊醒的布拉金·婆罗西摒弃了世间的一切，到迦比罗净修林中虔诚地膜拜毗湿奴大神。

布拉金·婆罗西的儿子们继承王位后，也开始定时膜拜毗湿奴大神。大神因此降下恩典，让他们有了一个优秀的儿子，还鼓励他们继续修行，以求得解脱。

布拉金·婆罗西的儿子们将王位传给了自己的儿子，然后便丢下了妻儿，一路西行，到达了加杰利仙人曾经待过的海边。他们在此进行苦修，灵魂都进入了天堂。

摩达勒萨

在很多年前胜敌国王勤劳地统治着自己的国家，带领人民一起祭祀天帝因陀罗，博得了因陀罗的欢心。因陀罗为此赐给胜敌国王一个拥有英俊容颜、非凡能力的儿子，国王为爱子起名为季节标。季节标成人之后，依靠自己出众的人格魅力和良好的品行吸引了很多国家的王子们和他做朋友，他们经常聚集在季节标王子的宫殿里，随心所欲地进行各种有益的娱乐活动，渐渐地，来这里的人越来越多，季节标的宫中出现了年轻的婆罗门和吠舍的身影，连蛇王的两个儿子也变化成婆罗门慕名前来，并迅速地被季节标的魅力折服了。在很长的一段时间里，蛇王的两个儿子总是借口有事跑去参加聚会，到了晚上聚会散的时候，才依依不舍地回家。那时候，掌管蛇国的国王叫作马青，他带着众蛇住在地下，当他的儿子们迷恋上季节标王子后，他白天总是看不到儿子们的身影，还不知道他们做什么去了，因此他询问道："我的孩子们，你们为什么总往上面的人间世界跑，还一待一整个白天？上面有什么有趣的事吗？"

两位蛇王子如实回答说："父王，人间世界也不是很有趣，只是国王胜敌那名叫季节标的儿子吸引了我们，那位王子拥有一切优秀的品质，在他的身边，我们不由自主地就感到了凉爽，仿佛身处阴凉的树荫下。"蛇王说："世上竟有这样的奇人？你们知道他的事迹吗，我想了解一下你们这位特殊的朋友。"两位蛇王子就讲述了季节标王子的事迹：

一个名叫迦勒婆的仙人请求国王胜敌派季节标王子帮自己诛杀恶魔帕塔尔凯图，说这个恶魔总是变作野兽在净修林里撒泼，阻碍仙人们的修行。迦勒婆仙人为此苦恼时，上天送来了一匹神马，说它可以到达任何地方，而胜敌国王的儿子得到这匹马后，会帮仙人们诛杀恶魔帕塔尔凯图。

国王胜敌答应了迦勒婆仙人的请求，派王子季节标去净修林帮仙人们除掉恶魔。

王子到达净修林没多久，恶魔帕塔尔凯图化身为野猪来捣乱，王子便骑上上天赐下的那匹神马，去追杀野猪，野猪被王子射伤后，拼命地往一个方向跑去，然后通过一个黑黝黝的大洞隐去了踪迹。王子为了斩草除根，也骑马跳了下去，却不知道野猪跑到了哪里。王子在地界寻找野猪时，拉着马误入了一座灯火通明的城池，王子在这里转了又转，也没能发现野猪在哪里，他想找人问问，发现街道上空无一人。就在这时，一个仆从模样的女子出现在王子面前，示意王子跟着她走。王子疑惑地询问这女子的身份，女子却一言不发。王子在一座金殿的门口拴好了神马，无奈地步入了金殿，跟着女子东转西转，走进了一间充满香气的屋子。

王子看到一位美人躺在床上休息，她看上去既美丽又娇柔，脸庞与爱神的妻子罗蒂有几分相似，长着秋水般澄澈的眼睛，身子纤长而瘦弱，腰肢盈盈，仿若风中的一朵娇花，风吹大些，就会被吹倒似的。而在美人眼里，王子的脸庞棱角分明，如一轮初升的太阳，犹如一阵和煦的春风，身姿挺拔健壮，宽阔的胸膛是女子们争相倚靠的港湾。双方正在猜测着对方的身份，美人由于太过害羞，果真如娇花般晕倒在了床上。

美人这一晕，王子的心瞬间就提到了嗓子眼儿，他连忙劝慰美人，之前那个女子扶起美人，为她拿扇子扇风。

美人悠悠转醒后，王子提出了很多问题，害羞的美人默不作声，扇扇子的女子讲清了一切。

原来，美人是乾达婆之王世富的女儿，名叫摩达勒萨，她本来生活在天界，却被邪恶的恶魔帕塔尔凯图抢到了地界，采用了威逼利诱各种方法，要与美人结为夫妻。美人誓死不从，甚至想要用自尽保住自己的清白，却收到地母的指示：你不会嫁给恶魔，一位人间的王子将会从恶魔手里救走你，并成为你的丈夫。

为王子引路的女子是婆罗门的女儿，名叫贡德拉，她恩爱地与丈夫普什卡马拉生活在一起，恶魔松波却杀死了她丈夫，她是自愿来照顾美人的。恶魔帕塔尔凯图被王子射伤的消息传开后，她恰好碰到了误入城池的王子，猜想他就是地母说的那位英雄，便带他进来了。说完了这些，贡德拉问王子："你是来杀死恶魔、解救摩达勒萨姑娘的王子吗？如果你是的话，按照地母的预言，你会娶她为妻，那我也就放心了。你们走后，我会到森林里修行，还请你好好对待你的妻子。"王子已经喜欢上了美人，却回绝道说："我叫季节标，是胜敌国王的儿子，我的确是来追杀恶魔帕塔尔凯图的，但我怎么能轻易娶一个陌生女子为妻呢。娶妻这种人生大事，当然要过问父母的意见。"

贡德拉说："你难道是在怀疑地母预言的正确性吗？摩达勒萨姑娘是天神之女，你娶了她，只会增加你家族的荣耀，你的父亲也会为你而自豪，不会对你的行为有丝毫不满。"

王子点头答应了与美人的婚事，摩达勒萨在心中默祷着自己家族的祭师杜补罗，让他准备必要的婚礼用品，杜补罗马上带着那些东西出现了。美人和王子就此结为夫妇，贡德拉送上了婚礼祝福，祝他们永沐爱河，随即便告别他们，踏上了修行之路。

季节标王子带着摩达勒萨一起上了马，还没走出地界，恶魔们就大声吼着："别跑，快停下！快放下美人，她属于帕塔尔凯图，这个骑马的小子是从哪里冒出来的，快拦住他！"恶魔帕塔尔凯图带着一众帮手追了上来，阻挠王子离开。

王子并不害怕，他哈哈大笑道："这个美人已经是我的妻子了，你们若要阻拦我带她离开，我就取你们的性命！"说完后，王子用他的弓箭射倒了一片恶魔，重伤了恶魔帕塔尔凯图，顺利离开了地界，直奔王宫而去。胜敌国王对他带回来的女子惊奇不已，王子就一五一十地向父母说出了自己的经历，说自己已经娶天神的女儿为妻了，国王夫妇对这个儿媳很满意，还赞赏了儿子杀恶魔的英勇行为。

王子季节标和摩达勒萨开始了甜蜜的婚后生活，胜敌国王为了防止儿子沉迷女色，命令王子早上吃过早饭后，就骑着神马去巡视国家，看看有没有恶魔出来作乱，以保护修行人的安全。孝顺的王子照做了，总是早上出发，晚上回家，只有夜晚能待在妻子的身边，却毫无怨言。

不幸的事发生了。为了报复王子，恶魔帕塔尔凯图的弟弟塔尔凯图变成了一个仙人，对正在巡视国家的王子撒谎，说自己是一个没有财产的仙人，请求王子把他的项圈施舍给他，好让他拿这个项圈作为祭品去耶木拿河河水中祭祀水神伐楼拿。善良的王子答应了，恶魔又请求他待在自己变出的假净修林里，以确保没有野兽或者恶魔来毁坏这片净修林，王子又答应了，还叮嘱恶魔假扮的仙人要虔诚地进行祭祀。塔尔凯图当然没有去祭拜水神，他快马加鞭地赶到了胜敌的宫殿，拿出王子的项圈，哄骗众人说："多么不幸的事啊！季节标王子为了保卫我的净修林，与残暴的恶魔进行了凶狠的厮杀，最终被那恶魔打得奄奄一息。我想要救他，王子却说来不及了，还好心地把他的金项圈给了我，然后便死了。现在，他的尸体已经被净修林中的首陀罗苦修人焚化了。我不忍心隐瞒这个消息，也不想要这个金项圈，特地赶来向你们报告消息，你们不要太伤心了。"说完这些假惺惺的谎言，塔尔凯图就踏上了归程。

众人不疑有他，相信了假仙人带来的王子的死讯，一个个都痛苦地哭了起来。摩达勒萨哭着哭着就晕了过去，悠悠转醒后还是无法接受丈夫的突然离世，便自杀了，想要在另一个世界与丈夫团聚。国王夫妇后悔没有安慰儿媳，造成了她的死亡，为她举行了简洁的葬礼，而后继续痛哭。

成功报复了王子的恶魔塔尔凯图高兴地回到了净修林，一语双关地说："伟大的王子啊，我觉得畅快极了，由于你的配合，我实现了我的一个愿望，世界上再也没有比这更美妙的事了。你启程回去吧，合作愉快！上天保佑你有一个好心情！"

被蒙在鼓里的王子还礼貌地道别了假仙人，而后才骑马飞奔回家，想要快点见到美丽的妻子摩达勒萨。但当王子回到都城时，他看到子民们都哭个不停，便露出了疑惑的表情。而百姓们看到王子后，瞬间转悲为喜，大叫道："我们的王子还活着呢！他没有抛下我们！"王子愈发郁闷，赶回宫中，问父母在他不在的时候，发生了什么奇怪的事情。

胜敌国王知道纸是包不住火的，便说出了一切。王子马上反应过来，正是由于自己的愚蠢，才使妻子摩达勒萨轻易地放弃了自己的生命。自责不已的王子甚至想要追随妻子的脚步，但他的理智阻止了他，他明白自己不能抛弃父母和子民们。为了纪念摩达勒萨，王子庄重地立下了诺言："此生此世，我只有一位妻子，便是摩达勒萨。虽然她离开了我，我也不会再娶谁当我的妻子了。"

季节标王子的故事到此结束，两位蛇王子动情地说："父王啊，一对有情人竟落得如此悲惨的下场，实在是让人难过。您不知道，季节标王子在提到他早逝的妻子时有多悲伤，我们都看得出来，他至今还在思念摩达勒萨，并为此痛苦不已。如果有谁能帮王子走出痛苦就好了。"

听了儿子们的叹息，蛇王马青心里已经有了一个计划，那就是他要通过苦修感动湿婆大神，然后让摩达勒萨复活，让季节标王子再次和妻子生活在一起。

打定主意后，马青出发前往喜马拉雅山，朝拜了湿婆大神，唱了一首又一首赞歌。湿婆被打动了，问他想要什么恩典。

马青恭恭敬敬地回答："我是来为胜敌国王的儿子季节标王子求恩典的，他失去妻子摩达勒萨后，脸上很少再有笑容，我想让摩达勒萨托生成我的女儿，再与王子相聚。"

湿婆说："我答应你的要求，你回家之后，在家里再祭祀我一次，然后吃下祭品，摩达勒萨便会复活。"

马青照做了这些事，摩达勒萨果然活了过来，出现在马青的面前，叫他"父王"，蛇王让她住在深宫，打算给季节标王子一个惊喜。

马青传下口令，要两个儿子把季节标王子请到地界来做客。蛇王子提出这个要求后，季节标王子并不知道他们住在地界，便愉快地答应了，随他们走到不远处的乔摩蒂河岸，再与两个蛇王子一起下了水。王子还以为他们要带自己游到河对岸，再继续赶路，没想到两位蛇王子一直拽着他往下沉，最终进入了地界。两个蛇王子也不再是婆罗门的模样，呈现出了他们的本来面目，身上挂着许多闪闪发亮的宝石。看着王子诧异的样子两个蛇王子向他坦白了他们自己的身份，还给他介绍自己的王国。王子好奇地打量着这与人间世界迥然不同的地界城池，不禁想起了自己曾经在地界遇到妻子的事情，怅然若失地叹了口气。蛇王子们赶紧劝他说："王子，我们走快一点，我们的父王马青等你很久了呢。"王子这才打起精神，去拜见蛇王，向蛇王问好，并感谢他邀请自己来此做客。蛇王连忙推辞："不敢当，我还要谢谢你，是你身上的美德影响了我的两个儿子，使他们懂得了是非善恶，不再顽劣，让我省心了不少。为了感谢你，你说说你想要什么？只要我有，就会送给你。"

季节标王子说："谢谢您的美意，不过我父王的仓库中堆满了奇珍异宝，我每日也和朋友们开心地聚在一起，生活没有什么遗憾，如果非要要点什么的话，我就要我的心灵永远是充满善意的。"

蛇王说："王子你不要再见外了，你难道不思念你最疼爱的妻子吗？你稍等片刻，我这就让你见她一面。"

王子想，一定是蛇王子们把我的故事说给了蛇王听，人死不能复活，蛇王估计会用法术造出摩达勒萨的幻影，唉，就算是她的幻影，我也想好好地看一看。蛇王命令一直躲在后面的摩达勒萨走出来，王子还以为她是幻影，称赞蛇王真是法术高明，造出的幻影栩栩如生。蛇王微笑不语，王子张开手臂拥抱自己的妻子，才反应过来她是大活人，不禁惊喜万分，眉开眼笑。蛇王这才讲述了摩达勒萨复活的过程，笑称摩达勒萨现在是他的女儿，季节标王子少不得也得叫他一声"父王"。王子心中充满了欢喜，对蛇王拜了又拜，说自己一定会记住他的恩情，也会经常来看望蛇王。在这之后，季节标便迫不及待地带妻子回家了，想要和父母分享他的喜悦。

季节标王子携妻回宫后，把所有事情都讲了一遍，一家人又团聚在一起，过上了无忧无虑的生活。

赫利斯金达和众友仙人

很久以前，国王赫利斯金达爱民如子，体察民情，获得了极高的声誉。他经常为穷苦人做布施，诚心诚意地为百姓服务，因此受到了万民的拥戴。在他的国土之内，盗贼几乎绝迹，妖魔也不敢轻易作乱，呈现出一幅国泰民安的盛世景象。

不出意外的话，国王会永远幸福地与他的臣民共享盛世，但人算不如天算，国王遭遇了一场比天还大的劫难。那天，国王兴致勃勃地出门打猎，却听到森林深处传来女人们凄厉的呼救声，国王很是震怒：在他的眼皮子底下，竟有人敢欺压妇女！国王立马循声而去，打算惩治坏蛋，救出女人们。

走背运的国王并不知道，自己中了一个圈套：女人们的呼救声是一些知识神变出来的，为的就是把国王吸引过去，好让他打扰正在通过苦修获取了很多知识的众友仙人的修行。森林里的恶魔也嫉恨众友仙人，他配合知识神们的卑劣行为，钻到了国王的身体里，使温和可亲的国王性情大变，一边赶路一边粗声粗气地说："是哪个愚蠢的家伙不想活命了？竟然敢残害我的子民，我这就来取走你的性命！"国王一路上都在大叫，叫嚷声传入了正在打坐的众友仙人耳中，使得他多日来的修行功亏一篑，失去了所有即将获得的知识与法力。众友仙人心中顿时燃起了万丈怒火，他坐在原地等着那个打扰他修行的罪人出现，决定不管这个人是谁，都要给他最残忍的报复。

就在这时，女人的呼救声不见了，恶魔也赶紧从国王赫利斯金达的身体里逃了出去，国王抬头望见在地上打坐的众友仙人，没来由地一阵心慌，身体也颤抖了起来。国王强行稳住心神，礼貌地向仙人问好，解释自己大喊大叫的原因说："啊，伟大的众友仙人啊！我无意惊扰您的修行，只是听到了有一群女子在呼救，作为这片土地的国王，我自然要解救她们，希望您不要为此生气，诅咒于我，我的所作所为都遵守了正法之神达摩制定的规则。"

众友仙人说："既然你这么拥护正法之神达摩，我就来考一考你，谁是最应该得到施舍的人？"

国王赫利斯金达回答道："万民都应该慷慨地向优秀的婆罗门进行施舍，身为国王，更应如此。"

众友仙人说："国王，你能这样回答，我真是太高兴了。如你所见，我是一个婆罗门，请你拿出国王的慷慨，给我一些施舍吧。"

国王还以为仙人原谅了自己，高兴地说："请您尽情地说出您想要什么施舍吧！不管您想要什么奇珍异宝，抑或者是美貌的女子，或是别的什么东西，只要我有，我就通通都给您！"

众友仙人说："那好吧，珍宝和美女是你给我的施舍。但还有一件事，我要举行王祭，为此你还得给我更多施舍。"

国王说："行，你的要求我全都答应。你说吧，你还想要什么。"

仙人说："我要你的整个国家，这国家的每一寸土地、每一滴水、每一个人等，以后都属于我了，你只对你和你的妻子、儿子占有所有权，你答应吗？"

尽管众友仙人的要求有些无礼，仁慈的国王还是答应了。不料，众友仙人话锋一转："国家的一切都属于我了，那么至高无上的王权也归我所有了吧？也就是说，你现在不是国王了，得听从我的命令，对不对？"

国王说："您说得很对，现在由您来掌管国家，不管您发出什么命令，我都会照做。"

仙人说："现在我命令你马上带着你的妻子、儿子到别的地方去，不准再在我的国家逗留，而且你们走的时候不能带走任何财物，只能穿一件勉强可以裹身的树皮衣。"国王只好召来在森林外面等候他的妻子莎乌娅和儿子赤马，三人换上了树皮衣，那粗糙的树皮划伤了他们娇嫩的肌肤，他们也只能忍痛不说。就在三人要离开时，众友仙人蛮横地说："别走！我还要更多的施舍。"

赫利斯金达国王皱眉回答说："仙人啊，你明明知道我现在除了妻子和儿子外，再没有什么东西了，如何能给你施舍呢？"

众友仙人恶狠狠地说："我不管，我是婆罗门，面对我的请求，你就得给我施舍，否则你以往做过的善事就全都不算数了，死后也不能升入天堂。"

赫利斯金达国王说："既然这样，我请求您宽限一个月的时间，让我想办法找来财物布施给您。"

仙人说："我答应你的要求，但你一个月后还不给我布施的话，我就用我的法力诅咒你，让你尝尝痛苦的滋味。"

赫利斯金达国王携妻带子走在道路上，往出城的方向走去，城中的百姓不知道国王为何变得如此落魄，只当他要丢弃子民不管了，便都尾随着他，一边走一边请求他不要离开他们。百姓们还伤心地哭了起来，这哭声让国王心痛极了，转身安慰子民们不要再哭了，在这里好好生活。

众友仙人的出现破坏了悲伤的气氛，他质问国王为何不速速离开，难道是想反悔吗？众友仙人一边骂国王一边用棍棒驱赶国王一家三口，百姓们眼睁睁地看着国王一家越走越远，在原地哭成一片。

国王身体还算健壮，受得了奔波劳累之苦，可怜从小就没走过几步路的王后莎乌娅，因为脚上磨出了血泡走得稍微慢了些，众友仙人的棍棒就落在了她身上。王后不禁叫起疼来，国王无计可施，只能低声下气地请求仙人不要再打了，说自己会尽量快点离开国家。说完之后，国王一家三口东倒西歪地往前赶路，离开了这片记录着他们荣耀的土地。

赫利斯金达国王一家迷茫地向前走着，到达了由湿婆大神建造的瓦腊那西王国。这时，赫利斯金达国王承诺的一月之期已经过去了二十九天半，但他们却没有在路上得到一点财物。众友仙人催命般地出现了，向国王索要施舍。

国王无奈极了，说："我还有一个下午的时间，请您半天后再来吧。"

众友仙人恶狠狠地说："如果半天之后，你不能兑现你的承诺，你该知道会有什么后果。"

望着众友仙人离开的身影，国王几乎失去了所有的信心和力气，在这座陌生的城市里，国王一家举目无亲，他也不好意思开口乞讨，哪有什么办法可以得到财物呢！国王越想越绝望，恨不得就此人间蒸发算了，却又舍不下可怜的妻子和儿子，只能继续苦思冥想解决问题的方法。

王后莎乌娅一心想要分担丈夫的痛苦，她想出一个悲哀的获得钱财的方法后，抽泣着说:"我可怜的丈夫啊,你不要再发愁了,我想出了一个办法。嫁给你的这些年,我们享受了快乐的生活,留下了许多甜蜜的回忆,还有了一个可爱的儿子。这已经让我很知足了,如今你大难临头,为妻劝你一句,膜拜达摩的人都会受到奖励,只要你坚持完成对仙人的承诺,天神们肯定会保佑你重铸辉煌。现在你只需做一件事,那就是……"说到这里,王后悲伤难抑,再也说不下去了。

国王安慰王后说:"你说的话都是对的,我们会重新过上好生活,现在我需要做什么呢,我自己是想不出来办法了。"

王后擦擦眼泪说:"我们已经有了可爱的儿子,太阳世系的血脉便没有断绝,你带着儿子生活吧,把我卖给别人当女仆,这样你便有了钱财。"

国王知道妻子竟想出了这样的办法,气血翻涌,倒在地上不省人事了。王后回想以前过的富贵生活,跟现在穷困潦倒,还负有外债的情况做了对比,简直是天壤之别,她哭诉着上天不公,也倒在了地上。小王子赤马又饥又饿,哭喊着要吃饭喝水,爬到父母身边想要推醒他们。一直在天上旁观国王行为的众友大仙拎了一桶凉水过来,将国王夫妇浇醒了,警告他们半天时间马上就要过去了,再不还债就诅咒他们。

王后莎乌娅催促国王不要再犹豫,快点卖掉自己。两人抱在一起哭了一会儿,国王才下定决心,卖掉与自己相依为命的妻子。他们到了集市上,国王丢掉了自己的矜持与尊严,痛苦地大声叫卖:"卖妻了,卖妻了!我的妻子是天下难得的好女人,她比世界上的任何珍宝都要珍贵,我却不得不为了实现自己的诺言,残忍地将她卖掉!我知道我是个无情无义的恶棍,你们想骂我就尽情地骂吧,还请有哪位好心人,肯把我的妻子买回去做女仆……"

人群对此议论纷纷,一个老婆罗门表示他可以买下莎乌娅做女仆,帮他们一家做家务。老婆罗门说完就把钱塞给了国王,拉着王后跟他回去,国王痛苦地闭上了眼睛,小王子赤马不明白发生了什么,死死地拉住母亲的衣襟,不让她走。老婆罗门凶狠地恐吓小王子放手,那孩子却一直凄惨地哭叫,他母亲听得心都要碎了。万般无奈之下,王后请求老婆罗门买下小王子,让他们母子可以一起为奴为仆,互相依靠。老婆罗门见孩子哭得太厉害了,便加了一些钱,把王后和小王子一起买走了,留下国王赫利斯金达失魂落魄地站在原地。

国王目送妻儿远去,为他们的未来感到了担忧:"我的王后几乎不会做家务,这下却成了别人的奴仆,她会因为做不好事情而受到主人的打骂吗?我的儿子,生下来便是被众人捧在手心的小王子,吃穿用度都是最好的,他会习惯吃糠咽菜的生活吗，他会不会想念我？"国王就这么胡思乱想着，想在把卖妻儿得到的钱布施给大仙后，自己该去做什么，才能把妻儿赎回来，让他们不再受苦。

众友仙人过来拿走国王所有的钱后，说了一句："就这么一点点钱够干什么？如果你不能拿出更多的钱给我，我依旧要诅咒你，再给你最后两个小时去筹钱。"他的这句话打破了国王对于未来的幻想，让国王重回痛苦之中，只得把自己卖了还账。国王有气无力地重复喊着："卖身，卖身，有谁需要仆人吗？"

一个旃陀罗种姓的男人走到国王面前，说他需要一个奴仆。国王仔细打量了这个旃陀罗，发现他外表邋遢，目光凶狠，满脸污垢，衣服上沾满了泥土，身上还带着一股恶臭。国王心想：可不能给这样的人做奴仆，否则不会有好下场的。出于礼貌，国王还是问了对方的身份和职业。这个旃陀罗说："我是一个旃陀罗，我负责带走人的生命，焚烧死人的尸体，还有出售裹尸布给别人。"

国王打了个冷战，说："不不，我不想做旃陀罗的仆人，总与死人打交道是不吉利的事情，会让我在错误的路上越陷越深，再也没有重新做人的机会。"

众友仙人听到国王的拒绝后，大发怒火，说给旃陀罗做仆人是一件好事，命令国王马上同意。国王表示自己可以以身抵债，从此以后做仙人的仆人还债。没想到仙人说："既然我是你的主人了，那我就要把你这个不听话的仆人卖给旃陀罗。"国王还想辩解，仙人不由分说地把他推给了那个旃陀罗，拿走了钱扬长而去。

国王就这样成了旃陀罗的奴仆，旃陀罗带国王到自己家里稍作休息后，对他说："我也不能白养你，我家里没什么活要做，你到城南的焚尸场里讨生活吧。那里有很多死人，你要做的就是收集他们的衣服，从他们身上搜罗财物。一段时间后，我会去看你，拿走八成的钱，然后分一部分给这个国家的国王。"

赫利斯金达国王没有再做反抗，默默地去了城南的焚尸场。焚尸场里除了死人，就是快要死的人，他们一个个形容枯槁，有气无力地喊着救命，哪怕是最低等的乞讨者都不敢接近这里。焚尸场也是野兽和恶魔们的乐园，眼睛发绿的野狗们潜藏在垃圾堆里，有的人刚一断气，它们就跑来将尸体分而食之。整个焚尸场散发着尸体的腐臭味和皮肉被烧焦的气味，不时传出几声鬼哭狼嚎的声音，宛若人间炼狱，使人敬而远之。

国王心有戚戚，却不得不执行主人的命令，在这阴森恐怖的焚尸场里生活，他常常回想自己以前的生活：家庭美满、群臣环绕、万民敬仰、生活幸福。可是，众友仙人把这一切都变成了泡沫，他甚至不知道妻儿在哪里受苦，此生还有没有再次相见的可能。国王还记着主人的交代，去死人身上拿走他们的衣服和财物，准备等主人来取。可过了好几天主人也没来看他,他不与外界接触,整日与尸体做伴,外貌发生了变化,看起来就像是一个游走在人间的孤魂野鬼。

国王就这样生不如死地过了一年,分不清四季变化,淡忘了以前的事情,记不得自己曾是高高在上的国王。他从不睡觉,总在焚尸场里找食物,然后去巡逻那些快要死的人,若是有谁死了,就取走他的财物,烧了他的尸体,瞪着燃起的火光发呆。

有一次,国王在火堆旁边睡着了,这是他一年多来睡的第一个觉。他做了一个长长的噩梦,在梦里经历了十一次轮回,有时候是化为牲畜,受劳累之苦;有时候是化身国王,因为赌博输掉了国家;有时候是正在享受生活,却突遭横祸;在最后一次轮回里,他梦到阎摩王要推他下地狱受苦,他一下子从梦里醒了过来,发现自己浑身是汗。

又过了一些日子,国王连自己的妻儿都想不起来了,每日行尸走肉般地生活着,麻木地收集着财物,看着人们把死人送到焚尸场。

转折出现了。那个被老婆罗门买走的小王子不幸被蛇咬死了,他的母亲莎乌娅王后抱着孩子冰冷的尸体来到焚尸场。这时,王后的美丽早已不复存在,变成了一个灰头土脸、憔悴不堪的瘦小妇人,沙哑着嗓子哭死去的儿子。

国王赫利斯金达麻木地赶了过来,看到那个瘦小的妇人后,她丝毫没有勾起国王过往的回忆。王后抬头看了国王一眼,也没有认出这个形如野鬼的人。

国王低头看看是谁死了,他儿子的面容映入他的眼帘,瞬间让他清醒了一些,勾起了他对妻儿的怀念。他想:"不知道我的妻儿在哪里,是不是都平安地活在世上。"

这时,王后莎乌娅大放悲声:"我苦命的孩子啊,你本是太阳世系骄傲的小王子,却被你的父亲卖给别人做奴仆,又早早地被死神夺去了性命。没有了你,我一个人可怎么活下去啊,天可怜见,我甚至不知道你父亲赫利斯金达去了哪里,恐怕是今生再也不能团聚。啊,让我随你而去吧,我不想痛苦地活着了。"

国王终于明白过来了,他问妇人:"你是我的妻子莎乌娅吗?我是赫利斯金达。"王后仔细看着国王,也认出了他,夫妻二人相对泪两行。稍微平复心情后,两人向对方讲述了自己的经历,得知对方都吃了不少苦头。

王后抚摸着儿子冰冷的尸体,怀念儿子乖巧的样子,问国王:"伟大的赫利斯金达啊,我们一直膜拜达摩,为何反而落到了这步田地?天神们曾收下我们大量的祭品,为什么不肯现身帮我们?我不想再活下去了,这令人绝望的人生,就到此为止吧。"国王对王后说:"若连你也弃我而去,我还有什么好活的呢,让我们一家三口在另一个世界团聚吧。"

就在国王夫妇打算自焚时，他们做了最后一次对众天神的祈祷，这一次，众天神翩然而至，出现在他们面前，阻止了他们的自尽行为。正法王达摩说："伟大的国王啊，是我变化成那个旃陀罗买下了你，对你进行了考验，恭喜你在考验中展示出了你的高尚品质和纯洁的心灵，我现在是来带你解脱苦海的。"

因陀罗说："你们夫妇的行为感动了所有天神，我作为天帝，亲自过来迎接你们去天堂生活。"因陀罗边说边复活了小王子，国王和王后也褪去污垢，变成了原来的样子。

国王请求说："伟大的因陀罗啊，您是否能让我与我的子民们一起飞升天堂呢？他们现在还在为我悲伤，我不能做一个自私的人。"

因陀罗点头答应了，派出很多神车接走了国王的子民们，他们在天堂又建立了一座与原来一样的城市，与他们的国王、王后团聚了。众友仙人为了弥补自己的错误，帮助国王的儿子赤马成为了阿逾陀城的国王，赫利斯金达国王便原谅了众友仙人。

地狱的传说

婆罗门圣智是婆利古仙人的后裔，他有许多儿子，其中一个名叫妙智的儿子从小就是呆板一块，令他伤透了脑筋。妙智长大成人后，圣智教育他说："孩子你现在算是大人了，不要再整天浑浑噩噩的，去向有知识的人学习吠陀经典吧，接着娶妻生子，年老后再选择修行或者游历，这样你才能成为有大智慧的人。"

面对圣智的谆谆教导，妙智根本就不放在心上，权当作耳旁风。当圣智又一次搬出这些老生常谈时，妙智总算回应了一次，他懒洋洋地回答道："父亲，你一个劲儿地劝导我去学习知识，去结婚生子，去修行或者游历，你可知道，这些事情我做了不下千百次？我掌握的知识比附近任何一个婆罗门都要广博，我甚至懂得众多谋生的技能。我的脑海里留存了一万多年的记忆，让我想想我都经历过什么吧。寻常的生老病死自不必说，我不知道经历过多少次轮回了，从婴孩长为孩童，长为少年，长为青年，再步入老年，走向死亡。我结交过不同性格的朋友，娶过或美或丑的妻子，生过儿子，也生过女儿，我收获过亲情、爱情、友情，又在生命尽头时，看着它们如云烟消散。我也当过不同种姓的人，比如说婆罗门、刹帝利、吠舍、首陀罗，清楚地了解每一个种姓要承担的职责和必尽的义务。我也投生成了畜生、虫子和飞鸟，整天惶惶不可终日，希望能躲避开天敌的追捕。这一世我投生在您家里，其实我还投生到达官贵族的家里过，也投生到奴仆的家里过，过着安逸或者贫贱的日子。我夺取过别人的生命，也被别人无情地杀死过。有时我为生活的幸福高歌，有时我为遇到的磨难流泪，我见识过世间百态，感受过人情冷暖，遍尝了人生的酸甜苦辣。大致的情况就是这些吧，普通人需要学习吠陀知识获得智慧，而我在这千百次的转世轮回中，早就对世界的真相了如指掌，常人无法匹敌我的智慧，您还让我去拜师学习做什么呢？普通的人和神都无法再教导我什么了。"

婆罗门圣智被儿子的话惊得目瞪口呆，他迷茫地说："孩子啊，我怎么对你说的这些话似懂非懂，你这是怎么了？不过我可以确定的是，你一定得到过某位大神的恩典，是一个有大智慧的人，你掌握的知识比我多多了，我以后不会再唠叨你。不过你能再给我讲讲你的经历吗？"

妙智说："在我最初的记忆里，我是一个虔诚膜拜梵天大神的婆罗门，是狂热的梵天大神的追随者，那至高无上的梵天渐渐渗透到我的灵魂深处，我由此有了记忆长存的能力，清楚地记得我的每一次转世，并成为了大智慧者。我去过很多次地狱，很熟悉那里的情况。"

这时，妙智的父亲请他讲讲关于地狱的事，他便开始了自己的讲述：

在七世之前，我投生成了一个吠舍，当一头母牛要饮水时，我故意拦住了它，所以我死后便坠入了地狱。地狱之中，污秽满地，长着尖利铁嘴的大鸟在上方盘旋，总是啄食罪人们的身体；炙热的烈火飞来飞去，炙烤着罪人的亡灵鬼体，疼得罪人们不时发出阵阵让人头皮发麻的尖叫。我在地狱里一待就是一百多年，每天都经历着煎熬，每天都盼望着奇迹的发生，盼望能早日离开地狱。大约是上天听见了我的心声，一个阎摩使者竟带了一个在品德修行上近乎完美的国王过来，由于他的高尚品德，地狱的烈火自动熄灭了，一阵阵清凉的风吹在罪人们身上，舒服得大家甚至忘记了自己还在地狱里。

地狱里的亡灵鬼体们对那位国王感激涕零，纷纷对他表示了感谢，那国王却不解地质问阎摩使者，说："只有有罪孽的人才会下地狱，我自认一生中没有做过错事，为什么我也坠入了地狱？要知道，在我执政期间，我爱护我的子民，布施给婆罗门大笔钱财，从不乱杀牲畜，按时祭祀天神们，好心帮助受苦受难的人们，难道我做得还不够好吗？"

听了国王的叙述后，我不禁也产生了疑惑：像这样积累了无数功德的人，怎么就到地狱来了？是不是阎摩使者领错了路？平时凶神恶煞的阎摩使者也不敢造次，恭敬地回答国王的问题，说："您的确做过您列举出的那些善事，但您的履历中有一个小小的污点。您还记得您的妻子碧婆莉吗？有几次她主动找您求欢，那是她容易怀孕生子的时候，您却由于喜欢盖珂耶国的女王苏修婆娜，没有满足您妻子的要求，致使她没有早早怀孕生子。这就是您的不对了，不能及时生下子嗣的人，便是对不起祖先，死后要在地狱里度过一段时间。现在，您的受难时间已经到期了，您已是无罪之身，我要带您离开这里了。"

国王说："阎摩使者啊，在我离开之前，我想要请教一下，这里的其他人怎么都是一副伤痕累累的样子，他们都吃了很多苦头吧。他们生前都做了什么罪恶的事呢？又会遭受哪些折磨？转生成什么？"

阎摩使者说："世人都明白'善恶终有报'的道理，却总有人不约束自己的行为，擅自造下罪孽，那么这些人死后就会坠入地狱，根据其罪孽接受相应的惩罚，受罚之后还要转生为牲畜继续在人世受苦受难，直至他赎完了自己所有罪孽的那一天，才可以再投胎成正常人。

"受罚的情况基本分为：用眼睛传达恶意的人，比如说下流地窥探妇女的身体，长着尖利铁嘴的大鸟便一次又一次地去啄食他们的眼睛，他们的眼睛被吃掉后，还会再长出来，再被吃掉；而那些用嘴巴犯罪的人，比如说用言语搬弄是非，他们的待遇和上面一样，大鸟们总是会啄食他们的舌头。除此之外，那些故意挑拨离间的人，会被铁锯分裂身体；那些故意使他人心情变坏的人，以及虐待出家人的人，滚烫的铁砂会烧烂他们的身体；那些故意撒谎、弄虚作假的人，他们的舌头将会被利刃割掉；那些因醉酒而对自己的父母或师父、长辈做出无礼行为的人，他们的头将会被塞进盛满脓血、粪便的瓮中；那些吃独食的人，不把食物与穷人分享的人，在地狱只能吃肮脏的唾沫和浓痰。这些罪人的罪孽越是深重，在地狱受罚的日子就越长。

"当罪人们在地狱挨过了各种刑罚，大致洗清自己的罪孽后，便会因自己所犯的罪孽转世成不同的虫子和牲畜。

"比如说，婆罗门若是收下了堕落者的钱财，就会转生成驴；偷偷给别人妻子献殷勤的人，会转生为狗；对父母破口大骂的人会变成水牛；对弟媳有非分之想的人会变成鸽子；故意为难弟媳的人会变成龟；非法占有他人财产的人会变成蛆；忌妒心强的人会变成罗刹；不遵守誓言的人会变成鱼；与他人妻子上床的人会变成狼、杜鹃鸟、野猪三者中的一种；不敬天神、破坏祭祀的人会变成虫子；做事出尔反尔的人会变成蛆；不进行祷告便吃饭的人会变成乌鸦；偷盗他人物品的人会变成老鼠、鹤、秃鹰、鸽子、蛆、乌鸦、雄鸳鸯这些动物中的一种。

"由此可见，作恶多端的人都会受到惩罚，而那些行善积德的人都会去往天堂，在那里无忧无虑地生活一段时间后再投胎成人。"

阎摩使者讲完了这些，便催促国王跟他一起去往天堂，享受应得的奖赏。国王答应了。

就在他们要离开的时候，地狱里的亡灵鬼体们一起哀求国王先不要离开，他们说："功德无量的国王陛下啊，请您不要急着离开！我们都被折磨很久了，在这里求生不得、求死不能，真是最痛苦的事情。而您一来，烈火也不炙热了，大鸟们也不狠狠地啄食我们的身体了，从您身边吹来的风，更是慰藉了我们饱受折磨的身体与心灵。啊，求求您大发慈悲，再待上一小会儿吧。"

好心肠的国王果真停下了脚步，他问阎摩使者："我能暂时缓解这些人的痛苦，这可真是一件意想不到的事啊！还请您告诉我，为什么我能减轻他们的痛苦呢？"

阎摩使者耐心地说："您敬奉天神，每日都按时做祷告，所以地狱里这些烈火、刀剑、乌鸦和铁嘴鸟都会对您怀有敬意，降低对他人的惩罚力度；您乐善好施，散播出了大量钱财，所以您带来了阵阵清风，减轻了他们的痛苦。"

国王说："我没有去过天堂，不知道那里会有多美好。但是我在这里，可以切实地让这些人舒服一点，他们高兴，我也就会开心。所以我决定不去天堂了，在这里造福这些罪人。"

阎摩使者表示，身上怀有功德的人就该升入天堂，只有罪人才应该待在地狱遭受惩罚，国王应该赶紧离开地狱。但国王就是不走，双方便争执了起来，各执一词，谁也不让谁。

因为国王积累了太多功德，因陀罗和达摩王（正法王）亲自降临地狱，迎接国王去天堂生活。两位天神吩咐国王快点跟他们走，说国王的功德足够他上天堂痛痛快快地享受各种乐趣。

国王却说："尊敬的天神们，我宁愿不去天堂，把我的全部功德都献给这些痛苦不堪的罪人们,使他们早日投胎转世,离开地狱。"

因陀罗说:"你的仁慈只会增添你的功德,由于你的要求,这些罪人们即将结束他们痛苦的地狱生活,而你则会自动升入天堂。"

国王浑身闪耀着金光,飞往天堂去了。地狱里的罪人们也沾了国王的福气,纷纷投胎转世,开始自己新的生命。

妙智的父亲听了这个精彩的故事后,对地狱更加好奇了,问地狱是否有分类。妙智回答说:"地狱总面积有八千六百由旬,大致分为八百四十万个地狱,其中最令人惧怕的是大叫地狱、黑暗地狱、铁矛地狱、污秽地狱、沙拉摩里河地狱、号叫地狱、黑绳地狱、赤血地狱、腐尸地狱、众合地狱、剧毒地狱、炙热地狱、乌毒地狱、阿鼻地狱、等活地狱、大道地狱、大暗地狱、延展地狱、摩诃地狱、油炸地狱和毒火地狱,总计二十一个。凡是进入这二十一个地狱的亡灵,都会在里面接受上千年的恐怖刑罚。"

美娘

行降仙人是著名的大仙婆利古的儿子,他选定了一处风光旖旎的湖岸作为自己的修行地点,这片湖岸包含在芦箭国王的统治区之内。行降仙人把自己当作一根木桩,站在湖岸边不肯挪动分毫,一站就是好多年。在此期间,蚂蚁们果真把他当作了木桩,在他身上爬上爬下,留下了灰尘,日久天长,他的全身都被泥土裹了起来,只有眼睛那里没有被泥土糊住,看上去就像是一个蚁垤,普通人根本看不出来这儿竟然有一个正在修行的仙人。

行降仙人心志坚定,即使身处蚁垤中,被闷得透不过来气,仍在坚持自己的修行。芦箭国王有一位掌上明珠,唤作美娘,是国王唯一的后代,自小就被宠惯了。美娘的外貌与她的名字十分相称,是个袅袅婷婷的大美人,脸上又带着几分少女独有的娇憨可爱。她随芦箭王来欣赏湖岸的美景,一不注意就脱离了父亲的视线,恰巧走到了行降仙人藏身的蚁垤面前。

行降仙人已经禁欲多年，但当美娘俏丽的容颜映入他眼帘时，他的心里便有了美娘的倩影，涌现了想要恋爱的冲动，但大仙克制住了这种冲动。

行降仙人的双眼痴痴地望着美娘，美娘却以为那是一对萤火虫，她起了戏弄之心，拿着一根荆刺刺了过去，仙人便变成了一个盲人。尽管大仙又施展法术治愈了眼睛，他还是不能原谅美娘的无礼行为，因此他用法术使所有芦箭国王的士兵们都不能排泄大小便。士兵们受不了这种折磨，一个个捧着肚子直哼哼，芦箭国王觉得其中必有蹊跷，下令追查有没有谁对在此修行的行降仙人做了无礼之举，美娘便向父亲禀报了自己的顽皮举动，不安地问自己是不是闯了祸。

芦箭国王叹了口气，带着女儿来到蚁垤前，请求行降仙人饶恕美娘的无心之举。行降仙人回答说："错事是你的女儿做下的，就必须由她来承担后果。如果她愿意嫁给我做妻子，我心生欢喜，便饶恕了她的罪过。"芦箭国王答应了这件事，行降仙人便撤回了自己的法术，解除了士兵们的痛苦，又给了国王很多恩典。

行降仙人从蚁垤中出来，与美娘结为了夫妻。尽管行降仙人已经上了年纪，外貌也与老年人无异，温柔善良的美娘还是与他相敬如宾，两人生活得十分和谐。

行降仙人与美娘定居在树林里，美娘经常去人迹罕至的湖里洗澡，从未被人看见过。但双马童在凡间四处游玩时，发现了正赤裸着身子洗澡的美娘。他们震惊于美娘的美色，急匆匆地问道："好一位如花似玉般的美娇娥，你叫什么？你的父亲是谁？我们要请你父亲把你嫁给我们两人中的一人。"美娘手忙脚乱地穿上了衣服，冷冷地说："我叫美娘，是芦箭国王之女，已经嫁给行降仙人做妻子了。你们身为天神，怎么能偷看别人洗澡？太无耻了！"双马童惊讶地说："天啊！真是一朵鲜花插在了牛粪上，像你这么靓丽的女子，怎么就嫁给了行降那个貌丑的老汉做妻子，这对你太不公平了，你父亲可真够糊涂的。你挑挑看，看更喜欢我们中的哪一个，我们都愿意娶你。"美娘生气地说："您二位快点离开这里吧，我与我丈夫过得很和谐，不劳你们操心。"双马童又说："我们俩是神医，众神的医术都没有我们高明，你回去告诉你的丈夫，我们愿意把他变成英俊的少年，这之后你再决定你愿意嫁谁，好吗？"

美娘和行降仙人商量之后，一起找到了双马童，说愿意答应他们的要求。双马童和行降一起跳进了水里，出水的竟是三位外貌毫无差异的英俊少年，美娘愣了一会儿后，不得不从中挑一个做丈夫。美娘围着三人看了又看，都没能发现他们有什么区别，只好认真地注视着他们的眼睛，当她感觉到其中一双眼睛里蕴含着浓浓爱意时，便毫不犹豫地选了那个人，而那人正是行降。双马童不住地唉声叹气，行降安慰他们说："谢谢你们帮我恢复了青春，我知道天帝一直不太喜欢你们，为了报答你们，我将让你们喝到天帝不允许你们喝的苏摩酒。"双马童这才转怒为喜，高兴地离开了。

当芦箭国王来森林里看望女儿女婿时，行降仙人请求国王修建一座大大的祭场，说自己要举办一场隆重的祭祀为国王祈福，国王欣然应允。准备工作做好后，行降仙人便邀请众神前来，众天神欢聚一堂，等待享用祭品。

行降仙人拿出珍贵的苏摩酒，分给那些德高望重的天神们享用，当他要把酒分给双马童时，天帝因陀罗制止道："双马童这两个家伙，靠着自己英俊的皮囊勾搭了不少女子，作风败坏，医术也不精，根本没有做出过什么重大贡献，苏摩酒不能给他们喝。"行降说："我之所以有这副俊美的相貌，全靠双马童精湛的医术，我认为他们乐于助人，有资格享用苏摩酒。"行降说完就把苏摩酒给了双马童，恼怒的天帝拿出蕴含神力的金刚雷杵打向行降仙人，仙人急忙用法术阻止了天帝的攻势。

趁着天帝因陀罗动弹不得的时机，行降仙人用咒语召来了一个名叫迷醉的巨大妖魔，让他去教训傲慢的天帝。妖魔张开血盆大口，张牙舞爪地扑向天帝，天帝头皮发麻，生怕那妖魔一口咬掉自己的头颅，急忙求饶道："行降仙人，我承认你说得有道理，之前是我不对，以后双马童可以和众神一起饮苏摩酒，你快点让这可怕的妖魔退下去吧。"行降仙人见自己的目的已经达到，便收回了法术，还为众天神表演了分身术，博得了满堂喝彩。

如愿喝到苏摩酒的双马童向行降仙人投来了感激的眼神，因陀罗也津津有味地享受着他的那份祭品。最后，众神赐给芦箭国王不少祝福后，便回天界了。

行降仙人送走了兴高采烈的芦箭国王，带着美娘专心地修行去了。

杜尔迦女神

1. 诛杀牛魔王

在很久以前,天神们就和檀那婆一族结下了世仇。那时,天帝因陀罗带着众天神,与檀那婆之主牛魔王手下的檀那婆们进行了一场激烈的战争,这场战争整整持续了一百年才分出胜负,牛魔王一方取得了最后的胜利,在原属于天神们的因陀罗天界举办了盛大的庆功宴。作为战败的一方,天神们过着流离失所的日子,无时无刻不在想念故土。在思念之情的驱使下,他们向主宰世界的梵天、毗湿奴和湿婆三大神求助,哭诉他们这些日子饱受颠沛流离之苦,却奈何不得牛魔王和他的手下们。

看到众天神痛哭流涕的样子,毗湿奴和湿婆对牛魔王抢占因陀罗天界的行为很是不满,他们和天神们商量着要合力造出一个威力无穷的女神来,让她负责诛杀恶魔,保卫天神。三大神随即张开嘴巴,喷射出蕴含着独特威力的神光,因陀罗及众天神纷纷效仿他们的动作,从嘴里发射出神光。他们围坐成一个圆圈,将各自的神光聚集在一起,慢慢地,一个名叫杜尔迦的女神从神光中逐渐显露出了自己的身体,她的双目炯炯有神,面目端庄威严,却不失女性的秀美。女神的诞生,令众天神欢腾一片,看到了复仇的希望。为了让女神最大可能地获得胜利,众天神甚至把自己威力最大的兵器都暂时借给女神使用,这里面包括:湿婆的三叉戟、毗湿奴的神盘、水神伐楼拿的神螺、火神的长矛、因陀罗的金钢杵和神钟。除此之外,海神给了她圣洁美丽的莲花花环,众山之王献上一匹狮子让她骑。女神得到了这些宝物后,感受到众天神对自己的崇敬与期盼,不禁发出爽朗的笑声,让天神们更有信心打胜仗。女神的笑声非同凡响,传遍了整个宇宙,让恶魔们从心中生出了一阵恐惧。

牛魔王也听到了这响彻天地的笑声，认定这是天神们又在搞什么阴谋诡计，直接带领自己的全部人马出发了，发誓要彻底杀死所有天神，从此过上高枕无忧的生活。但迎接他的却是生有上千只手臂，身躯如山般高大雄伟的杜尔迦女神，他大吃一惊，硬着头皮上了战场，命令自己的得力干将查马拉、文甘特、马哈摩奴、河西洛姆、沙什帕尔乌格拉达山、比达尔一起围攻女神，打算把这个从没见过的雄壮女人碎尸万段，再去找众天神算账。

　　面对众恶魔的围攻，女神游刃有余地使用着天神们送她的武器，向恶魔们杀去。这些威力无穷的神器，如收割稻草般结束了恶魔们的生命。数目众多的恶魔大军一拥而上，女神杀了好久也没杀完，便用自己的呼吸创造了一万个从者，让这些从者帮助自己剿灭恶魔。战场之上，女神使用的三叉戟、神杵、神矛、短剑飞来飞去，让恶魔们领略到了什么叫作绝望。

　　牛魔王的总统帅齐楚尔决定去刺杀女神，他悄悄地潜伏到了女神身边，还没得手，就死在了女神坐骑的利爪之下。

　　极度愤怒的牛魔王现出了自己的原形，原来他是一头壮硕无比的黑牛。黑牛横冲直撞地冲上了战场，用尖锐的牛角刺死了大量女神的从者，直奔女神而去。

　　牛魔王发出了惊天动地的嘶吼声，女神就用神奇的神索将它捆了起来；牛魔王变成狮子咬断了绳索，女神用立三叉戟砍掉了狮子的头；牛魔王变成一个手持利剑的男子，女神就用神箭射中他的胸口；牛魔王又变成了一只巨象，女神挥剑砍掉了它的鼻子；无计可施的牛魔王只好又变成了牛，女神从高处跃下，将三叉戟深深地插入了牛脖子里。牛魔王的鲜血喷射了出来，流了一地，身体摇晃着摔在地上，没有了呼吸。

　　天神和仙人们为女神送上了真诚的赞颂，心情愉快的杜尔迦女神对他们说，当他们陷入绝境时，只要默祷她，她便会赶去解救他们。之后，杜尔迦女神隐居在了喜马拉雅山上。

2. 诛大小松波

　　杜尔迦女神隐居之后，天神们又遇到了劲敌，即名叫松波和尼松波的恶魔兄弟。作为恶魔中的佼佼者，大小松波再次集结恶魔攻下了因陀罗天界，并在此称王称霸，罢免了天神们的职位，让众天神再也享受不了下界供奉的祭品。走投无路的众天神不好意思再向三大神求助，在心中默祷杜尔迦女神，恳求她再次伸出援助之手，为众天神谋福祉。他们的祈祷被杜尔迦女神感知后，女神让他们少安勿躁，她会定下计谋引大小松波前来决战。

杜尔迦女神化身成一个名叫迦梨迦的女神去吸引大小松波。迦梨迦女神博采众女神容貌的优点，长了一张倾国倾城的脸，还拥有优雅动人的身姿，穿着引人注目的锦衣华服，她在喜马拉雅山中四处游荡，碰到了大小松波的仆从金达和蒙达。这两个仆从一合计，认为这么美丽的女子应该归他们的主人所有。他们立马跑回天界向松波报告说，喜马拉雅山中出现了一位倾国倾城的女子，她的容颜足以令天上的明月也黯然失色，她轻轻一笑，便引得鲜花竞相绽放，实在是不可多得的珍宝，大王应该去把她抢回来。

恶魔之王松波果然心动了，不过他自持身份，不好亲自前往，便命令自己一个能言善辩的仆从苏诃利婆去把女神带回来，苏诃利婆找到了迦梨迦女神，恭敬地说："您的美貌是我所见过的女子中最美的，像您这样的美人，应该匹配一位英勇无敌的丈夫。我的主人松波是三界之主，他派我前来带您回去，您去了之后，便可以在大小松波之间选择您的丈夫了，他们是三界中最有权势的人，连天神也不敢违抗他们的命令。"

迦梨迦女神回答说："松波和尼松波确实权势滔天，英勇过人，但我却不能就这样跟你回去。因为我立下过誓言，谁能够在战场上打败我，我才会嫁给他做妻子。除此之外，别无他法。大小松波若是真心想要娶我，便来与我一决高下吧，否则我的傲气不允许我随便对谁俯首称臣。"苏诃利婆不甘心就这样铩羽而归，恐吓迦梨迦女神快点跟他回去，女神强硬地拒绝了。

苏诃利婆添油加醋地把女神的话报告给了松波，松波立马叫来他的统帅杜姆拉洛占，说："你带着六万恶魔去把那个敬酒不吃吃罚酒的女人抓回来，记住要生擒，别把她的脸弄伤了。"到了这个时候，松波仍在贪恋美色，根本不知道自己面对的将是何等可怕的对手。

杜姆拉洛占带着六万恶魔向迦梨迦女神叫战："我再给你一次机会，老实点跟我回去，否则别说我欺负你一个弱女子。"

迦梨迦女神回答道："你还是操心一下你自己吧，自己上赶着来送死，那我就成全你！"

杜姆拉洛占认为迦梨迦女神也太狂妄自大了，起身前去，却在女神的大吼声中，被震成了一堆灰烬。群魔一起围攻女神，女神干脆放出了自己的坐骑金狮，让它负责消灭这些小喽啰们。

没过多久，杜姆拉洛占和六万恶魔便都从世上消失了，松波生气地派出金达和蒙达两位统帅去捉拿女神，说若是不能活捉，便将女神和她的狮子就地杀死。

金达和蒙达直接带着大军向迦梨迦女神射出了箭雨，恼怒的女神便放出了主管杀戮、青面獠牙、以宝剑和神索为武器的迦梨女神。迦梨女神生吞了恶魔大军和他们的武器，砍下金达、蒙达的头，献给迦梨迦女神，开心地向她邀功。

大小松波得知金达和蒙达的死讯后，再也按捺不住胸中的怒气，号令全部恶魔与他们一起去剿杀迦梨迦女神、迦梨女神和金狮。迦梨迦女神摇身一变恢复成了杜尔迦女神的样子，放出了梵天、湿婆、毗湿奴、战神塞健陀、天神之王因陀罗等众神的萨克蒂（印度教的许多天神都有自己的萨克蒂。萨克蒂意为性力。这些萨克蒂指的是各天神的妻子），她们使用的武器、乘坐的坐骑与自己的天神并无二致，成了杜尔迦女神屠杀恶魔的利器。

杜尔迦女神又放出了战无不胜的金德迦萨克蒂，让她做众萨克蒂的首领。金德迦女神便命令湿婆的萨克蒂摩希首利去劝降大小松波，告诉他们若是就此投降，他们还能在地界有一席之地，若是执意战斗到底，休怪女神将他们剥皮抽筋。

摩希首利领命而去，大小松波对这些话置若罔闻，以一阵阵箭雨作为回应。众萨克蒂打得更起劲了，消灭了很多恶魔。

松波为了挽回败局，命令自己一名叫血种的恶魔手下上战场，血种拥有一项特技，他的血滴落在地上后，每一滴血都会生成一个与他一模一样的恶魔，这些恶魔的血也会制造出更多恶魔。大血种加入战场后，形势果然发生了变化，众萨克蒂攻击的越勇猛，血种流下的血就越多，从而生成更多的恶魔。此消彼长，众萨克蒂发现要是按这样的情况打下去，她们永远也不可能取得胜利，便向首领金德迦求助。

金德迦请求迦梨女神吞吃血种和由血种的血滴变成的所有恶魔，彻底消除祸患。迦梨女神张开可以吞噬山岳的巨口，完成了这一使命。

无计可施的大小松波只得亲自上场了，杜尔迦女神积极应对他们的进攻，破解他们的攻势后，用箭射死了尼松波，用神杵打碎了松波的心。骄横的两兄弟再也不能称王称霸了。

天神们全都赶到了这里，为杜尔迦女神、迦梨女神、众萨克蒂庆功，感谢她们除掉了他们的敌人。杜尔迦女神接受他们的膜拜后，再次开始了自己的隐居生活。众天神怀着欣悦的心情返回天界，天界恢复了热闹繁荣的景象。

摩奴诞生

1. 第二摩奴斯瓦罗吉舍的诞生

在出家人中,流传着这样一种说法:如果你想得到贵宾般的待遇,那你就去毗邻婆鲁那河的阿鲁那斯波德城里,找城中最博学多才的那位婆罗门,只要你向他讲出自己游历四方的故事,他便会把最美味的食物献给你,让你睡最柔软的床铺。

一位出家人从同行那里知道这个说法后,想要试试这到底是真的还是假的,便去找了那位婆罗门。婆罗门果真热情地接待了他,并问他都见过哪些不同凡响的景色。出家人回答说:"我去过天界,也去过地界,也曾涉足众多有名的大山河流……"他慢慢地道出自己的故事,婆罗门听得入迷极了,发出感叹:"啊,我多想像您一样游历四方,去看看奇特的景象,但我总是走得很慢,走一天也只能到达城外的树林。您的步行速度一定很快吧?"出家人笑着说:"不不,我的脚力很一般,我能在短时间内游览众多地点,是因为我知道许多秘方和咒语,在它们的帮助下,一千由旬的距离,我走半天就能走完。"

婆罗门说:"如果我能有您的草药就好了,听说喜马拉雅山是众山之王,我很想去领略一下那里的景色。"

出家人爽快地拿出自己的神奇草药,涂在了婆罗门的脚底上,然后告诉了他怎样念咒。此时刚过中午,婆罗门辞别修行人,出发前往喜马拉雅山去了,还说自己晚上一定及时回来,与他一起做晚祷。婆罗门念起了咒语,只觉得身轻如燕,不一会儿就到了目的地。他高兴地膜拜山上的圣泉,还望见了一些正在不远处的树林里做游戏的乾达婆、紧那罗和天女们。婆罗门的注意力又转移到了正在开屏的孔雀身上,一不小心让泉水洗掉了脚底的草药,顿觉腿部像灌了铅一样难以移动。婆罗门有些害怕，没有了草药，他便不能迅速回到千里之外的家中了，也就不能按时进行晚祷，这可如何是好？无计可施的婆罗门只好向天女们走去，想问问她们有没有办法帮助自己。

一个名叫婆卢蒂妮的天女发现了似有难言之隐的婆罗门，婆罗门那微皱着眉头的样子让她起了怜爱之心，她悄悄拉婆罗门到一旁的树林里，询问他遇到了什么烦心事。这时，天女已经在心中爱上了一表人才的婆罗门，觉得他长得比自己见过的天神们还要英俊，想要与他结为夫妻。毫不知情的婆罗门请求天女帮自己赶回家里，天女却发出银铃般的笑声，说："英俊的青年啊，我是天女婆卢蒂妮，常年居住在喜马拉雅山上。难道这里的景色不够美吗？你竟然还想着回家。实话告诉你吧，我已经爱上了你，不如你留在这里与我结为夫妻吧，在这圣洁之地修行的话，也能收到事半功倍的效果呢。"

婆罗门却对这艳遇并不感兴趣，头疼地说："没想到你竟然是这种随便的女人，心中只有情欲，可真够自私的。身为婆罗门，对我来说最重要的事情就是在家中按时膜拜大神，如果你不想帮助我的话，还请你不要再纠缠于我，去寻找真正适合你的人。"

天女婆卢蒂妮苦苦哀求道："无论你身在何处，只要你的心是虔诚的，大神便不会怪罪于你。请你留在这里吧，我是真心地喜欢你，如果你执意要走，我的生命也将失去意义。"

无奈的婆罗门不再理会天女，用泉水清洗了自己，默祷家主火神，请火神帮自己回家，由于婆罗门平时积善行德，家主火神便答应了他的请求，附在他的身上，使他再次感觉到身轻如燕，而后迅速地回到了家里。

天女婆卢蒂妮眼睁睁地看着婆罗门从自己眼前飞走了，为自己这短暂的心动伤心不已，坐在地上流下了眼泪。

这时，乾达婆哥利恰好从这片树林经过，他听到婆卢蒂妮的哭声后，心想："高傲的婆卢蒂妮怎么哭起来了？平常我痴痴地追求她，她都没正眼看过我一次，谁能让她这么伤心呢？"为了了解事情的真相，哥利施展法力，在自己脑海中回溯了之前在树林里发生的事，顿觉天意如此，派了一个婆罗门来成全他和婆卢蒂妮的好事。乾达婆哥利摇身一变，将自己的外表变得和婆罗门一模一样，然后故意大摇大摆地走向婆卢蒂妮，吸引她的注意。当时天色已晚，天女婆卢蒂妮又被感情冲昏了头脑，并没有辨认出这是假的婆罗门，只是飞扑到假婆罗门怀里，娇滴滴地说："我就知道你不会走，因为我是那么爱你。趁着夜色撩人，我们来进行一场欢爱吧，你会喜欢上这种滋味的。"

假婆罗门说："的确是你的美貌和真心打动了我，令我去而复返。不过我只能在这里留一夜，即便是这样，你也不后悔把自己交给我吗？如果你同意的话，我希望在我们欢爱时，你能一直闭着眼睛，尽情地享受欢乐。"婆卢蒂妮应允了，他俩便听着潺潺的流水声，在景色优美的树林里进行了交合，婆卢蒂妮满脑子都是爱郎英俊的模样，后来婆卢蒂妮生下了一个名叫斯婆罗吉的儿子，这孩子的长相与婆罗门很是相似。

日子一天天地过去了，斯婆罗吉在此期间学习了很多知识，对各种经典烂熟于心，这使得他的气质也发生了变化，从英俊动人的少年变成了成熟稳重富有魅力的青年，不少女子都把他当作自己的心上人。

斯婆罗吉在曼陀罗山上游历时，被一个姑娘的呼救声引了过去，看见她正在匆匆忙忙地逃命。斯婆罗吉对那个姑娘说："我叫斯婆罗吉，你不用再跑了，既然你遇到了我，我就会保护你。你可以告诉我发生了什么事吗？"

姑娘回答说："是一只罗刹在追杀我，我才大声呼救。我叫摩瑙尔玛，是乾达婆因帝婆尔的女儿。本来我带着女友韦帕婆梨和迦拉婆蒂在吉罗娑山坡上玩得好好的，却招来了祸事。因为我出言不逊，嘲笑了一个外表瘦弱衣着破烂的仙人，生气的仙人就诅咒了我，说我会被一只罗刹吃掉。我的女友们为我打抱不平，骂那个仙人心眼儿小、对别人太苛刻，还说像他这么爱生气的仙人不会得到大神的恩典。如此一来，那个仙人更生气了，诅咒我的女友韦帕婆梨患上麻风病，诅咒迦拉婆蒂患上肺痨。当时她俩就发病了，只好留在山上养伤，而我，则被一只突然出现的罗刹从吉罗娑山追到了这里，估计它马上就要追过来了。我身上带有一支神箭，是我的父亲留给我的。这支神箭是大神楼陀罗制造的，经历了斯瓦因甫婆仙人、极裕大仙、我的外祖父画戟三任主人，才到了我父亲手里，我父亲又送了它让我防身。我不敢用神箭杀罗刹，这个任务就交给你了，勇士。"

斯婆罗吉接过神箭，从摩瑙尔玛那里学到了使用神箭的咒语，等那外表丑陋、身形巨大的罗刹追过来扑向摩瑙尔玛时，斯婆罗吉趁机用神箭瞄准罗刹。但奇怪的事发生了，没等斯婆罗吉把神箭射出去那个罗刹竟做出了求饶的动作，恳求道："不要杀我，不要杀我！我是摩瑙尔玛的父亲因帝婆尔，不相信的话，你们就听听我的奇特经历吧。"

罗刹说："我原本是一个高贵的乾达婆，因为我想要学医术，我便向懂得最多医术知识的梵友仙人求学，想要跟他一样，做一个医术高明的医者。但梵友仙人拒绝了我的要求,说自己的医术从不外传,我只好隐身在他身边,趁他教导弟子时,把他的授课内容记在心里。就这样过了八个月,我偷偷摸摸地学会了所有的医术,不禁开口大笑,暴露了自己。仙人觉得我的行为太不光彩,出言诅咒我将会变成一个罗刹,然后忘掉自己的本来模样,吃掉自己的亲生女儿。我为此恐慌不已,尽心地服侍仙人,希望他收回那可怕的诅咒,仙人却说诅咒不能被收回,只能被补充修改,他补充说,如果我在追杀女儿的过程中,遇到了神箭,我便可以摆脱罗刹之身,做回乾达婆。所以说,这位保护我女儿的勇士啊,你拯救了我们父女二人,为了报答你的恩情,我情愿把我的所有医术都传授给你,再把我的女儿也嫁给你做你的妻子,还请你不要拒绝。"罗刹讲完自己的经历后,就变成了乾达婆,给了摩瑙尔玛一个惊喜。

这时,摩瑙尔玛表明了自己的心迹:"能嫁给这么英勇的青年,这将是我的荣幸,何况我本来就对他一见钟情。但有一件事我不得不说,我的女友韦帕婆梨和迦拉婆蒂因我而获罪,此刻我得到了解脱,她们却还在受苦受难,我不能抛下她们不管,自私地在这里享受幸福。"斯婆罗吉说:"好心肠的姑娘啊,我学会医术之后,一定能治好你两位女友的病。"

在风光秀丽的曼陀罗山上,因帝婆尔亲手将自己的女儿摩瑙尔玛交到了斯婆罗吉手中,为他们举行了简洁的婚礼仪式。接着,这一对新婚夫妇赶往吉罗娑山,斯婆罗吉用医术解除了韦帕婆梨和迦拉婆蒂的病痛,她俩在知晓摩瑙尔玛和斯婆罗吉的故事后,韦帕婆梨扬言也要以身报恩,嫁给斯婆罗吉;迦拉婆蒂则振振有词地说,湿婆大神的妻子沙蒂早就预言过她的丈夫名叫斯婆罗吉。

斯婆罗吉询问摩瑙尔玛的意见,她表示很乐意与自己的女友们一起侍候斯婆罗吉,斯婆罗吉便又多了两位妻子。他们结婚六百年后,斯婆罗吉的妻子们一人产下一子,分别叫作伟杰、迈鲁南德和布勒帕婆。斯婆罗吉分别在大地的东方、南方、北方建了三座城池,让三个儿子各自掌管一座城池。随后,他又带着三个妻子游山玩水,大地各处都留下了他们的足迹。

斯婆罗吉外出打猎时,遇到了一桩奇事:别的动物看他手持弓箭,都纷纷逃命,唯独一头母鹿非但不逃,还主动跑到他面前要求他杀死自己。好奇的斯婆罗吉询问缘故,母鹿回答说:"我喜欢你很久了,但你与你的三个妻子相亲相爱,我为此觉得十分痛苦。既然得不到你的爱,我宁肯死在你的箭下。你一定很好奇,我只是一头母鹿,怎么会爱上你这个人类,如果你想知道答案,如果你有点儿喜欢我,那么就请你拥我入怀吧,你将明白所有的问题。"

斯婆罗吉被楚楚可怜的母鹿打动了，下马把它拥入怀中，母鹿瞬间就变成了一个貌若天仙的女子，斯婆罗吉大吃一惊，于是便询问女子的身份。

原来，那头母鹿是森林女神的化身，众天神请求她获得斯婆罗吉的喜爱，然后嫁给他，而他们生下的儿子将是一个伟大的摩奴，可以创造世间万物。

斯婆罗吉愉快地答应了森林女神的请求，不久后，他们的儿子摩奴斯瓦罗吉舍降世，他身上的光照亮了整个宇宙，天神们因此送来各种贺礼，大地也焕发出新的生机。

2. 第三摩奴奥答弥的诞生

国王乌坦帕德与王后苏鲁支结婚后，生子乌塔马，国王辛勤地将儿子培育成了一个优秀的王位继承人，然后把王位传给了儿子。新的国王乌塔马又娶了巴布鲁的漂亮女儿婆呼拉，婆呼拉的美貌便是与天帝因陀罗的妻子舍质相比，也并不逊色多少。国王乌塔马对王后婆呼拉千般呵护、万般宠爱，恨不得把世上所有的珍宝都献给她，他甚至想把自己的心扒出来，让妻子看看他心里满满的都是她。国王乌塔马每天都对妻子说很多甜言蜜语，变着法儿地讨妻子欢心，可被宠坏了的王后婆呼拉总认为丈夫做得不够好，经常埋怨丈夫不够体贴。国王为此很伤心，却还是一如既往地宠爱王后，在她面前各种做小伏低。

一天，国王乌塔马召集群臣，一起欣赏美妙的歌舞，王后婆呼拉也坐在国王的旁边。国王乘着酒兴，把自己杯中的美酒递给王后喝。但王后又耍起了小性子，不肯接过那杯酒，国王的手就一直尴尬地停在半空中。王后在这么多人面前驳了国王的面子，国王再也忍不下去，叫了侍卫，吩咐道："尽管我很爱我的王后婆呼拉，但她在众人面前不给我面子，由此可以证明她根本就不在意我的感受。她的行为伤透了我的心，我不想再要她了，你们把她扔到森林里去吧，我要让她在悔恨中度过余生。"

侍卫们便带走了婆呼拉，将她扔到了森林深处。遭此一劫，婆呼拉才明白过来自己以前有多不懂事，深深地伤害了爱她的丈夫，她追悔莫及，心想："如果我还能回到国王的身边，我一定好好对他。"坐在王宫里的国王也有一些后悔，但君无戏言，他不能出尔反尔，把王后接回来，所以他就用繁忙的政事填补自己的空闲时间，刻意地不去想王后。大臣们为国王准备了一些美貌的女子，他也全都拒绝了，独自一人睡在空荡荡的寝殿里。

国王正在处理政事时，一个婆罗门悲痛欲绝地来向他求助，说他的妻子昨晚不知道被谁掳走了,生死未卜,他请求国王帮他找回妻子。

国王说:"天下竟还有这种事?你的妻子一定很漂亮吧,才会有人垂涎她的美色,把她掳走了。你用言语描绘一下你妻子的相貌吧,这有利于我辨认出她。另外,你知道抢走她的人是谁吗?他往哪个方向去了?你提供的线索越详细,我越容易帮你找回妻子。"

婆罗门回答说:"昨晚我睡得死死的,连睡在我身边的妻子被人掳走,我都没有醒来。我哪里知道凶手的身份呢,这正是您要去调查的啊。您是一国之主,有责任解决百姓们的烦心事,保障百姓们的安全。我的妻子失踪了,这正是您的失职之处。另外,我的妻子并不美丽,甚至可以称之为丑,她是一个中年妇女,身材瘦弱,脸上颧骨突出,还总是大声吵闹,把家里搅得鸡犬不宁。"

国王回答道:"学识渊博的婆罗门啊,这样又丑又性格暴躁的妻子被人抢走了不正是一桩好事吗?你别发愁了,我赐你一个脾气温顺的年轻妻子吧,保证比你丢了的妻子好上千万倍。"

婆罗门诧异地说:"我的国王啊,您怎么会有这种想法,您忘了吠陀经典是怎么教育我们的吗?据吠陀经典记载,男人要永远保护自己的妻子,尽此职责后,你的子孙后代才会供养你,交上他们六分之一的收成。因此,尽管我的老妻有诸多缺点,我还是要把她找回来,请您快去找她吧。"

国王便去了仙人的净修林求助。仙人见国王前来,命令弟子为国王搬来一把木椅。弟子却说:"这个国王不应该享受坐木椅这种待遇,师父您应该换一道命令。"仙人马上审视了一遍国王,换了一个草垫给国王坐,然后问国王为何事前来。

国王说:"我本来是为我的臣民而来,来向您请教婆罗门的妻子现在何处。但我现在更想知道,为何您与您的弟子只给我草垫坐?据我所知,国王不该受到这种低等的待遇,是不是我犯了什么错?还请您解答我的疑惑。"

仙人说:"我的国王啊,并不是我有意慢待于你,是你自己抛弃了你的妻子,没有遵守达摩的规定,因此,你的身份就降低了。我和我的弟子通晓一切,在知道你的罪行后,只能让你坐草垫。至于那个婆罗门的妻子,她现在正在乌拉婆德森林,是罗刹巴拉迦昨晚掳走了她。"

国王脸上火辣辣的,他惭愧地拜别了仙人,去找那个女婆罗门的下落。

到达乌拉婆德森林后,国王果然看见了一位颧骨高的中年妇女,她正在饥不择食地吃野果,国王问她:"你是昨晚被罗刹掳走的那个女婆罗门吗?"女婆罗门点头称是,说:"我认得你,你是伟大的国王,谢谢您来找我。掳走我的那个罗刹长得很凶，把我吓得半死不活的，但出人意料的是，它只是把我扔在了这里，就往森林深处去了，并没有伤害我的性命。"

国王说："你要感谢你的丈夫，是他执意要找你回去的。你先在这里等我一会儿吧，我去找找那个与众不同的罗刹，问问他为什么要掳走你。"

国王走进了森林深处，发现有一群罗刹正聚集在一起玩耍，便问是哪个罗刹昨晚掳走了婆罗门的妻子。一个罗刹站了出来，向国王问好，还搬了一把椅子招待国王。国王不解地问："你的行为表明你是一个守礼的罗刹，但你为什么要掳走别人的妻子呢？你是想要吃掉她吗？"

罗刹说："国王，您有所不知。我和我的家人都不吃人肉，我们以人的性情为食，不管是好的性情还是坏的性情，对我们来说都是美食。我之所以抓走婆罗门的妻子，是因为婆罗门是我的克星，他总是主持各种祭祀典礼，然后念驱赶罗刹的咒语，令我无法接触到人们，也就吃不到食物。我是因为太饿了，才抓走他的妻子，让他痛苦难挨，没有心思再去主持祭祀，哪怕他勉强参加祭祀，他念的咒语也会失效。"

罗刹的回答又勾起了国王的心事，失去妻子对男人来说竟有这么多坏处！国王为此叹息了起来，很后悔自己抛弃了妻子。

罗刹主动问国王："您有什么烦心事吗？如果有什么我能帮得上的地方，我很乐意为您效劳。"

国王说："你是一个好罗刹，既然你拥有吃人性情的能力，就请你吃掉那女婆罗门喜欢吵闹的性情吧，这样她就会是一个温柔的女人了。我还要请你把她送回她的家里，因为为臣民分忧解难，是我身为国王的职责。"

罗刹立即照做了，等它完成了这一切后，它又出现在国王的面前，问国王还有何吩咐。

国王说："谢谢你遵从了我的命令，好心的罗刹啊，我希望以后我在心中默祷你时，你可以迅速赶到我身边。"罗刹点头答应了。

国王辞别罗刹后，又把今天发生的所有事情在心里过了一遍，对自己抛弃妻子的罪孽进行忏悔，想要寻回妻子。因此，他又去大仙的净修林，汇报了罗刹的事情，向仙人表达了感谢，然后请求仙人帮帮自己。

国王说："尊敬的仙人啊，您知晓一切，请您告诉我我的王后婆呼拉是否还活在世上？她有没有被森林里的猛兽或者妖魔夺去性命？若她还活着，我又该去哪里找她呢？我的心充满了悔恨，我实在不应该因为一时的怒气而抛弃了自己的妻子。"

仙人说："你的妻子还活在世上，此时此刻，她在阴森的地界生活，不过她并没有受到玷污。"

国王万万没想到竟会得到这样的回答，他问："我吩咐护卫把我的妻子扔在森林里，她怎么会住在地界？她那么美丽，地界的妖魔竟然会放过她？这一切都是怎么回事？"

仙人说："如今统治地界的是蛇王迦波德迦，他在森林游玩时，对你美丽的妻子一见钟情，便带她去地界生活，还要与她结为夫妻。蛇王的原配妻子名叫摩诺拉玛，曾为蛇王生了一个名为南达的女儿，所以蛇王打算娶婆呼拉做小老婆。蛇王的女儿南达心肠善良，不忍心你的妻子婆呼拉的清白被玷污，便瞒着蛇王把婆呼拉藏起来了。蛇王以为是自己的原配妻子摩诺拉玛因为吃醋藏起来了婆呼拉，便威胁她交出婆呼拉，否则便让他们的女儿南达再也不能开口说话，摩诺拉玛自然交不出人来，可怜的南达便变成了哑巴。如此一来，你的妻子在南达的庇护下保留了清白之身。"

国王感激地对仙人拜了又拜，回宫思考如何从地界救出妻子去了。

寻回妻子的婆罗门带着他性情变得温顺的妻子来王宫向国王致谢，国王看着他们恩爱的样子，不禁感叹道："你严谨地按照吠陀经典做事，遵守正法，上天就赐了你圆满的结局。而我，还是孤苦伶仃一个人，我不想要别的姑娘做我的新妻子，而被我抛弃的那位妻子，我可以救她回来，又怕她依旧是原来的脾气，对我百般挑剔，我只好暂时不救她回来。唉，如果有谁能让她死心塌地爱我就好了，我就可以和她幸福地生活在一起了。"

婆罗门说："原来您在为您的妻子不够爱您而烦恼，我刚好可以为您解决这个难题。有一种祭祀能增进夫妻之间的感情，我现在就可以举行这种祭祀，使您的妻子深深地爱上您。等我完成祭祀后，您就把她找回来吧。"

国王听了这些话，喜上眉梢，连连催促婆罗门快点开始主持祭祀。

过了不一会儿，婆罗门便完成了祭祀，把王后婆呼拉变成了一个深深依恋国王的女子，他禀报国王说可以迎回王后了。国王迅速召来那个好心的罗刹，请求它去地界把王后婆呼拉救出来。不过一会儿的工夫，罗刹便做到了这件事。

王后一改以前的蛮横霸道，深情地注视着国王，温柔地说："感谢上天，又让我回到了你身边。我觉得我的心中涌动着对你的无限爱意，你还爱我吗？"国王面对性情大变、容颜依旧的妻子，高兴地说："我现在比以前更爱你了，你变得这么温柔，我们以后再也不会闹矛盾了。"

王后说："能够回到你身边，我真是太高兴了。但为了掩护我，蛇王的女儿南达被蛇王变成了哑巴，因为这件事，我的心里又感动又愧疚，你能不能让这位好心的公主重新开口说话呢？这是我现在最大的愿望。"

国王向学识渊博的婆罗门请教该如何实现王后的心愿，婆罗门祈求智慧女神治好地界蛇王公主的哑巴症状，智慧女神欣然应允，蛇王公主南达便恢复了正常。当南达从一位仙人那里得知，是婆呼拉帮她恢复了健康，她立即现身在国王夫妇面前，向他们致谢。

为了报答国王夫妇，蛇王公主南达为他们带来了一个天大的好消息，那就是国王夫妇不久后会生下一个聪明伶俐的儿子，这个孩子将通过苦修成为摩奴，主掌整个世界。国王夫妇听此消息，欣喜若狂，并感谢了蛇公主。

当国王夫妇的儿子出生后，国家出现了许多喜兆，天神们也前来道贺，仙人们为孩子起了奥答弥这个名字。

这便是奥答弥摩奴的诞生故事。

迦鲁娑王族的故事

1. 纳帕迦王子堕入吠舍种姓

迦鲁娑国王创造了迦鲁娑王族，他的后辈们也都非常优秀。当他的王位传到底湿德这一代后，底湿德想把王位传给他名叫纳帕迦的儿子。

传位典礼还没举行，纳帕迦王子就捅出了娄子。他执意要娶自己外出游历时碰到的一位吠舍姑娘。但按当时的历法，身为刹帝利的王子若是与低种姓的吠舍姑娘结婚，便不再是刹帝利，也就失去了继承王位的资格。

另外，姑娘的父亲也不敢把女儿嫁给王子，因为王子是统治阶级，而他的女儿只是下等的普通百姓，不同等级的人勉强结婚，一般都没有好结果。纳帕迦王子反驳道，是梵天大神赐了所有人随意情爱的权利，为什么要因为等级的藩篱拆散一对有情人。姑娘的父亲只好说："我是国王的子民，若是国王允许你娶我的女儿，我便不再横加阻拦。"

纳帕迦王子把自己的要求告诉了父王，在朝中掀起一阵轩然大波。国王底湿德询问通晓一切经典的婆罗门后，告诉纳帕迦说："你不能直接娶吠舍姑娘，这样的话，你会堕入吠舍种姓，丧失王位继承权，变成普通百姓。你应该先娶一位出身高贵的刹帝利姑娘，保留你的王族血统，再娶吠舍姑娘。"面对苦口婆心的父王，纳帕迦王子还是不肯做出妥协，坚持要直接娶吠舍姑娘为妻。

国王又派众婆罗门劝说纳帕迦王子，没想到王子直接跑出了宫，找到那吠舍姑娘，与她举行了罗刹式婚礼（即抢婚）。姑娘的父亲跑去向国王告状，说王子强抢民女。大失颜面的国王派出士兵，要他们直接杀了不听话的纳帕迦王子，但这些士兵都败在了王子手里。

恼怒的国王亲自出马，战胜了王子，就在王子命悬一线时，那罗陀仙人及时降临，制止了国王杀子的动作，说："底湿德国王，你不能够杀死你的儿子。现下木已成舟，王子与吠舍姑娘已然结为夫妻了，从此，他便是吠舍种姓的人了。"

经过那罗陀大仙的阻拦，心灰意冷的底湿德国王把王位传给了另一个儿子，这个国王之后又把王位传给了自己的儿子婆苏拉那。

纳帕迦与吠舍姑娘生活在一起，按照达摩的规定，以种地、放牧为生。

2. 波伦德那登上王位

纳帕迦与妻子生下了名叫波伦德那的儿子，这孩子从小就特别聪明，志向也很高远。当波伦德那可以为大人分担家务后，他的母亲命令他去服侍母牛。当时，"母牛"一词有两层含义，一是指真正的母牛，二是指曾化成一头母牛的大地。波伦德那的母亲是想让他割草喂母牛，他却理解成母亲要他伺候、掌管大地，从婆苏拉那手里夺回王位。于是，他到了另一个国家，诚恳地请求这里的国王尼布帮自己成为国王。尼布国王很喜欢机灵聪明而又志存高远的波伦德那，便用心地把治国之道传给了他，还让他练习武艺，对各式兵器的使用方法烂熟于心。一段日子过去后，信心十足的波伦德那向他的亲戚婆苏拉那国王提出分走一半国土的要求。婆苏拉那不肯，波伦德那便与他进行了战争，夺走了王权，献给自己的父亲纳帕迦。

曾与王位失之交臂的纳帕迦为儿子的英勇感到高兴，却拒绝了儿子的要求。

他说："我与你母亲结婚后，我便不再是刹帝利了，不能掌管国家，否则我与我父亲都会受到上天的惩罚。按理来说，你是吠舍的后代，也不能登上王位，应该把王位还给婆苏拉那。不过，你是凭自己的本事夺得权力的，你非要当国王也说得过去。"

这时，名叫苏布勒帕的吠舍姑娘出言反驳道："纳帕迦，我的丈夫啊，自从你执意要娶我，我的父亲就不再是吠舍了，而当咱们儿子夺回王权后，我和你也摆脱了吠舍种姓。现在，咱们一家都是刹帝利，可以随意掌管国家。你耐心听我给你讲解其中缘由。"

纳帕迦的妻子苏布勒帕的父亲原是名叫苏底婆的国王，他曾带着名叫那勒的国王去自己统治的湖边游玩，闯下了祸事。那天，他们偶遇了美丽的仙人伯勒摩帝的妻子，那勒色心大起，抱住了她，她急忙向苏底婆求助，伯勒摩帝仙人也赶来要求苏底婆惩治那勒。但苏底婆不想得罪那勒，便撒谎说自己不是刹帝利，是一个吠舍。生气的伯勒摩帝仙人见苏底婆为了推卸责任，竟然说出这样厚颜无耻的话，心中大怒，出言咒死了那勒，还诅咒苏底婆会变成吠舍。苏底婆看着那勒在自己面前化为了灰烬，急忙请求仙人宽恕自己，仙人便补充了诅咒，说当某个刹帝利王子强行娶走你的女儿时，你就会恢复刹帝利的身份。

苏布勒帕说："就这样，我的父亲由刹帝利变成了吠舍，而我原本是从国王妙车身上生下来的，由于我的女友们无礼地取笑安加斯迭仙人，这个仙人诅咒我投生在吠舍家中，当我的儿子取得王权后，我才能想起前世的事情，与我的丈夫一起恢复刹帝利种姓。所以说，纳帕迦你根本不用再考虑种姓的事，你可以去当国王。"

恢复了刹帝利身份的纳帕迦说："我不想当国王，让儿子去执掌王权吧，我将继续像一个普通百姓一样生活，遵从国王的命令做事。"

波伦德那便执掌了王权，还与众多国家建立了良好的邦交关系，受到了百姓的一致赞扬。

3. 善犊娶妻

波伦德那国王娶妻后，王后产下一子，名叫善犊，他从小就渴望铲除恶魔，后来他终于有了施展抱负的机会，还因此娶到了毗杜罗德国王的女儿妙喜。

毗杜罗德是一位爱护臣民的国王，他有两子一女，两个儿子叫妙行和妙智，女儿叫牟达婆蒂。国王在巡视森林时，发现森林里竟然有一个黑黝黝的大洞，他好奇地往里面扔了一块石头，半天都没有回响。国王严肃起来，认真思考是谁挖了这个洞，挖洞的目的是什么？这个洞通往何处？这时，一个婆罗门仙人走了过来，他向国王问好，说自己名叫妙誓，常年住在森林里。国王毗杜罗德便说出了自己对那个大洞的疑惑，问他是否了解这个大洞。婆罗门回答说："啊呀呀，这个洞可邪气了，它直通地界，很多恶魔们干完了坏事就从这里躲到地界去。至于这个洞的来历，还跟我有一定关系。前段时间，工巧大神送给我一根称号为'妙喜'的狼牙棒，它威力无穷，蕴含神力，我很喜欢它。但卑鄙的恶魔克里宗巴趁我入睡时偷走了我的狼牙棒，用它为非作歹，这个大洞，就是他用狼牙棒戳出来的。我曾想从恶魔克里宗巴那里要回狼牙棒，但他实在太厉害了，可以令整个大地上的生灵一起打呵欠，我打不过他，只好就这么算了。如果国王您能打败这个无恶不作的恶魔，一定会博得天神们的欢心，令您的国家风调雨顺、国泰民安，您的名声也会传遍三界。"

毗杜罗德国王追问道："既然狼牙棒这么厉害，我怎么可能打败那恶魔呢？他和狼牙棒有没有什么缺点？"

仙人说："这秘密目前很少有人知道，那就是狼牙棒被女人触摸后，当天它就会失去所有神力，变成一件普通的武器。恶魔克里宗巴不知道这件事，这是您唯一的优势，从这里下手，您或许能战胜他。现在，这个大洞的存在已经危及到了您国家的安全，您最好快些动手，杀死恶魔，封印大洞。"

毗杜罗德国王忧心忡忡地回到了王宫，他召来大臣们，讲出了大洞和恶魔的事情，问大家应该采用什么战术攻打恶魔。群臣议论纷纷，却都想不出好办法。国王的女儿牟达婆蒂当时也在场，将他们的话尽收耳中。

几日之后，克里宗巴恶魔潜进王宫花园，抢走了在花园玩耍的牟达婆蒂公主。国王为了救回女儿，叫来妙行和妙智，吩咐他们进入森林里的大洞，努力把他们的妹妹救出来，如果有机会的话，再杀死恶魔克里宗巴，让他无法再做坏事。

妙行和妙智勇敢地跳入了黑黝黝的大洞，循着恶魔的踪迹潜进了恶魔的王宫，但他们还没找到妹妹，就被恶魔用绳子绑了起来。

国王只好向众军统帅求助，问他们谁可以打败恶魔，救出王子们和公主，结果这些将领全都羞愧地低下了头。无计可施的国王张贴皇榜，宣告哪位勇士能救出妙行三兄妹，国王就把牟达婆蒂公主嫁给这位勇士。

这件事很快传到了各个国家，波伦德那国王的儿子善犊听说后，激动地宣布他要去杀恶魔、娶公主，波伦德那得知是自己的朋友毗杜罗德国王有难，便送了儿子很多武器，让他去试试。善犊的到来，让毗杜罗德国王的心情轻松了一点，他对善犊说:"我祝福你平安归来。假如你成功了,我便待你如亲子,把我可爱的女儿嫁给你。"

善犊怀着必胜的信念出发了,当他到达恶魔克里宗巴的王宫后,便吹响海螺,宣布要挑战恶魔克里宗巴。恶魔克里宗巴带着自己的魔军包围了善犊,想要一举拿下他。令恶魔们感到震惊的是,善犊坚持厮杀了三天三夜,仍无一丝倦意。克里宗巴见用寻常的手段制服不了善犊,转身回宫,去拿战无不胜的狼牙棒。

克里宗巴并不知道,狼牙棒此时已经失去了魔力。牟达婆蒂公主一被捉来,就机智地想起了父王的话,因此,她每天都去触摸狼牙棒,好让它失效,以增加自己被救出的概率。恶魔克里宗巴拿着失效的狼牙棒与善犊决斗,被善犊杀得节节败退,最终死在了善犊手下。地界里原有居民蛇族们为此欢呼雀跃,因为它们终于不用再受克里宗巴的欺压了,在它们举行庆贺大典时,天神们也赶来分享这份喜悦。

善犊解救了妙行三兄妹,准备带他们回到人间,蛇王阿纳德收藏了那根狼牙棒,戏称牟达婆蒂公主才是真正的"妙喜",在战争中起到了决定胜负的关键作用,从那之后,公主就有了"妙喜"这个新名字。

善犊带着三兄妹安全地返回了王宫,毗杜罗德国王看到自己的儿女安然无恙,听善犊讲述了杀死恶魔的经过,高兴地为善犊举办了庆功宴,并遵守诺言,把公主嫁给了善犊做妻子。

善犊婚后带着妻子回到了自己的国家,受到了父亲的夸赞。等波伦德那年纪大了之后,他便把国家交给了善犊管理,自己在森林中修身养性。

善犊和他的父亲一样勤政爱民,他们的美名一代代地传了下来。

第二章 「罗摩的故事」

罗摩出世

当印度还处于远古时期时,甘蔗族就存在了。因甘蔗族子民都是太阳神的后裔,所以又名太阳族。那时有一个名为拘萨罗的国家,此国国王十车就是太阳族人。拘萨罗建立在喜马拉雅山以南的一片沃土上,以阿逾陀城为首都。

十车王是位雄才大略的国王,手下又有八位能干的大臣,君臣合心,国家被治理得秩序井然,百姓们的生活也安乐宁静。十车王对自己建立的功业十分满意,心里却有一个深深的遗憾:自己年纪渐老,三个王后美丽动人,却都没有生育,而偌大的国家需要一个继承人啊!深思熟虑后,他命大臣们举办一次祭神大典,希望隆重的祭典可以感动天神,赐给自己后代。

祭坛上的圣火火焰冲天,周围是三天三夜都在念诵颂神经文的祭司们,十车王也在虔诚地祷告,诸神在天上看到后感叹不已。巧的是,罗婆那身为罗刹的首领,那时正好占据了楞伽岛,作乱人间,使三界出了许多祸患。因此,当诸神一致请求梵天为十车王赐子时,梵天便请求大神毗湿奴投生到十车王家,下凡平乱,代表宇宙保护神的毗湿奴自然一口应允。他手拿金器皿,自圣火中而出,把器皿交给十车王,说:"国王啊,你的诚意感动了众神。只要让王后们喝下这器皿中的牛奶粥,你不久后就会有儿子了。"话音刚落,大神便不见了。

激动的十车王按照吩咐行事,三个王后分喝了牛奶粥后果真怀孕了,并诞下四子。大王子罗摩,为大王后乔萨丽雅所生;二王子婆罗多,为二王后吉迦伊所生;三王子罗什曼那和四王子沙多卢那,是一对双胞胎,为三王后萝密多罗所生。

罗摩招亲

十车王不遗余力地培养王子们，让他们学习经典、学习打理政务和带领军队等。时光匆匆，四位王子一帆风顺地长大了，个个文武双全，大王子罗摩尤为英明神武。

那时，婆罗门修行者很受人尊敬。因此，当十车王得知修行者众友仙人抵达王宫附近后，便急匆匆地带领大臣们外出迎接，并直接允下诺言："如果修行者有什么愿望，我一定会满足。"

不料，众友仙人却提出了带走罗摩的要求，他说自己本在净修林潜心修行，罗刹王罗婆那却命令两个罗刹来搞破坏，而长大成人的罗摩刚好可以守护自己，让自己潜心修行。十车王很是惊讶，又担心凶狠的罗刹会伤害爱子罗摩，但诺言已允，不得不强忍难过送罗摩走。而三王子罗什曼那平时就喜欢跟在大哥身边，是罗摩忠实的崇拜者，他固执地要追随罗摩，十车王就答应了。

三人到达净修林后，武艺超群的罗摩和罗什曼那很快杀死了那两个罗刹，众友仙人和其他林中修行者对此很是感激。忽有一日，传闻弥提罗城里将有祭典要举行，且此国国王遮那加有一张神弓，因神弓本属大神湿婆，多年来许多尝试拉开神弓的凡间英雄都以失败告终。众友仙人本来就想带两位王子去参加祭典，尚武的罗摩则是很想去尝试拉开神弓，三人就乘车去弥提罗了。

遮那加王消息灵通，知道大仙众友仙人带着两个不明身份却很英武的青年前来后，就率领大臣们在城门迎接，热情地迎他们入宫。众友仙人为国王祝祷后，介绍了罗摩、罗什曼那，并直接说明三人前来的目的：参加祭典、见识湿婆神弓的威力。为了避免遮那加王不相信罗摩的实力，也讲述了罗摩除掉罗刹的过程，夸赞了罗摩的优秀品行。君臣们因此对罗摩充满期待。

神弓是弥提罗的镇国之宝，为大神湿婆所留。湿婆曾因为众神得罪自己而发怒，拿起自己的神弓打算结束众神性命，神弓威力强大，众神恐惧之下连忙赔罪。众神看见神弓就后怕不已，便一起请求湿婆将弓放到人间，湿婆同意了。遮那加王讲述神弓来历后，也讲出了自己的心事："我在国王的宝座上坐了很久了，却一直没有儿女。为此，我打算在一块土地上举办祭典，向天神祈求后代。在我竭力用犁把土地弄平整时，一个女孩刹那间出现在土沟里。她叫悉多，是善良的大地女神地母赐给我的珍宝。我对天神发誓，谁能拉开神弓，谁才能娶走悉多。渐渐地，悉多既美且贤的名声传扬在外，许多想要娶她的国王、王子充满希望地来了，却因为拉不开弓又灰头土脸地离开。由于一直没人能拉开弓，这些求婚失败的人觉得我在骗他们，一起发兵攻打弥提罗城，还好天神助我躲过了劫难。如今，有英勇的十车王之子在场，我很乐意让罗摩尝试拉神弓，只要他成功拉开了，我就把美丽的女儿嫁给他。"众友仙人在一旁做见证。

大神之弓，名不虚传。遮那加王命人去取神弓，只见一辆大车上装有一只硕大无比的铁箱，而足足五千名壮士才能拉动这辆大车。众多壮士合力将铁箱搬到地上，里面就是神弓。罗摩上前打开箱子，仅用一只手就举起了神弓！罗摩又镇定地装上了弦，左手将弓高高举起，右手用力将弦拉开，只听到一声巨响传来，震得大家站立不稳，趴倒在地，仿佛天地也被撼动了。再一细看，神弓被折为两段了！在场众人震惊不已，吃惊得话都不会说了。

一段时间后，心情稍微平静的遮那加王才对众友仙人说："由圣者见证，英勇的罗摩神力惊人，创造了奇迹。他将成为我女儿的如意丈夫，有他做女婿，我心满意足极了。我将派遣使者以最快的速度面见十车王，讲述这一喜事，并诚邀他前来。"

经过三天三夜的连续赶路，弥提罗国的使者终于到达了阿逾陀城。爱子的奇遇使十车王兴奋不已，他命人尽快准备好丰盛的礼品和华丽的车辆。次日，十车王就带着王后们、王子们，以及大臣们一起动身了，隆重的车队绵延数里，向弥提罗城驶去。

远道而来的十车王，自然被遮那加王当作了上等贵宾，能和对方结亲，双方都极为满意。众友仙人得知，悉多有一个妹妹，遮那加王的弟弟也有两位掌上明珠，而且三位女子都仪态动人，品行贤淑，是天仙一般的人物，他便提议让三位女子与罗摩的三个弟弟分别结亲，两位国王欣然应允。于是，四对新人在弥提罗城举行了婚礼仪式。婚礼次日，十车王带着众人踏上归程，众友仙人一人回到了净修林。

阿逾陀城的子民们倾城而出,大声欢呼,欢迎十车王等人回城。百姓们为王子们送上衷心的新婚祝福,并将城里装饰一新,举国欢庆。城内弥漫着热烈的喜庆气氛,百姓们载歌载舞,其乐融融。

流放林中

二王子婆罗多的舅舅也是一个国王,一日,他派人来邀请外甥们去自己的国家游玩。罗摩是长子,要留下处理一些政务,罗什曼那又总跟在罗摩身边,十车王就派婆罗多和沙多卢那去舅舅那里游玩。

当时,年迈的十车王在治理国家时已经感到力不从心了,便想立太子接手政务。他倾听大臣们的意见,群臣口径一致,说大王子罗摩文武双全、德才兼备,又是长子,由他做太子最为适合。十车王就立罗摩为太子,消息传出,百姓们都欢呼不已。

只有一个人觉得不高兴,就是二王后吉迦伊的侍女——驼背女曼多罗。她心地险恶,惯使诡计,自恃从小与二王后一起长大,便跑去挑拨离间:"王后你怎么还在睡觉啊,大难临头了,别糊涂了!"二王后问:"因何事惊慌?""国王调开婆罗多后,马上将罗摩立为太子,这里面有蹊跷。"

吉迦伊不以为意,笑道:"罗摩继承王位是好事啊,他就跟我的亲生儿子一样。"

驼背女继续搬弄是非:"罗摩为王,他亲生母亲乔萨丽雅才是太后,你就要去当她的仆人,而婆罗多是潜在的隐患,会被赶出国家,你就无依无靠了。"

吉迦伊被说动了,经驼背女提醒,她想起自己曾救过重伤的十车王,因此国王许诺会满足自己两个愿望。驼背女恶毒地说:"你对国王提起诺言,要让婆罗多当下一任国王,还要把罗摩流放到森林中。"吉迦伊便听从她的意见,在罗摩的继位仪式的准备工作正进行得如火如荼的时候,对十车王提出了这两个愿望。

身体不好的十车王听后就晕倒了,他怎么也想不到,身为一国之后的二王后心胸如此狭窄,心肠如此恶毒!他一醒来,就大声责骂了二王后,可吉迦伊却深深为自己和二王子担忧，疯了一般地要求十车王实现自己的愿望，并以死相逼，说要么赶走罗摩，要么看她自己服毒自杀！十车王好言相劝，陈述情理，入魔的吉迦伊统统不听，十车王再次被气晕过去。

在罗摩的继位大典都已经准备好了的时候，迟迟未露面的十车王让人们心生疑窦，吉迦伊趁机传话，让罗摩去见十车王。

看着愁眉不展、精神萎靡的父王，罗摩心疼极了，急忙询问缘由。鬼迷心窍的吉迦伊丝毫不觉得羞愧，把自己的两个愿望说了出来。孝顺而又胸怀坦荡的罗摩说："父王的健康、母后的欢喜是最重要的，为此让我赴汤蹈火我也愿意，更不用说流放这种小事了。我愿意到森林里去生活，生活多少年都无所谓。"罗摩话一出口，吉迦伊喜上眉梢，心疼爱子的十车王却号啕大哭，痛哭着再次昏厥。

目睹了处于两难境地的父王的痛苦情形，罗摩认为走得越早越好。他决定先和母后乔萨丽雅辞行，等他讲完自己要走的缘由后，乔萨丽雅难以抑制悲伤之情，痛苦地流着眼泪，他只好柔声安慰母亲。而一边的罗什曼那则是气愤不已，气父王糊涂，气吉迦伊狠毒，他主张罗摩直接登基，他会为罗摩扫清反对者，罗摩坚决拒绝了。罗摩又与妻子悉多道别，嘱咐她悉心照料双亲，而悉多却表现了她坚韧的一面，舍弃王宫的优越生活，要陪伴丈夫去森林生活。见此，罗什曼那也要追随大哥罗摩一起走。

得知三人要去森林生活，百姓们自发来送行。十车王和乔萨丽雅也赶来多看儿子几眼，看着三人特意换上的树皮衣，想到他们即将去做森林隐居者，二人悲从中来，用泪眼看他们离去。六天后，或许是太过悲伤，十车王在夜里停止了呼吸，全国哀悼声一片。大臣们不得不派出使者，请回在他国游玩的婆罗多和沙多卢那。

归国的婆罗多在知道国内变动的原委后，谴责了自私的母亲，又在大臣的帮助下火葬了父王，接着就带着大军踏上了寻找罗摩的征程。他向罗摩离去的方向进发，一路追赶，长途跋涉后，最终发现了罗摩的踪迹。

正午时分，在林中寻找食物完毕的罗摩一行人生起火堆，坐地歇息。这时，有阵阵军队行进的喧哗声传来，带起一路烟尘。罗摩不知是何军队，急忙让罗什曼那去打探情况。罗什曼那身手敏捷，很快就爬上了高高的大树，定睛一看，原来是吉迦伊的儿子婆罗多带着大军一路前进。他担心起来，连忙向罗摩报告情况，并说婆罗多为确保王位稳固，或许会对我们痛下杀手，我们要快点做好战斗的准备。罗摩却说不用担心，婆罗多并不是品行恶劣的人。

婆罗多远远望见了罗摩，为表明自己没有行凶的念头，让军队原地候命，独身一人继续前进。当他看清罗摩三人衣衫褴褛的样子，想到这一切正是自己的母后造成的，又羞愧又心疼地跪下痛哭，罗摩急忙扶他起来，向他询问国家的情势和父王的病情。婆罗多一说父王离世了，四个人难抑悲伤，相对痛哭。婆罗多诚恳地说："我的母亲酿成了大错，如今，请大哥回国当国王吧，你不回去，我就和你一起过流放生活。"罗摩反驳道："我答应过父王和母后，说不回去就是不回去。堂堂国家，不可一日无王，你应该尽早赶回去执掌国家，照顾三位母后。"婆罗多又说："那就脱下你穿的木屐吧，我要把它带回去放在王位上，就像是你坐在王位上一样。我将在阿逾陀城代你执政十四年，那时你一定要回来，否则我就自焚。"罗摩便脱下木屐，送别了婆罗多。

悉多被劫

流放的日子很是坎坷艰苦，比不得在王宫里的优越生活，但罗摩三人本领高强，不畏艰险，克服了很多困难。在被流放的十年里，他们数次迁移，也杀过很多妖魔。又过了一年，他们寻到了一片安居之地，靠近河流，附近野果众多，就动手在这里搭了新草屋。

忽有一天，一个经过草屋的不速之客打破了罗摩的宁静生活。这是一个好色的女罗刹，她在看见英俊的罗摩的第一眼，就深深地被他的相貌吸引了。她急切地与罗摩搭话，罗摩向她介绍了自己的身份和经历，又反问她叫什么？来自何族？有什么目的？

女罗刹自豪地说："你知道楞伽岛十首罗刹王罗婆那吗？我是他的妹妹，叫舒罗潘卡，力大无比，精通变化之道，我哥哥也因此对我多加忍让。我整日游荡在森林里，吃人果腹。但你不用害怕，只要你同我结婚，我就不会吃你，我们婚后的生活肯定美满。你那个娇滴滴的弱妻悉多，我也会放过她的。"

罗摩迅速想好了对策，和罗什曼那默契地交换了眼神，开始戏弄女罗刹。罗摩说，你能力很强，不能与人共侍一夫，而我也不会抛弃妻子悉多，我弟弟相貌英俊，又是孤身在此，很适合你。女罗刹这才发现一旁的罗什曼那也是仪表堂堂，就又向他求婚。罗什曼那则说自己不过是罗摩的仆人，以女罗刹的尊贵地位和美貌，嫁给仆人太可惜了。

兄弟二人轮番打发女罗刹到对方那里去，在她再次向罗摩求婚，而罗摩回答只愿与悉多永结同心相亲相爱时，急赤白脸的女罗刹凶狠地想要吃掉悉多。眼见悉多害怕得瑟瑟发抖，兄弟俩立刻停止戏弄，罗摩紧紧抓住女罗刹，罗什曼那则听从哥哥的盼咐，用锋利的宝剑割掉了她的耳朵和鼻子。女罗刹急忙逃走了，留下一串惨叫声。

女罗刹向来飞扬跋扈，遭此劫难深以为耻，便去楞伽岛找哥哥，想借罗婆那之手报复罗摩。罗婆那外形奇特，生有十个脑袋、二十只手臂，因他本领高强，天帝因陀罗都对他无可奈何。当他坐在华丽的大殿里，听善于拍马屁的手下夸赞自己时，忽然传来女罗刹的讽刺之声，骂他沉迷安逸，丝毫不知道强敌罗摩的存在。罗婆那并没有对妹妹生气，反而好奇地问罗摩是谁。女罗刹添油加醋地将罗摩描述得英勇无比，几近无敌，挑起罗婆那的好斗心。她又接着煽风点火，说罗摩的妻子悉多美丽动人，世间无双，成为悉多丈夫的人，就相当于获得了永恒的快乐，只要看见悉多的容颜，就无法将她的容颜从心中抹去。

女罗刹巧舌如簧，蛊惑了罗婆那。罗婆那穿上作战的铠甲，乘坐上他那可以跨山越海、在云中行驶的神奇飞车，来到部下摩里遮的住所。罗刹摩里遮在知道罗婆那想要杀罗摩、抢悉多后，劝他说，罗摩箭无虚发，武艺高强，曾在众友仙人的净修林里射伤过我，您还是不要去了。可罗婆那非但不听，还制订了详尽的邪恶计划：第一步，摩里遮化身为美丽的小鹿，吸引悉多的注意力，然后逃入林中，引开想要为妻子捉鹿的罗摩；第二步，纠缠住罗摩后，模仿他的惊呼声，假装罗摩遇到了意外，从而引开罗什曼那；第三步，只剩悉多一人在家时，罗婆那化身为婆罗门修士，接近悉多，并掳走她。

计划订好，罗婆那和摩里遮就潜藏在了罗摩的草屋附近。当看到出门采摘果实的悉多时，摩里遮变为一头可爱的小鹿出现，小鹿装作温驯的样子接近摩多，摩多果然很是欢喜，不仅叫罗摩和罗什曼那来看，还提出驯养它的要求。罗摩疼爱妻子，便打算去捕捉已经走开的小鹿。罗什曼那觉得蹊跷，提醒兄长这鹿好像在净修林见过，很可能还是罗刹摩里遮变化的。但罗摩无所畏惧地打算去追，留下罗什曼那保护悉多。

狡猾的摩里遮躲来躲去，把罗摩引开很远，不让他捉到自己。罗摩失去了耐心，用箭射中了鹿，鹿现出罗刹摩里遮的样子。按照计划，摩里遮用罗摩的声音大声惊叫："啊！罗什曼那！悉多！快来啊！"随后倒地而亡。罗摩意识到这一切是一个阴谋，急忙赶着回草屋。

这一边，悉多和罗什曼那听到惊叫声后，心中都很担心罗摩。但罗什曼那牢记兄长的吩咐，依旧停留在原地保护悉多，悉多却以为罗摩真的遇到了危险，急匆匆地赶着罗什曼那接应罗摩去了。罗什曼那前脚刚走，等待已久的罗婆那就摇身一变，以婆罗门修士的面目出现在悉多面前。悉多心地善良，客气地请他歇息一会儿，贪恋美色的罗婆那却全无修士的矜持，颠三倒四地对悉多说情话。悉多心知有异，逼问罗婆那的身份，罗婆那撤掉变化，奇特的外表吓到了悉多。他逼迫悉多嫁给他，被厉声拒绝后，怒火大发，一手扯着悉多的头发，一手箍着她的腰身，将她带到了飞车里。

飞车刹那间飞入高空，在云间穿梭。悉多害怕极了，这突来的变故令她不停地号叫、哭闹，但这些挣扎收效甚微，罗刹王无动于衷。一连串的呼救声惊动了在树顶端休息的金翅鸟王，他是十车王的故友，见悉多被劫，迅速腾空而起，拦住了飞车的去路。他义正词严地谴责罗刹王："你是国家的首领，更应该遵纪守法！怎么能做出掳走他人妻子的罪恶勾当？难道你就不怕英勇的十车王之子罗摩惩罚你吗？"

鸟王的话句句在理，罗刹王却只想着清除拦路的障碍，早点带美人回宫。罗婆那向鸟王不停地射箭，鸟王挥动巨翅打落了箭，并一鼓作气，粉碎了飞车。掉落在地的罗婆那更加气愤，用自己全部的手臂挥动利剑，渐占上风，身受重伤的鸟王却昏倒在地。

罗婆那带着悉多飞往楞伽岛，悉多依旧哭叫号啕，铁石心肠的罗婆那不管不顾，专心飞行。途遇高山，悉多见山上站着猴王妙项和他的四个大臣，便把自己的围巾当作信物丢落，请他们交给罗摩。

到达楞伽岛后，罗婆那专门给悉多分配了关押她的房间，还找了几个女性罗刹监视她，不准其他人见悉多，也不准罗刹们碰悉多，否则就杀死擅自动手的罗刹。悉多唯一的自由，就是要什么就会有罗刹拿来。为了让悉多答应与自己结婚，罗婆那向她展示了自己的尊贵地位、超凡武艺和滔天权势。悉多不为所动，坚持说："我的丈夫正在赶来，他来救我的那一天，也就是你丢掉性命的时候。尽管我能力弱小，但在罗摩到达之前，如果你敢碰我，我就马上自尽。"

再次碰壁的罗婆那只好令手下对悉多严加看管，转身自己思考对策。他想，既然悉多一心一意等罗摩来救她，那么只要罗摩活着，悉多就不会答应自己的求爱，为今之计，只有杀掉罗摩，才能断了悉多的念想。于是，他一边令手下打探罗摩的踪迹，一边紧锣密鼓地为杀罗摩做准备。

寻找悉多

那一边，罗刹王劫走了悉多；这一边，罗什曼那碰到了往家赶的罗摩。罗摩看到弟弟只身一人来找自己，了解原委后，担心悉多在家会遭遇到坏人，便带弟弟一起赶回茅屋。但茅屋里已没有了悉多的身影，屋子周围也没有她活动的踪迹。罗摩难过极了，竟向不能言语的花草树木们追问爱妻的下落，风轻轻吹过，植物们依旧沉默。还是罗什曼那劝哥哥不要一味伤心，应该早点去寻找悉多的下落。

兄弟两人踏上了寻找悉多的路程，越走越远，直到他们到达了罗婆那击伤鸟王的地方，那里一片狼藉，有罗婆那神车的碎片、被折断的弓箭，还有悉多常戴的首饰，以及暗红的血迹。罗摩看到了妻子的首饰，便认为那血迹也是悉多的，妻子应该惨遭毒手了。这样想着，罗摩就要晕倒在地，还是罗什曼那宽慰他："兄长你要振作起来，这里只有血迹，没有尸体，悉多应该是被掳走了，而掳走她的人，一定和这弓箭、碎片有关。我们循着线索查下去，一定可以发现凶手。"

他们又向前走了几步，发现了伤势严重的金翅鸟王。他们认得他是十车王的故交，连忙上前施救，询问情况。金翅鸟王气息微弱，还是强撑着精神说明情况："我看见罗刹王罗婆那掳走了悉多，便上前阻拦，但我年老力衰，打不过罗婆那，还险些丧命。我看到失去战车的罗婆那带着悉多向南方飞去了，你们快点去追。"苦苦支撑的鸟王说完就没有了气息，兄弟二人又是敬佩又是悲痛，虔诚地埋葬了鸟王，之后迅速向南方追去。

猴国结盟

兄弟二人一路向南，就到达了一座高山，猴王妙项曾在此山看到被劫的悉多，并居住在此。之前，妙项是整个猴国的统治者，住在亮丽的宫殿里，但由于他没有察觉到他弟弟波林的阴谋，所以被波林篡权，并赶出了猴国。妙项被夺权后，只有四个手下还追随其左右，分别是尼罗、那罗、哥婆加和神猴哈努曼。当兄弟二人从远处过来时，停留在山上的妙项等人就看到了他们，发现对方身体强健，手中弓箭看起来也是威力十足。逃亡在外的五人因此心惊胆战，以为是波林找了强大的武士要来取他们的性命。神猴哈努曼是风神伐由的儿子，神通广大，善于变化。为了打探清罗摩二人的底细，哈努曼自告奋勇地变作苦行者的模样，出现在罗摩面前。哈努曼问道："你们衣衫褴褛，像是林中的苦修者，相貌却又庄严威武，具有国王般的威严，不知你们是谁？手持弓箭，又打算去做什么呢？"

哈努曼的礼貌打动了二人，罗摩便示意罗什曼那介绍清他们的身份、来历等。哈努曼弄清他们不是敌人后，也恢复了原来的面目，表明自己是风神伐由的儿子，现在是猴王妙项的臣子，而猴王曾经见过被劫持的悉多。经神猴哈努曼引荐，罗摩兄弟二人见到了猴王妙项和大臣们，对方说明自己的底细后，彼此之间惺惺相惜，一个同情对方丢了王位，另一个可怜对方没了王位又丢了妻子。他们的戒备心理荡然无存，亲热地拥抱，并许下誓言，要联手解决困难。对罗摩来说，他的高强武艺可以帮助妙项夺回王位；妙项则详细说明了看到悉多的情景，拿出悉多的围巾作为物证，承诺自己重登王位后，会倾举国之力，去寻找悉多。

妙项知道罗摩兄弟有武艺傍身，也很高兴能有二人相助，但他的弟弟波林也是武艺非凡，妙项就担心罗摩兄弟二人能否在与波林的较量中，取得绝对的胜利。他向罗摩表露了他的担忧，罗摩并没有在口头上夸耀自己，而是用行动来证明：只见罗摩拉弓射箭，这支原本普通的箭就宛如脱缰猛兽，一口气射穿七棵大树，又贯穿了一座巍峨的山峰,最后又神奇地飞回了罗摩的箭筒。这高超的射箭技艺征服了妙项等人,令他们手舞足蹈,再也不担心罗摩会打不过波林了。

妙项与众人商量,若是直接让罗摩去叫阵波林,波林知道他是十车王之子后,恐怕不会出城迎战;不如自己去波林的都城外叫阵,让罗摩躲在暗处,等自己和波林战作一团时,罗摩趁机射箭杀死波林。众人都同意了,并照计行事。一切都进行得很顺利,罗摩却遇到了意外:妙项和波林,既是兄弟,相貌相差无几,自己又在暗处,根本分不清谁是谁,因此不敢射箭,害怕误伤了妙项。

那边,罗摩心急如焚,不敢射箭;这边,妙项与波林缠斗已久,体力不济。最后,妙项占了下风,急忙带伤逃跑,与众人会合后,询问罗摩迟迟不出手的原因。罗摩说出了自己的隐忧,并做了一个花环,要求妙项戴在脖子上。如此一来,二人再缠斗在一起时,他也可以认出谁是波林,然后再放箭射杀。面对再次在城门外大喊大叫的妙项,波林十分生气,决定要斩草除根,彻底杀死妙项,以免自己王位不稳。战斗再次开始,有伤在身的妙项勉力支撑,波林却越战越勇,情况变得十分危急。还好罗摩已在暗处以波林为靶心,放出了他那绝不可能失手的神箭。这一支利箭恰好射中了波林的前胸,波林突然倒地,丧失了行动力。罗摩和众人齐齐现身,将要死去的波林说:"十车王之子向来名誉极好,却做了这种暗箭伤人的事。"说完就死去了。罗摩认为自己是助友平叛,并没有做错,但他的善良使他提出让波林体面地下葬,并且要使波林的妻儿生活无忧,妙项答应了。

偌大的猴国,就这样重回了妙项的统治之中。但似乎是在外流亡时吃尽了苦头,妙项重回王位后,就沉迷享乐,日日笙歌,把对罗摩的承诺全然抛在了脑后。神猴哈努曼将罗摩的焦急看在眼中,正直的他心里也着急起来,便去提醒妙项要履行诺言,仍在享乐的妙项只是口头搪塞几句,仍把找人的事情向后推。连绵不绝的雨季结束了,罗摩对罗什曼那说:"兄弟啊,过去的这段时间,猴王妙项毫无动静,让我觉得雨季漫长不已;如今,马上就是秋天了,秋高气爽,是一年中领兵作战的最佳时机,妙项却还是没有履行诺言的意思,这让我心急如焚。"长兄的语气里充满焦急,罗什曼那听后很是生气,打算直接去找妙项讨要说法。此外,哈努曼向妙项打出了感情牌,说没有罗摩帮助的话,妙项怎么会再次成为国王?最后,妙项反思了自己的享乐行为,打算履行诺言,他热情地召见了罗摩兄弟,商讨该如何寻找悉多、怎样和罗婆那作战。

猴王妙项一从享乐中转醒,就恢复了理智,他说只有足够的人手才能到世界各地寻找悉多,因此下令要神猴哈努曼召集猴国所有的猴子,又去向熊族求助。

很快，猴国的都城就聚集了千千万万只猴子，也有很多大熊前来，愿助妙项一臂之力。人手聚集后，罗摩提出，与罗婆那打仗的事可以缓一缓，当务之急是打探清悉多是否仍然活着、身在何处。于是妙项就聚集了猴军和熊军，选出首领，将罗摩的要求吩咐了下去。

火烧楞伽

　　经过一段时间的相处，罗摩了解清了哈努曼有多灵活机智，因此他向妙项提出了让哈努曼动身去寻找悉多的要求。为了证明哈努曼是自己派出的，他拿出自己的戒指交给哈努曼做信物，说："承载我希望的哈努曼啊，当你与悉多相遇，你就拿出戒指让她看，她就会明白你的身份了。"哈努曼向来对罗摩恭敬有加，就接过戒指，亲自带人向南方去了。

　　哈努曼不顾疲倦，带着人马不停地走，一边走一边寻找悉多的踪迹，还向遇到的人打探消息，但却一无所获。一个月的时间过去了，他们甚至走到了大海前，无法再前进，但还是没有悉多的消息，这让军队进退两难。幸好，新鸟王商婆底突然出现，为他们带来了好消息。商婆底说："已故老鸟王是我的叔父，现在我继任了新鸟王的位置，我愿意和罗摩合作，攻打罗婆那，为我的叔父报仇。我曾经看见罗婆那劫持着悉多飞向楞伽岛，岛上有着易守难攻的楞伽城，罗刹们牢牢把守着各个城门。罗婆那是罗刹的国王，他将悉多锁在了楞伽城的无忧森林里，那里虽然美丽，却有大批罗刹女们把守，常人难以进入。"事情终于出现了转机，猴子们高兴不已，却碍于无法确认商婆底的言论是否为真，不便直接去报告给罗摩，以免发生错误。猴军开始进行讨论，认为只有亲眼看到悉多，才能向罗摩复命。但猴子们虽然善于攀登跳跃，却对茫茫大海束手无策。这时有人提出哈努曼是风神和天女的儿子，年幼时就能一跳三千由旬高，到达高高在上的天庭，现在也一定有办法渡过大海、抵达楞伽岛。哈努曼微微一笑："我的确到达过天庭，天帝因陀罗看我太顽皮，就用闪电将我击落在地，我就摔坏了下巴，并因此得名哈努曼。"

哈努曼让军队原地驻扎休息，决定独身一人前往楞伽岛。他先是使用法力，将自己的身体变得高大无比，然后深深吸气，用力向前跳去，风就托着他的身体飞了起来。前行之路并不顺利，名叫须罗婆的女罗刹出来拦路。这个女罗刹相貌恐怖，因曾被天神赐予过吞吃所有东西的权利，便肆意妄为，想吃谁就张开嘴。哈努曼见女罗刹要吞吃自己，就将身体变大，不料女罗刹的嘴也随之变大，机智的哈努曼只好缩小身体，主动进入她的嘴里，又趁她的嘴没闭上时，及时飞出。哈努曼就这样从女罗刹嘴里绕了出来，又没有打破天神的规定，女罗刹只好让路。

哈努曼继续前行，又有女妖自海浪而出，横行拦路。这个女妖也不简单，大梵天给了她捕捉人的身影吞食的权利。女妖潜入海水，扑向海水里哈努曼的影子。哈努曼先是缩小了身体，让女妖无法找到自己的影子，又敏捷地钻进了女妖的嘴里，滑到了女妖的肚子深处，而后施展利爪，将女妖的五脏六腑全都抓烂了。女妖破肚而亡，哈努曼跳了出来，向楞伽岛赶去。

楞伽岛近在眼前，哈努曼并没有直接潜入城中，而是在岛上的一座高山上观察楞伽城。楞伽城果真非凡，城墙由黄金筑成，坚实无比，城门关卡重重，负责把守的罗刹们来回巡逻。远远望去，城内也是风光景象，屋舍俨然，彩旗招展。因在重兵把守之下难以入城，哈努曼静待天黑，再伺机进入。

夜色来临，哈努曼变成一只猫溜进楞伽城。他保持着机警，走过诸多建筑物，到达王宫门前的广场后，又特地绕开了广场上的巡逻警卫和密探们。最终，哈努曼潜进了王宫，看到了罗刹王搜刮来的各样珍宝以及各式美女，再往里就是罗刹王的寝宫，入目就是一地舞姬打扮的美女，因为跳舞太累已经都睡着了，而罗刹王也躺在他那金碧辉煌的大床上，发出阵阵鼾声。哈努曼仔细确认，发现悉多并不在寝殿里，就出去寻找。王宫里有众多亭台楼阁，哈努曼一一找过，又搜寻了花园和通道的所有角落，还是一无所获，他不禁担忧悉多是否已经离世了。就在他心灰意冷之时，无忧树林蓦然闯入他眼帘。

尽管无忧树林的守卫们一直在周围转来转去，哈努曼还是机警地翻过了围墙，不被发现地进入了林中。无忧森林俨然是一座优美的园林，其中古木参天，碧水盈盈，奇花异草香气扑鼻。哈努曼爬上长得最高的古树，发现附近原来有一栋白色的房子，房子前有一堆女罗刹在七嘴八舌说着什么，她们的中间，是一位容颜美丽却神情悲伤的女子。只见那女子双眉蹙起，紧抿双唇，时不时地掉下眼泪，哈努曼认定她就是悉多。

哈努曼一直想要接近悉多，罗刹女们却始终围在悉多身旁，不得已，哈努曼只好在大树上观察情况。天亮之后，前拥后簇的罗刹王来了，对悉多说了一堆虚假的谎话，说什么只要悉多答应自己的求婚，便给她世上所有的珠宝，给她最尊贵的身份，让三界人人敬仰她羡慕她。悉多对这些诱惑充耳不闻，还痛斥罗刹王："身为罗摩的妻子，我本来就受人尊敬，再多珠宝也打动不了我，我会永远保持我作为罗摩妻子的尊严。"罗刹王又以死相逼，悉多继续挖苦他："罗摩的箭百发百中，你要是还不放我走，小心他一箭要了你的命，再灭了你的国家！那时，你就是想活下去继续做国王，也是不可能的了。"罗刹王无奈道："你应该感谢你的美丽救了你，别人敢对我这么无理的话，早已是我的刀下亡魂。我最后再给你两个月，到时候你仍不答应我的话，我只好亲自杀死你。"话毕，屡遭拒绝的罗刹王生气地转身离去。

罗刹王走后，忠心的罗刹女们便用各种方式对悉多威逼利诱，悉多忍无可忍，来到了哈努曼藏身的那株大树下，想要以发为绳，悬树自尽。哈努曼看时机已到，就极小声地说："甘蔗族啊，养育十车王；生下长子啊，名字叫罗摩；罗摩被流放啊，妻与弟同行；妻子遭不幸啊，被罗婆那劫走；罗摩寻妻啊，遇猴王妙项；妙项王派兵打探啊，派来大臣我；我在这里啊，找到了悉多。"

悉多听到了这些话，心里惊讶不已，她揉揉眼睛，终于看清了隐藏在树上的哈努曼，见他的外貌和猴子一样，又惊讶了一番。哈努曼向悉多介绍了自己，还说了一些罗摩的情况，见过罗刹王诸多把戏的悉多却不相信，她生怕猴子是罗刹王变的，又想来骗自己。哈努曼就拿出了戒指，说这是罗摩给他的信物。悉多看到戒指，就知道心心念念的丈夫并没有放弃寻找自己，这让她感到高兴，她向哈努曼致谢，又问候了罗摩。哈努曼说罗摩很思念悉多，心情焦虑。悉多哀求哈努曼快点告诉罗摩，如果不想看到自己的尸体，就快点来解救她。悉多又劝哈努曼尽早离开，以免被罗刹王发现，还拿出自己珍爱的宝石作为信物，好让罗摩确认后早日来救自己。

哈努曼把宝石仔细藏好，就打算回转。悉多说不远处有一片甘果林，果实可口，哈努曼应当用甘果充饥后再走。哈努曼再次变成猫，在守护甘果的卫兵眼皮子底下溜进甘果林，而后现出原形，随意摘取甘果、攀折树枝，由于动静太大，惊醒了熟睡的罗刹女们。这些罗刹女一看守护的甘果树被毁了不少，便以多欺少，一起用武器砸向哈努曼。哈努曼虽然没有被武器砸伤，却怒上心来，便伸手拔起甘果树，回敬给罗刹女们。哈努曼英勇，罗刹女们联手也打不过，反而死了几十个，几个机灵的连忙逃了出去。那些幸存者一路快跑，向罗刹王告状，罗刹王勃然大怒："快把那不知天高地厚的猴子抓过来！"

罗刹王先后派仆人牟罗、大将遮菩摩利、儿子阿加沙耶三人带领军队，擒拿哈努曼，这三人却都被哈努曼迅速地打死了，军队也有所折损。罗刹王更加恼火，让名叫因陀罗吉特的儿子出手，因陀罗吉特声名在外，他的名字也是战胜了天帝因陀罗才得到的。因陀罗吉特想要速战速决，直接使用了他那一抛出就可以套住敌人的法宝，哈努曼见绳索飞来，便将计就计，假装被绑住的样子，要去看看罗刹王的卑鄙面目。

哈努曼玩心大起，施法把自己变沉、变大，使得数百罗刹都抬不动他，只得调来更多兵将抬他；宫门狭窄，罗刹王又无奈地拆了宫门，才把哈努曼带到了宫殿上。

罗刹王被哈努曼戏耍得焦头烂额，还是竭力端坐在王位上，身后侍女成群，膝下群臣环绕。哈努曼故意背对着他，大声喊叫："罗刹王在哪儿？其他人没有资格和我说话。"侍卫们向他指认了罗刹王，他又出言讽刺："你就是那个抢人妻子的无耻之徒啊！你的嘴脸真够让人恶心。"

罗刹王心虚地问道："你是谁派来的？速速招来，情况属实，我可以考虑不杀你。"

哈努曼说："我是谁派来的并不重要，重要的是被你抢走了妻子的英雄罗摩，马上就要来找你报仇，你就当我是死亡的使者吧，当然，你现在改正的话，说不定还能活下去。"

罗刹王怒吼一声："我要把这个猴子大卸八块！"

左右侍卫正要动手，罗刹王的弟弟维比沙那说："自古以来，两军交战，不斩来使。我们不应该杀掉他，但他口出狂言，我们可以剃光他的头，将他游街示众。"

罗刹王同意不杀哈努曼，但他觉得一个猴子根本不在乎自己的头是否被剃光，只有用火烧他的尾巴才能让他的羞耻心发作。罗刹们立即执行起来，在哈努曼的尾巴上裹布、倒油、点火，接着拉他去展示给国民看。其实哈努曼根本不在乎自己的尾巴被烧，他疯癫地笑着，想着怎么报复罗刹王。楞伽城的人们争相出来看笑话，天神们也在云层上欣赏这出闹剧。

没走多久，被绳索捆绑的哈努曼使出缩骨功，从绳子中挣脱出来，又再度变大，屠杀押着他的罗刹士兵们，眨眼间就有几个罗刹命丧黄泉。剩下的罗刹们纷纷逃走，哈努曼肆意地追赶过去，并且甩动那有火的长尾巴，一时间，看热闹的人的胡须、衣服纷纷被点燃，周围房屋上也冒出滚滚浓烟。没过多久，楞伽城内火势四起，人们根本不知道该先救哪里的火，呼朋引伴，四处奔逃，不知几人命丧火中，也不知几许房屋成了断壁颓垣。

成功教训了罗刹王的哈努曼得意大笑，平静下来才想到悉多的安危。他匆匆拍灭尾巴上的火，赶去无忧园，发现这里没有火，悉多也安然无恙，便准备踏上归程。

哈努曼再次乘风飞跃大海，回到了海岸边。驻扎在此的猴军欣喜若狂，向他们的英雄欢呼不已，哈努曼给他们讲述了自己的经历，获得叫好声一片。而后，他和猴军一起踏上归程。

远征楞伽

自大军出发后，日日等待消息的罗摩等人心急不已。当罗摩远远望见哈努曼带着士气高昂的猴军回来时，心里的大石头总算落了地。哈努曼向罗摩问好后，就赶紧拿出悉多的宝石，说了悉多的近况，说她没有性命之忧，一直在坚贞地守护自己，用高尚的品德拒绝了罗刹王的求婚，在焦急等待罗摩去救她；最后又讲了自己大闹楞伽城的事情，并且交代了楞伽城的守卫情况。罗摩激动地拥抱了立下大功的哈努曼，摩挲着宝石，立下了战胜罗刹王的誓言。

既然已经确定要同罗刹王作战，猴王妙项就赋予了罗摩指挥军队的权力。罗摩运用从小就学习到的行军打仗的知识，让尼罗为先锋，率领数千名猴子开路；自己带领着大军，走在中间；让熊王阇婆梵率大熊们断后。整个军队日夜兼程，快马加鞭，很快就到了海边，与楞伽城隔海相望。罗摩指挥军队在此驻扎，与众人商议渡海、作战的计划。

楞伽城内，却是另一番景象。罗刹王有一个名叫维比沙那的弟弟，他和卑鄙的罗刹王不一样，极富正义感和责任感。罗刹王掳来悉多后，罗刹国内就出现了好多不祥的预兆，这让维比沙那忧心忡忡。这一天，他特意来到王宫，劝导罗刹王道："王兄啊，你一直以来都是所向披靡的，尽管如此，也不能无视上天传达的种种凶兆啊，城中的动物躁动不安，祭祀的事情也没有顺利过。再不交出悉多，只怕我们整个家族、全国上下都要有灭顶之灾啊！"

罗刹王不悦地说："我有什么好怕的？不管是罗摩，还是他的弟弟罗什曼那，肉体凡胎怎敌得过我的百胜之兵和雷霆手段？"

罗刹王那个曾打败过天帝的儿子因陀罗吉特在一旁支持父亲："叔父啊，你这样说显得你真是胆小，你的话分明是灭自己威风，两个凡夫俗子，根本不足为惧！"

维比沙那语重心长地说："孩子，你的武艺虽高，却还不够智慧。罗摩作为十车王之子，是生下来就战无不胜的，你和你父亲，都太过骄傲了。"

罗刹王开始生气："维比沙那，你不要再说了！我认为你是在忌妒我，忌妒我高高在上，有权力和财富。你的话里透出对我的不满，你是否私下里也一直在反对我？"

维比沙那说："兄王啊，如今你是神仙也难救了！忠言逆耳利于行，我的肺腑之言你不听，一味地喜欢那些溜须拍马之言，关闭了纳谏的道路，你简直是在自取灭亡。"

罗刹王火冒三丈，维比沙那不但不全力支持自己，还反过去夸赞自己的敌人，他不禁对弟弟动了手。被打的维比沙那又急又气，与另外四名有正义感的罗刹一起，投奔了罗摩。

维比沙那真心来投诚，众人却并不是全都信任他。以妙项为首的一派，认定维比沙那是罗刹王派来的奸细，最好直接杀掉他们。以哈努曼为首的那派则想法不同，说人之初性本善，维比沙那表现得很诚恳，不会是奸细。罗摩做了决定，说兄弟之间为了争权夺利很容易有矛盾，维比沙那前来投诚合情合理，他既然反对罗刹王了，那就是我们的盟友。而后，罗摩就与维比沙那结盟了，罗摩帮他争夺王位，他则提供了详细的关于罗刹国的情报，比如说罗刹王的独门绝技是什么、哪个将领最骁勇善战等，他甚至还提了建议，让罗摩向海神求助如何渡海。

罗摩认为维比沙那的办法可行，便开始了对海神的祭祀。祭祀持续了三天，受到感召的海神便出现并且对罗摩赐了恩典："我掌管的大海是难以逾越的，可你为复仇救妻而去，乃是正义之举，因此我破例帮助你。天上主管建造的工巧大神是毗首羯磨，如今他的儿子那罗是你军中一员，你找到他，便可造出跨海的桥梁，我则用海水支撑桥梁，不使它被冲垮。"

那罗接到罗摩的命令后，就开始了浩大的造桥工程。众多猴子被分为三队，一队去森林中搜集木材，一队去山里搬运岩石，另一队负责将木材和巨石筑造成桥。在那罗的精心领导下，第一天猴军就修出了十四由旬长的桥梁；次日，桥长二十由旬；又一日，长二十一由旬；再一日，长二十二由旬；等到第五日，总长二十三由旬的跨海大桥就造好了，而且桥梁坚固无比，外表华丽。就连在天上看到大桥的天神们，也忍不住夸赞那罗完全继承了他父亲的技艺。

　　大桥既成，千军万马就浩浩荡荡从海上穿过，到达并驻扎在楞伽城外的树林里。一夜之后，军队活力充沛，罗摩就下令封锁楞伽城周围的道路，严禁城里的人出入，实行包围政策。围在城外的猴子们得意地吼叫，以声扬威，楞伽城里人人自危，喧闹不休。守卫们慌张地向罗刹王报告城外情况，罗刹王依旧不屑一顾，甚至口出狂言："区区猴军，不足为惧！哪怕是一群天神来向我讨要悉多，我也不会听令！"无论罗刹王有多自负，仗还是要打的，他派两名罗刹变作猴子，去打探猴军情况，可知道他们底细的维比沙那一眼就认出他们是罗刹，拿下了他们，问罗摩该如何处置。罗摩说："我方军队，人多势众，秩序井然，要打仗的话，一定是我们赢。你们回去报告情况吧，让罗刹王明天好好看看，自己的国家是如何灭亡的。"保住性命的两名罗刹急忙感谢罗摩，如实向罗刹王做了汇报。

　　罗刹王在命令军队加强防御后，又想出一条卑鄙的计策。有个名叫电舌的罗刹精通魔法，罗刹王便命他造出几可乱真的罗摩的头颅和弓箭，然后用这两件物品当证物，告诉悉多罗摩已死。罗刹王原以为悉多会因此死心，嫁给自己，谁知悉多当场就晕倒了，醒后还想自杀。幸好维比沙那的妻子知道了这个阴谋，匆匆赶来向悉多告知了真相，宽慰她罗摩的大军就在城外，被救出的事情指日可待。听了这些，悉多心里充满了期待和希望，一心一意等待罗摩的大军取得胜利。

大战楞伽城

　　新的一天很快到来。猴军兵临城下，楞伽城被猴军包围得水泄不通，大军擂起战鼓、吹起螺号，助威声和呼喊声使得天空都在震动，近处的海潮声也完全听不到了。防守的罗刹军开始躁动，罗刹王便命令罗刹军前去迎战。于是，好斗的罗刹军就仿佛饿兽出笼，嘶吼着来到城外。两方短兵相接，战斗一触即发。

猴子们猴性未脱，只会用木棍、石块或爪子、牙齿当武器，去对付罗刹，罗刹们受过专业培训，用箭和标枪进行反击。双方一边战斗，一边大喊，为自己的首领争取荣誉。这场战斗的激烈程度，看起来并不亚于曾经的天神与阿修罗之战，远在天边的天神们很是好奇，一个个都飞往楞伽岛上空，以求不错过精彩瞬间。

大战之中，有一人表现突出，他就是盎加陀，是被罗摩杀死的猴国前国王波林的儿子。如果他是心胸狭窄的小人，就会记恨罗摩，可与生俱来的正义感促使他站在了罗摩的阵营。两军开打后，盎加陀和罗刹王之子因陀罗吉特成为了对手，两人武力相当，各有负伤。因陀罗吉特见单凭武力无法战胜盎加陀，便使出了独门法宝。这法宝极为厉害，为梵天所赐，因陀罗吉特用它隐去了身形。盎加陀失去了对手踪迹，正不知所措，卑鄙的因陀罗吉特直奔罗摩和罗什曼那，不停地射出利箭。哈努曼和盎加陀等人不想坐以待毙，飞向空中，手持大树扫荡空气，还是没能阻挡隐身的因陀罗吉特射箭。罗摩两兄弟的箭伤逐渐严重，想要斩草除根的因陀罗吉特使用咒语，放出歹毒万分的蛇箭，蛇箭的独特之处就是软似蛇身，带有蛇毒，一射中两兄弟，就缠上了他们的身体。被捆住的罗摩兄弟中了蛇毒，晕倒在地，昏迷不醒。因陀罗吉特见计谋得逞，就得意地向父亲报喜去了。

罗刹军想要带罗摩兄弟二人的身体回城，亏得猴军的将领们极力阻拦，并拼命反击，才打退了罗刹们。

罗摩兄弟二人一直昏迷着，动也不动，猴军众人心急如焚，却不知道怎么救他们。多亏金翅鸟王迦楼陀突然出现，他是鸟中至尊，蛇类的克星，能够顷刻之间清掉蛇毒。迦楼陀是来帮助罗摩的，他用手轻抚兄弟二人身上密密麻麻的伤口，抚过哪里，哪里的血就不流了，肌肤光滑如初。没过多久，罗摩兄弟二人就恢复了健康，活力充沛地向迦楼陀致谢。迦楼陀介绍自己后，以鸟王之名祝福罗摩及众人不再受蛇毒侵犯，随即便挥动翅膀消失于天际。

猴军见主将罗摩生龙活虎的样子，从心底感觉高兴，精神也振奋起来，再次挑战罗刹军。城内，罗刹王听儿子报喜后，舒心不已，又听得猴军进攻的声音，很是迷惑。等到他知道罗摩并没有死，反而在好端端地指挥军队时，他一阵心悸。但他很快调整好了情绪，派大将雷齿出城迎敌。

将军雷齿穿着厚重的铠甲，在罗刹军的簇拥下行军。一路走来，他听到了乌鸦的叫声，看到了秃鹫落在战旗上，这些凶兆让他感到了不安。尽管如此，雷齿还是发挥出全部能力，一路拼杀，杀死了许多猴军。争强好胜的盎加陀看在眼中，便前来挑战他。首先是雷齿的箭射伤了盎加陀，盎加陀拔起大树扫向雷齿，雷齿一边躲避一边将大树击碎；盎加陀又发动攻势，用巨石砸烂了雷齿的战车，又砸中雷齿胸口，雷齿狼狈极了，边吐血边反击；第三回合，快没有力气的盎加陀乘胜追击，看中时机，直接用刀砍落了雷齿的头，取得了胜利。雷齿身亡的消息传回城中，罗刹王感到悲愤，又派大将阿甘波那去报仇雪恨。阿甘波那在以往作战时总是胜利，这次却在出城时就看到了很多凶兆，动物们的反常表现并没有阻止他，他执行着罗刹王的命令，不断地射杀猴军。哈努曼看到自己的手下倒下不少，生气地反击，将身子变大，以大树为武器，打死了一些罗刹军。阿甘波那奋起反抗，用大量标枪刺伤了哈努曼。哈努曼不愧是风神之子，尽管全身多处有伤，行动却毫不迟缓，反而还当场拔起一棵巨树，向阿甘波那横扫而去。这一扫又快又有力，阿甘波那来不及躲闪，从战车上飞出倒下，抽搐两下当场便死去了。失去首领的罗刹们战意全无，急忙逃走，再次得胜的猴军欢呼不已。

接连失去两员大将的罗刹王仍不肯罢休，派出了罗刹军的最高首领钵罗诃私陀，对他说："钵罗诃私陀，你曾立下汗马功劳，如今又到了危急时刻，你去平定战事吧。用你的怒吼吓退那些臭猴子，落单的罗摩和罗什曼那就会在原地任你宰割了。"国王有令，钵罗诃私陀不得不从。当他带兵出征时，凶兆再次出现，暗示了他悲惨的命运。

钵罗诃私陀出现在战场上，罗摩见他是生面孔，便用疑惑的眼光看着维比沙那。维比沙那说："他是罗刹军的最高统领，战绩辉煌，杀生无数。"刚介绍完，两军就开打了，罗刹军依靠锐利的弓箭发起进攻，一些猴子命丧箭雨之中，剩下的猴子们毫无退意，接着向前冲去。战争进入胶着状态，双方的鲜血将土地也染红了，战场上的尸体也越来越多。钵罗诃私陀高立战车之上，用一张弩弓杀死了很多猴子。猴军的大将尼罗见势不妙，挺身而出，突破了罗刹军浓密的箭雨，将一棵大树舞得密不透风，打碎了钵罗诃私陀的战车和弩弓，迫使他放弃战车，来平地作战。钵罗诃私陀使用沉重的金刚杵砸向尼罗，尼罗不停地搬起石头反击。没多久，双方就都挂彩了，但尼罗的身躯很是灵活，他绕来绕去，在对手看不见的地方掷出石块，直接将钵罗诃私陀的头颅砸破了，钵罗诃私陀当场毙命。失去统帅的罗刹军，再次溃败、逃走。

大战罗婆那

接连失去三员猛将的罗刹王再也坐不住了,手下无将领,他就亲自出征,誓要杀了罗摩。国王出征,仪式隆重,号角连绵不绝,战车闪耀金光。到了城门口,猴军向他做出挑衅的动作,他一看到战场上堆积如山的罗刹的尸体,心中顿生恨意。他叫来临时替补上的罗刹将领们,命令他们死死守住楞伽城,不得让猴军进入,自己则轻装上阵,驾着战车冲向猴军。

猴王妙项远远地望见了罗刹王,直接举起一座山掷过去,想要压死罗刹王。可受过湿婆大神恩典的罗刹王不可能如此轻易死去,只见他连射金箭,坚固的山峰便化为了粉末。罗刹王又投掷标枪反击,速度比闪电还要快,妙项根本就来不及躲闪,被标枪打昏过去了,罗刹军急忙称颂自己的君王神勇无敌。这时,猴军众将领唯恐国王妙项被打死,尸骨无存,一起冲了上去,抢过猴王,并快速医治了他。罗刹王在后面穷追不舍,哈努曼挺身而出,放言道:"罗婆那,如果没有湿婆大神的庇佑,你早就死了成千上万次。你本来可以长生不死的,可你偏来惹我们猴子,简直就是自取灭亡。"

罗刹王恼羞成怒:"别说大话!放马过来,我倒要看看你有没有杀死我的本事!"

两个人都想证明自己的本事,便不使用武器,进行近身格斗。罗刹王用右手攥成拳头,奋力打向哈努曼,把他打得站都站不稳,身子也晃动了。哈努曼站定之后,同样用拳头挥向罗刹王,他用的力气很大,罗刹王半天才稳住身体。罗刹王说:"没想到你这只小猴子,力量还挺大,勉强可以算敌人了。"

哈努曼说:"我多希望我刚刚的力气再大一些,直接打死你好了。你等着,我再出手就会用全力了。"

罗刹王见哈努曼只想打死自己,生气地挥起拳头,裹挟着千钧之力,一下子就把哈努曼打昏在地。没等罗刹王再次伤害哈努曼,尼罗就赶紧扑过来了。罗刹王直接射了一片黑压压的箭,尼罗躲避之后,搬起山峰砸过去,被罗刹王用七支箭阻拦了。尼罗见罗刹王毫发无损,就运用大力,拔起好多树木,接连砸向罗刹王。可罗刹王在射落这些树木之余,还分心射出十箭,箭箭致命。尼罗灵活极了,当即缩小自己的身体,躲开了攻击,而后飞到罗刹王头上嘲笑他。罗刹王见正常的箭支伤害不了尼罗,就射出了特殊的火箭,被瞄准射伤的尼罗为了保住性命,只好暂时先躲藏起来,暗中寻找时机。罗摩见罗刹王难以战胜,就派出了弟弟罗什曼那。罗什曼那怀着对罗刹王的愤恨,前来攻击他。可惜棋逢对手,实力相当,两个人的箭术是同样精准,都射伤了对手,又被对方射伤。罗刹王想早点结束战争,就走了捷径,用大梵天赐的火箭重击了罗什曼那,用标枪掷向了他的胸口。密切关注战情的罗摩急忙对罗刹王出手,让哈努曼有机会救下了受伤的罗什曼那。

罗刹王坐在战车上难以被伤害。哈努曼就要求罗摩骑到自己的背上,与罗刹王处于同一高度,方便作战。罗摩答应了,便与哈努曼一起合作,向罗刹王发起了猛攻。罗刹王射出大量箭支,中箭了的二人依旧向前,罗摩也用箭射碎了罗刹王的战车与战旗。之后,受伤的罗刹王渐渐没有力气了,罗摩就扔出轮宝,拥有自动追击功能的轮宝飞向罗刹王的脑袋,却因为他戴了沉重的头盔,没能砸破他的脑袋。头盔被砸碎的罗刹王终于感觉到了恐慌,一溜烟儿地逃了,军队也撤退了。罗摩见今天杀不了他,就说:"罗刹王,你还不悔过吗?由于你的罪恶行为,猴军多人失去生命,今天你运气好逃走了,下次再遇到你,我就用你的头颅,来祭拜逝去的亡灵们。"

恭波加那之死

惨败回城的罗刹王一到宫里,就立马召来医者治伤,同时对手下发号施令,要求他们做好防御工作,并且叫醒罗刹国的王牌——恭波加那,希望恭波加那醒后可以帮助自己扭转战局。

恭波加那原本只是罗刹王的一个弟弟,并无过人之处。但他和罗刹王共同修行，也被梵天降下恩典。梵天的恩典，往往极具威力，天神们担心恭波加那得到恩典后，无法无天，招来灾祸，让女神辩才天在他的喉咙里替他发声：每睡六年才能醒来一次。梵天觉得这样很好，就同意了。眼下，恭波加那已经睡够六年，可以醒来一次了。

在山洞中熟睡的恭波加那很难被叫醒，罗刹们敲锣打鼓，大声喊叫，他都不动分毫；罗刹们又去拉扯他、推他、拽他，甚至用水泼他，他也没有醒来的意思；直到有罗刹赶着大象在他身上走来走去，他才有所感觉，慢慢睁开眼睛。他睡意蒙眬地伸懒腰、打呵欠，就有罗刹被吹出了山洞。罗刹王明白弟弟一醒来就要吃东西，吃饱喝足才有力气走路，早命人准备了大量的肉和水，恭波加那便开始大快朵颐。当他知道兄长有难后，就动身去见罗刹王。

罗刹王见到巨魔恭波加那高兴极了，向他大倒苦水："我只不过是抢走了十车王之子罗摩的妻子，他便带着大军来攻打，杀死了我三员大将，还打伤了我。我没有办法，才叫醒了你。"恭波加那回答："兄长不要烦恼，我是巨魔，天生以生灵为食，我现在就去吃了那个罗摩和他带来的猴子，让你不再忧虑。"

罗刹王知道弟弟本领高强，还是怕罗摩会伤害到他，因此，他劝准备赤手空拳作战的恭波加那穿上盔甲、带上标枪再走。巨魔恭波加那来到了战场，他的身躯如山般高大，相貌又凶恶无比，猴子们心生惧意，不战而逃。益加陀见状大喊道："胆小鬼才会后退！这只是罗刹王变出来的幻影，大家合力打死他！"猴子们听到后，鼓起勇气作战，但他们只会投掷树干和石块，这些攻击对恭波加那来说，连挠痒痒都算不上。相反，恭波加那施展出他的恐怖本领，随手一抓就抓起来好多猴子，两口就生吃一只猴子，一会儿工夫，上百只猴子就被他吃掉了。猴军四散逃开，只有将领们还在极力反抗，可不管是益加陀投掷的木棒，还是哈努曼搬起的石头，抑或者尼罗横扫空中的大树，都伤害不了身躯巨大的恭波加那，顶多只能让他的身体出现小幅度的摇晃。而当巨魔开始反击时，将领们纷纷被他威力巨大的标枪击伤，哈努曼拼尽全力抢过标枪折断了它，众人刚觉得轻松了一点，巨魔就用石头砸昏了妙项。

眼见恭波加那又开始大肆生吃猴军，哈努曼等将领又都受了伤，罗摩决定和弟弟罗什曼那亲自迎敌。罗摩郑重地射出神箭，恭波加那的右手臂应声而落，几个不幸被砸中的罗刹和猴子就此殒命。罗摩又用金箭射断了巨魔的左手臂，巨魔无法再捡起巨石进行反击。接着，罗摩用两支月牙形的利箭，分别射断了巨魔的左腿和右腿。失去双腿支撑的恭波加那轰然倒地，腾起一片烟尘，但他并不死心，努力挪动身体扑向罗摩,将嘴张到最大,妄想吞掉罗摩。罗摩就一直射箭,将他的嘴塞得满满的,让他再也无法吞吃生灵。而后,罗摩振臂投出标枪,直接将对方的头颅斩掉,鲜血喷涌而出,就像下了一场血雨,巨魔罪恶的生命,也随之结束。

看到恭波加那死去,一直观战的天神们心里很是高兴,再也不用担心他会闹出什么乱子来了。猴军众人激动极了,大声歌颂伟大的罗摩。

罗刹王子之死

城外一片欢腾,收到消息的罗刹王却流下了伤心的眼泪。等到了夜里,猴军又进行了猛烈的袭城行动,由于罗刹们这些日子一直在加固防御工事,因此没有得手。

罗刹王还是不愿投降,没有了可堪大任的将领出征,他就让自己的一些儿子们上阵杀敌。可久居深宫的罗刹王子们怎么会是罗摩等人的对手,接连丢了性命,只剩下了坐镇宫中的因陀罗吉特还活着。罗刹王沉浸在丧子的悲痛中,因陀罗吉特却血气方刚地请求出征,说要一雪前耻,罗刹王只好让这唯一的一个儿子也上了战场。

因陀罗吉特明白,和罗摩硬拼的话,他难免会步前面几个兄弟的后尘,因此他决定去树林里进行邪恶的祭祀,祭炼出一把邪恶无比却所向披靡的武器,让罗摩再无胜利的可能。因为祭炼武器需要时间,他就用魔法造出假的悉多,故意在猴军面前杀了她,好让猴军的心理防线崩溃,以此为自己争取时间。果不其然,连神猴哈努曼都没有认出被杀的悉多是假造的,愤怒地要和敌人拼命,更不用说以为爱妻已经丧命的罗摩了,他收到消息就昏了过去。

猴军用凉水泼醒了罗摩,转醒后的他还是心痛难抑,无精打采。还好维比沙那十分了解罗刹王子,前来求见罗摩,对他说:"您是大军的统帅,不可以如此消沉。悉多很可能没有死亡,因为罗刹王对她志在必得,怎么会把她交出来呢。罗刹王子绝对是杀了假的悉多，为他祭炼武器拖延时间，这武器非常邪恶，若是真的制造出来，我们就都会没命了，还请您快点带兵前去阻止。"

维比沙那一语惊醒梦中人，罗摩才发现自己差点中了计。他感谢了维比沙那后，急忙带着众人去阻挠祭炼，打算直接击杀罗刹王子。

由于维比沙那知道通往树林的路，猴军很快就到达并包围了树林。他建议罗摩速速进攻，阻挠祭祀。罗摩便下令让罗什曼那带兵在树林周围放箭射杀罗刹，让哈努曼率领猴军、阎婆梵率领大熊往树林深处击杀罗刹们。猴子们和罗刹们战作一团，彼此间有来有往，天空中标枪和飞箭打作一片，地上的血液也渐渐汇聚在一起。树林外层兵戈之声叮当作响，不停地有罗刹逃往树林深处，专心祭祀的因陀罗吉特被打扰了，只好暂且停止，到外面查看情况，他一露面，哈努曼和阎婆梵就联手攻击他了。

罗什曼那想要加入战局，维比沙那阻止了他，要求他和自己埋伏在树林深处的祭坛附近，要是因陀罗吉特接着祭祀，就在那里对他进行伏击。

罗什曼那照做了，一边在祭坛后准备弓箭，一边等待罗刹王子出现。维比沙那猜得没错，片刻之后，因陀罗吉特就急着来继续祭祀了。罗什曼那直接现出身形，说要想接着祭祀的话，就得先把他打倒，而自己今天一定会拼尽全力杀死罗刹王子。

因陀罗吉特原本很纳闷为什么自己进行祭祀的事会泄露出去，当他看见维比沙那时，就猜到了答案。他怒火顿生，不急着与罗什曼那交手，先来谴责自己的叔父："叛徒！你竟然敢背叛自己的国王！我父王平日待你不薄，那天只是打了你几下，你就做出这种叛国的事，来帮助敌人残杀同族！你简直就是无情无义，等着吧，罗摩不会相信你的，迟早他会对你下手。"

维比沙那辩解道："我并没有背叛自己的国家，我只是不想帮你无良的父王做坏事，让整个罗刹族失去光明的前途！你只知道听从你父王的话，不明是非，也不懂该如何当政，你和你父亲逆天而行，为罗刹族招来杀身之祸，还死不悔改，你们才是民族的罪人，就等着灭亡吧。"

因陀罗吉特又来讥讽罗什曼那，说："手下败将，你又来送死了？是不是上次对你下手太轻了，让你忘了痛苦的滋味？"

罗什曼那说："不仁不义者，终会下地狱，多说无益，受死吧。"

两个王子的战争开始了，同样是从小练武，同样是箭术高超，因此你来我往，互有损伤，却都不致命。两个人打了很久，都分不出胜负，甚至连谁更厉害一点都难以确定。可怜了在一边压阵的维比沙那，要艰苦地对付很多想要帮助罗刹王子的罗刹们，以求罗什曼那承受的压力可以小一些。

就在维比沙那苦苦支撑时，一直在树林外层作战的哈努曼和阁婆梵率领着军队赶来了，帮他杀死了攻击他的罗刹们。罗刹王子看到这些更加愤怒，决定先杀死背叛罗刹王的维比沙那，他狠狠地掷来了一支标枪，还没打到维比沙那，就被罗什曼那的箭射落了。罗刹王子明白维比沙那受罗什曼那的保护，心急之下，开始动用以前搜集来的天神们的箭支，他射出死神给他的箭，罗什曼那就用财神俱毗罗的箭反击，两支带着神力的箭撞在一起，绽放出华丽的火花，释放出刺耳的声响，而后同时化为粉尘。罗刹王子不停地射出天神的神箭，罗什曼那手疾眼快地针锋相对，两人谁也占不到便宜。最终，罗什曼那拿出了天帝因陀罗使用过的箭，罗刹王子总是夸耀自己打败过天帝，天帝因此对他多有不满，就给了罗什曼那神箭。这支箭一旦射出，不管对方是谁，都逃不过被射杀的命运。神箭飞出，罗刹王子的千般神通都无法救他，他的头颅和箭一起落到了地上。仅存的罗刹们急忙逃走，维比沙那带着猴军追杀而去。

拥有作恶能力的罗刹王子灭亡了，看到这一幕的天神们都很高兴，猴军也开始狂欢，夸赞英雄罗什曼那的声音直冲云霄，久久不散。

当罗刹王知道自己最后一个儿子也死亡了后，直接不省人事。医者立即对他进行了救治，醒来的他因为丧子一直号哭，甚至要杀了悉多为爱子报仇。幸亏大臣们拦住了他，说冤有头债有主，不该为难一个弱女子，杀了罗摩等人才是要事。罗刹王同意了。

诛杀罗婆那

经过数次大战，死去的罗刹一次比一次多，很多家庭都不再完整，只留下了老弱病残，天天以泪洗面。当这些无辜的罗刹百姓们意识到，由于罗刹王的贪婪好色、劫持人妻，招来了疯狂的报复，使子民们家破人亡时，百姓们不再像从前一样称颂罗刹王，而是背地里多了很多怨言，当面却敢怒不敢言。

　　罗刹王察觉到了百姓们的变化，却依然坚持一错到底。他决定亲自上阵，血洗猴军，因此，他集结全国的兵力，组成浩浩荡荡的大军，打算与罗摩决一死战。罗刹王找出自己最坚固的盔甲、最锋利的武器、最飞速的战车，带好装备后，才率兵出征。至于明晃晃地展现在天空中的那些凶兆，被仇恨蒙蔽了眼睛的罗刹王视而不见。

　　两军的战争旷日持久，都急不可待地想要快点结束，因此打起来也是舍命一搏。罗刹们被猴子和大熊们恶狠狠地扔来的石块和树干打得受伤吐血，丢掉性命。奋起反抗的罗刹也干掉了一些猴子。初到战场的罗刹王丝毫不吝啬力气，把猴军打得一再撤退，猴王妙项召集人手，顶住了攻势。猴军将领们都奋勇杀敌，专挑罗刹将领下手，虽然取得了成绩，却也都受伤了。罗刹王发现靠军队无法取得胜利，就直奔罗摩和罗什曼那，想要来一出擒贼先擒王的戏码。罗什曼那担心哥哥被射伤，先下手用箭射向罗刹王，罗刹王不慌不忙地一一击落。而后，罗刹王就向罗摩发起猛烈的进攻，罗摩只得拼力抵挡，二人对射了好多回合，没有谁能夺得先机。

　　维比沙那看罗摩占不到便宜，就暗中下手，谋害了罗刹王拉战车的骏马，使他不得不弃车作战，但他这样做就暴露了自己的行踪。而罗刹王一见他，就分外眼红，猛力拿起标枪，想要扎死他，幸亏机灵的罗什曼那在千钧一发之际，向罗刹王射出了大量箭支，挽救了维比沙那的生命，却把罗刹王的怒火都吸引过来了。罗刹王再次发力，无情的标枪呼啸而至，罗什曼那还没来得及阻止，就看见标枪插入了自己的胸口。在罗摩的配合下，妙项和哈努曼从战场上救回了罗什曼那，却不知道该如何医治他。

　　眼见罗什曼那的气息渐渐微弱，罗摩流下了悲痛的眼泪。知识渊博的熊王阁婆梵劝导他说："现在不要号哭，我们还有机会救回罗什曼那，只要哈努曼可以快速到达喜马拉雅山中的药山，采回四种神奇的草药，罗什曼那服下后就会恢复健康。"

　　哈努曼问清楚四种草药分别是回生草、康复草、伤合草和接骨草后，急忙领命出发，乘风向北方飞去，片刻都不敢歇息，任凭各色景物从眼前掠过，他一口气飞行了几千由旬后，那被冰雪覆盖的喜马拉雅群峰才出现在眼前。哈努曼又到低空飞了几个来回，才确认出哪一座山是药山。他降落下来，却发现漫山遍野都是草药，他根本分辨不出哪四种草药才是需要采摘的。苦恼的哈努曼不停地挠头，一不小心连根拽出一株草药，这给了他启发，他就像拽草药那样拔出了整座药山。

他成功了，就带着药山飞上天空，用最快的速度回到了战场上。

哈努曼将药山放在地上，博学的阇婆梵很快找出四种草药，清洗之后，一半敷在罗什曼那的伤口上，另一半找出给他服了下去。片刻之后，罗什曼那就睁开了眼睛，神采奕奕，意气风发。猴子们欢喜地大叫，罗摩急忙向阇婆梵和哈努曼致谢。

罗摩再次带着罗什曼那进入战场，换了新战车的罗刹王毫不手软，仗着战车的便利，在战场上横冲直撞。

没有战车的罗摩只好靠腿追赶罗刹王，有些吃力。观战已久的天神们都很同情罗摩，想要帮助他早日取得胜利。一阵商议之后，天帝因陀罗直接派自己的车夫摩里多驾着战车去帮助罗摩，还送出了自己的神弓、神箭和金甲，可谓是十分慷慨了。

摩里多驾起天帝的战车直落战场，罗摩看到战车上那标志性的金色旗帜，便明白是天帝在帮助他。等摩里多说明来意后，罗摩鞠躬施礼，表示谢意，而后就乘坐战车，打算与罗刹王分出胜负，做个了结。

罗刹王见普通的弓箭伤害不了罗摩，就用魔法把自己射出的金箭都变成了毒蛇，想要用毒蛇咬死罗摩。罗摩以前被蛇箭伤害过，早已知道该如何化解，只见他拿出大鹏金翅鸟王的金翎箭，这些箭飞到空中就变成一只只振翅鸣叫的大鹏鸟，把所有毒蛇都吞吃了。

罗刹王见计谋不成，索性一次射出了数千支箭，伤害了车夫摩多里，但他还是坚持驾车。罗摩见到后，便用同样的方法伤害了罗刹王的车夫。两人再次陷入激战，战到酣处，天地为之变色，其他将领无法插手他们的战役，只得在一旁助威。

罗刹王毕竟年龄比较大，显露出了疲态，罗摩就趁他忙着喘息的时候，用一支锐利无比的曲箭射中了罗刹王的一个头颅。罗刹王有十个头颅，被射中的这个头掉落后，伤口处又立刻长出了一个新的头颅，罗摩不信邪，再次射箭，这个头又掉落在地，但马上又有新的头颅长出。如此循环往复，罗刹王的十个头一个都没少。

罗摩皱眉思索，难道这是罗刹王的妖术？好心的摩多里一语道破关键："罗刹王有再生技能，只有大梵天赠送的那支神箭能让他彻底死去。"罗摩听后，马上找出神箭，瞄准罗刹王射了出去。神箭就是神箭，沉重得像山峰一样，却因为尾部的羽毛被风神加持过力量而能腾飞空中，又因为它的箭锋被火神和太阳神加持过力量，射出去之后就自带火光。可以说，这支箭是三界之中最具威力的箭了，罗刹王看到它就放弃了反抗，眼睁睁地看着它穿过他的胸膛，带走自己的生命，又自动飞回到罗摩手里。

罗刹王失去了意识，倒地而亡，再也无法发号施令。天神们为罗摩的胜利敲起天鼓，撒下花瓣，清洗了战场的污垢。猴军开始狂欢，庆祝大战的结束。只有罗刹们惨叫着逃走，为自己未知的命运而担忧。

尽管罗刹王不是一个好君主，可他毕竟还是自己的亲兄弟，维比沙那一边想着，一边伤心地哭了。罗刹王的王妃们收到消息，不顾危险，来到战场上，对着罗刹王的尸体跪地大哭。罗摩进行思考后，建议维比沙那以国王的规格将罗刹王下葬，以此彰显自己的仁义，好让百姓们从心理上敬佩他，这有助于他成为罗刹国的新国王。

维比沙那犹豫之后，按罗摩的建议做了，因此战死的罗刹王尽管是战败者，还是享受到了国王应有的待遇。罗刹王的尸体被放到了由檀香木和香草构建而成的柴堆上，先浇酥油，再盖华丽的布匹，花环围绕。之后，维比沙那亲手点火，请来的婆罗门在旁边念诵颂诗和咒语，超度罗刹王的灵魂。

救出悉多

身为罗刹王的弟弟，维比沙那在收服罗刹百姓时并没有遇到什么困难。罗摩怕维比沙那根基不稳，再生变故，就派罗什曼那带人帮助他顺利登基，稳固政权。罗摩安排好这些，派哈努曼去无忧森林向悉多报喜。

哈努曼急于告诉悉多好消息，便风驰电掣地找到了她，看到她因为不明战况，脸上还写满着担忧，那些女罗刹也还在看守着她。哈努曼向她深深地施礼，说："公主不必再愁眉不展！你英勇的丈夫罗摩，亲自结束了罗刹王罪恶的生命，现在，你们可以团聚了！"

多日来，悉多都生活在惶恐不安中，这突来的喜讯就像那拨开满天乌云的阳光，使她喜极而泣，说："慈悲的哈努曼啊，谢谢你为我、为罗摩所做的一切，你带来了喜讯，我要给你最好的奖励，你想要什么？"

哈努曼说："尊贵的公主啊，你不知道这场战争有多激动人心，我有幸参与其中，并见到罗摩杀敌的英姿，对我来说，已经很满意了。"话音刚落，哈努曼觉得那些女罗刹很是碍眼，便准备杀死她们。善良的悉多为她们求情说："她们也是没有办法才来监视我，一举一动都受罗刹王的指使，她们本性并不坏，就放过她们吧。罗摩什么时候来接我？"

哈努曼向维比沙那传达了悉多的意愿，维比沙那立刻下令备好轿子，让悉多去城外和罗摩团聚。楞伽城的罗刹们知道美人要露面了，都好奇地等在路上，想要看看悉多的容颜。

悉多下了轿子，就看到了日思夜想的丈夫，不禁流下了激动的眼泪，再也不觉得自己命苦了。没想到罗摩镇定地说："在你被罗刹王抢走后，身为男人，我备感耻辱，也觉得对不起你，曾发誓一定要救你出来。现在，我做到了解救你，却不能接纳你了，因为我是尊贵的十车王之子，我的血液里流淌着家族的荣耀，你被抢走了很长时间，世人会对你的贞洁有所怀疑，势必会令我的家族蒙羞。为了家族的荣誉，我宣布，你现在是自由之身了，不再是我的妻子，你可以去任意一个地方生活。"

悉多还没从见到丈夫的喜悦之中清醒过来，就听到了这样一番铁石心肠的话，仿若一大盆冷水对她兜头泼下，她被打击得呆若木鸡，清醒之后又被气得泪如雨下。她说："神明何在！公道何在！我日日夜夜期盼你来，辛辛苦苦地守着自己的清白，换来的却是你这样无情的对待吗？你只考虑自己的家族，却忘了是大地之母将我送来人世，我也曾是高贵的公主，我敢于坦荡大方地面对世人。我的话你应该不会相信了，那你为什么还来救我，还要兴师动众地发起战争？任何人的指责都无法令我害怕，你的抛弃却让我如坠深渊。"

看着悉多悲伤的面容，罗摩无言以对。悉多只好转向罗什曼那说："罗什曼那，点燃火堆吧，我将跳入烈火，如果我曾对不起罗摩，就让大火烧毁了我；如果我安然无恙，你的哥哥就再也不能怀疑我的忠贞了。"

罗什曼那照做了，火苗燃起，悉多闭眼向火神祷告后，就毫不犹豫地步入火海。善良的猴子们纷纷为她哀叹，就连罗刹们也在说罗摩太无情无义了。

奇迹发生了，熊熊燃烧的大火并没有伤害到悉多一丝一毫，火神那雄伟的身躯还显现在火海中，并弯腰托起悉多。火神阿耆尼带着悉多走出火海，对罗摩说："罗摩，不要再怀疑你忠贞的妻子了，我以火神的身份向你担保，悉多始终坚守着自己的清白，没有做任何对不起你的事。同时，我也向世人证明，悉多是忠贞的化身。"

火神将悉多轻轻放到地上，说完话就回归神界了。罗摩搀扶着悉多，大声说："在这么多人面前，火神为悉多做证，她一如既往地美丽、清白。她通过自己的勇敢，完成了净化仪式，我有什么理由将她抛弃呢？不，她将一直是我的妻子，与我生活在一起。"

听到悉多得到了这样一个好结局，周围旁观的人都为她感到高兴。

返回故国

次日清晨，接管了王位的维比沙那来拜谢罗摩，说："伟大的罗摩啊，我甘愿成为您的仆人，您吩咐的事情我都会照做。您不必再去森林中过流放生活，可以带着亲人在罗刹国安居乐业，如果您愿意，国家事务也可以都交给您处理。"

罗摩说："维比沙那，你现在是新的罗刹国王了，我理解你想要报答我，但我却不能留下。自我被流放那天算起，到现在刚好十四年，我的百姓们一直在等我。如果我不回去，我的弟弟婆罗多甚至会自尽。我即将踏上归程，还麻烦你帮我安排好行装。"

维比沙那将一切都做得合乎罗摩的意愿，并且额外款待了猴子和大熊们。

罗摩即将返回故国，众人对他依依不舍，大家互相告别，磨蹭了好久才同意罗摩离去，却在罗摩要出发时，提出和他一起去阿逾陀城的要求。罗摩看了看云车，这云车是财神俱比罗那提供的，宽阔无比，足以装下所有的猴子和大熊以及妙项王、哈努曼等人，于是罗摩就同意了大家的要求，邀请他们来阿逾陀城做客。

维比沙那带了几个随从，将罗刹国托付给亲信后，也登上了云车，众人就心情愉悦地出发了，一路向北。

婆罗多是个遵守诺言的人，兄长罗摩被流放后，他甚至不再居住于宫里，按照约定住在阿逾陀城外的净修林中，替罗摩掌管国事，同时翘首以盼罗摩归来。

十四年过去了,他终于盼到了罗摩的云车,不禁长舒一口气,热烈欢迎了罗摩的朋友们。

婆罗多将罗摩归来的消息告诉百姓们,阿逾陀城的子民们立即出城相迎,阿逾陀城顿时一片喜气洋洋。罗摩、罗什曼那、悉多走在亲切的故国街道上,听着百姓的欢呼,喜悦的泪水就打湿了眼眶。婆罗多和四弟沙多卢那恭请他们入宫,婆罗多就要把权力移交给罗摩,让他成为名副其实的国王。

罗摩步入宫殿,先是和母后们相见,紧紧拥抱,又外出接受百姓们的跪拜,举行了早就该完成的登基大典,百姓们对他很是满意。完成登基仪式后,罗摩坐在由黄金打造、镶有各种宝石的国王宝座上,悉多坐在他身旁的王后宝座上,四周围绕着婆罗多、罗什曼那、沙多卢那、妙项、哈努曼、维比沙那、盎加陀、阎婆梵、尼罗、那罗以及十车王的旧臣们。

罗摩的英雄事迹也在国内传开,被百姓们津津乐道、争相传诵。十四年前,罗摩就是他们心仪的国王人选,没想到他被流放后,更是有了这么伟大的功绩,百姓们更加为有这样一位英雄的国王而骄傲、自豪,一连进行了多日的庆祝活动。歌手们最为兴奋,翻出了罗摩家族的荣誉史,编写成赞歌,又把罗摩奋勇杀敌的事迹加入赞歌,四处传唱,他们将罗摩夸耀到了神一样的高度,将罗摩与世界的保护神毗湿奴、世界的创造者大梵天相提并论。

没过多久,周围的国家就收到了消息,邻国的国王们亲自来向罗摩祝贺,还带来了大量稀有的贺礼,以表祝贺之意。罗摩收到这些礼物后,又慷慨地将很多礼物送给了曾并肩作战的哈努曼和妙项等人。

猴子和大熊们一直没有离开过自己的国家,他们来到了阿逾陀城,感觉十分新奇、好玩,这里的百姓们知道他们帮助过自己的国王,对他们也很好,盛情款待,他们在这里过得快活极了。再美好的客居日子也有结束的一天,数月过去了,不管是猴王妙项等将领,还是普通的猴子、大熊,都明白不能再继续这样住下去,导致罗摩无法专心处理国政。另外,出来这么久,他们也想念家乡了。妙项就代表众人表露了归家的想法,罗摩也知道分别是不可避免的,只好答应了。

这一天是猴军启程的日子。罗摩亲自送别他们,在离开前,诚挚地表达了对众人的谢意,并承诺有困难的时候一定会互相帮助,还祝福大家一路顺风。朋友们听了更加不舍,只好一一与罗摩拥抱作别。轮到哈努曼时,这位战场上的勇士早已红了眼眶,就要离开了,他很难过地说:"英雄啊,自从见到你,我就开始敬佩你,这段日子将成为我永生难忘的记忆,你也是我一生敬重的挚友。以后你有事就来差遣我，我很乐意为你做事。"罗摩明白哈努曼对自己的深厚感情，就取下自己佩戴的宝石项链，亲手为哈努曼戴上，好留个念想。见到这一场景，总是在战场上流血流汗的战士们，都流下了依依惜别的泪水。

送走了朋友们，罗摩就开始专注政事，遇到难题就和兄弟们、大臣们一起商量，有人提出好的意见也会及时采纳，整个国家逐渐变得安宁祥和起来。

智慧的罗摩当了一段时间的国王后，就解决了很多积累的难题，国家产业兴旺，人丁兴盛，呈现出蒸蒸日上的状态。罗摩还特意到民间去查访过一次，发现百姓们的确过得很幸福，不禁轻松了许多。至于王宫之内，罗摩和弟弟们相亲相爱，整个大家庭也十分和睦。

悉多被弃

国家安定了，罗摩也就有了许多时间和悉多相处，他对她爱护有加，悉多脸上经常溢满幸福的笑容。时光一晃而过，悉多有了自己的想法：丈夫和自己很是恩爱，自己有了身孕，听说恒河对岸净修林里有位会祝福孕妇的蚁垤仙人，自己为何不去讨个祝福呢。于是，她向罗摩提出要去恒河对岸拜见隐士的要求，不知道悉多已有身孕的罗摩还以为她是去求子的，就答应了她，还说会让弟弟罗什曼那明天亲自送她过去。

悉多在打点行装，罗摩召见了大臣们，问大臣们百姓的生活如何。大臣们回答："在您的英明领导之下，百姓们安居乐业，对您赞不绝口。"

罗摩说："国家的确走上了正轨，但举国之大，事务之多，一定还有让百姓们不满意的地方。你们有什么就说什么吧，哪怕是百姓们对我本人有意见呢，但说无妨，我不会怪罪大家的。"

大臣们面面相觑，吞吞吐吐地说："您的领导不可谓不英明，百姓们对您的治国策略很是拥戴，却对……王后……颇有微词。百姓们说，您的家族历史悠久，曾获得了很多荣誉，却从未有王后被人掳走的例子，还说您杀掉罗刹王本是英雄的行为，再把王后带回来就是不应该的了，说这样一个王后无法让人信服。至于别的风言风语，就不便说了。不过百姓们也就是说说而已，对您还是很尊敬的，您可不要较真。"

这些言语让罗摩感到无所适从，他挥别了大臣们，召来弟弟们，商量该如何解决这件事："对于悉多的品德，我一直都是清楚的，因此将她带了回来。可听了百姓们的话，我才发现我做得不够妥当，我们家族的荣誉，不该毁在我手里，目前看来，我只能对不起悉多了，就让她以后都在恒河对岸的净修林里修行吧，那里的蚁垤仙人会指导她修行的。"

这突如其来的事情让三兄弟感到震惊，他们提出了反对意见，但罗摩说："我是国王，又是长兄，我说什么，你们照做就是。罗什曼那，你是知道一切的，明早就由你送走悉多，跟她做解释吧。"三兄弟只得遵命。

次日清晨，悉多满面笑容地准备出城，看到随行的罗什曼那，还与他亲切地打招呼，罗什曼那只好故作平静地回礼。车辆出发了，悉多的身子突然不受控制地颤抖，右眼也跳个不停，她感觉到有不好的事情发生了，便询问罗什曼那，罗什曼那无法说出那残忍的事情，随便找个借口遮掩过去了。

目的地有点儿远，车子行驶了一昼夜才到了恒河岸边。恒河河水奔流不息，罗什曼那的眼泪也滚滚而出，悲痛的哭声惊动了悉多，悉多就问他是否受了什么委屈，不妨对自己说说，或者稍后向蚁垤仙人求助。悉多的安慰让罗什曼那更加不忍，他只好收住泪水，说渡河后就说出心事来。等到他们上了船又下了船，抵达了恒河对岸的陆地，罗什曼那先是深深作揖施礼，而后对悉多说："您以为您是来求祝福的，事实却是兄长派我送您到这里，让您以后都在这里修行，度过余生。我很不想做这件事，却不得不做，还请您不要责怪我。尽管我和王兄都知道您是清白的，百姓的悠悠众口却不得不防，为了保持家族的荣誉，王兄休弃了你，还说净修林的蚁垤仙人会照顾您。不管怎样，我的心里是尊重您的，王兄也还是爱您的，还请您自己保重，不要丧失对生活的希望，说不定，将来您和王兄还有相见的那一天。"

悉多终于明白了罗什曼那为什么会一反常态，被休弃的消息使她受到了深深的打击，昏迷过去。当她清醒后，忍不住开始大哭："罗什曼那，我知道你和罗摩都没做错，你不要太自责了。我明白人世就是一场修行，肯定要经受苦难，但我又没做错什么啊，为什么要我一而再地难过。身为女子，被丈夫休弃，倒不如直接杀了我算了。罗摩让我在净修林里修行，我的遭遇，该如何向蚁垤仙人启齿？

还请你转告罗摩，我以前只爱他，以后也是，我甚至想要用死证明我的清白，但我会努力活下去，为了我腹中的胎儿，以后的事，就听天由命吧。"

罗什曼那听到悉多怀有身孕，对她好言相劝，而后哭着踏上归程。悉多想到自己以后就是孤零零一个人了，又开始大哭。这时，通晓一切的蚁垤仙人带着弟子们出现了，对悉多说："尊贵的王后啊，请你为了孩子着想，不要哭得动了胎气。我修行多年，了解世间的一切，深深同情你的遭遇，我以后会照顾你的，我的弟子也会尊敬你。也不要担心该如何生活，我们会提供所有物资的，安心住下来吧。"

悉多渐渐止住了哭泣，拜谢了蚁垤，住进了净修林。

罗什曼那回到王宫后，把所有事情都告诉了罗摩，重点指责了哥哥太过草率，让悉多怀孕了还要流落在外。罗摩也有些后悔，但木已成舟，他不能出尔反尔，接悉多回来。

罗摩之子

光阴似箭，眨眼间，寒暑轮回了十几次。这一边，阿逾陀城被罗摩打理得井井有条，国土面积增大了不少。那一边，悉多在净修林里诞下双生子，分别叫作和罗婆。他们的相貌与罗摩很是相似，都是威武庄严的样子。由于悉多的知识不够丰富，蚁垤仙人就充当了老师的角色，教两个王子文武之道，将他们培养成了君王之材。两个王子追问关于自己父亲的事，蚁垤仙人也如实相告，说他们的父亲是国王，告诉了他们所有事情。为了加深王子们对父亲的印象，蚁垤将罗摩的英雄事迹编成了能够吟唱的长诗，两个王子听过几次，就记在了心里，并且能够和着蚁垤仙人的琴声唱出来。

为了彰显自己的功绩，感谢天神的庇佑，罗摩打算举行盛大的马祭大典。他的计划得到了臣民们的一致拥护，请柬就散发给了各个国家的国王们，很多外地人也蜂拥而至。蚁垤仙人得知后，认为这是罗摩父子相认、全家团聚的好时机，就带着两个王子来到了阿逾陀城。

蚁垤仙人说："俱卢，罗婆，你们都已经长大了，也该见见你们的父亲了，他就是这个国家的国王。还记得我教给你们的关于英雄罗摩的长诗吗，你们就走向王宫，一边走一边唱，国王听到后就会召见你们，你们一定要在唱完所有的长诗后，再表露你们的身份。"蚁垤说完之后，就回到了净修林。

大街之上，熙熙攘攘，但随着俱卢和罗婆的吟唱，人群逐渐安静下来，听得如痴如醉。悠扬的声音飘进王宫，罗摩很感兴趣，让人把他们请到宫里来唱，同时邀请所有前来参加大典的婆罗门和修道人入宫倾听这美妙的演出。

俱卢和罗婆在众人面前，依旧不卑不亢地唱着长诗，人们的注意力都被他们吸引了。听众们目不转睛地看着两个王子，发现他们的相貌和罗摩有很多的相似之处。两兄弟唱得既生动又形象，大家纷纷夸赞他们，罗摩也很欣赏他们。美中不足的是，长诗太长了，两兄弟足足吟唱了一天，也不过是唱完了一个开头。但罗摩并不在意这一点，他愿意一直听到结束，他想要重赏这两兄弟，就赐给他们很多黄金，大部分人见了都会心动，两个王子却毫不犹豫地拒绝了赏赐。罗摩迷惑了，问他们拒绝赏赐的缘故。

俱卢和罗婆回答说："伟大的国王陛下，我们并不是为黄金来的，我们住在山林中，饿了就吃各种野果，渴了就喝山泉溪水，根本没有能用到黄金的时候。"

罗摩又问："你们隐居在山林里，怎么会知道我的事迹？是谁在指导你们唱歌？"

俱卢和罗婆答道："陛下，知晓一切的蚁垤仙人向我们讲述了您的事迹，长诗是他编的，教给了我们。"

罗摩允许俱卢和罗婆每天都来王宫唱诗，许多天过去了，长诗终于唱到了末尾部分，罗摩听完后才明白，原来自己有两个如此优秀的儿子，他在心里感激悉多。激动的罗摩紧紧地拥抱着儿子们，旁观者恍然大悟，怪不得两个年轻人的相貌与罗摩很是相似。

既然确定了两个年轻人是自己的儿子，就再没有让悉多依旧住在外面的道理，罗摩让人诚恳地邀请蚁垤和悉多入宫。吉日到了，蚁垤和悉多应邀前来。为了洗刷悉多的冤屈，蚁垤在大庭广众之下大声地说："罗摩，你是一个合格的国王，却不是一个优秀的丈夫，你为了不受百姓的风言风语，为了维护虚无的名誉，将可怜的悉多流放在外，她是清白的，又是何等的无辜啊。"

悉多不等罗摩反应，就抬起下巴，高傲地说："自始至终，我都是清白的，我的心里只有罗摩，我没有败坏过他的名誉。大地之母啊，请你为我证明，如果我说的都是真的,就让我面前的大地裂开吧。"

悉多刚说完,地面上就出现了一条裂沟,随后有华丽耀眼的宝座从中出现,大地女神端坐其中。只见她面目和蔼,嘴角含笑,伸出手臂,像拥抱女儿那样拥抱悉多,带着悉多一起不见了。裂缝消失,地面平整如初,天空落下花瓣。

在场的人们啧啧称奇,对悉多的忠贞都坚信不疑了,并把她当作忠贞的化身,在心里为她祷告。罗摩却是一副悲痛欲绝的样子,他无力地说:"从前拥有悉多的时候,我从来没有想过我会失去她。罗刹王抢走她,我就去救她,她在森林里生活,我就派人接回她,如今,大地女神带走她,我又能做什么呢?"

众人不知道该如何安慰罗摩,任凭他一直号啕大哭,哭诉自己的伤心。梵天在天上听到后,就来到人世,对于罗摩说:"伟大的英雄啊,不要难过。被地母接走的悉多会在天堂等你,你们迟早都有相聚的那一天,而且再也不会分离。"

罗摩听后,不再哭泣,为了度过升上天堂之前的时光,他让人按照悉多的样子打造了一尊金质的悉多像,他想念悉多时就看看雕像,心如止水,王后的位置一直空着。

时光一年一年地过去了,逐渐年老的罗摩兄弟们的母后相继死去,在天堂和自己的丈夫团聚了。罗摩也不想接着做国王了,就去森林中修行,整个国家被他一分为二,均匀地分给了俱卢和罗婆。

从此之后,罗摩就在森林隐居,直到死亡降临。他来到天堂,永远地和悉多生活在了一起。具有才干的俱卢和罗婆,都把自己的国家治理得很好,过上了皆大欢喜的日子。

第三章

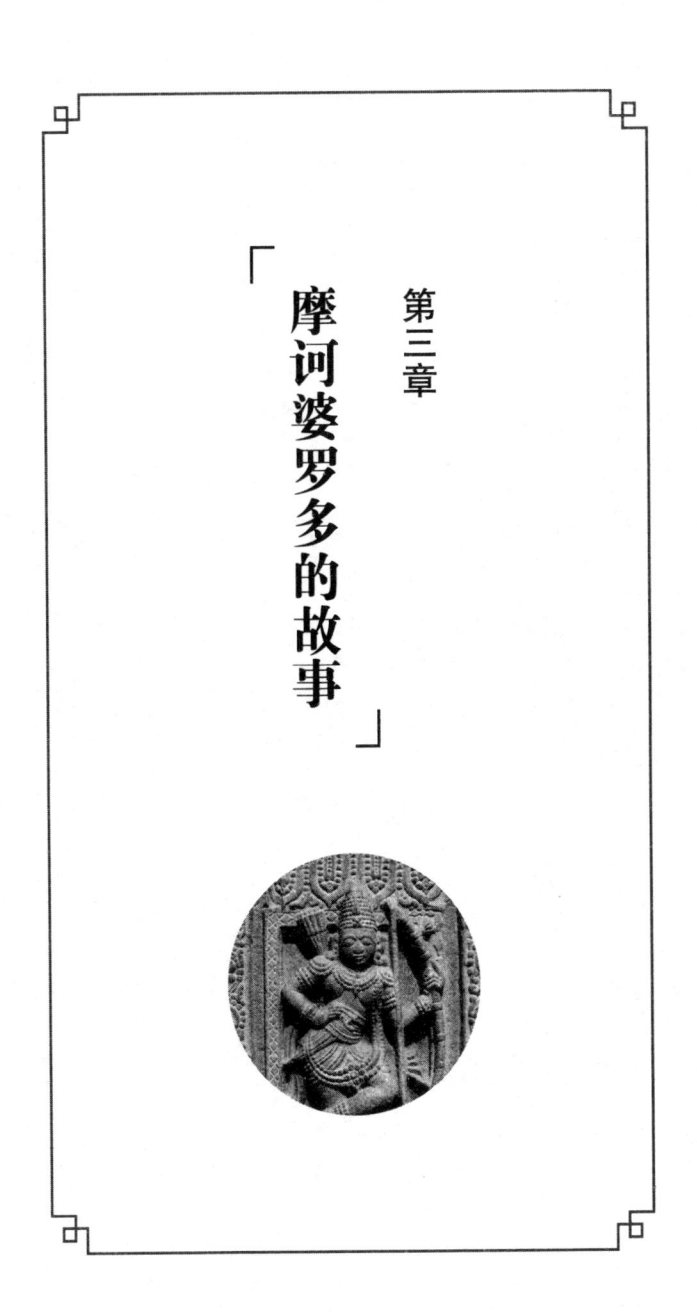

摩诃婆罗多的故事

两大家族的世系

月亮族是一个古老的家族,曾孕育出过很多国王,其中较为有名的有洪呼王、友邻王、迅行王等。最有名望的就数迅行王了,他有五个儿子,最年长的儿子叫雅度,年纪最小却最聪慧的儿子叫布卢。从这之后,在漫长的时间里,迅行王的后裔又组成了很多家族,般度家族与俱卢家族是其中两个比较大的家族。

迅行王就把王位传给了布卢,再往后,布卢王的第十六代后裔豆扇陀依旧是国王,并娶了名叫沙恭达罗的女子。由于这个女子是众友大仙和天仙美那迦的女儿,她与豆扇陀结合后,便生下了有高贵血统的儿子婆罗多,也就是为世人称颂的婆罗多大帝。

再接着,婆罗多有了名叫哈斯提的孙子,哈斯提以诃斯提那普尔城为国家的都城,又名象城,他的玄孙就在此出生,长大后成了颇有威望的俱卢王。自此以后,俱卢家族正式开始形成壮大。

福身王是俱卢王的第十五代后裔,有一天他去恒河散心时,遇到了一个美丽的姑娘,他并不知道这个姑娘是来人间游玩的恒河女神,向她发起了爱情的攻势。女神提出福身王不得干涉她所作所为的要求,国王一口答应。而后两人成亲,女神诞下一子,叫毗湿摩,便离开了人间。

毗湿摩一生下来就很英俊,人也聪慧,从幼时就潜心学习文韬武略,文功武治皆精通,连难懂的经典"吠陀"和"吠檀多"都没有难住他,福身王高兴地立他为太子。

女神离开四年后,福身王又在亚穆纳(阎牟那)河岸碰到了一位让他心动的女子,打听得知这个女子是渔夫的女儿贞信。寂寞的福身王便向渔夫求娶贞信,贪图权力的渔夫坚持说,除非国王将来把国家传给贞信的儿子,否则就不同意婚事。

福身王明白毗湿摩是合格的太子，就拒绝了渔夫的无理请求。没想到他回宫之后，眼前总是浮现贞信的动人容颜，想念她却得不到她，这痛苦把福身王折磨得忧愁极了，他的反常引起了毗湿摩的注意，父子之间进行了长谈，毗湿摩决定自己去为父王解决心病。

毗湿摩找到渔夫，说自己代父王答应他的条件，自己甘愿放弃王位。渔夫提出："我自然相信王子的高尚品德，不会抢夺王位，但若干年后，谁也无法保证你的后代也不对王位动心吧？"毗湿摩说："这个好办，我可以立下誓言，永不娶妻，不碰王位，不留后代。"渔夫终于满意了，将女儿嫁给了福身王。

贞信婚后有了两个儿子，大的叫花铠，小的叫奇武。福身王去世后，花铠当了国王，不久后战死沙场，王位就落到了奇武身上。毗湿摩把奇武当作自己一母同胞的兄弟，不仅帮他施政，还在迦尸国的选婿大典上，用古代刹帝利的战斗方式赢了其他竞争者，按照规矩三位公主安巴、安毕迦和安波利迦就要嫁给奇武了。不料安巴公主说沙鲁瓦国王才是自己的意中人，所以只有安毕迦和安波利迦嫁给了奇武。但毗湿摩不会想到，由于自己无意间的插手，安巴公主对他耿耿于怀，甚至产生了恨意，这就是后话了。

奇武当了七年国王后，还没来得及生下一儿半女，就因为身体不好而去世了。眼看王位空悬，俱卢家族也陷入了没有继承人的危机之中。当时的习俗是，若男人在没有后代的时候去世，为了延续血脉，可由他的兄弟来娶了他的妻子，再生下孩子。已是太后的贞信就要毗湿摩做国王，娶安毕迦和安波利迦，好绵延子嗣。但是，守信的毗湿摩拒绝了这个提议。

无奈的贞信只好找来了她与苦行者巴拉沙罗的儿子，那是福身王还没有求婚时，她在亚穆纳河心小岛上生下的，因此这个孩子叫作德外巴耶纳（"岛生"的意思）。德外巴耶纳肤色很黑，五官也丑陋，好在他脑袋聪明，多年研究吠陀经，已有"广博仙人"的称号，由他继任国王也就没有人反对了。广博大仙按规定娶了两位王后，安毕迦在床上看清他的脸后，害怕地合上眼皮，之后就生下了一个目盲的儿子，叫持国；安波利迦也被惊吓到了，她没有闭眼，只是面色惨白如纸，就生下了脸色苍白的儿子，叫般度；令人意外的是，安波利迦的侍女并不嫌弃广博大仙的相貌，两人就融洽地结合了，生下的儿子也继承了大仙的聪慧，叫作维杜罗，长大后经修行成了经典大师。从习俗来看，这三个孩子就是去世的奇武的儿子了，成年以后都有资格继任国王。完成使命的广博大仙就外出修行去了，毗湿摩一边打理国家，一边等王子们长大。

等到王子们都成年了，按次序应该持国当国王，因为他目盲，就让般度坐上了王位。毗湿摩又尽了当叔父的义务，为持国娶来健陀罗国的公主甘陀利，两人生活美满，生下了一百个儿子和一个女儿，儿子们就获得了"持国百子"的称号，老大名难敌，老二名难降，最小的名奇耳。

因为都是迅行王的后代，雅度家族一直和俱卢家族有来往，雅度族的公主贡蒂喜欢上了般度，就在选婿大典上选择了般度，嫁到俱卢族当了王后。毗湿摩见摩德罗的公主玛德利貌美，就为般度娶来了她，两个公主就一同侍候般度。

般度后因误射中仙人变成的鹿而被诅咒后，就不敢再行房，因此没有子嗣，很是苦闷。贡蒂就说自己有得子的方法。原来，因为贡蒂之父亲苏罗在雅度族权势极大，贡蒂就得到了侍候敝衣仙人的资格，做了一年婢女后，仙人很感激她，就教她了一段咒语，只要是女性念咒，心里想着哪位天神，就能召来哪位天神与自己结合生子。般度一听说自己会有孩子，就恳求妻子们使用咒语，于是，贡蒂召来正法之神达摩，生子坚战；又与风神伐由生子怖军；与天帝因陀罗生子阿周那。玛德利只召唤过一次黎明之神双马童，生下双胞胎，取名无种、偕天。这样一来，般度就有了五个儿子，世称"般度五子"，他们长大后，因为种种原因，从俱卢族里脱离出来，成为了般度家族。

事实上，贡蒂在婚前就用咒语召唤过太阳神苏利耶，生子迦尔纳，太阳神又施法让她恢复了处女之身。贡蒂怕人知道这些，就用木匣藏起孩子，放到了河水里。所幸一个好心的车夫将孩子带回家了。般度一直在努力地禁欲，还是没能熬过这种痛苦，因寻欢而死亡，玛德利也随他去世，贡蒂只得带着五子回到宫中，目盲的持国成了新的国王。

紫胶宫

般度五子和持国百子自此一同生活，并从武功大师慈悯和德罗纳那里学习武艺。孩子们年岁稍大，就明白了大家之间存在竞争，排行第二的怖军学武很快，经常欺负持国百子，仇恨的种子因此埋下。

等到孩子们都成了少年郎，也就是他们出师的时候了，排行第三的阿周那箭术最为高超，深得德罗纳的欢心。另外，难敌和怖军使铁杵使得最好，而坚战擅长车战，无种和偕天很喜欢用剑。德罗纳的儿子马勇也随父亲学武，武艺非凡。

德罗纳要求国王持国举行一场比武演习，好让少年们展示技艺。比武那天，国王持国、毗湿摩、德罗纳和慈悯都出场了，还来了很多观众。王子们展示自己的学习成果，或者故意做出引人注意的动作，赢得了阵阵喝彩。同样擅长用铁杵的难敌和怖军，本来说是表演一场对打，但却都下手越来越重，德罗纳赶紧叫停了他们。阿周那的箭术表演作为压轴节目出场，他也的确发挥了自己的实力，箭无虚发，百发百中，引发一阵叫好声，同时勾起了难敌的忌妒之心。

突然，在人群中观看比赛的车夫的儿子迦尔纳闯入场中，表达了对阿周那的不屑，并重复了阿周那的所有动作。难敌眼前一亮，将他收入麾下，并让父亲持国封迦尔纳做了盎伽王。

再说这迦尔纳，他并不知道自己是车夫捡来的，的确有一身好武艺，原属因陀罗的一件能够杀死任何人的法宝也在他手里，不过用一次就会失效。他明明是个刹帝利，却说自己是婆罗门，以此拜持斧罗摩为师，学了一套克敌咒语。当持斧罗摩揭穿他的谎言时，对他下了诅咒，即他对自己掌握的咒语在危急时刻也会毫无印象。

难敌觉得自己再也无法忍受般度五子了，他找来舅舅沙恭尼。难敌和迦尔纳日夜谋划除去五子的毒计。

曾抢了自己风头的怖军是难敌的头号大敌，他曾想淹死怖军、让毒蛇咬死怖军、让有毒的饭毒死怖军，均以失败告终。怖军看起来越来越威猛，百姓们也更喜爱失去父亲的五子，身为持国百子的老大，难敌越来越害怕自己不能继承王位，他想让父亲下令让五子到偏僻的多象城，持国担心民众会有非议，就拒绝了。难敌又用金钱、官位引来了一些手下，命他们在五子面前把多象城夸得天花乱坠，只等五子到了多象城，住进已经搭建好的、易燃易烧的紫胶宫，就找机会烧死他们。紫胶宫是难敌的忠心仆人布罗旃搭建的，他还将监视五子的行动。

被欺骗的五子准备出发去多象城，和叔父维杜罗告别时，他提醒坚战："见了圈套就会预见敌人的计划。当大火燃起时，地道是最安全的地方。"坚战铭记在心。

贡蒂和五子的到来，让多象城的百姓欢呼雀跃，布罗旃连忙安排他们住在紫胶宫里。坚战想起了叔父维杜罗的忠告，仔细查看宫殿，明白了敌人的阴谋。为了避免打草惊蛇，他们并没有声张，装作什么都不知道的样子，夜里就一直挖地道，还密切关注布罗旃的举动。布罗旃是个小心求稳的人，监视了一年才打算实施计划，不料坚战感觉到了他的意图，决定来一出聪明反被聪明误。他让母亲操办晚会，民众们和侍卫们都喝得醉醺醺的，布罗旃也不例外。当布罗旃躺在宫里时，怖军将紫胶宫殿付之一炬，火光冲天，恶毒的布罗旃丢了性命，五子与母亲自地道逃出，到了城外森林。

当民众清醒时，为五子和他们的母亲贡蒂号啕大哭，哭他们的薄命，噩耗传到都城诃斯提那普尔，国王持国也信以为真，还让人为五子和贡蒂举办了葬礼，难敌却很得意，唯独清楚一切的维杜罗没什么感情波动。

五子流亡

般度五子带着母亲踏上了流浪之路。因为母亲体弱，他们轮流背母亲，不让她磕着碰着。他们吃野草野果，喝山泉溪水，一走就是很久，到达了密林里。密林里有个作恶的魔王希丁波，被怖军除了，希丁波的妹妹是个罗刹女，叫作希丁芭，她为人正直，自愿嫁给怖军，生下了叫"瓶首"的儿子。瓶首看起来就是人和罗刹结合的产物，力气很大，是个勇敢的男子汉，大家都很喜欢他。五子要继续去流浪了，因为瓶首还很年幼，大家就让他留在密林，由他母亲照顾他。

般度五子和贡蒂来到了独轮城，恰逢钵迦怪在这里为非作歹，怖军就再次出手，除掉了他。这时，他们听说般遮罗国在招驸马，国王木柱王的女儿非常美丽，而且木柱王要用他自己的弓考验竞选的人们，以此甄选勇者。五子心动不已，对宝弓和美人充满了向往，贡蒂见他们不好意思开口，就主动提出要去般遮罗国看一看，他们就高兴地出发了。抵达目的地后，他们说自己是婆罗门，住在陶器匠家里。

这次大典声势浩大，很多勇士前来，渴望抱得美人归，更有许多国王想娶公主做王后，还有一些看热闹的人。持国百子和益伽王迦尔纳也来凑热闹，著名的黑天、童护和妖连等也来了。大典正式开始那天，热情的人们围满了广场四周，议论之声不可停息。五子看得清楚，般度罗国的太子猛光，胯下一匹骏马，为身后的妹妹开路，紧随其后的黑公主乘着大象，抵达广场中央。黑公主落地时，动作优雅娴静，完全是淑女风范，漂亮的外貌更是让人们发出了赞叹。

太子猛光在高台上说："诸位听清了，我面前放着沉重的弓箭，谁能做到连发五箭，箭箭通过转盘中间的小孔，抵达箭靶的中心，谁就是我妹妹的丈夫。"

听了这话，认为自己箭术还可以的童护、妖连、沙利耶和难敌等人都上场进行了尝试，却发现弓箭很难拉开，更别提射准了。自负的迦尔纳也上场了，他用力把弓上好了弦，就在他以为弓弦完备的那一刹那，他的手无法控制住弓，掉落的弓还打到了他的脸，周围人发出一阵哄笑。

阿周那本来是在婆罗门人群中观战的，但他被挑起了好胜心，就起步上场了，引发一片议论。人们想着这个婆罗门肯定会出丑，只有他的兄弟知道他一定会胜出。阿周那利落地拿起弓，稍一用力就拉开了弓，五箭连发，还都穿过了转盘的小孔，射中了靶子的中心。人们惊讶地合不拢嘴，质疑的声音全都消失了，而后又为这位勇士欢呼，赞叹他高超的武艺。最高兴的就是黑公主了，她满面笑容地将花环戴到阿周那的脖子上，表明这是她的如意夫婿。

美丽的公主竟然要嫁给普通的婆罗门人，那些自视高贵的国王们感觉这是在羞辱他们，就提出了反对，要求木柱王重新为公主挑选夫婿。守信的木柱王拒绝了这无礼的要求，那些国王就要动手，五子站出来与他们对抗。就在大家将要打起来的时候，颇有威信的黑天和大力罗摩制止了那些国王，才避免了混战的发生。

五子带着母亲来见木柱王，告诉他，他们就是般度五子，而且，他们还提出要一起娶黑公主为妻，这既符合家族的传统，又遵守了他们有福同享有难同当、共享一切的誓言。木柱王很高兴把女儿嫁给般度的后代，却不同意五兄弟一起娶黑公主。老大坚战诚恳地提出，他们兄弟之间的誓言是必须要遵守的，如果黑公主也不介意的话，木柱王就该同意女儿的选择。木柱王觉得坚战说得有道理，就询问了黑公主的意见，公主表示愿意嫁给五兄弟。木柱王听后，就按照女儿的意愿，亲自操办了他们的婚事，并让他们安心住下。

五子建国

般度五子娶了黑公主的消息传扬开来,以为他们早已葬身火海的难敌很是生气,又开始担心五子用岳父木柱王的大军来揭穿自己的罪行,他实在想不出好的解决办法,就去向父亲持国求助。持国认为纸终究包不住火,不如勇敢地承认错误,再和大家一起商量该如何对待五子。持国召集来了难敌、难降、迦尔纳、沙恭尼、毗湿摩、德罗纳和维杜罗等人,询问他们的意见。

一心想要消灭五子的难敌说:"用计策杀死他们吧,就可以高枕无忧了。他们并非一母同胞的亲兄弟,又一起娶了美丽的黑公主,男人总是不愿意和别人分享妻子的,我们就用这些挑起他们的争斗。实在不行,给木柱王送去大量财物,让他帮我们杀掉五子也行。"

迦尔纳认真思考后,否定了难敌的方法,他认为五子总是团结一致,不会自相残杀,应该直接出兵杀了他们,做到斩草除根。

秉持公正的毗湿摩、德罗纳和维杜罗听到这里,几近发怒:"你们总是想着残害手足!陷害他们一次还不够吗?百姓已经对你们有意见了,你们快快住手吧。按规矩来办吧,分一半国土给般度五子,让他们有自己的立身之地,从此就和平相处吧。"难敌、迦尔纳和沙恭尼听了惊慌不已,拼命反对,自知理亏的持国这次没有再帮自己的儿子。

持国表面上公正了一回,暗地里却把不好的地方分给般度五子。尽管如此,五子也感激爷爷、叔父和老师的好意,并来到了自己的封地——已成废墟的古都甘味城。流浪了很久的五子对建设家园怀有极大的热情,带着他们的追随者平野草、垫沟洼、平整路面,打扫干净之后,又规划了在哪里建房屋、在哪里修街道等。没过多久,原本是废墟的地方就变成了一座美丽的城市,起名天帝城。甘愿投奔五子的人蜂拥而至,五子就带着母亲和妻子过上了安稳的生活。

黑天是瓦利施尼族的首领，也是雅度族头人苏罗的孙子，和五子是表兄弟关系，他尤其喜爱阿周那。黑天掌管着多门，阿周那来此做客，受到了热烈欢迎，并在宴会上对黑天的妹妹妙贤一见钟情。黑天很乐意把妹妹嫁给阿周那，却更愿意他用刹帝利的方法抢走妹妹，俘获她的芳心。阿周那就真的趁妙贤在山里祭祀山神之后，突然出现，把公主抢到了天帝城。妙贤的同伴不知内情，急忙回来告诉黑天，黑天解释清楚后，族人们都祝福了妙贤，并邀请阿周那与妙贤在多门城进行婚礼仪式，之后，黑天与阿周那更加亲近了。妙贤也与黑公主和睦相处，在黑公主为五子分别产下一子后，妙贤与阿周那的儿子也降临人世，名叫激昂。

经过一段时间的辛劳，般度五子在治理国家方面取得了巨大的成就，风调雨顺，欣欣向荣，处处国泰民安。坚战坐镇王宫，让四个弟弟去收服邻国，很多国家都同意向坚战称臣，还按时纳贡。于是，般度五子便想举行一场"王祭"，宣扬坚战王是众王之王，即为帝。坚战认为黑天知识渊博，就请教他对于王祭有什么想法。黑天说："虽然你已经降服了一些国王，但还不是举行王祭的时候，你必须杀死摩竭陀国国王妖连，才能让更多国王承认你的地位。妖连作恶多端，以前我们是住在雅度人的都城的，他却一直不停地骚扰、攻击我们，我才率领百姓移居多门，打死了他的女婿刚沙。不仅如此，他在侵犯邻国后，占有了很多财富，还扣押、羞辱战败的国王，如果你能救他们出来，你的威信会大大提高。当然，我很乐意帮你杀死他。"坚战说："言之有理，我这就派怖军和阿周那与你随行去攻打妖连，祝你们成功！"

黑天三人日夜兼程，冲入妖连的王宫，告诉妖连，他可以任选一种比武方式进行决斗，妖连选择了徒手格斗，怖军上前应战。两人足足厮打了十四天，妖连的力量越来越小，怖军抓住时机，杀死了他。接着，黑天一行又解救了被关押在牢房里的国王们，这些国王当即表态，愿意配合坚战王的王祭计划。黑天扶持了妖连之子萨哈代瓦上位，成为摩竭陀新国王的他也支持王祭。

没有了顾虑之后，坚战广发请帖，很多国王都出席了王祭仪式，那些附属国最为高兴。要想仪式成功，就要有一位德才兼备的人为坚战献礼，而后坚战才能戴上那象征无上权力的帝王冠冕。让谁献礼呢？毗湿摩和坚战认为黑天可以胜任，很多人都纷纷赞同，只有车底王童护持不同意见。他说的话难听极了："黑天不过是一个放牛的，怎么能胜过我们这些高贵的国王？再说坚战只不过是私生子，可怜的毗湿摩注定没有后代，听从他们的建议，我感觉到耻辱！"童护生气地离席了，拥护他的人也跟着走了。

童护的尖酸言语勾起了黑天的怒火，两人打了起来，武功高强的黑天飞出神盘，使童护身首异处。处理了挑衅者，接下来的"王祭"完成得很成功。

黑公主受辱

王祭大典邀请了很多国王和王子，持国百子也参加了，见证了般度五子的荣耀之后，难敌无精打采地回国了。他的低落情绪被舅舅看到了，健陀罗王沙恭尼就设计帮他："难敌，我的好外甥，你不要难过，般度五子武力胜过我们，却也有致命弱点。坚战好赌，而我玩掷骰子从来就没输过，只要他答应和我们赌，我就会让他输到失去一切，为你出气。"难敌认为此计可行，对持国软磨硬泡，国王持国就发出了邀请，询问五子是否愿意来象城赌博娱乐。

其他四子不愿赌博，好赌的坚战却坚持要玩，兄弟们只好答应了，一起带着黑公主动身。在象城的赌博大厅里，持国百子派出沙恭尼，般度五子派出坚战，两方对峙，以掷骰子赌博的方式开始比赛。由于事关重大，有地位的德罗纳、慈悯、毗湿摩、维杜罗和国王持国等都在旁边观战，民众们也来了。狡猾的沙恭尼不断提高赌注的等级，从珠宝到金银，再到军队、土地等，一直上升。坚战一开始并不以为意，可是等他输得越来越多，他也就越不能停手，妄想赢回赌局，把自己的东西赢回来。坚战把国家都输干净以后，赌红了眼，以弟弟们和自己为赌注，要求再玩，却还是输了，般度五子就成了奴隶。沙恭尼犹不知足，诱惑坚战把黑公主当作赌注，失去理智、一心想要翻盘的坚战同意了，却还是输了赌局。想要羞辱五子的难敌就要求黑公主出来，自重的黑公主拒绝了，同样用心不良的难降就亲自动手，紧紧拉扯着黑公主的头发，黑公主不得不跟他来到了大厅中央，颜面无存的黑公主用纱丽擦拭着委屈的眼泪，伤心地哭着。旁观的人群被这凄惨的画面惊呆了，和难敌同一阵营的人却尝到了畅快的滋味。怖军怒火中烧，叫着要剁了坚战赌博的手，阿周那却拉住了他。

黑公主又生气又伤心，质问坚战，自己是高贵的公主，嫁给五子当妻子，怎么可以把她当作奴婢输掉？坚战哑口无言，持国百子里最年幼的奇耳说了句公道话，认为五子已经是百子的奴隶了，而奴隶没有权利输掉黑公主。狠毒的迦尔纳却反驳了他，说奴隶的妻子自然也是奴隶，奴隶的一切都属于主人，还要听主人的吩咐。为了出气，迦尔纳要求五子和黑公主都脱下衣服。

愿赌服输的五子只好动手脱了上衣，黑公主无法当众做出这样的事，恶毒的难降就亲自对她动手。眼看黑公主就要受辱，旁观的人都很同情她，闭上眼以示尊重。难降撕扯着黑公主的衣服，天神不忍心黑公主当众裸露，暗中施法，不管难降脱掉她多少件衣服，黑公主依旧紧紧地被衣服包裹着，不露肌肤出来，难降见达不到目的，只好停手。看到这一切的怖军热血沸腾，大声发誓："当我和你在战场上相遇时，我一定会将你开膛破肚，喝你的血，以回应你今天的所作所为！"

难敌见弟弟脱不完黑公主的衣服，就来打击坚战："你敢不敢亲口承认，你输掉了老婆的事实？"自知理亏的坚战一言不发。难敌就变本加厉，羞辱五子。怖军更加生气："难敌，你这个卑鄙小人！如果我不能在战场上用铁杵把你的屁股砸个稀烂，我就宁可不去天堂面见祖先！"

这一出纷争闹剧，让旁观者们深深地感觉讶异。持国不忍再看下去，给出了处理意见："难敌，你快快停下吧！黑公主，不要再哭泣，坚战，我判定你的赌注还是你的，你仍是天帝城的主宰，请你们宽恕难降、难敌的罪恶，给他们改正的机会。"

般度五子和黑公主踏上归程，难敌却担心他们会带兵来报仇雪恨，要求国王持国下旨召唤五子回来，再次用赌博决定命运，输的人就去过十二年流浪的生活。国王持国同意了，五子再次败在沙恭尼手下，只得去森林里风餐露宿十二年，当第十三年结束时，如果没人认出他们的真实身份，他们就可以结束流浪；反之，就要再在森林里过十二年。

再度流亡

　　五子以前就流亡过，并不觉得辛苦，黑公主跟他们一起，也受了不少照顾，就没有怨天尤人。只是黑天收到消息后，在诃斯提那普尔城北的喜乐林里找到了他们，对五子说自己没有及时知道赌博的事，不然一定会阻止他们赌博，又问五子明知道难敌设了圈套陷害他们，为什么还来流浪，而不是向自己和木柱王求助，夺回自己的国家。坚战感谢了黑天的好意，说愿赌服输，五子必须遵守诺言，过十三年的流浪生活，而且五子并不想挑起战争。黑天听后，只好回到了自己的国家，五子则向喜马拉雅山出发，边走边除去妖魔，为自己积累功德。

　　阿周那是天帝因陀罗和贡蒂的儿子，他一直想要一件极富力量的武器，他向广博大仙求助后，大仙让他独自出发，说他会在去往喜马拉雅山的路上遇到一位大神，这位大神会让他如愿以偿。

　　阿周那就一人上路了，在树林里，他和湿婆神同时用箭射中了一头野猪，他没有认出变化成猎人模样的湿婆神，质问大神为什么和他抢猎物，大神就提出来战斗。阿周那先发起攻击，却发现他伤害不了对方，而且还被大神瞬间制服。后来，知道了大神身份的阿周那向大神赔罪，湿婆就把"兽主之宝"这件武器赐给了他。五子从这个森林到那个森林，不停地流浪，过了十一年之后，他们回到了最初居住的喜乐林。

　　持国只有一个女儿，他把她嫁给了信度国的胜车王。胜车王喜好游玩，也贪恋美色，当他偶然间在喜乐林遇到孤身一人的黑公主时，他忘却了道德和礼仪，抢走了公主，驾车逃走。五子发现公主失踪后，就追着车轮印赶了上去，胜车王根本不是五子的对手，很快就开始求饶了。五子本想杀了他，以免身份泄露，后来发现他不认识五子，岳丈又是国王持国，就饶过了他。

夜叉湖

在森林里，五子和一些婆罗门人相邻而居。一天，在婆罗门想要点火举行祭祀时，一只鹿跑过来用角勾走了取火臼。鹿跑得很快，婆罗门就请求五子帮他们找到那只鹿，带回取火臼。五子就匆匆出发，因为树林地形复杂，追了很久也没有找到那只鹿。气喘吁吁的他们停下休息，感到十分口渴，无种爬到树顶眺望，望见了一汪湖水，就去湖边取水。口渴的无种弯腰准备喝水时，一个声音在他耳边响起："玛德利的儿子啊！不要喝水，先听听我的问题！"无种对这个声音不以为意，直接喝了水，一瞬间就昏了过去。

坚战等水等得急了，就让偕天去催催无种。偕天看到哥哥昏倒在地，就打算喝水解渴后叫大家来看。有奇怪的声音叫道："偕天不要喝水！先听听我的问题！"偕天也没理睬这个声音，喝水后倒在了无种的身边。

接下来，坚战又分别让阿周那和怖军去看看到底发生了什么，这两人还是对那个声音毫不在意，便重复了两个弟弟的命运。

坚战又等了一会儿，决定去一探究竟。当他看到弟弟们都一动不动地倒在地上，悲愤的他就环视四周，想要找到杀死弟弟们的凶手。他没有发现争斗的痕迹，倒是听到了一个声音："我让你的兄弟们先答题再喝水，他们不遵守规则，因此受到了惩罚。你要是不想和他们一样，就回答了我这个湖主人的问题，才能有机会救他们！"

坚战想，湖主人或许是个凶神恶煞的夜叉，只能智取了，便说："开始提问吧！"那个声音就抛出了一连串的问题。

"永远给人们帮助的是什么？"

"保持冷静。"

"什么经典能使人变得聪慧？"

"经典的力量不是无穷的，人们与睿智者交往才能变得聪慧。"

"比大地更伟大的是什么？"

"辛苦哺育儿女的母亲。"

"比天还高的是什么？"

"父亲。"

"比风还快的是什么？"

"思想。"

"什么是异乡漂泊者的挚友？"

"学识。"

"谁是居家者的知音？"

"妻子。"

"什么是风烛残年者的贴心人？"

"与死者永相伴的正法。"

"幸福是什么？"

"善行的结果。"

"人舍弃了什么便可得到一切人的爱？"

"骄傲。"

"人放弃什么能变得富有？"

"贪欲。"

"一个真正的婆罗门是基于出身、学识还是善行？"

"善行。不管一个人的出身有多高贵，学识有多丰富，若是作恶多端，便不算真正的婆罗门。"

"世上什么事最奇怪？"

"生老病死是永恒的规律，却总有人探求长生不死的规律。"

"坚战，你前面回答得很好，若是让你选择，你会复活你的哪一个兄弟？"

坚战认真想了想，然后说："无种。"

夜叉说："怖军和阿周那跟你是同一个母亲生的，他们又都武艺高强，可以帮助你，你为什么放弃了他们？"

坚战答道："在世间，只有正法才能保护，我应该做到公平。我的父亲般度娶了两个妻子，每一个妻子都应该有后代传后，因此便不能选择怖军和阿周那，无种又比偕天大，最该他活过来。"

湖主人听后非常满意，因为他就是正法之神达摩，看到自己的儿子坚战如此维护正法，完全通过了他的考验，他从心里感到自豪。而后，他就复活了怖军等人，并祝福他们平安度过接下来的第十三年，不泄露自己的身份，从而结束流放生活。

摩差国

十二年的流放生涯终于过去了，从第十三年起，难敌、难降派出大量人手寻找五子，想要认出他们，让他们再流浪十二年。五子明白，森林里已不再安全，便去了相对比较安全的摩差国。在这里，他们为自己起了假名，凭借自己的本领入宫，摇身一变之后，坚战成了陪摩差国国王毗罗吒王掷骰子取乐的修行人，化名刚伽；怖军化名牛牧，在王宫当厨子；阿周那当了摩差国公主至上的舞蹈老师，化名巨苇；无种做了马夫，化名法结；偕天当了牧牛人，化名索护；黑公主化名持犁，在王后妙施身边当宫女。

五子和黑公主的真实身份一直没被人发现，悠闲地在王宫里过了几个月。但不久之后，黑公主的美貌再次遭到了小人的觊觎。这人位高权重，是王后的哥哥空竹，他统领着全国军队。当他偶然间看到美丽的黑公主后，就想把她据为己有，黑公主拒绝了他，说自己已经嫁人了。空竹还是不死心，在黑公主奉王后命令送酒到他家时，对她动手动脚，黑公主急忙回宫，还是被追过来的空竹欺辱了。

黑公主把空竹的恶行告诉了怖军，生性火暴的怖军无法忍受，让黑公主第二天把空竹引到无人处，他好动手杀了空竹。成功杀死空竹后，怖军便装出一副什么都没做过的样子。只是有很多人都见过空竹纠缠黑公主，怀疑他是因此被杀的，也就有了流言说黑公主身上带有诅咒。王后妙施听说后，要求黑公主到别的地方去，还好毗罗吒王同意她继续留在王宫。此时，距离十三年之约，仅剩一个月了。

难敌派出的人纷纷传回消息，说对五子的行踪毫无所知。但难敌听说空竹是因为一个美貌宫女而死时，就开始猜测这个宫女是黑公主，说不定五子就在摩差国。于是，难敌计划与摩差国开战，抢劫他们的牲畜，看会不会逼出五子。三穴国的善佑王觊觎摩差国很久了，他与难敌达成共识，来一出声东击西，他先在摩差国南面挑起战争，难敌再从北面开始进攻，逼出五子。

善佑按计划行事后，化名刚迦的坚战让阿周那在宫里陪着黑公主，带着其他兄弟向毗罗吒王请命，说愿意和国王一起杀敌。毗罗吒王同意了，自己御驾亲征，让太子优多罗坐镇宫中。有了坚战等人的帮助，毗罗吒王很快就打赢了战争，善佑就成了阶下囚。

在摩差国军队还没来得及班师回朝时，难敌带着军队在北方发动偷袭，抢走了摩差国大量的牲畜。百姓就上书要求太子处理北方战事，太子不想表露出自己的无能，说："我很愿意亲自作战，追回牲畜，但是我没有为我赶车的人。"

黑公主不清楚太子的真实意图，以为他真的缺赶车的人，就推荐了阿周那。这样一来，太子只好出征了。阿周那带着太子和军队一顿猛追，追上了敌军，太子优多罗不想亲自上阵，恳请阿周那不要往前了，阿周那充耳不闻，这怕死的太子就跳车逃走，阿周那捉回了他，向他展露了自己的武器"兽主之宝"，又告诉了他自己就是五子中的阿周那，并交代了其他兄弟们和黑公主的真实身份。优多罗先是震惊，而后兴奋极了，胆大了许多。接着，优多罗就为阿周那赶车，杀入敌阵。

阿周那的英勇自不必多说，他带着他的宝贝武器，如入无人之境，一路砍瓜切菜般消灭敌人，难敌带来的俱卢大军被他冲散了，难敌不服气，被他打得不断后退，德罗纳、迦尔纳、马勇、慈悯和毗湿摩来帮助难敌作战，阿周那也没有对他们下狠手，只是打败他们就住手，不伤害他们的性命。摩差国的军队受到了鼓舞，一拥而上，将俱卢军队打得节节后退，最终丢下抢走的牲畜，一溜烟儿地逃走了。阿周那就安排人向宫中报喜，说太子大胜，正赶着牲畜返回国家。

且说这边，毗罗吒王自从知道太子上了战场，就日夜担心，生怕儿子在战场上丢了性命，坚战知道凭着弟弟阿周那的本事，肯定能帮助太子打胜仗，就劝毗罗吒王不要忧心，要相信帮太子驾车的巨苇，毗罗吒王很不高兴，认为一个赶车的怎么可能超过自己的儿子。因此，在他收到喜报、不停夸赞儿子时，坚战又提了弟弟本领高强的事，毗罗吒王就生气地朝坚战发火，并用骰子打破了坚战的脸。恰好赶回宫的太子看到这一幕，就询问缘故，了解清楚后对父王说胜利不是自己赢来的，的确有一位英雄帮了他。毗罗吒王要见英雄，太子说英雄到了该出现的时候就会出现。心情大好的毗罗吒王在宫中举行了盛宴，犒赏有功之臣。在众人的注视下，恢复尊贵打扮的五子神态自若、行为坦荡地在王族专座上落座，而后说明他们就是般度五子，这使在场的人大吃一惊，议论纷纷。

明白自己以前小瞧了人的毗罗吒王为了修正自己的错误，愿意将整个国家拱手送给五子，把公主许配给阿周那，五子说摩差国庇护了他们一年，若是剥夺了毗罗吒的王座，会被世人耻笑。阿周那表示自己与公主不同辈，将至上公主嫁给自己的儿子激昂倒是挺合适的，毗罗吒王高兴地答应了，派人去接激昂，并邀请亲近的人来见证喜事。

众人正在喝酒，有使者来代表难敌发声，说阿周那在战争中被人认出来了，按照以前的赌约，五子应该接着去流浪十二年。

对于难敌荒谬的言论，坚战给出了有力的反驳："阿周那是在十三年结束的那一刹那进入战场的，我们没有输，难敌是不是装傻充愣到连历法都忘记了！我们般度五子的流浪生涯，已经结束了！"

积极备战

毗罗吒王为激昂和至上公主举办了盛大的婚礼，趁着关系亲近的英雄们都在，大家在办完婚宴后，聚在一起，召开会议，主题是解决般度族和俱卢族之间的矛盾，为五子讨一个公道。

黑天最先表态，认为俱卢族先是欺骗般度五子，迫使他们流浪十三年，之后又想蒙混世人，让五子接着流浪，这充分证明了俱卢族不再是一个正直的家族，但两族之间的关系剪不断理还乱，不能直接撕破脸，最好是派使者出使象城，说服难敌兄弟把天帝城还给五子。黑天的哥哥大力罗摩对黑天的和平政策表示赞同，同时指出不要再对过去、对赌局耿耿于怀，毕竟是坚战自己输了国家，两族之间应该以和为贵。坚战的母亲贡蒂原来是雅度族的公主，雅度族因此站在五子这边。

只见雅度族勇士善战为五子鸣不平，说大力罗摩说和平说得轻巧，现在五子完成了赌约，俱卢族却没有主动归还土地，这说明俱卢族不想给五子他们应得的东西，那五子又何必去像乞丐一样求他们，不如直接备战，用战争夺回国家。五子的岳父木柱王说了自己的想法："我认为善战说得有道理，就算我们派出了使者，固执的难敌也不会主动归还国家，因此备战的事情宜早不宜迟，要快些集结兵力。不过我们还是要派一使者去象城，我这里有个合适的人选，是一位婆罗门，让他替我们跟俱卢族谈判吧。"

最后，黑天总结说，派出使者后，俱卢族归还土地，两族就和平相处；反之，就发起战争夺回土地。并且，从现在起，在座的人最好都进入备战状态。大家纷纷同意后，就回国备战去了。

备战的消息传出后，所有的国家都在表态站队，有的拥护俱卢族，有的说会帮助般度族，这热闹的景象，使得人们都躁动起来了。黑天本人力能拔山，他统治的多门又兵强马壮，和俱卢族、般度族都有亲戚关系。因此，两方都想获得他的支持，加大胜利的概率。面对同时来到多门的阿周那和难敌，黑天为了做到公平，说他们一方可以得到黑天本人的帮助，另一方可以驱使由成铠王统领的多门军队。阿周那选了前者，难敌也高兴地获得了后者。

难敌犹不满足，去找大力罗摩，请他帮助自己，大力罗摩说："手心手背都是肉，我无法选择。我既不能帮你打我弟弟黑天，也不能帮阿周那打多门军队，我保持中立。"

无种和偕天的母亲玛德利原是摩德罗国的公主，这次备战，无种和偕天就向他们的舅舅摩德罗国王沙利耶求助，沙利耶当然答应了，还带着军队去帮助五子。奸诈的难敌知道后，故意用美味的饭菜招待沙利耶的军队，不明内情的沙利耶在占了这个便宜后，只得答应帮助难敌。自责的沙利耶和外甥们说明缘由后，坚战问他将来两军对峙，他会不会帮着难敌杀死自己的外甥们，沙利耶说到危急关头，他自然是帮五子的，只是现在不得不为难敌效力。

般度族的婆罗门使者面见持国王，表明了来意，要求持国王归还五子应得的土地。身为长者、秉持公正的毗湿摩表示的确应该归还土地，一直和五子作对的迦尔纳却嚷嚷着五子分明败露了身份，应该接着流浪，两个人就吵了起来。持国王一锤定音道："我代表整个国家，同意与五子和平共处，让两个家族都不必流血牺牲，还世界一个安宁。具体的条件要求，就让全胜去和五子商量吧。"

全胜到达摩差国后，向坚战说明了持国王的意思，说持国王向往和平，只是持国百子油盐不进，不听劝告，希望五子包容难敌兄弟，致力于和平，而不要起战。坚战感觉到了事情的复杂和不公，说："我对难敌他们还不够包容吗？他欺骗我们、使黑公主受辱、设计让我们风餐露宿十三年，这些我都可以不计较，但他不能不给我们土地。退一万步说，如果你们不能给我们五个村庄，我还是得起兵，尽管我的内心对和平无比渴望。"

全胜踏上归程后，目睹了谈判过程的黑天也感觉到了事情的棘手，坚战跟他抱怨持国王想要五子无条件地顺从难敌兄弟，根本没有公平可言。黑天安慰坚战，说自己打算亲自去象城，为五子争取公正、和平。坚战就说："你一定要先保护好自己，别中了难敌的圈套，也请你帮我们问候我们的母后贡蒂。"黑天答应了。

得知坚战要求的持国王认为不过是五个村庄，给就给吧，劝难敌就此作罢，难敌却固执己见："打仗就打仗！他们连针尖大的地方都休想得到！"

黑天私下里看望了住在象城王宫的贡蒂，转达了五子的问候，多年未见儿子们的贡蒂更加思念五子，越想越心疼。

次日，黑天在大殿上说五子渴望和平，劝难敌不要因为自己的任性挑起两族的战争，毁灭了自己的家族。但不管有多少人劝他，难敌还是老话："般度五子休想威胁我！我要让他们连针尖大的地方都得不到！"除此之外，难敌还想绑架黑天，但黑天的本来面目是神力无边的大神毗湿奴，轻松化解了这场危机。但这也意味着，两族之间，再无和平的可能，必以兵戈相见。

贡蒂想要为流浪在外的儿子们做点什么，就去找了迦尔纳，告诉了他真实的出身，并恳求他不要和五子为敌，因为他们本该是兄弟。知道了这些的迦尔纳却有些伤心，指责贡蒂从来没把他当儿子看待过，从没有让他享受过母爱的温暖，甚至连说出真相都是为了其他的儿子们。但到最后，他还是为亲情做了让步，承诺在战场上只对五子中的阿周那下手，因为他俩已经是死对头了。

黑天返回般度族，带来了劝和失败的消息，五子就正式开始备战，集结了所有兵力，分成七部分，分别由木柱王、毗罗吒王、木柱王的大儿子猛光、木柱王的公主束发（已通过修行变成男子）、善战、索马吉人的国王显光和怖军各自带领一部分，因猛光是新一代中的佼佼者，坚战又册封他统领全军，任大元帅之职。猛光就带领般度大军出发了，最终驻扎在俱卢之野，准备开战。

这时，声称保持中立的大力罗摩出现了，众人以为他是来帮助般度族的，纷纷向他施礼，罗摩却在回礼后，坦白了自己的心声："我们身为婆罗多的后裔，应该无欲无求、努力修行，如今却像贪婪易怒的莽夫一样要去打仗，这让我感到心痛。更糟糕的是连我的弟弟黑天也参加了战争，俱卢族要和般度族自相残杀，我实在不忍心目睹悲剧的发生，也对世人感到失望，因此我决定去喜马拉雅朝圣。"

他说完就走了。

很快，难敌带着俱卢军队赶到了，俱卢族的老族长毗湿摩统领全军，由德罗纳、慈悯、沙利耶、成铠等人各自掌管着十一支军队的一部分。

大战爆发

越临近开战的日子，难敌越寝食难安，毗湿摩看在眼中，就劝解他说，俱卢族人多势众，不必担心，又和他罗列了很多俱卢族将领的独特本领。这使难敌来了兴致，问毗湿摩如何评判自己的爱将迦尔纳。

毗湿摩如实答道，说迦尔纳的确武艺不凡，却不会是阿周那的对手，因为他曾经欺骗过持斧罗摩，受到了诅咒，会在危急时刻因想不起咒语而死去。德罗纳在一边附议。不料，这些实话却让迦尔纳恼羞成怒，说毗湿摩和德罗纳不过是倚老卖老，根本比不了英勇的自己，还说自己不会听从元帅毗湿摩的指挥，只要毗湿摩还活着，自己就不会参战。难敌连忙劝迦尔纳以大局为重，迦尔纳却坚持自己的主张，无奈的难敌就同意了。

开战的日子终于到了，两军排好阵形，成对垒之势。俱卢军的各位首领面对着元帅毗湿摩，听他动员全军："俱卢族的勇士们！在战争时，勇猛向前冲吧！若是战死，就能马上进入天堂；若是活着取得胜利，就会受到世人的敬仰！"

般度族人翘首以盼，等着坚战下令开战，这时却发生了让人惊奇的事。坚战解除了自己的全副武装，恢复平时的打扮，恭敬地向敌方阵营走去。两方都议论纷纷，俱卢人进入戒备，黑天和怖军等人跟在坚战后面，以防有人对他下黑手。阿周那以为大哥心软了，不愿和俱卢人开战，连忙劝阻他，坚战也没理他，径直走到了毗湿摩面前。

坚战向祖父毗湿摩、老师德罗纳和慈悯、舅舅沙利耶等帮助过五子的人施礼，说了自己必须开战的苦衷，毗湿摩表示理解，并祝福坚战取得战争的胜利。

而后，坚战等人回到般度族，双方元帅异口同声，一声令下，人们就开始了厮杀，完全不顾他们之间有何关系。

大战首日，老当益壮的毗湿摩施展武艺，一马当先，杀死了不少般度族战士，年轻气盛的激昂就冲过去阻止他，丝毫不在意这是他的曾祖父。箭术高明的激昂先后用箭伤到了成铠、沙利耶和毗湿摩等人，直接射死了全恶颜的车夫，还损毁了慈悯大师的武器。见此情景，俱卢军将激昂视为劲敌，向他发起猛烈的攻击，毗罗吒和五子、优多罗、猛光和怖军也朝这里赶来，场面混乱起来。沙利耶的战马直接被摩差国太子优多罗沉重的战象掀翻，不满的沙利耶急于报仇，用锋利的飞镖重创了优多罗，使其丧命。

白净是优多罗的王兄，见沙利耶杀死了弟弟，就愤怒地想要对沙利耶出手，毗湿摩迅速朝白净射箭，这并没有伤到白净本人，白净的车夫和战马却死在箭下。白净只好先杀毗湿摩，但他掷出的飞镖被毗湿摩成功阻击。白净看准毗湿摩所在的战车，用威力巨大的铁杵砸了过去，技高一筹的毗湿摩却迅速逃出战车，并趁白净手无寸铁时向他射箭，没有武器可以阻挡箭支的白净就中箭而亡了。

两军鸣金收兵，清点战绩，损失两位将领的般度一族垂头丧气，俱卢族喜笑颜开，信心倍增。

晚上，五子向黑天倾诉，说毗湿摩本领高强，难以对付。黑天劝他们不要担心，说束发是与毗湿摩有过节的安巴公主的转世，求得了湿婆恩典，这一世就为杀死毗湿摩而来。

第二天一大早，新一轮的厮杀就掀开了帷幕。毗湿摩还像昨日一样，英勇地杀死了很多般度人。五子对毗湿摩始终怀有敬意，下不了狠手，明白这些的黑天就动身去杀毗湿摩，阿周那不忍他一人深入敌方，便一路护送他，杀了不少拦路的俱卢士兵。难敌看见了，就抱怨毗湿摩为什么要和迦尔纳吵架，让自己少了可以杀死阿周那的大将。毗湿摩沉默不语，亲自迎向阿周那，难敌再无话可说。这一对爷孙许是不忍对方身死，相互斗了很久也没有结果。

德罗纳和黑公主之兄猛光在战争中狭路相逢，开始了拼杀。猛光正值壮年，力量绵长，可惜对手是成名已久的武学大师德罗纳，猛光很快就落了下风，自己的战马也被德罗纳打死了。形势开始了一边倒，幸好怖军及时赶到，猛光才没有了性命之忧。难敌命令羯陵迦国的军队围攻怖军，怖军轻松地屠戮着这些士兵，毗湿摩就迎上了怖军，善战、激昂等人也朝这里赶来。善战不敢直接对上毗湿摩，就灵机一动，射死了他的车夫，失去控制的战马就拖着战车偏离了路线，没有了毗湿摩指挥的俱卢人被般度人打得落花流水。

于是，这一天俱卢士兵折损了很多，算般度人胜。

次日上午，难敌在指挥俱卢军，怖军击伤了他，失去总领指挥的军队就被般度人杀了不少。到了下午，毗湿摩不顾伤势，再度领军，又重创了般度人。黑天就对阿周那说："你再拖延下去，毗湿摩不死，就会有更多般度人牺牲。"阿周那长叹了一口气，说自己不会手软了。

毗湿摩之死

到了第四天，英勇的怖军杀死了持国百子中的八人，又过四天，又有八位持国百子丧命。失去兄弟的难敌便向毗湿摩发泄自己的不满，怪他身为俱卢人的元帅，却屡屡放过杀死般度五子的机会。毗湿摩说："我自有我的原则，束发是安巴公主的转世，我无法对女人发起攻击，这是一。般度五子和持国百子，虽不是我的直系后代，却也都是我的亲人，我无法亲自夺取五子的性命，这是二。而你，我希望你拿出你的勇气，不要把责任都推在别人身上。"难敌听了，只好作罢。

到了第十天，黑天制定了对付毗湿摩的计策，那就是让束发与毗湿摩交战，然后趁毗湿摩松懈的时候，让阿周那在后方偷袭。因此，战争一开始，束发就直奔毗湿摩而去，向他射出箭雨。毗湿摩果真遵守规则，只是瓦解束发的攻击，却不进行反击。因为束发注定为杀害毗湿摩而来，不久后，毗湿摩就中了三箭，不过伤势并不重。心情复杂的阿周那看到机会来了，就再不迟疑，在束发背后用箭向毗湿摩的致命处射去。束发和阿周那的箭雨全部落到了毗湿摩身上，命悬一线的毗湿摩再也无法站在战车上，向下倒去，却因为身上箭支的存在而无法接触地面。箭支横亘在毗湿摩的身体和大地之间，他面部朝天，像是置身于床铺之上。知道了这位德高望重的老人就要死去，两族暂时休战，重要将领们纷纷来到老人身边。老人头部没有支撑，不太舒服，就要求用一个枕头垫在他头下面。很快就有几个不同材质的枕头被送了过来，老人却全都不要，看着阿周那，说要一个属于战士的枕头。明白他意思的阿周那就往老人头下的土地上射了三箭，露在地表的箭镞刚好能让老人枕着。

毗湿摩说:"这枕头我枕着舒服极了。阿周那,我还想喝水。"

老人又向阿周那要水喝,阿周那便用箭射穿土地,有甘甜的地下水冒出,老人就喝了几口,露出心满意足的样子。老人又劝难敌不要再倔强,应该走和平道路。任性的难敌只是扭过头不说话。迦尔纳想起自己曾对老人屡次不敬,而老人却尽了长辈和战士的职责,便向老人道歉。老人原谅了他,并送上祝福。

一代英雄毗湿摩就这样去世了,回顾他的一生,重诺、尽责是他身上不可磨灭的闪光点。

福授王之死

处理完毗湿摩的后事后,俱卢族众人围坐在一起,讨论由谁来统领全军。最后,资历最长、武功最强的德罗纳受到了大家的一致推崇,成了新一任领兵大元帅。

德罗纳曾教过众王子武功,知晓五子在阵法之道上有所欠缺,便排兵布阵,推出了饱含威力的圆形阵。此外,迦尔纳终于开始参战,这都使俱卢军重拾了对战争胜利的希望。

德罗纳不愧是一代武学大师,尽管没有抓到过般度人的重要将领,却都击败过他们。知道了德罗纳的辉煌战绩后,难敌就建议德罗纳把坚战抓来当人质,好使般度人投鼠忌器,并威胁他们投降。德罗纳觉得此计可行,便冲向战场,坚战看见他后,不想不战而逃,就用箭射他。结果,德罗纳轻易瓦解了坚战的攻势,猛光急忙来帮坚战还击,可他们联手也打不过德罗纳。眼看德罗纳就要捉走坚战,及时赶到的阿周那用神弓迫使德罗纳放弃了捉拿行动。

德罗纳撤出战场,找到难敌,说明了阿周那对自己捉拿坚战的不利影响,要求他派人引开阿周那。曾被坚战俘虏的三穴王善佑自告奋勇,带着自己国家的勇士,成立了不杀阿周那不罢休的敢死队,他们来到战场上,不断挑衅阿周那。阿周那被激怒了,吩咐般遮罗王子真胜保护坚战,自己扑向了敢死队。

阿周那一被引开，德罗纳就朝坚战直扑而去，猛光前去阻拦他，却被他躲开了。真胜只好独自竭力阻挡德罗纳，没多久就被杀死了。德罗纳又接连击杀了敌方的般遮罗王子弗利迦、毗罗吒之子百军等人，并打败了善战、束发等般度军的重要将领。德罗纳以为这次终于可以得手了，没想到般度的将领们都冲了过来。德罗纳明白再不走，自己可能连以后抓到坚战的机会都没了，就匆匆撤退了。

难敌见德罗纳又失败了，只好暂时放弃捉拿坚战的计划，带着凶猛的大象军冲了过来，想要利用大象践踏般度人，快速取得胜利。但怖军、阿周那、善战、黑天为了保护普通的般度士兵，赶来对抗象军首领们。尽管大象助长了俱卢族的威势，怖军等人也毫不畏惧，没有后退的意思。战斗之中，怖军结果了蔑戾车国王安伽的性命。

阿周那大受鼓舞，转眼看到善战打不过东光国之王福授，就举起神弓，一箭射伤了福授王乘坐的大象。福授王一边用武器掷向阿周那，一边念着咒语，祈求大神毗湿奴让武器生灵；黑天自然拒绝了福授王的祈求，阿周那因此毫发无损。接着，阿周那先射死了福授王乘坐的大象，又射死了福授王本人。

象军顿时就有了撤退之意，难敌的舅舅沙恭尼想要稳住军心，带着自己的两个兄弟反击阿周那。阿周那手握神弓，直接杀死了沙恭尼的兄弟们，逼得沙恭尼如丧家犬般逃走了。俱卢军更加乱成一片，被般度军乘机捞了不少便宜。

激昂之死

难敌没有放弃活捉坚战的计划，敢死队就一直在诱导阿周那远离坚战。战争持续十二天后，敢死队终于成功了。德罗纳抓紧时机，用莲花阵发起猛攻，怖军、善战、猛光、木柱王、束发等将领因为不知道如何破阵，纷纷铩羽而归。还好阿周那把破阵方法教给了儿子激昂，坚战就派激昂去对抗德罗纳。激昂表达了自己的担忧，说自己只学了一半破阵方法，所以只能在整个莲花阵上突破出缺口，然后进去，不能保证安全带着军队回来。坚战说有缺口就好办多了，将领们会和他一起作战，让他不用太担心。

但计划没有变化快，激昂刚刚进阵，信度国王胜车就敏捷地让大军继续保持阵形，怖军等将领只好硬冲，可莲花阵奥妙无穷，并非用蛮力可以打开的。就这样，被困在阵里的激昂只好一人面对众多敌人，还好他武艺高强，不仅轻松解决掉普通士兵，德罗纳、慈悯、迦尔纳等人接连出手，也被他一一接下了。爱才心切的德罗纳不禁开始夸奖激昂，称他是顶级的勇士。以前总是活在五子阴影下的难降因此燃起忌妒之火，亲自去和激昂交手，激昂虽然没有杀死他，却也用利箭射中了他，他只好退下。奇蛮是难敌之子，看到同龄人激昂如此英武，不服气地前来挑战，不一会儿就倒在了激昂的长矛之下。

难敌听到儿子被杀的消息，难以接受这是事实，随即大吼"所有人，通通去杀激昂！"随着难敌一声令下，德罗纳带着马勇、伟力、成铠、迦尔纳一起把激昂团团围住。德罗纳认为，激昂身上的铠甲可以保护他不受伤害，他的武器又使他可以轻易杀死敌人，必须要先毁掉他的武器，再击打他没能被铠甲包裹的头颅，伟力等人一致赞同。于是，他们依次摧毁了激昂的弓、盾和宝剑，还杀死了他的马和车夫，让他彻底失去了外力帮助。赤手空拳的激昂只好用战车的车轮抵御攻击。猛一看，外人还以为他是下凡的大神毗湿奴的化身。但双拳难敌众人手，在众人的围攻下，激昂和难降的儿子在地上滚作一团，坚持了很久的激昂有些乏力，难降之子先站了起来，挥动着铁杵击碎了激昂的脑袋。于是，本可以日后称雄的激昂就此拜别人世。

般度军向坚战报告了激昂辞世的消息，坚战十分自责，因为激昂是奉自己的命令去破阵的，若不是自己下令，激昂就不会英年早逝。坚战产生了愧对激昂、愧对阿周那的念头，其他人也因此消沉了很多。

当天晚上，阿周那和黑天终于消灭掉了所有的敢死队，满意而归的阿周那被告知激昂身亡的消息，顿觉晴天霹雳，一边怨恨俱卢军，一边惋惜儿子。众人告诉了他事情的来龙去脉，说正是因为他们无法援助激昂，才让他落得被围攻身死的下场。阿周那很快抓到了事情的重点，对胜车王破口大骂，说要不是胜车王把激昂一人围在阵里，爱子断然不会牺牲。振作起来的阿周那立下誓言，要在明天日落之前向胜车复仇，取其性命。

幸好此时，激昂的妻子至上公主已怀有身孕，算是为般度族留下了后裔。

阿周那复仇

次日清晨，胜车知道了阿周那要杀自己的消息，顿时大吃一惊。因为在他刚出生时，就有不知名的声音预言到他以后会一战成名，接着就会被勇士杀死。胜车唯恐阿周那就是预言中的勇士，向难敌请求归国。难敌不放他走，说俱卢军都会来护卫他，胜车才稍觉安心。

元帅德罗纳制订了具体的计划，让胜车镇守后方，让广声、迦尔纳、马勇、沙利耶、慈悯等人围绕在胜车身旁，看到有人来袭就前去迎战；又摆下阵势，拉起三层防线，难敌、难降、善巧和成铠把守第一层，德罗纳本人把守第二层，闻杵、甘埔寨国王、闻寿、定寿把守第三层。有了这些措施，胜车觉得自己大概不会死了。

大战开始，阿周那很快就冲破了第一道防线，难敌等人向后方逃去。但到达第二层防线后，阿周那被德罗纳阻挡了前进的脚步，黑天就建议阿周那绕过德罗纳。德罗纳的真实目的是活捉坚战，就没有对阿周那穷追不舍。阿周那在路上又打败了成铠和善巧，来到第三道防线，直接杀死了闻杵、甘埔寨国王、闻寿和定寿，而不远的前方，就是他要杀的胜车的营地。

三道防线都被突破了，难敌要求德罗纳去后方再次阻拦阿周那，德罗纳说自己在寻找活捉坚战的良机，难敌穿上了刀枪不入的神甲，去阻挡阿周那。

看着不自量力的难敌前来，阿周那直接和他打了起来，但以往饱含威力的神弓这次却伤害不了难敌，阿周那就猜测难敌穿了神甲，便用专门对付神甲的、细如牛毛的小箭射向难敌，神甲虽然厉害，却包裹不了手、脚等部位，难敌就感觉到了被毒针刺破肌肤的感觉，立马逃之夭夭。

观战的黑天吹响了法螺，向般度族表示自己这里安然无恙，向胜车表示自己将要发起进攻。

在难敌与阿周那交手时，猛光和善战一起对抗德罗纳，尽管支撑了好一会儿，两人还是先后受伤了，还好可以互相帮助，就一起退到了坚战身边。

昂扬的法螺声传到了坚战耳边，他并不知道黑天和阿周那在一起，两人都平安无事，因为不见阿周那的神弓声传来，他唯恐阿周那遇险，一再要求善战去援助阿周那。善战就把保护坚战的任务交给了怖军，自己杀入了战场，没一会儿就被广声拦了下来，两人开始了恶战。

苦苦等候消息的坚战心里焦急，又派怖军去找，约定好若是阿周那安全，就大吼一声报知消息。怖军命令勇士猛军保护坚战，出发寻找阿周那，一路杀死了十一位难敌的兄弟，远远望见阿周那正在奋勇杀敌后，怖军就发出了吼声。坚战这才不再担忧。

怖军正要赶过去帮助阿周那，迦尔纳从前方杀出，拦住了怖军的去路。两个人就打了起来，虽然怖军武功稍逊于迦尔纳，但报仇雪恨的念头驱使着怖军超水平发挥，与迦尔纳打得旗鼓相当。难敌看见了，又想采取以多胜少的方法杀死怖军，接连派出了十四个弟弟帮助迦尔纳，这些武功平平的持国百子遇到爆发状态的怖军，没有一人生还。怖军杀红了眼，向迦尔纳砍杀过去，迦尔纳却不断摧毁着他的武器，局面变得危急起来。幸好阿周那从不远处赶来救急，比起怖军，迦尔纳更仇恨阿周那，只能杀一个贡蒂之子的他迅速杀向阿周那。

在迦尔纳不使用天帝法宝的情况下，阿周那轻松逃出了他的攻击范围，一眼就望见了善战和广声打得难分难解。善战此前已经受了伤，广声渐渐占了上风，把善战打倒在地，并高举宝剑对着善战的脖颈砍了过去。在这危急时刻，阿周那的箭支先到，射掉了广声持剑的手臂，救了善战。广声鄙视了阿周那背后伤人的行为，开始打坐休息，被全力挥剑的善战刺死在地。

前路再无阻碍，阿周那与黑天、怖军、善战一起直直冲向胜车身前的将领们，和他们厮杀起来，不断拉近和胜车之间的距离。双方进入了艰难的鏖战，但在太阳就要下山时，阿周那用利箭带走了胜车的生命，报了杀子之仇。般度族捷报频传，坚战喜笑颜开。

怖军曾在第一次流亡时，与女罗刹生了叫瓶首的儿子。如今瓶首已然长大，带着阿修罗大军趁夜杀死了大量的俱卢人，难敌请求迦尔纳阻止瓶首的屠杀行为，在夜晚无法完全施展武功的迦尔纳只好使用了只生效一次的天帝法宝。瓶首被这无法抗拒的武器杀死了，五子再次陷入悲伤之中，理智的黑天只好开导说，这件事还是有利的，迦尔纳再也无法威胁阿周那的生命安全了。

德罗纳之死

新的一天来临，德罗纳放弃了活捉坚战的计划，只是一味厮杀，般度军人数越来越少。五子的武功大多数都是德罗纳教的，很难光明正大地杀死他，黑天出了一个主意，说德罗纳最在意自己的儿子马勇，如果骗他说马勇被杀了，遭到沉重打击的德罗纳就不再是五子对手了。战争形势越来越紧急，五子只好采纳了这个不太正义的主意。怖军手起刀落，使马勇的大象倒地后，怖军就用了狮子吼："马勇已死！"

吼声传到德罗纳耳中，他怕是计，就向向来诚实守信的坚战求证："坚战，马勇真的死了吗？"坚战只好痛苦地大叫："真的死了。"接着极小声地补充："是大象马勇。"

德罗纳只听到了坚战的第一句话，失子的痛苦让他如遭雷劈，愣在原地，怖军又指责他说："你身为婆罗门，却践踏了正义和正法，致使人们血流成河，你不觉得羞愧吗？！"

这严厉的话语使德罗纳万念俱灰，怀疑起自己修行的目的，就打坐思考起来，生来就是他的克星的猛光敏捷地砍掉了他的头。知道父亲被五子用计杀死，马勇心情又沉重又愤怒。

群龙不可无首，迦尔纳成了俱卢军的第三任大元帅，年岁较大的沙利耶为他驾车。两人互相配合，驰骋于战场，躲过铺天盖地的武器，像死神一样誓要杀光般度人。

因为瓶首是迦尔纳用法宝杀死的，怖军就请求阿周那一起去杀死迦尔纳，为瓶首报仇。一路上，又有十几位持国百子来拦路，全都被二人击毙了。

迦尔纳也看到了他的宿敌阿周那，便上前交手，暗想这次一定要分出输赢，消灭阿周那。

怖军本来要帮助阿周那的，但他转脸就看到了难降往这边赶来，便拦下了他，大声说："天堂有路你不走！这是我第一次在战场上遇到你，也是我实现诺言的时刻，你还记得你羞辱黑公主后我发的誓吗？"难降听后，感到了恐惧，但战场上又没有不战而退的道理，便硬着头皮迎上了怖军。怖军怒火越发旺盛，力气也变大很多，三两下就将难降打趴下了，想起他用手脱黑公主衣服的情形，便扭断了难降的胳膊，结束了他的生命。

迦尔纳之死

相比于怖军轻松杀死了难降，迦尔纳和阿周那这边的战况倒不分明，打得旗鼓相当。迦尔纳心中有气，怨恨自己的亲生母亲从来没有对自己施舍过温柔，却对五子牵肠挂肚，下手越来越重，想要用毒箭射死阿周那。但眼疾手快的黑天把阿周那的战车向下压了一些，那支毒箭就只是射中了阿周那的头盔。迦尔纳还想再射几箭，却发现自己的战车无法移动，原来是车轮深陷于泥地里。迦尔纳看阿周那要对自己动手，连忙大叫："暂停！等一等！阿周那你的战车完好无损，我的战车无法移动，你不应该在这种不对等的情况下杀我，让我把战车推出来我们再接着打！"诚信的阿周那就停手了。

黑天愤愤不平道："曾经践踏道德的人，现在却要求别人遵守道德，以此来保全自己的性命！迦尔纳，你不觉得脸红吗？从和五子作对起，你的所作所为哪一样是遵守道德的？火烧紫胶宫、羞辱黑公主、设计害五子、不归还土地、挑起战事、以多胜少杀激昂，等等，这一桩桩一件件就是你亲自埋下的祸根，现在，轮到你赎罪的时候了！"

面对黑天的严厉控诉，迦尔纳感到了羞耻，但对生命的渴望，支撑着他接着战斗。他想要把战车推出泥地，但战车却越陷越深，他只好放弃。为了逃生，他决定对阿周那念咒，就是那段持斧罗摩传授给他的咒语。但不管迦尔纳如何努力回想，大脑里都是空空如也，根本想不起来咒语的内容，这是持斧罗摩的诅咒生效了。此刻，阿周那在黑天的催促下，用箭支射死了迦尔纳。

爱将迦尔纳的死亡，让难敌大受打击，闷闷不乐。渴望和平的慈悯顺势说道："战争会造成流血和牺牲，如果您不再独霸王权，把土地分给五子，就不会再有人死去。"

难敌说："如果我现在宣布停战，俱卢族勇士的流血牺牲还有什么意义？困难只是一时的，血债血偿，般度族会付出惨痛的代价！"

难敌不服输的精神，激起了俱卢人的血性。在沙利耶出任第四任俱卢军大元帅后，俱卢军又奔赴战场，展开激战。

坚战认为，沙利耶已经完全把自己当作俱卢人了，忘了他是五子的舅舅，也忘了紧要关头要帮助五子的诺言。那么，就让自己去除掉沙利耶，让敌方无将可用。因此，坚战亲自督军，用矛杀死了沙利耶。偕天也杀死了用心险恶的沙恭尼。形势开始一边倒，般度军杀向俱卢军，几乎要将他们杀光。

难敌之死

看着普通俱卢兵纷纷倒下，想要逃命的难敌立马溜了，带着他的铁杵隐藏在池塘里，吓得不敢露头。循着踪迹找过来的五子还是把他揪了出来。

坚战气不打一处来："难敌！你这个可耻的罪人！你让两个家族陷入战火，多少人因你死去，结果你却灰溜溜地藏在这里，连一个普通的战士都不如。你身为刹帝利的荣光呢？简直丢尽了祖先的脸！"

难敌说："我现在又没有兵将了，拿什么和你打？你想要国家就拿去吧，我已经不在乎了，但你要放我一马。"

坚战说："如今你嘴一张要我放过你，你自己说的话都不记得了吗？'我要让他们连针尖大的地方都得不到！'既然如此，我们就来决斗吧，胜者拥有国家！"

难敌再也无法躲藏下去，出来说："决斗就决斗，但总不能你们五个人一起上，来攻击落单的我吧？"

坚战对此嗤之以鼻，斥责难敌曾经让一群人一起攻击尚且年少的激昂，又让难敌随便挑五子中的一人当对手，要是难敌能赢就让他接着当国王。

怖军不等难敌挑选，就直接站出，他们二人都善用铁杵，打得旗鼓相当，你来我往了半天，谁也没有占到上风。

这时来了很多观战的人，在心里祈求怖军早点获胜，黑天大声提醒怖军："你还记得难敌在赌厅里是怎么羞辱你的吗？你还记得你说要用铁杵砸烂难敌的屁股吗？"怖军听了这句话，从仇恨中获得了动力，瞄准难敌的屁股，用铁杵大力砸了下去，难敌一下子就受了重伤。怖军乘胜追击，用脚踢向难敌的额头。

这时，大力罗摩突然出现，见怖军违反了不得攻击敌人臀部的决斗规则，便拿着武器要打怖军。黑天急忙阻止了自己的哥哥，解释说怖军不是有意破坏规则，是难敌种下了多年前的因，才得到了今日的果，怖军只是在实现自己的誓言。大力罗摩放弃了攻击怖军，仍然表示怖军的行为抹黑了他自己的声誉，而后就走了。

难敌见再也没人来帮自己，便咒骂黑天："你这个卑贱的奴才之子（黑天的父亲富天曾在国王刚沙手下做事）！你心肠歹毒，屡下狠手，定下不少毒计，否则，五子根本打不赢我们！俱卢英雄的死，都要算在你的账上，你一定会被正义之士唾骂，然后遗臭万年！"

黑天说："你本是公主甘陀利的后代，血统高贵，却落得今日的下场，但这一切都是你自作自受的。你说我恶毒，要知道，面对歹毒的人，最好的报复方法就是以毒攻毒！"

考虑到还要留着难敌宣布投降，五子等人就留他性命，大步离开了。

俱卢军将士差不多都死光了，只有武艺高强的马勇、慈悯和成铠活了下来，他们一路逃亡，遇到了奄奄一息的难敌。得知难敌是被怖军用不良手段重伤的，马勇联想到了同样被不良手段击杀的父亲，内心泛起波澜，久久不能平静，当即立下誓言，一定要使般度族灭族。三人告别难敌，思索着怎么报仇。

天色渐暗，筋疲力尽的慈悯和成铠在大榕树下睡着了，只有马勇沉浸在仇恨之中，想着如何报复般度族。他躺在地上，面朝天空，看到了有很多乌鸦在树上睡得很熟，接着出现了一只清醒的猫头鹰，只见它挨个袭击乌鸦们，沉睡的乌鸦对这危险毫无反抗之力，不一会儿就全都死了。马勇灵机一动，认为这是上天的指示，他把同伴叫醒，说了他看到的景象，决定做一回猫头鹰，趁夜杀死般度人。慈悯想要阻止马勇不要使用这么卑劣的手段，马勇列举了己方英雄是如何被杀死的，说自己不过是以牙还牙，算不上卑鄙。看着马勇开始出发前往般度族的营地，身为俱卢人的慈悯和成铠只好跟随他一起去了，以免马勇也死于战争。

三人到达目的地后，发现以为自己获胜了的般度人踏实地进入了梦乡，没有丝毫戒备。马勇就先后杀死了猛光、束发等将领，又对黑公主的儿子们下了狠手，最后还杀光了所有睡在营地的般度人。当夜，只有不在营地的黑天、善战和般度五子逃过了这次屠杀。大仇得报的三人向难敌报告战况，难敌心满意足地合上了眼睛，马勇三人分开逃亡，以免五子报复。回到营地的五子见一夜之间横尸遍野，顿时如遭雷劈。他们把消息传给了黑公主，失去了所有儿子的黑公主提出，一定要让马勇以命偿命。

五子带着家人去寻找马勇，在恒河河畔广博大仙的居处发现了他的踪迹。马勇看到至上公主怀有身孕，就对着一根草念咒语："愿这根草令般度族永无后裔。"眼看那根草飞起来就要碰到至上公主的腹部，黑天及时出手，护住了至上公主，保住了般度族唯一的后裔——环住王。随后，怖军与马勇打了起来，战败的马勇认输后，就使用神通消失不见了。原来马勇是湿婆大神的转世，自然会带来毁灭。

马祭

俱卢大战落幕了，般度五子以惨痛的代价换取了战争的胜利。由于俱卢族青壮年几乎都在战争中丧命，都城象城处处闻哭声，失去了顶梁柱的家庭们哭声传外野，令人闻之心伤。国王持国王再也无法躲在宫里，他带着老弱病残一同来到俱卢之野，企图找到生还者。但这里只有沉默的尸体和想要吞食尸体的乌鸦、豺狼和野狗。广博仙人和黑天劝般度五子和持国王讲和，五子同意了。但尽管五子恭敬地向持国王请安，持国王还是不太搭理他们。黑天和广博仙人只得苦口婆心地从中间周旋，持国王才同意了。王后甘陀利原本很为持国百子伤心，看到同样丧子的黑公主那悲伤的面容，才不再仇恨般度五子。

随后，众人不分种族，为在俱卢大战中牺牲的所有人进行了超度，祝福他们升入天堂。

坚战生性沉稳，爱好和平，获得了胜利也不开心，认为王座下铺满了累累白骨，流淌着殷殷鲜血，尤其是原为亲人的持国百子的死，让他深感愧疚，对做国王产生了厌倦之情。疲惫不堪的他提出要去树林苦修，洗清自己的罪孽，没想到弟弟们纷纷劝他不要出家。阿周那等人劝坚战："般度五子不可分开，这么多年，我们一直都在一起，熬过了多少艰苦岁月。你是老大，就应该做国王，现在好日子就要来了，为什么反而要与我们分开呢。何况，当一个好国王，才能做令众多子民受益受惠的好事，苦修并不能切实改善什么。"黑公主则是宽慰坚战："如果难敌活着，我们就没有立足之地，子民们也得不到好的君主，你不必为杀死他们感到愧疚。只要你坚持做你该做的事，履行你的职责和义务，你就是正义的一方，没有谁会怪罪你。"

　　坚战听了这些，还是觉得内心痛苦，黑公主只好请来广博仙人和黑天。这两位博学的人从各个方面论证了坚战当政的好处，劝他造福于民。最后，坚战不再坚持去林中苦修，当起了国王。

　　在坚战巩固王权后，广博仙人为了恢复王国以前的盛景，催促坚战举行马祭，让更多国家臣服，从而扩大统治的国土面积。坚战同意了，召集了很多国王，宣布要进行马祭。向神灵祈福后，坚战亲自放开了祭马，让它自由自在地奔跑，阿周那就循着它的蹄印追去。祭马的蹄印出现在哪里，不管这是哪一个国家，阿周那都会勒令这个国家投降，对于敢不直接同意的国家，就用战争降服他们。祭马奔跑了很久，阿周那就用了更久的时间收服它经过的国家，还好没遇到什么大的阻碍。祭马绕了一个大圈回到了出发的地方，祭司按规定宰杀了它，然后分尸、焚化。就这样，马祭仪式完成了，坚战向参与者和归顺者表达了谢意。

升天

　　一转眼，距马祭已有十五个春秋。在这段时光里，五子和逐渐老去的持国等人相处得也很融洽。只可惜好景不长，怖军趁坚战不在身边时，屡次出言重提旧事，特意说给持国王听，这不仅使持国王和甘陀利想起了那悲惨的往事。忍了又忍的持国王快要崩溃了，就向坚战提出，要和妻子一起脱离红尘，入林苦修。

坚战并不知内情，劝他们留下，持国王又感谢了坚战十五年来的照顾，坚决要走，坚战不得不答应了。贡蒂知道后，也要一起走，因为这些年来，迦尔纳的死始终让她郁郁寡欢，痛苦不已。般度五子挽留不住，就挥泪告别了母亲。

三位老人抛却了烦恼，享受了三年安宁的时光，森林起了火灾，他们来不及逃走，就去了天堂。

帮助五子打赢俱卢之战后，黑天就回到多门当国王，足有三十六年。在此期间，与黑天一个祖先的瓦利施尼族、博遮族和雅度族的人们都在多门过着潇洒不羁的日子。

这些王公贵族开的玩笑越来越过分，以致招来了祸事。仙人有诅咒世人的力量，常人都很尊敬他们，雅度人却让黑天之子山巴男扮女装，来到仙人们面前，问仙人这个"女子"腹中胎儿是何性别。

仙人们一眼看穿了他们的把戏，觉得自己被冒犯了，诅咒道："他腹中是一根铁杵，会为你们带来灭族之灾。"仙人们说完就走了。山巴随后就生出了一根铁杵，胆战心惊的雅度人想要逃过仙人的诅咒，把铁杵研成粉末撒进海里。过了不久，海里就长出高过海水的茅草，人们却没有把茅草和诅咒联系起来，最终酿成了大祸。

有一天，黑天召集众人在海边饮宴，酒水充足，大家都有了醉意。曾经是仇敌的善战和成铠开始争吵，骂对方行为卑鄙，品德低下，他们吵得越来越凶，周围的人也跟着他们吵了起来，气氛越来越激烈。善战先下手为强，杀掉了成铠，围观的人就用手边的东西打善战。黑天之子明光是善战的拥护者，立马动手帮助善战打别人，因为局势太过混乱，人们几乎失去了理智，善战和明光都死在了同族人手里。黑天不禁随手拔起海边的茅草攻击杀死儿子的凶手，众人也拔起了茅草攻击其他人。令人意外的事发生了，人们手中的茅草变成了铁杵，无法停手的雅度人就这样打死了别人、被别人打死。除大力罗摩和黑天外，雅度族人都灭绝了。

同族人的惨死，让大力罗摩十分痛苦，他选择了自我了结。

目睹了这一切的黑天，觉得冥冥之中自有天意，自己也该离世了。当他身着黄衣躺在树林里休息时，有个猎人以为是只鹿躺在那里，立马用箭射了过去，被射中要害的黑天就辞世了。

这些不幸的消息很快就传开了，般度五子知道后，感觉失去了活下去的欲望，坚战就让激昂之子环住继任国王，带着弟弟们和妻子出发前往喜马拉雅山朝圣。

喜马拉雅山难以攀登，六人都咬牙向上爬，但没过多久，黑公主、偕天、无种、阿周那和怖军就一个接一个地死去了，只有坚战成功以肉身形态抵达了天堂。在这里，他看到了弟弟们和黑公主的灵魂，又团聚在了一起。

环住王不幸被蛇咬死，镇群王当了国王，为环住王举行了蛇祭。在蛇祭典礼上，广博仙人的弟子护民仙人把以上富有传奇性的"摩诃婆罗多"的故事讲给镇群王听，使它代代流传了下来。

第四章 黑天的故事

大地的哀怨

往世书曾有记载，说在世界历史的第三个时代时，大地女神身上的负担越来越重，她感觉自己再也忍受不了了，就去向大梵天诉苦，希望他能找出解决的方法。大梵天就打算带她去向大神毗湿奴求助。这个时候，毗湿奴刚在沉睡中经历了世界的第一个和第二个时代，还未及时转醒。梵天就和神仙们一起呼唤毗湿奴速速醒来，然后就叫醒了毗湿奴。毗湿奴问众人为什么急着叫醒他，大梵天说是大地女神心生哀愁，有事相求。毗湿奴就在须弥山开了神仙会，让一众神仙一起作陪，听大地女神陈述自己求助的理由。

大梵天指出世间恶的力量已经超过了善的力量，大神毗湿奴应该下凡救世，惩恶扬善，从而使大地女神卸下重担。

面对大梵天的请求，毗湿奴回答说："这些情况，我早就掌握了，也决定下凡，免除大地女神的苦难。前些天，我命令海神下凡投生为福身王，而后开枝散叶，形成了福身王族系。福身王娶了恒河女神，我又命婆薮所投生成他们的儿子毗湿摩。除此之外，福身王还娶了渔女贞信，生下了现已去世的奇武，奇武同母异父的兄弟德外巴耶纳会与他的妻子生下了持国与般度，与侍女生下维杜罗，贡蒂和玛德利是般度的妻子，甘陀利则是持国的妻子。福身王族系还将迎来后裔，以上这些人物都是你们投胎的选择，你们自己挑选合适的下凡去吧，不久后我也会去。"

听了毗湿奴的命令，在场的天神和大仙以及双马童都以投胎或生子的方法来到了福身王族系，或与此有关的家族。正义之神达摩之子为坚战，天神之王因陀罗之子为阿周那，风神伐由之子为怖军，黎明之神双马童的儿子则是无种和偕天，太阳神苏利耶之子为迦尔纳。祭主仙人毗诃波提投生为德罗纳，婆薮投生为毗湿摩，阎摩王投生为维杜罗，迦利神投生为难敌，月亮神投生为激昂，太白仙人投生为广声，水神伐楼拿投生为闻杵，湿婆投生为马勇，昼神伽尼迦投生为密陀罗，财神俱比罗投生为持国王，众药叉投生为犍达缚，众蛇（楼陀罗）则投生为猛军的弟弟德瓦迦、马军和难降等人。

那罗陀大仙是神仙与凡人的使者，经常在天地间往返，当他知道很多神仙入世后，就来质问还没动身的毗湿奴："只要大神那罗（指湿婆）和那罗延（指毗湿奴）不入世，大地就不会脱离苦难。那罗已经化身马勇走了，你身为那罗延，怎么还迟迟不动身，这里面是有什么隐情吗？"

大神毗湿奴就回答说不是自己不想下凡，只是不知道到底该投胎成谁，去哪个家族，才能起到救世的作用。

了解缘由之后，那罗陀说起了一段神仙纠葛："迦叶波借走了水神伐楼拿的牛，却丝毫没有归还的意思，伐楼拿要求我处理这件事，我便诅咒迦叶波变成普通的牧人富天，受马图拉国（又称摩吐罗）国王刚沙的欺凌。迦叶波的两个妻子也化身为提婆吉和罗希尼与他一起下凡了，残暴不仁的刚沙日日都在折磨富天，你不如投胎为富天的儿子，这样他还能有解脱的一天。"

大神毗湿奴思考之后，觉得那罗陀的建议很不错，就答应了。他把自己的神身放在须弥山的雪山神女洞，打算立即下凡，投胎为富天的儿子。

那罗陀会见刚沙

确定了大神毗湿奴将要投生何处后，身为神与人的使者，那罗陀觉得应该把所有事情告诉自己向来偏爱的刚沙，好让他有所防范，躲过浩劫。于是，那罗陀来到了刚沙统治的马图拉国附近，邀请刚沙共同商讨大事。刚沙向来狂妄自大，却还是比较尊重那罗陀大仙的，他迅速赶向约好的地点，先是诚挚地拜见了那罗陀，然后询问大仙有何要事竟然要亲自来告诉自己。

那罗陀大致说了前因后果："为拯救大地女神，很多神仙纷纷下凡，连身为那罗延的大神毗湿奴也不例外。不幸的是，你与手下众人为非作歹，祸乱一方，已然成为诸神的眼中钉。我已经确定，大神毗湿奴会投生到你的妹妹、富天的妻子提婆吉腹中，这个孩子长大后就会夺去你的性命，我告诉你这些，你好自为之吧。切记，提婆吉怀上的第八个儿子，就是毗湿奴。"

那罗陀大仙叮嘱后就离开了，刚沙心里有一些恐慌，却故作镇定，哈哈大笑地安抚一起来的手下们："那罗陀大仙担着使者的名，却总是夸大其词，胡乱说话，喜欢煽风点火。他也不想想，天地之间，哪儿有谁会是我的对手呢？这样吧，为了以防万一，告诉我的盟友和部下们，看到我的敌人就杀死，尤其要传达给众阿修罗和龙王迦梨耶。"

刚沙的话使手下们大感欣慰，他自己却在暗中思考，究竟怎样才能防患于未然，彻底消除潜在的危险。最终，他召集来了忠心的大臣们，吩咐下去，要他们全力地监视富天和提婆吉，如果提婆吉怀孕，就立马来报告，千万不要让他们的孩子有活命的机会。

大臣们有些疑惑不解，但还是按照刚沙的命令做了周密的部署。刚沙还是感觉不安，生怕出什么纰漏，严密防范着危险的到来。对于那罗陀和刚沙的所作所为，神力非凡的大神毗湿奴统统都知道了，既然已经到了这步田地，大神不得不努力想出应对方法。首先，刚沙会接连杀死提婆吉的孩子，那么该让哪些神仙投生成前七胎？身为第八胎的自己，又如何才能保全性命？毗湿奴想起一件往事，顿觉问题迎刃而解。那是在多年前，大梵天依靠苦修获得了很多成果，胆大妄为的伽尔内弥的六个儿子却偷偷窃取了这些成果，并因此被喜尔奈耶迦湿普诅咒说："你们六人将投胎于提婆吉腹中，然后胎死腹中。"中了诅咒后，伽尔内弥之六子就一直在水面上等待诅咒生效的那一天，以此赎罪。毗湿奴认为自己应该有个帮手，就找来了可以使所有生灵进入昏睡状态的睡眠女神。

大神毗湿奴将计划分为三步：首先，命令睡眠女神按照顺序让伽尔内弥之六子投生到提婆吉腹中；其次，毗湿奴会将自己分成两部分，其中一部分先投生到提婆吉腹中，睡眠女神再将该胎转移到罗希尼腹中，避过杀害，这个孩子降生后将会帮助后投生的那一部分毗湿奴；最后，毗湿奴的另一半会投生为提婆吉的第八胎，牧人首领难陀之妻耶雪达将会怀上睡眠女神，两人降生后再转换过来，这样毗湿奴就能在难陀家里安全长大。毗湿奴做出承诺，计划完成后，睡眠女神会得到极大的奖赏，成为天帝因陀罗的妹妹，并在民间享有盛誉，神力也会大大增长。睡眠女神听后，愉快地答应了。

大神黑天降生

在大神毗湿奴的安排下，睡眠女神成功地完成了计划的第一步。提婆吉接连生了六个死胎，刚沙却还是不放心，把这些胎儿大力摔向岩石，看到他们成了碎末，残忍的刚沙才满意而归。提婆吉再次怀孕时，没过多久就又流产了，其实胎儿早就转移到怀了富天另一位怀孕的妻子罗希尼的腹中。为了让罗希尼的孩子免遭刚沙黑手，富天把罗希尼送到牧民首领难陀那里。后来，罗希尼顺利产下一个男婴，因为这个男婴不是提婆吉生的，刚沙虽然收到了情报，也没有杀掉这个孩子。

刚沙并不相信提婆吉的第七胎流产了，但他也一直没有发现富天家里有婴孩的存在，只好相信了。没过多久，提婆吉怀上了第八胎，刚沙打起十二分的精神，大力防范，严加看守，只等这孩子一降生，就彻底杀死他。就在大神毗湿奴投胎时，睡眠女神也投生在耶雪达的腹中。等到怀胎十月后，提婆吉和耶雪达几乎同时生产，睡眠女神出生后运用她独有的神力，让所有生灵陷入沉睡，以免有谁发现她和毗湿奴被交换。毗湿奴降生后，唤醒了富天，让他把自己送到牧人难陀家里，再把难陀的女儿抱回来，假装提婆吉生的是女儿。

富天照做了，由于事情做得极为隐秘，事情的真相只有富天知晓，提婆吉醒后真的以为自己生了女儿，耶雪达也为自己生了儿子而高兴。计划成功后，生灵们慢慢醒了，清醒的刚沙迅速赶来，要像以前一样，杀死女婴。尽管提婆吉苦苦哀求不要杀她的女儿，刚沙还是没有心软。

刚沙要摔死女婴，摔落在地上的女婴却没有死去，而是显露真身飞向天空。刚沙心悸不已，唯恐睡眠女神动手杀他，女神却只是嘲笑他："刚沙，你的心比毒蛇还要狠！你连女婴都不放过，只为保全性命，却不知你悲惨的命运早已注定，当你死去时，我一定鼓掌庆祝！"之后，睡眠女神就隐身了。

刚沙先是感到震惊，马上又觉得高兴，提婆吉的第八胎就是个不会动手的女神，自己的性命保住了。在这个时候，他才起了一些愧疚之心，觉得对不起妹妹提婆吉。

刚沙来看望提婆吉，发现她满面泪痕，出言解释道："按理来说，我不该亲手杀死你的孩子，他们也是我的亲人，但有大仙告诉我，你的孩子将会夺去我的生命，我才不得不狠心地杀害了他们。在命运面前，我无力挣脱，不能让我的心软促成我的死亡。你不要再难过，我并不是毫无人性，故意害死你的孩子。我知道我的行为伤害了你，我愿意下跪赔罪，祈求你的原谅。"刚沙说完后，就面朝提婆吉，双膝跪地。

见到下跪的刚沙，被打动的提婆吉哭得更凶了，但她又不能让刚沙一直跪下去，只好用自己的慈悲包容了他的恶行，说自己原谅他了，已发生的事情是上天注定的，不能完全怪罪于他。

妹妹原谅了自己，刚沙才稍感宽慰。但他回宫之后，想起那罗陀说过提婆吉第八胎是儿子，隐隐感觉不对劲，不知道是那罗陀预言错了，还是事情出了纰漏。他陷入了沉思之中。

现在的情况是，罗希尼生下的儿子一直由牧民首领难陀抚养，难陀以为自己也有了儿子，家里就有两个男孩了。在当时，难陀身为牧民首领，要一年去马图拉缴一次税，富天趁机找到了他，说明了自己被刚沙压迫的事，说自己和罗希尼的儿子会一直住在他家里，请求他把这个孩子视若亲生，然后一起给两个男孩起名。善良的难陀答应了，说两个孩子以后就是亲兄弟，你不要太忧心了，总会有转运的那一天。

难陀踏上归程，路过布拉吉，发现这里牧草丰美，气候宜人，是良好的居住场所。当地的牧民也很欢迎外人定居，他便带着家人和族人迁居到这里，开始了新生活。难陀并不知道两个孩子都是富天之子，只当他们都是自己的孩子，仔细思索后，给大的孩子取名为桑伽尔申（即大力罗摩），给小的孩子取名为黑天（克里希纳）。

沙迦塔苏尔粉身碎骨

大神毗湿奴化身为黑天，成为了诃利氏族的后裔，并在成长过程中做了很多趣事。而觉得事有蹊跷的刚沙，在康达沃森林找到了那罗陀大仙，询问自己是否解决了灾祸，那罗陀说出了事情的真相，刚沙由此得知难陀的儿子黑天才是要杀死自己的人。之后，他就派出凶手去杀黑天。

在黑天还是婴孩时，就曾施展过威风。那是一个下午，耶雪达将黑天哄睡，按照惯例就把他放在阳光照射不到的牛车下，而后自己去亚穆纳河（也叫朱木拿河、耶牟那河）洗澡。她这天有些烦躁，隐隐感到有什么事要发生，就迅速洗完赶回家。映入她眼帘的是残破不堪的牛车，车身本是坚固的，不知为何变得四分五裂，仿佛经过了什么摧残一样。脑子一片空白的她本能地去找黑天，发现他仍在牛车下熟睡，赶紧把他紧紧搂在怀里，才感觉自己的三魂六魄归了位。耶雪达深感后怕，开始反省自己，责怪自己不该把黑天独自一人留在家里，万一黑天出个意外，丈夫的怒火是她所不能承担的。这时，难陀带着大力罗摩从外面回来了。难陀和妻子做出了同样的反应，对突然变得破烂的牛车感到惊讶，而后便追问妻子发生了什么。

耶雪达无言以对。难陀看到孩子正在耶雪达怀中吃奶，便知道孩子没有发生意外。

耶雪达就一五一十地说了自己做了什么、看到了什么，难陀反复确认黑天身上没有伤痕后，才说："那可真是奇怪啊，就算是成年的壮实男子，也无法在短时间内把牛车破坏成这个样子。还好黑天没有受伤，莫非牛车是自己坏的吗？"

夫妻二人探讨牛车破损的原因，一群孩子围了过来，告诉他们："我们之前在这里玩耍过一会儿，亲眼看到小弟弟自己抬了一下腿，就把牛车踢到了天上，牛车从那么高的地方掉下来，才变成了现在这个样子。"尽管孩子们说得煞有介事，难陀和耶雪达却不相信他们的话，脑子正常的人都知道，婴孩是没有什么力气的啊！

事实是，孩子们说的话的确是真的，不过他们说得不够全面。耶雪达出门后，刚沙派出的阿修罗沙迦塔苏尔，就钻入牛车车体中，打算对熟睡中的黑天下手。沙迦塔苏尔本以为这是件易如反掌的事，却没想到黑天发动神力，直接一脚把他和牛车踢上了天，夺去了他的性命。只不过，在普通孩童看来，黑天只是把牛车踢了起来。就这样，黑天轻松扼杀了刚沙的初次阴谋。

普塔娜殒命

黑天除掉沙迦塔苏尔后，由于刚沙没有及时制订出新的刺杀计划，所以黑天得以暂时无忧无虑地成长着。刚沙自然不甘心放任敌人长大，仔细思考后，想到黑天是用偷梁换柱的方法蒙混过关的，自己也可以这样做，用欺骗的手段杀死黑天。

刚沙既已打算暗杀黑天，就没有把这些事告诉外人。他召来自己的奶妈女妖普塔娜，拜托她帮自己除掉仇敌，还亲自定计，说："黑天现在还是个吃奶的孩子，一定抵抗不了奶妈您那香甜乳汁的诱惑，我们就用有毒的乳汁代替正常的乳汁，趁早毒死他。万万不能让他长大，有取我性命的机会。"女妖普塔娜当仁不让地答应了，并马上变作飞鸟出发了。

女妖普塔娜天赋异禀，常年分泌丰沛的奶水。她以鸟的形态潜藏在黑天家，因为她扇动翅膀时会发出恐怖的声音，她就施了魔法，屏蔽了自身发出的声音，使普通人类无法注意到她。黑天有所察觉，却并不在意，世上哪有什么阴谋诡计可以伤害他呢？女妖暗暗等待着，夜幕降临了，人们渐渐睡去。

女妖看着耶雪达在床上还未入睡，一直在搂着黑天，最后两人都睡熟了，耶雪达在睡梦中无意识地翻了个身，黑天便脱离了她的怀抱。机不可失，女妖迅速化作人形来到床边，假装自己是慈祥的母亲，一边搂抱着黑天，一边让黑天吸吮她的乳汁。刚沙料想得没错，黑天果真开始喝奶，这使女妖高兴极了，她等着黑天死于有毒的乳汁，然后回去复命。

奇怪的事情发生了，喝下了大量有毒乳汁的黑天安然无恙，还在吸吮乳汁，女妖却感到自己的乳汁开始枯竭了，被黑天吸走的是她的血气、精力和生命力。女妖害怕极了，想要挣脱开来，但却始终无法摆脱黑天。转眼之间，女妖变得苍老、衰竭，在黑天咬掉了她的乳房时，她丧失了全部的生命力，不由得惨叫起来，而后现出原形，倒地身亡。

普塔娜死了之后，她之前施的魔法也失效了，附近的人都被她的惨叫驱退了睡意，大家围过来看到底发生了什么。结果发现一个长相恐怖的女妖躺在地上，她身体壮实如牛，却已经死去。而黑天，正在一旁熟睡。

人们困惑极了，猜想这是个吃小孩的妖怪，不知道为什么死了，然后夸赞黑天福大命大，这种情况下还能一直睡着。

掩埋了女妖的尸体，难陀和耶雪达夫妇二人进行了严肃的讨论，最后只是猜到可能是刚沙派女妖来杀大力罗摩和黑天。而后，两人就更加小心地保护儿子们，生怕儿子们遭了刚沙的毒手。

失去奶妈的刚沙消沉了很久，给了黑天和大力罗摩安全长大的时间。

孪生树被毁

日子一天天地过去，大力罗摩和黑天一天天地长大。人们惊奇地发现，这两个孩子就像是孪生兄弟一样，外貌相似，性格相似，行为举止也没什么差异。大家都很关注这两个孩子，为他们的小把戏而开心不已，又拿他们的顽皮没有办法。牧民们甚至猜测，这两个生机勃发的孩子莫不是战神鸠摩罗的转世？只有难陀夫妇为孩子感到忧心，怕他们的顽皮会招来大祸。在耶雪达又一次被黑天捉弄时，生气的她用牢固的绳子把黑天绑了起来，拴在一个大石臼上，而石臼被卡在两棵孪生大树之间。"让你不听话，这下你可挣脱不了了吧！"看着黑天被绑牢了，满意的耶雪达终于可以放心了，她就外出忙自己的去了。黑天看她走了，开心地乱动起来，他不想毁坏绳子，就打算带着石臼到庭院外面玩。但两棵孪生大树牢牢地卡住了石臼，黑天用力拽动石臼时，几下就把孪生树拽倒了。黑天看树倒下了，自己可以随意移动了，觉得十分有趣。

这两棵孪生大树可不是普通的树，整个布拉吉的女性要是想要生下双生子，就会来向孪生大树祷告，而且也总是会应验。这下黑天使用神力，轻松就毁掉了大树，也算是闯祸了。不过，当有人看到被绑着的黑天站在被毁坏的大树旁边时，由于他平时总是给大家带来欢乐，大家并没有因此而生气，也没有责怪他，反而担心他有没有受伤。其中要数妇女们最为担心，她们赶快找到耶雪达，告知了这一切，同时埋怨她对黑天太过严厉，不该把他绑起来，然后催她快去看看黑天，解掉他身上的绳子。本以为会平安无事的耶雪达也慌了，急忙赶了过去。

迎接耶雪达的是倒在地上的孪生树和被绑着的黑天灿烂的笑脸。耶雪达不禁松了一口气，询问围观的人树为什么倒了。大家议论纷纷，却都给不出明确答案，没有人怀疑是黑天弄倒了大树，他们猜测是什么不可抗的神秘力量做了这件事。

难陀作为布拉吉人的头领，在知道这件事后也感到十分不解。怪事接连发生，还都与儿子黑天有关，他本想责怪儿子和妻子，看到黑天纯真的笑脸，又觉得不应该怪罪他们。或许，是布拉吉这个地方不太吉利？他一边猜测，一边疏散人群，让他们忙自己的事去，而后带着黑天回了家，告诉妻子下次不要用绳子绑着黑天。

这件事终究还是让黑天受到了一点惩戒，因为耶雪达用绳子绑得很紧，黑天腰上被勒出了几道印记。后来，大家就亲切地叫他"达牟达尔"，意为肚子上有印记。

迁徙沃伦达

日子平静地过去了，布拉吉人按照时令耕种、放牧，黑天两兄弟也无忧无虑地度过了七年，和普通的牧民孩子一样，穿上了特制的牧民服装，但他们穿得就是比别人好看。在此期间，他们经常到附近玩耍，天黑时就按时回家，白天就开心地嬉戏，大家对他们的喜爱有增无减，日益浓厚。

渐渐地，黑天有了一桩心事，他和哥哥商量道："布拉吉以前是个不错的居住地，但大家连年放牧，草越来越少，大树几乎也都没了。哥哥，我已经看好了，大家最好搬到不远处的沃伦达森林那儿，那里的环境，比布拉吉好很多。只不过，大家对布拉吉感情深厚，父亲也不会听我们两个孩子的建议，主动号召大家搬走。既然如此，我就得用点小手段，让布拉吉人自动提出搬迁。"

黑天施展神力，幻化出很多只凶狠的黑脸饿狼，然后命令它们去恐吓布拉吉人。群狼四散开来，到处伤人，还趁天黑叼走了不少小孩子。人们人心惶惶，终日躲在自己家里，唯恐出门碰到饿狼。但没过多久，饿狼就明目张胆地跳进房屋里，咬死牲畜，伤害人类，连成年男子都无法阻止它们的恶行。人们终于坚持不下去了，有了离开布拉吉的念头，他们一起向首领难陀提出搬迁的事。

大家商量后，觉得布拉吉生存环境越来越恶劣，是时候离开这里了。难陀在考察过沃伦达森林后，提出往那里搬迁，得到了大家的一致赞同。布拉吉人清点物品，携家带口地开始搬迁了。

当他们到达沃伦达森林后，发现这里有大量林木可供盖房，草木旺盛，水源充足，还紧邻藏有不少宝物的牛增山，不禁绽放出笑脸，一扫前些日子的颓唐。大家就在这里建设了自己美丽的家园，辛勤劳作，过上了幸福的生活。达到了目的的黑天觉得心满意足，丝毫没有泄露自己的手笔，人们在休息时让他和桑伽尔申表演节目，他们也都会献上精彩的演出，森林里就会响起阵阵笑声。

降服龙王迦梨耶

搬到沃伦达森林后，人们过得舒心极了。当耶雪达酿制酸奶时，桑伽尔申突发奇想，当着她的面单手举起了沉重的酸奶桶，耶雪达大吃一惊："呦，你力气可真够大的！"难陀也戏言道："桑伽尔申可以算是力之主宰了，我们以后就叫他大力罗摩好了。"于是，在以后的日子里，人们常常叫桑伽尔申为大力罗摩。

沃伦达森林的水源主要来自亚穆纳河流，大家总是从这条河里汲水用，孩子们更是在河边肆意玩耍。美中不足的是，龙王迦梨耶居住在河对岸的深潭里，喜欢钻出来以戏耍人们为乐，人们往往对他避而远之。有时当黑天与孩子们在河边玩时，迦梨耶又会突然出现，把孩子们吓得魂不守舍。黑天对迦梨耶的行为十分不满，说要到龙王的老巢里好好教训他，让他住到别的地方去。

孩子们认为黑天不过是在说大话，没想到黑天果真英勇地跳进了深潭。眼见深潭里溅起了水浪，有的孩子吓得腿都软了，就趴在地上观战，有的孩子还抱有理智，跌跌撞撞地去向大人报信。

龙王迦梨耶本来打算好好睡一觉，此刻被黑天打断睡意的他十分不满，五个头颅全都抬起，十只眼睛全部通红，要看清楚入侵者的面目。当他看到是一个男孩跳进深潭时，不禁张开他巨大的五个嘴巴，打算把这个不知天高地厚的小子吞吃掉。龙王迦梨耶以前不是这么暴虐的性子，只是他答应了刚沙会帮他杀死他的克星，所以他现在对小孩子是宁可错杀一百也不放过一个。

面对自己送上门的黑天，龙王浮上水面，用粗壮柔韧的身躯缠得黑天无法动弹，又用尖牙利齿撕咬黑天，看到这些的孩子们吓得魂儿都没了，根本没注意到尽管龙王的攻击十分猛烈，却没有伤到黑天一丝一毫。

就在这时，收到消息的难陀带着大力罗摩和牧民们赶到了潭边，在他们眼中，黑天是救不回来了，说不定马上就要被勒死。喜爱黑天的牧民们哭成一片，平日里严厉的难陀也流下了眼泪。唯独大力罗摩知道黑天不会有事，大声提醒黑天："弟弟，不要再磨蹭了，快点制服龙王！大家都把你当作喜爱的后辈，你再不行动，恐怕他们的眼泪都要流干了，快用行动安慰人们啊！"

黑天当即做出了反应，先是挣脱了龙王的束缚，又对龙王拳打脚踢，最后将身体变沉重，在龙王头部跳来跳去。龙王迦梨耶喷涌出大量鲜血，终于明白过来自己招惹的是什么人物，他开口求饶："是刚沙让我帮他杀掉名叫黑天的小孩，我并不知道您的真实身份是高高在上的毗湿奴大神啊，我真心央求您放过我，我将洗心革面，再也不做坏事，放过我吧。我可以马上搬走，还您一片清净，还求求您给我指定一个去处吧。"

毗湿奴从不杀害向他请求庇护的对手，他耐心地说："我可以放你一条生路，但从此之后，你和你的家人，以及你的后裔，只能居住在大海里，不得在此出现。我的坐骑鸟王迦楼那把守在通往大海的路上，只要你向它出示你头顶上那属于我的脚印，它就不会为难你，你的家人也不会受到威胁。"

迦梨耶感谢黑天之后，就召集家人准备出发了，黑天完好无损地回到了河边。

普通人是看不出神的举动的，所以牧民们并不知道是黑天制服了龙王，只当他是撞上了好运，捡回来了一条命。难陀将黑天带回家后，大声责怪他："你什么时候能改掉这顽皮的性格？别的孩子都知道逃跑，怎么你就傻傻地跳进深潭里？迦梨耶有多凶狠你母亲没有告诉过你吗？从今以后，你要远离那个深潭，免得迦梨耶再找你算账。"难陀绝对想不到，迦梨耶已经离开，去了大海。唯有大力罗摩和黑天知道真相，他们听着父亲的训话，默契地笑了。

尽管在黑天身上总是发生怪事，也丝毫不影响大家对他和大力罗摩的喜爱，甚至有人觉得他们福气大、灵气足，应该多接触接触。兄弟俩就继续在沃伦达森林快乐地生活着，有时还会帮父母放牛。

逮奴迦丧生

黑天兄弟慢慢担起了放牛的活儿，去放牛的地方也越来越远，直到他们来到了牛增山。这里的野草长势喜人，牛群吃得不亦乐乎，黑天身处这优美的环境中，拿出牧笛开始吹奏。笛声悠悠，独有韵律，山间草木随之起舞，牛增山一片和谐之景。

吹累了的黑天想要吃点野果，他和大力罗摩闭上眼睛，用鼻子分辨着野果的香味，随之来到了果实累累的藤萝树前。他们睁开眼睛，看到树上的藤萝果新鲜饱满，形如象鼻，即使是跟神仙果比起来，也不差多少。

黑天打量着这些果实，问大力罗摩道："哥哥，这些藤萝果看起来味道不错，不知道是否真的好吃？"

罗摩看透了弟弟的心思，说："藤萝果味道很甜，你想吃就摘吧。"

黑天和大力罗摩动起手来，一起摇晃藤萝树，动静很大，成熟了的藤萝果噼里啪啦地掉下来了不少，声音传出去很远。

黑天不知道，这藤萝树一直被森林里的一个驴面妖魔独占着。这个妖魔名叫逮奴迦，它先是用武力打败了其他妖魔、鸟兽等生灵，宣布藤萝树归它所有了，然后就借助藤萝果的力量，增强了自己的武力。这样一来，原来就不是它对手的其他生灵哪怕对藤萝果再垂涎三尺，也不敢偷摘一颗藤萝果。

藤萝果砸在地上的声音惊醒了在山洞中休息的妖魔逮奴迦，它愤怒起来，打算把偷果子的人好好教训一顿。当它看到散落一地的藤萝果时，心疼得要死，立刻进入战斗状态，发出野兽那样的嘶吼，立马冲向正蹲在地上捡果子的大力罗摩，想要一口吞掉他。

大力罗摩知道逮奴迦扑了过来，却毫不在意，任凭它对自己咬个不停，反正普通妖魔又不能伤害到自己。当逮奴迦用腿踢大力罗摩时，不耐烦了的大力罗摩双手抓住它的两脚，像挥动衣衫那样轻巧地挥动了它，用力摔到藤萝树上。大力罗摩毫不费力地做了这个动作，逮奴迦却直接死了，倒在它心爱的藤萝树下。这时候，一伙逮奴迦的妖魔手下一起冲过来为逮奴迦报仇，大力罗摩三下五除二地就送它们和逮奴迦团聚去了。

在哥哥铲除妖魔时，黑天一直抱着藤萝果等哥哥。看到哥哥赢了，黑天和哥哥一起吃了这胜利的果实，而后就赶着牛群回家了。

没过几天，耶雪达为两个孩子缝制了新的牧童服装，黑天选了黄色的衣服，大力罗摩要了蓝色的衣服，他俩换上新衣高兴地出门玩耍去了。人们夸赞他们和衣服很相称，戴上凤羽冠后，显得灵气逼人，更加引人注目了。看着儿子们快活的样子，难陀夫妇欣慰极了。

波罗兰钵之死

蛰伏了很久的刚沙又要出手了，他进行了无数次思考，命运注定黑天要杀死他，那他也要反抗命运，改写规则！他派出了精通变化之道的恶刹波罗兰钵，要求他见机行事，随意变化，然后杀死黑天。波罗兰钵领命而去。

当波罗兰钵找到黑天时，黑天正与大力罗摩一起带着一群牧童在牛增山放牛。这些牧童都穿着样式统一的牧童衣服，波罗兰钵就变成差不多的样子，假装自己也是一个牧童，借机接近黑天。波罗兰钵不敢贸然下手，就一边和其他人打闹，一边观察黑天实力如何，然后发现黑天力气很大，不易制服。他只好打算先杀掉大力罗摩。

牧童们开始做游戏，两人一组，互相攻击，看谁能战胜谁，赢了的人可以骑在对方的肩上，让对方驮着自己奔跑。波罗兰钵和大力罗摩交手时，输给了大力罗摩，只好驮着他跑。其他人就在旁边围观。

波罗兰钵故意跑得很快，想要找机会杀害大力罗摩，他先是露出自己本来的恐怖面目，壮硕的肉体撑裂了身上的衣服，五官狰狞得像是从地狱里来的恶鬼，一步一个深坑。

周围的牧童被波罗兰钵吓得不知所措，没有觉醒的大力罗摩也恍恍惚惚地向黑天求助："弟弟，快帮帮我！"

黑天点醒他说："哥哥，毗湿奴大神将自己分成两半，一半是你，一半是我，我们身上都蕴藏着无穷神力。你怎么会害怕这种小小的妖魔呢，释放出你的力量，赶快杀掉这个小喽啰吧！"

听了黑天的话，大力罗摩猛然惊醒，自然而然地运用起神力，朝着波罗兰钵轻轻打了一掌，就把他的脑袋打碎了，大力罗摩又踢了他一下，波罗兰钵就彻底告别了人世。

牧童们看不清楚这一切，只看到妖怪突然掉在了地上。黑天和大力罗摩安慰了他们，招呼他们离开了。

两个月之后，黑天看到族人们都变得忙碌起来，把自家的粮食、牛奶等劳动成果都拿了出来，还搭起了祭祀的台子。黑天有些不解，在得知布拉吉人是在筹办因陀罗祭典后，便问为什么要祭祀因陀罗。大人们说："因陀罗掌管大批云彩和天神，他心情好，就会让天神们行云布雨，我们就能有一个好年成，否则就会颗粒无收，食不果腹，因此要举行典礼，让他看到我们的诚意。"

黑天认真思考后，提出了不同意见："我们是游牧民族，最大的生活来源是吃草的奶牛，虽然也种庄稼，但面积很小。最重要的是，我们从山上伐树搭建房屋，牛也到山上吃草，山上的百鸟还为我们吞食田地里的害虫，我们是依靠附近的牛增山生活的，就是要祭祀，也应该祭祀一直保护我们的牛增山才对。"

黑天说得诚恳，众人也觉得他说得有理，便决定举行山祭，放弃了祭祀因陀罗的传统。众人拿出极大的热情准备山祭，毫不吝啬，用丰富多样、数量庞大的祭品表达对牛增山的感激之意。

牛增山虽是众山之王，此前却没有人类专门为它举办过祭典。得知布拉吉人要进行山祭，它又高兴又激动，莫名地自豪起来。而当它真正接受了祭典，目睹了人们虔诚的面容和众多的祭品，深深地感受到了被崇拜的美妙滋味后，它决意以后也要认真庇佑布拉吉人，并记下了黑天对自己的提携之意。

黑天力擎牛增山

天帝因陀罗历来都是高高在上的，享受下属万民供奉，这个习俗从未被打破。如今，布拉吉人竟敢在黑天的劝说下换了祭祀的对象，不由得让天帝恼怒起来，同时对黑天有所不满。

因陀罗决意教训不祭祀自己的布拉吉人。他召集主管降雨的乌云、雷霆和闪电，开门见山地说："你们跟了我这么多年，应该明白布拉吉人的行为让我很生气。以往他们交纳供奉，我们行云布雨，各取所需，皆大欢喜。现在他们乱了规矩，我们就去给他们点颜色瞧瞧，省得他们目中无人，小瞧了我这个天帝。"

众乌云听了因陀罗的话后，便和雷霆、闪电一起迫不及待地出发了，打算降下暴雨，响起天雷，毁灭布拉吉人的财富，好好教训他们一番。

当众乌云及雷霆、闪电到达沃伦达森林上空时，原本晴空万里的天空瞬间呈现出黑云压城城欲摧的景象，便是历经风雨饱经沧桑的布拉吉族的老人们也感到了不安。片刻之后，暴风雨就来了，狂风卷起地上的物品，暴雨淹没了低矮的地方，一片电闪雷鸣，小孩子们惶恐地大叫，大人们也顾东不顾西，搂着自家孩子，眼睁睁地看着奶牛们消失不见。场面极度混乱，唯独黑天和大力罗摩保持着镇定。黑天让大力罗摩留下照顾族人，自己去和牛增山商讨应对之策。牛增山底部也被暴雨淹没了一点，黑天发挥神通，将牛增山从大地上拔了起来，用右手食指支撑着大山。黑天又命令牛增山极力扩大自己的身躯，并制造出数千个山洞，供布拉吉人躲雨、居住。

大力罗摩安抚好了族人，并让他们带着生活必需品前往牛增山。牧民们没有更好的办法，只好照做，心里却在想，是不是得罪了天帝因陀罗，才招来这么一场灾祸。

增大了几百倍的牛增山出现在布拉吉人眼前,让他们既大吃一惊,又感到狂喜,纷纷进入宽阔的山洞,再也不必遭受风吹雨打、电闪雷鸣的痛苦打击。人们在山洞里看到整个沃伦达森林都被淹了,不禁庆幸还好有牛增山可以庇护他们。乌云们接着降雨,但水面一上升,黑天就抬高食指,使被他擎着的牛增山始终远离洪水,安然无恙。

众乌云往返于大海和牛增山之间,不停地取海水过来,然后降下。在它们忙碌了很久之后,好心的大海提醒道:"你们不要再做无用功了!大神毗湿奴是我的祖父,他在牛增山那里庇护人们,哪怕是将所有的海水都运过去,他也不会受到丝毫伤害啊。"

精疲力竭的众乌云听了这番话后便去向因陀罗复命。因陀罗这才明白,为什么暴雨连降七天,仍然没有收到预期的效果。因陀罗让众乌云下去休息,打算自己去看看到底是什么情况。

云收雨歇,日光重新普照大地。牧民们向牛增山表达了谢意,重返沃伦达森林,重建家园。大神黑天放下一直用手擎着的牛增山,恢复了它的本来样貌,人们更觉得神奇了,打定主意,以后接着祭祀牛增山。

难陀看黑天竟然可以把山拔起来,又自豪又疑惑。

众牛之主"戈温德"

听说大神毗湿奴在人间投生,大神因陀罗迫不及待地前去拜见。预知因陀罗要来的黑天特意避开众人,在人迹罕至的地方静静等待。因陀罗看到了衣着普通、面相睿智的黑天,感觉此子不凡,便使用神力查看黑天的本体,窥见了大神毗湿奴的真容。因陀罗肃然起敬,想起自己之前错误的行为,急忙向黑天道歉:"布拉吉人和牛增山何其有幸,可以得到大神您的庇护。还请您原谅我,是我有眼不识泰山,竟然冒犯了您。为了弥补我的过错,我情愿用我随身携带的圣水来增加您的荣誉,我是掌管一众天神的天帝,现在我心甘情愿以您为尊,让您当众牛之主。还请您不要推辞!"因陀罗表明自己的诚意后,就用天河圣水向黑天洒去,黑天成了名副其实的众牛之主"戈温德"。感知到这些的众天神齐声欢呼,天空有花雨降落,庆贺盛世。有灵性的生灵们也因此翩翩起舞。

因陀罗又说:"我虽然参加了拯救大地女神的事情,却不知道您在人间投胎成了黑天,才有了之前的误会。您身上担子很重,大梵天交代说您要速战速决,解决刚沙、凯尸、阿克鲁尔和阿利施德等一众仇敌。您还要亲自管理国家,保证政权稳固。"黑天颔首答应。因陀罗又说起一桩私事:"黑天,我曾与您的姑姑贡蒂有过肌肤之亲,后来生了一个名叫阿周那的儿子,我不能亲自在人间照顾他,还请你护他周全,让他没有性命之忧。如果可以的话,请您当他的朋友、助手和庇护者,让他成为世界上箭术最强的人,完成他的梦想。"

见因陀罗如此与自己推心置腹,黑天满口答应:"因陀罗,你就放心吧,我答应你。我姑姑嫁给般度之后,般度被诅咒,不能行房事。我姑姑贡蒂召来正法之神达摩,生子坚战;又与风神伐由生子怖军;与你生子阿周那。般度的另一个妻子玛德利只召唤过一次黎明之神双马童,生下双胞胎,取名无种、偕天。这样一来,般度就有了五个儿子,世称'般度五子'。现在政局复杂,持国百子早晚会和般度五子对上,但我将会无条件地帮助般度五子,尤其是阿周那,保证他在战争中不受伤害,得以步入天堂。"

得到了大神黑天的亲口承诺,因陀罗再没有什么不放心的,高兴地回去了。大神黑天又变成了天真烂漫的小牧童,去和小伙伴们做起了游戏。若是有人看到了他那调皮的样子,任谁都不会把他和高高在上的大神毗湿奴联系起来吧。

铲除阿利施德

每天太阳落山的时候,就是黑天和小伙伴们的游戏时光。这天,当他们正玩得开心的时候,一个外表看起来像发了疯的公牛一样的恶魔从远处奔来。它全身闪耀着邪恶的黑色，四肢强壮有力，头上的角就像是锋利的刀刃，一路奔来，一路毁坏着族人们的房屋，还把牛群赶得四处乱跑，有些牛还被它伤到了。

黑天想，这凶恶的恶魔估计又是刚沙派来的，实在可恶，竟然毁坏牧民们的财产。黑天挺身而出，拦住了怪物。

怪物叫阿利施德，受刚沙之命来杀害黑天，来之前刚沙和它讲过黑天的厉害，所以它丝毫不敢小瞧黑天，一出招就用尽全力。它看上了黑天那柔软的肚皮，想用头上的角划破黑天的肚子，将他开膛破肚。黑天毫不畏惧，直接出手卸掉了怪物的角，并以其人之道还治其人之身，抢先下手用怪物的角在怪物的肚子上划出一道长长的、深深的伤口。怪物大量失血，轰然倒地，不甘心地闭上了眼睛。

死去的怪物不能再作恶了，这让围观的人感到兴奋，齐齐夸黑天真是好样的，像神仙一样除掉了恶魔。黑天只是挠着头发，嘿嘿地笑着。

事情都已经结束了，接到消息的难陀才到了现场，他听别人说小儿子和一个妖怪打了起来，满头是汗地跑来了。当他看到黑天身上的血迹后，不禁大吃一惊，弄清楚血迹是妖魔的血后，才又好笑又生气地教训："你这个机灵鬼啊，又在出什么风头！"

"父亲，这次可不怪我，是这个怪物先攻击牛群的，它还向我跑来，结果我站得好好的，它自己不知道怎么回事就死了。可能是羞愧地自杀了吧，嘻嘻。"

难陀才不相信黑天的胡言乱语呢，他打算把黑天带回家，好好审问他。

妖魔阿利施德一去不回，让刚沙更加烦忧。他想，自己派出了那么多杀手，都没有除掉自己的克星，看来，必须要亲自出手了。他想找个方法把黑天和大力罗摩骗过来一同杀掉，这样的话就必须跟自己的支持者们说清楚，黑天的存在是如何威胁自己生命安全的。

在一个深夜，刚沙召集来了自己的亲人和大臣们，不再遮遮掩掩，把事情从头讲起，将所有秘密公之于众。人们感觉到了事情的复杂和棘手，似懂非懂地听着。只有富天心如明镜，并深深地为自己两个儿子的命运感到担忧。

刚沙不管大臣们听懂了多少，继续说着自己的担忧，痛斥了富天，说他是吃里爬外的东西；又命令阿迦鲁尔去布拉吉人的居住地，催难陀来马图拉缴纳赋税，并让黑天和大力罗摩来参加神弓祭；还威胁阿迦鲁尔道，要是他不能把黑天他们骗来就说明他是偏袒黑天的，自己一定不会饶了他。没想到阿迦鲁尔的确崇拜黑天，他掩饰着自己的欣喜，低头领命，第二天就出发了。

诛凯尸

多疑的刚沙唯恐阿迦鲁尔不能把黑天骗来，他做了另一手准备，即派出了大力士凯尸。刚沙对敢收留大力罗摩和黑天的布拉吉人丝毫没有好感，让凯尸去刁难牧民们，看他们会不会把黑天兄弟二人赶走。最重要的是，凯尸要尽力除去黑天和大力罗摩。恶魔凯尸向来对刚沙忠心耿耿，立即就动身了，一路行走飞快，比先出发的阿迦鲁尔更早到达了沃伦达森林。

恶魔凯尸将自己的身体变得如山般高大，它一脚踩下去就毁坏了不少房子，挥挥手就打伤了一片奶牛，它还存了戏弄之心，不停地捉弄牧民们，让他们无法逃走。小孩子啼哭起来，妇女们惊慌地尖叫，男人们也愁眉不展。还好黑天及时赶来了，以漫不经心的态度看着恶魔凯尸，表达自己的不屑。

恶魔凯尸自大惯了，它喜欢露出凶恶的面目，引起人们的尖叫和恐惧，这会让它心情愉悦。因此，黑天那漫不经心的态度瞬间就激怒了它，它看着不过是普通牧童模样的黑天，发动了攻势，打算让黑天一命呜呼。

恶魔凯尸想要速战速决，准备了一连串的动作：先是踢黑天的肚子；又欺身上前，挥舞着前蹄，打向黑天的脑袋；接着就露出锋利的牙齿，想要把黑天的身躯咬成碎片，宣泄自己心头的怒火。

恶魔凯尸本就貌丑，普通人看它一眼晚上就会做噩梦。现在它露出穷凶极恶的样子，围观的牧民不禁都闭上了眼睛，为黑天祈祷。

看着恶魔张开了它的恐怖的大嘴，黑天不退反进，主动把手塞进了恶魔的嘴里。恶魔连忙咬了下去，却没有收到预想的效果，反而把自己的牙齿崩落了，嘴里流出大量鲜血，这一切都是因为黑天施法把自己的手变成了刀枪不入的铁爪。黑天开始了反攻，两手用力，撕裂了恶魔的嘴巴，再一用力，恶魔的整个头部都变成了两半。恶魔凯尸只觉得剧痛袭来，自己的意识越来越模糊，它再也无法做出任何动作，只是不自主地倒向地面，在地上砸出了一个大坑。

先前不可一世的恶魔转瞬之间就一命呜呼，围观的人们欢呼雀跃，互相击掌，心里高兴极了。他们将黑天围了起来，表达了对黑天的崇敬之意，夸他是天神派来的布拉吉人的保护神，黑天只是微笑不语。难陀急忙呼唤大家修整房屋，找回自家的奶牛。

这件风波渐渐平息下来之后，阿迦鲁尔才赶到了沃伦达森林。他表现出友善的样子，礼貌地询问大力罗摩、黑天和难陀的住处及事迹。得知黑天刚杀死了恶魔凯尸之后，他一边在心里暗骂刚沙卑鄙无耻，一边怀着炽热的崇敬之情去找黑天等人。

阿迦鲁尔的到来

阿迦鲁尔刚走进难陀家的房屋，就不由自主地被院子里的黑天吸引了所有的注意力。黑天周围环绕着一群小牛，却挡不住他那过人的非凡气质。单看黑天的穿着打扮，和普通孩子没什么两样，但他那雄壮的体格、发亮的皮肤、神采奕奕的样子表明他异于常人。阿迦鲁尔心想，这就是在三界之中名声响亮的大神毗湿奴，这就是受无数人敬仰的大神……阿迦鲁尔看着黑天的面容，不知不觉地就呆住了，黑天见状，朝他露出一个祝福的微笑，阿迦鲁尔立刻转醒了，感到那微笑仿若一束阳光洒在了自己的身上，让自己的心里也充满了温暖。这时难陀出来迎接他，双方施礼之后，就进屋谈起了正事。

大力罗摩玩耍回来了，和黑天一起去见客人。阿迦鲁尔觉得大力罗摩也充满灵气，肯定也不是凡人。

阿迦鲁尔开口道："国王刚沙要求大家去马图拉缴纳赋税，而后参加神弓祭典礼，所有人最好都去，尤其是黑天和大力罗摩，国王还为你们安排了摔跤比赛呢。除此之外，就是富天非常想念你们，他一直过得很痛苦，他的妻子们也想见见可爱的孩子们。你们不会推辞吧？不要犹豫了，出去通知一下大家，让大家备好礼物，最好明天就出发。"

不等难陀做出反应，黑天立马代替父亲同意了阿迦鲁尔的主意，难陀思考之后也同意了。之后，难陀外出通知牧民们这件大事，牧民们辛苦劳作了一年，得知可以去马图拉城游玩，别提有多高兴了，立刻回家准备随行物品。

另一边，阿迦鲁尔把刚沙的真实意图告诉了大力罗摩和黑天，兄弟二人表示自己一点儿都不害怕，让阿迦鲁尔尽管放心就是。三个人度过了一个愉快的夜晚，阿迦鲁尔看大神黑天一言一行中都透着善意，更加崇拜他了。

月亮渐渐隐去身形，旭日东升，鸟儿清脆的嗓音叫醒了布拉吉人。人们吃过丰盛的早饭，天色大亮，就纷纷把自家的礼物装在牛车上，整装待发。过了一会儿，所有人都集结完毕，他们就出发了。

布拉吉人人数不少，组成了长长的车队，规律地前进着。阿迦鲁尔、难陀、大力罗摩和黑天坐在队伍的第一辆车上，为大家领路。人们一边赶路一边唱歌，风把他们欢快的歌声传出去很远。

路经亚穆纳河时，阿迦鲁尔停止了前进。他解释道："天气闷热，我想借河水清凉一下，你们在原地等我就是，千万不要跑散了，大家都歇歇脚吧。"

难陀命令车队停止前进，让人们原地休息，等着阿迦鲁尔从河里回来后，大家再一起走。

阿迦鲁尔神游水府

阿迦鲁尔说自己要去河里洗澡，大神黑天听后就神秘地看了他一眼，还带着同样神秘的微笑。阿迦鲁尔却没有追问大神将要发生什么，只是径直走向河边，对亚穆纳河进行祈祷后，就一个猛子跳进了河里。

奇怪的事发生了，展现在阿迦鲁尔眼前的并不是亚穆纳河的河底风光，既不见游鱼，也没有水草。他看见了一座光彩照人的水府！至尊大神端坐在水府中间的宝座上，他的一千个头颅向莲花花瓣一样漂浮在宝座四周，只有一个头颅挨着地面，支撑着大神的身躯。细细看去，大神的眼睛纯洁无瑕，又庄严圣洁。大神身材修长，肌肤洁白，仿若一朵圣洁的莲花。而大神身上穿着华丽的蓝色衣裳，衣裳配饰又极尽奢华，用红色的檀香涂抹身体，金色的莲花花环垂落在胸前，头上的王冠也闪耀着金色的光辉。

身为龙族之王的婆苏吉跪拜在至尊大神的脚下，向来养尊处优的大蛇刚巴尔和阿什瓦哈尔两兄弟，这会儿也站在大神身后，亲自摇动着拂尘。更不用说，其他的侍从是如何唯唯诺诺对待至尊大神的了。他们一起献上了装有莲花和海水的金钵，齐声祝贺至尊大神的加冕礼取得成功。

阿迦鲁尔注意到，只有一个男人从始至终一言不发，只是端坐在至尊大神身旁。让人奇怪的是，这个男人外表酷似黑天，可黑天明明在外面等候。疑惑不解的阿迦鲁尔想要求证这些问题，却发现自己一个字都说不出来，他只好先出了河水，看看黑天到底在不在外面。当他看到黑天的确在外等候自己时，他又疑惑地投进了河水，结果，水府依旧，至尊大神依旧，酷似黑天的人也还在那里。

阿迦鲁尔放弃了探究，心想：大神神力非凡，非自己这种凡人能够弄明白的。这时，黑天打趣他说："你不是去洗澡了吗，怎么好像看到了天上的仙女一样高兴？有什么事让你迷惑吗？"

阿迦鲁尔回过神来："我遇到的事比仙女神奇多了，不过我却不想说出来，就把它深深藏在我的心里吧。大家歇息好了吧？我们走快一点儿，这样就能在天黑之前到达目的地了。"

接下来，一行人加快了赶路的速度，太阳还没落山，他们就到了马图拉。

巨弓被毁

黑天和大力罗摩本来应该去看望他们的亲生父亲富天的，但富天已经是骨瘦如柴了，孩子们贸然前往，恐怕会加速他的死亡。因此，阿迦鲁尔让兄弟两人住进自己家，孩子们说想先去城里玩玩儿，阿迦鲁尔也允许了。

第四章 黑天的故事

两个孩子好奇地走进了街市，碰到了专为达官贵人清洗衣物的洗衣人，那些洗好的衣裳花纹和图案都富有新意，衣料看起来十分漂亮。兄弟二人看了之后觉得有点儿喜欢，就礼貌地向洗衣人询问能否给他们两套衣服。没想到洗衣人不答应就算了，还出言不逊，说兄弟二人一看就是出身贫穷的乡下小子，见了好衣服就走不动路，又说这些衣服只有国王才配穿，乡巴佬快点走开，别在这里丢人现眼。这番话激怒了黑天，他扇了洗衣人一巴掌，洗衣人立即晕倒了，他的妻子立马报告刚沙去了。兄弟二人不以为意，随意拿了喜欢的衣服换上，接着逛街去了。

弟兄俩遇到了专为国王做花环的花匠，黑天又看上了那美丽的花环，花匠就给了他们两个花环。黑天用神力祝福花匠财源广进，后来果然应验了。

兄弟二人又遇到了一个拿着檀香膏的美丽姑娘，只是她的驼背使她的魅力大大降低。这个姑娘看到了仿若天神的黑天和大力罗摩，立即停住了脚步，问他们喜不喜欢自己拿的预备献给国王刚沙的檀香膏。黑天说喜欢，姑娘就欢欢喜喜地把所有的檀香膏送给了他们，黑天涂抹之后，只觉得满是芳香。他很欣赏姑娘的坦率和天真，用神力消除了姑娘的驼背，这样一来，姑娘就变得身姿挺拔，婀娜多姿。姑娘兴奋极了，表示自己愿意做黑天的奴仆，黑天只是祝贺了她，接着和哥哥一起走向了王宫。

到达王宫的两人想要看看刚沙的神弓，就询问看门人哪一张弓是要参加祭典的弓。看门人看他们衣着华贵，打扮不俗，又是身量未足的半大小子，误以为他们只是来做客的哪个贵族的孩子，不想得罪他们，就指了指那把神弓。

神弓的弓背看起来就像是一根粗大的柱子，放在那里供人瞻仰，传说连天帝因陀罗都不能完全拉开这张巨弓。这也是让看门人放心的地方，区区两个孩子，能对神弓做什么呢，顶多也就是看一看、摸一摸吧。不曾想，在大神黑天眼里，这张弓只能算作一个比较大的玩具。黑天本来想试着拉一下弓的，没想到自己的力气太大，很轻易地就把弓完全拉开了，他又试着拨动了一下弓弦，"轰"的一声巨响，神弓变成了两半。由于神弓被折断时发出的声音太大，天地都为之一震，街上的建筑都晃了起来，看门人直接被震晕了。黑天没想到自己会把神弓给折断了，他怕有人来追究自己的责任，赶紧离开了宫殿，和哥哥一起逃跑了。这就是大神流露出来的孩子气的一面。和难陀会合之后，黑天依旧不安，装作困倦的样子去睡觉了，并没有说自己都做了什么事。

悠悠转醒的看门人生怕刚沙会杀了自己，急忙去向刚沙告状："我伟大的国王啊，您知道我做事一向都是尽职尽责的，神弓被折断并不是我的错，都怪那两个孩子要看神弓,我就让他们进来了。谁知道其中一个孩子会折断了神弓?更可恨的是,他们还无耻地逃跑了!"

刚沙知道杀掉看门人也于事无补,挥手让他退下了。然后一个人瘫在座位上,想着自己那悲惨的宿命。

古巴尔亚比尔毙命

刚沙仍想与命运搏斗,他已经接到了洗衣人妻子的哭诉,并让人调查清楚,的确有两个孩子穿走了他的衣服、戴上了他的花环、涂抹了他的香膏。现在,他们又毁坏了他的神弓!刚沙连夜召来赶象人,给他看了绘有大力罗摩和黑天的画卷,命令他在明天的摔跤比赛上,一定要找机会让力大无穷的大象古巴尔亚比尔杀死这两个人。赶象人领命而去。

太阳刚刚升起,热情的民众就来到了摔跤场。不管刚沙内心如何煎熬,他的子民们还是把这里装点一新,装扮得格外热闹。刚沙的王妃们打扮得花枝招展,坐在看台上看着英勇强壮的摔跤手们,猜测他们谁能获得最后的胜利。刚沙确定了大象古巴尔亚比尔把守着角逐场的大门后,才缓步走向看台上属于国王的宝座。

向往力量和荣誉的大力罗摩和黑天无论如何也不愿错过摔跤比赛,他们夹杂在人流中间,想通过角逐场的大门进入场地。赶象人一看见他们,就驱赶着大象古巴尔亚比尔赶了过来,拦住了兄弟二人。

黑天明白这肯定又是刚沙在背后使坏,就主动发起了对大象的挑战,大象仰天大吼,想用声音震破黑天的耳膜,黑天就发出了更大的吼声,向大象出招。黑天先是仗着自己身形小的优势,钻到了大象的两条前腿之间,然后抓住了长长的象鼻,想要把象鼻扯断。在发现象鼻柔韧度太强之后,黑天又开始大力拉拽大象的耳朵,还不断用脚踢大象难以移动的脚。

身形庞大的大象无法再耀武扬威了,大神黑天接二连三地打击,让它感觉痛苦难挨,凄楚地叫了起来。但黑天是不会放过想要杀死自己的敌人的,大象的惨叫也只是让他加快了进攻的速度,以免给围观的人留下心理阴影。没有了力气的大象瘫倒在地,黑天就顺势拔出了大象那两个锋利如匕首的象牙,插进了大象的脑袋。大象已经奄奄一息了,旁观的大力罗摩不想让大象的鲜血破坏节日气氛,揪着大象的尾巴把它扔到了远处,大象便彻底被摔死了。接着,黑天又找到了正在瑟瑟发抖的赶象人,一出手就把他打死了。

这时,刚沙派来了不少士兵拦在大门外,黑天和大力罗摩两人干脆出手拆毁了角斗场的拱形大门,直接闯进了角逐场。

兄弟二人的壮举都被观众看在眼里,他们送上了阵阵掌声,为这两个少年加油打气。只有刚沙的心情沉重不已,他看着这两个年轻的孩子,仿佛看到了两个地狱的使者。自己的子民也为两个孩子鼓掌,这让刚沙觉得,自己的国王好像是快做到头了。

刚沙的末日

站在角逐场上的黑天和大力罗摩,一人拿着一个象牙,上面犹带着大象的鲜血。他们任凭风吹动他们的衣衫,任凭人们的掌声像潮水般将他们包围,脸上并没有得意的神色。

刚沙的脸上写满了不高兴,他还不死心,想要让自己手下的大力士杀死两个牧童,因此他高声宣布道:命着黄衣者(黑天)与力士恰努尔较量,着蓝衣者(大力罗摩)与力士牟尸迪迦较量。双方仅仅可以用臂力相对抗。

因为恰努尔和牟尸迪迦是早已成名的摔跤手,大家都认识他们,不禁对刚沙的命令产生了质疑:怎么可以让两个少年与正值壮年的猛士较量?要知道,摔跤比赛的一大原则就是公正公平,即交手的双方是同一年龄段、同一体格的选手。现如今,以年少对壮年,未免也太不公平了吧!场上的牧民连忙劝黑天和大力罗摩不要应战,刚沙却在交代恰努尔和牟尸迪迦,无论如何都要杀死对手。

难陀代表牧民们向刚沙提出了抗议,其他人也认为国王的确做得不对,黑天却不以为意地表示:"有志不在年高!我接受国王的命令,自愿与恰努尔比试,且只使用臂力。"

黑天的豪言壮语点燃了现场的气氛,只有关心他的人还在担忧他的命运,暗中祈祷黑天不要受伤,最好能战胜对手。比赛开始后,黑天漫不经心地戏弄着恰努尔,打算让他好好出出丑,观众们也被逗得乐不可支。只有恰努尔明白,黑天虽然没有使出多少本事,自己就已经疲于应对了。密切关注战况的刚沙急忙宣布中场休息,好让恰努尔休息休息,恢复体力。

一直在天上观战的众天神却不乐意了,北斗七仙告诉大神黑天不要忘了他的使命,要尽快消除实际上是恶魔之身的恰努尔。因此,比赛再度开始之后,黑天变得认真起来,一出手就夺走了恰努尔的全部力量,而后用手臂将他击倒在地,用肘部猛击他的头颅。恰努尔的身躯抽动了几下,就完全停止了呼吸。场上顿时响起了雷鸣般的掌声。

恶魔窦沙尔不服气地上场了,向黑天发起挑战。黑天懒得再摆花架式,直接拎起了对手的双脚,把他像一块破布那样在空中抡来抡去,转够了之后就把他摔了出去,窦沙尔立即吐血身亡了。

大力罗摩那边也没有什么悬念,尽管大力罗摩比较善良,却也知道不该对敌人仁慈,最终还是出手杀死了牟尸迪迦。恰努尔、窦沙尔和牟尸迪迦接连丧命,再没有人敢来挑战黑天兄弟,胆小的摔跤手甚至躲了起来,以免国王命令自己上场。牧民们为大力罗摩和黑天感到骄傲和自豪,同时有点儿担心刚沙会发怒。第一次看见长大了的儿子们的富天,则是流下了幸福的眼泪,恨不得让所有人知道这两个英武的少年是自己的儿子。

观战的女性们一方面被角斗场上血腥的场面吓得惊叫连连,另一方面却不由自主地臣服于强者,对两个少年赞不绝口,连矜持的王妃们也用敬佩的目光看向黑天和大力罗摩。

刚沙再也没有施展阴谋诡计的机会了,他只好使用他那高高在上的王权报复黑天。接近疯狂的刚沙不停地大叫:"侍从们听命!赶走场中的两个牧童,把所有牧民都赶出我的国家!把富天和牧民的首领难陀抓起来斩首,剥夺所有牧民的财产!哪个牧民敢不走,就地杀死!"

不知内情的牧民们惊慌失措,唉声叹气。难陀和富天犹如将死之人,一言不发。富天的妻子提婆吉直接发出了悲痛的哭声。黑天将这些尽收眼底,他不想再让大家难过下去,决定直接除掉这一切的罪魁祸首——刚沙。

黑天要做一件事情，没有人可以阻挡他。因此一会儿的工夫，黑天就出现在了刚沙的宝座旁边。人们的注意力也全都被他的行为吸引了。

刚沙心跳如鼓，不知如何是好。他没有想出任何对策，任凭大神黑天打落他头上的王冠，揪住他的头发，迫使他离开了座位。此时的刚沙，一点儿国王的威仪都没有了，身上的装饰物掉了一地，披头散发，垂头丧气，只求速死。

黑天用披肩在刚沙的脖子上打了个死结，然后拽着披肩绕场行走，就像拖着一条死狗。刚沙的生命一点儿一点儿地流逝着，身后是一条蜿蜒的血迹，过了一会儿，他终于告别了人世。

猛军的登基礼

刚沙死了，牧民们也就没有了后顾之忧，心里轻松了不少。这时，被刚沙夺走王位的刚沙之父猛军带着眼泪来看儿子的尸体。抒发了自己的悲痛之情后，恢复了理智，想要让黑天当马图拉的新国王。他对黑天说："勇武的少年啊，尽管你是杀害我儿子的凶手，我却对你没有丝毫怨言。我明白刚沙对你和你的家人、族人都做过一些残忍的无耻行径，如今你也不过是报仇罢了。但现在，整个国家的子民都知道了你的英勇事迹，你有勇有谋，是他们心中的超级英雄，你的威望恐怕是全国人中最高的了。如果由你来做马图拉的新国王，百姓也会拥护你，外敌也不敢来犯，这足以使我们的国家兴盛下去。我将亲自推举你为新国王，还请你不要推辞。我也有一个不太好说出口的要求，我希望你一手操办刚沙的葬礼，以减少他的罪孽。这一切结束之后，我情愿放弃一切荣华富贵，去森林里了却余生。"

听了老国王猛军的话，黑天不禁大吃一惊。他对猛军说："听了您的话，我真切地了解到您是一个品德出众的人。但我要指出的是，您不必灰心丧气，放弃世间美好的事物，也不必再为儿子的死亡悲痛难抑。上天注定刚沙要死在我手里，我不过是按照命运的安排做了而已，而当刚沙死去的那一瞬间，他的罪恶就得到了宽恕，死后的他会得到应有的敬意。死亡是不可避免的，还请您打起精神，听听我的建议。"

猛军果然不再悲痛,反而觉得受到了指点。黑天又说:"仁慈的老人啊,您是马图拉的老国王,难道您就放心把国家交到我这样一个毛头小子手里吗?如果没有多年前那场政变,您不会被刚沙夺走王权,还会在王座上做一个好国王,这王位,本就是属于您的!说实话,我并不贪恋权力,我杀死刚沙,也只是因为他下了不该下的命令,理应为自己的不义行为付出代价。为民除害之后,我只想继续和我的族人待在一起,过着无忧无虑的放牛生活。我可以对天起誓,我所说的都是真心话!"

见猛军一言不发,黑天替他做了决定:"您不说话就是默认同意了!整个雅度家族都崇敬您,王位转了一圈又回到了您的手里,还请您不要再多想,安心地管理国家吧。"

猛军还是一副呆呆的样子,黑天捡起了地上的王冠,戴在他的头上,让他无法再推托当国王的事情。后来,猛军还召开了盛大的登基典礼。

天一破晓,雅度人就集体来参加刚沙的葬礼。举行火葬之后,雅度族的瓦利施尼族系和安达迦族系的所有王公们为刚沙的灵魂进行了超度。在猛军的要求下,马图拉的居民纷纷祈祷刚沙可以升天。

妖连发动进攻

猛军执掌王位后,邀请大力罗摩和黑天不要急着回去,在马图拉好好玩玩。黑天兄弟欣然应允,在这里过得非常愉快。

刚沙生前娶有很多王妃,其中两个王妃分别叫作阿斯蒂和波拉蒂,是摩竭陀国国王妖连的女儿。刚沙死后,这两个王妃就逃回了父亲的国家,向父亲哭诉刚沙悲惨的下场,要求父亲为刚沙报仇。妖连是个心术不正的人,当初就是他鼓动刚沙发动政变、囚禁猛军。当时,很多大臣纷纷归顺刚沙,唯独富天敢直接表明自己支持猛军的立场。因此妖连一直都很不喜欢猛军和富天。现在好了,重回王位的猛军说不定什么时候就会来报复自己，不如自己先下手为强，带着军队，去杀死猛军、富天、黑天和大力罗摩，将马图拉变为自己的领土。制订了简洁的计划后，妖连就集结军队，向马图拉而去。

雅度人向来善战，丝毫不畏惧妖连的大军，计划着将妖连的军队打个落花流水。大力罗摩和黑天最为激动，也准备上战场杀敌。

战斗一触即发。双方对立而站，各自挑选对手，最后的结果为：黑天对宝光，猛军对具威，富天对迦尔特，瓦博鲁对高西迦，戈德对车底王，德瓦瓦迦尔对沙固，大力罗摩对妖连。战斗开始了，战士们的嘶吼响彻天空，大象们互相撞来撞去，刀枪之声不绝于耳，每个人都想快点杀死敌人。宝光是毗陀婆国国王具威的儿子，将来很可能继承王位，黑天不想轻易和宝光结仇，因此交手时也只是稍加抵抗，让宝光无法继续作战，而没有夺去宝光的性命。

交战双方都不畏惧战争，因此大大拉长了战斗的时间，接连打了二十七天。尽管有不少士兵都因此丧命，尽管双方都开始损兵折将，但哪一方都不肯服输。天神们得知此事，就隐形在天空上观战。

大力罗摩这些天一直在和妖连交手，两人打得难分难解，其他人都插不进手来，只好任由他们耗着。终于，大力罗摩对此感到了厌烦，决定使用绝技，用自己那一旦使用就会杀死对手的连枷杀死妖连。诸神见势不妙，急忙大声提醒道："住手！大力罗摩不要使用你的连枷，命运早已安排好，妖连迟早会死，但杀死妖连的人不是你。你不要着急，先放妖连一马，把他的命留给他真正的对手吧。"

无奈的大力罗摩停止了打斗，干脆回到了自己的营地。妖连也擦了一把冷汗，宣布暂且休战，明日再打。不过，当天夜里，妖连就带着军队逃跑了。

第二天早上，雅度人发现敌人不战而逃，不禁开始嘲笑他们是怕死鬼，然后开始庆贺自己的胜利，并举行了庆祝仪式，大家都喝得酩酊大醉。大力罗摩内心存有遗憾，暗暗盼望妖连死亡的那一天快点到来。

事情并没有结束。在以后的日子里，妖连就像是一个无赖小人，总是喜欢偷袭马图拉，接连来了十一次，又在每次失败后赶紧逃走，让雅度人不胜其烦。不过令雅度人欣慰的是，不管妖连发动多少次战争，因为黑天兄弟坐镇军中，雅度人从来没有输过。雅度人因此得以经常举办庆祝仪式，然后痛饮美酒，酒醒之后再回归原来的正常生活。大力罗摩和黑天渐渐喜欢上了马图拉，并在这里像以前一样放牛、嬉戏。

迦尔雅万之死

瓦利施尼家族和安德迦家族是雅度族的两个分支，他们请来了学识广博的伽尔劫大仙做老师。伽尔劫大仙的妻子非常美丽，但禁欲的大仙并没有和妻子生下一儿半女。妻子的弟弟偶然间在这个问题上调笑了伽尔劫大仙，大仙认为他是有意嘲讽自己的，因此闷闷不乐，而后整日对大神湿婆祷告，祈求大神赐自己一个儿子。大仙坚持祷告十二年之后，大神湿婆终于发了善心，祝福他说："你的愿望不久后就会实现，你的儿子将是一位优秀的少年，哪怕是善战的安德迦人和瓦利施尼人也会败在他的手下，在他面前，瓦利施尼人甚至会不战而逃。"

伽尔劫大仙得到大神湿婆赐子恩典的消息逐渐传开了，安德迦人和瓦利施尼人并没有把这件事放在心上，善用计谋的雅万国王却动了歪心思，他热情地邀请伽尔劫大仙前来做客。之后，雅万国王不停地劝大仙饮酒，又让自己那比仙女还要美丽的妻子去引诱有了醉意的大仙。大仙没能把持住自己，与她发生了关系，如此一来，湿婆大神的恩典就生效了。王后怀上了儿子，但从名义上看，这个儿子是属于雅万夫妇的，生下来就被取名为迦尔雅万，大仙悔恨不已。

十九年后，雅万王与世长辞，喜欢打仗的迦尔雅万成了新的国王，他一上位就想发起战争。

那罗陀跑来告诉迦尔雅万他的身世，还有湿婆大神对他的预言，说攻打瓦利施尼族和安德迦族，肯定是手到擒来，迦尔雅万兴奋地同意了。那罗陀唯恐天下不乱，又告诉了黑天迦尔雅万就要发动战争。黑天预感到大事不妙，努力地思考该如何应对。

迦尔雅万将自己的故事传扬开来，吸引了一众追随者，带着越来越壮大的大军，气势汹汹地赶往马图拉。这支军队声势浩大，大象、战马、骆驼和士兵应有尽有，比妖连的军队气派多了。黑天让探子探明情况后，明白硬碰硬不可行。

形势严峻，黑天号召全体雅度人与他一起搬迁，黑天说："树大招风，我们最近太过兴旺了，招惹了很多国家的嫉恨，迦尔雅万又不是我们可以消灭的，留在马图拉，大家只能是死路一条。不如迁移到多门岛去，那里易守难攻，风景优美，十分适合我们居住。"黑天的话句句在理，雅度人就打点行装，准备搬走。

黑天在坛子里装了一条黑蛇送给迦尔雅万，想恐吓他，让他退兵。迦尔雅万却让蚂蚁咬死了黑蛇，又还给了黑天，表明自己能够打败黑天。

黑天只好让雅度人先不要轻举妄动，等自己消灭迦尔雅万后，再从长计议。黑天故意跑到迦尔雅万面前，引他来追赶自己，然后就加快速度，躲进了穆朱贡德的山洞里。

穆朱贡德也是一位传奇人物，是太阳族国王莽达塔的儿子。他曾在远古时代帮助天神们打败了阿修罗，众神就问他有什么愿望，只要提出来，他们都会满足他。穆朱贡德对长久的战争感到了厌倦，只想好好休息，就回答说："我想要一直安静地睡觉！要是谁扰了我的睡眠，我看着他，他就会直接死去。"众神应允了，特意在喜马拉雅山上找了一个舒适的山洞，让穆朱贡德在这里陷入了长眠。

黑天从那罗陀大仙那里得知了穆朱贡德的事迹。如今，他就是想要借助穆朱贡德的力量，除去自己无法战胜的迦尔雅万。黑天轻手轻脚地躲进了床头处。

一路追赶黑天的迦尔雅万终于跟过来了，他发出了很大的脚步声，还叫嚷着怕死的黑天快快出来，他以为黑天在床上睡觉，看都没看，就向床上的人踢了过去。穆朱贡德终于被他折腾醒了，睁开眼睛想要看看是谁打扰了自己的美梦，但还没等穆朱贡德看清来人的面容，迦尔雅万就在他的目光下直接死去了。

大神黑天得意地离开了，迦尔雅万的军队也被雅度人打败了。猛军说危险已除，自己还想留在马图拉，黑天让他接着在这里当国王，愿意留下来的人就留在马图拉。之后，黑天就带着追随者们来到了多门岛。

建多门城

到达多门岛后,这里的自然风光很是秀丽,却没有基础的房屋设施供人居住。黑天就号召起雅度族的一众领袖,围着多门转了几圈,大致了解了这里的地形,选取了比较平整的地方准备建城。黑天算出了吉日,预祝工程顺利,对上天进行祈祷后,开始动员雅度人。黑天说:"我们的城市建立在多门岛上,就取名叫多门城吧。这座城市将由我们亲自设计、亲自修建,最后的效果一定巧夺天工,美轮美奂,哪怕和天帝因陀罗的首都阿默拉沃提比起来,也毫不逊色。城市建好后,我们就有了安逸的居所,外敌很难攻进来,我们的神经也不用再紧绷着了,美好的生活正在向我们招手。开始动手吧!拿出自己的热情,为自己打造舒适的家园!"

不消多说,雅度人迫不及待地开工了。他们不怕苦不怕累,甚至忽略了休息,一门心思扑在劳动上,只想快点建设好美丽的家园。大力罗摩和黑天也亲自动手,专门去做那些沉重的活计,为大家做出了表率。于是,没过多久,房屋就有了大致的模样。

黑天突发奇想:自己神力无边,但术业有专攻,为何不向工艺之神毗首竭磨求助呢?建造城市是他的专长,他会让多门城变成世界上最美丽的城市!主意已定的黑天开始呼唤毗首竭磨,想让他快点来帮助自己。

大神黑天的呼唤被天上的天神们听到了,诸神之主因陀罗就命令工艺之神毗首竭磨快去凡间帮助黑天。片刻之后,毗首竭磨就在黑天面前现身了,他恭敬地向黑天问好,说自己将竭尽全力满足黑天的要求,请黑天说出具体的要求。得到了毗首竭磨的保证,大神黑天吩咐说:"在我的理想中,建好的多门城应该可以容纳全部的雅度人,还留有空余。除了最基本的房屋建设外,街道、广场、集市等缺一不可,这方面你是行家,你部署具体计划就行。最重要的是,这座城市应该是世界上最美丽的城市,你一定要拿出你全部的心血倾注其中。"

毗首竭磨说："能有幸为您建造城市，我当然会竭尽所能。不过按您的要求来说，目前多门岛的面积就有些小了，根本不能满足您要求的所有条件。哪怕我是天下第一能工巧匠，也要有足够的土地才能施展技艺啊。"

黑天安慰毗首竭磨，说土地问题不足为虑。黑天召唤出众河之主大海，要求他把多门岛附近的海水移到别的地方去，使多门的面积增大一些，方便毗首竭磨建造城市。

大海立即从命了，联合风神退走了多门岛附近的海水，让出了三百由旬的土地面积。万事俱备，毗首竭磨尽心尽力地动工了。一段时间之后，一座巍峨雄伟、高耸入云的城市就呈现在了雅度人眼前。他们欣喜地打量着这座城市，发现无一处不美丽，无一处不壮观，不由得心满意足。黑天向毗首竭磨表达了诚挚的谢意。

有足够的钱财才能让货物流通，黑天就召唤了财神俱毗罗手下专管现金出纳的商卡，让他解决这一问题。大方的商卡在街上铺满了金币，让雅度人自行领取。就这样，雅度人人人手握大把银钱，变得富有起来，感叹跟着黑天来多门真是件明智的事。

在国家的管理方面，风神伐由建议黑天实施大臣会议制度，通过政权机构解决民众的生活问题。

如此一来黑天就与自己的子民们携手共进，安家乐业。大力罗摩长成了英俊的青年，在黑天的建议下，大力罗摩娶了国王勒婆特的女儿勒婆蒂做妻子。

抢劫艳光

宝光是毗陀婆国国王具威的儿子，他的妹妹名叫艳光，生得美丽动人。具威就在女儿长大后，思考该把艳光公主嫁给谁。向来与具威交好的妖连就建议把艳光许配给童护。童护是富天的妹妹什鲁特什鲁瓦和车底王德姆高士五个儿子中最英勇善战的那一个。按理来说，妖连讨厌富天，应该顺带着讨厌身为富天妹妹儿子的童护，但事实却刚好相反。因为车底王德姆高士和摩竭陀王妖连都是老车底王瓦苏的儿子臣车的后代，德姆高士从小就把童护寄养在妖连家里，十几年相处下来，童护和妖连亲若父子。刚沙死后，童护的思想也被妖连影响了，和妖连一样对瓦利施尼人痛恨不已，甚至还和瓦利施尼人起过争端。

妖连想让艳光嫁给童护，一是为了给童护娶一个美丽的妻子；二是为了让毗陀婆国、车底国和摩竭陀国达成统一联盟，共同反抗瓦利施尼人。具威王深思熟虑之后，同意了妖连的提议，并广发请帖，让天下英雄来参加艳光公主和童护的婚礼。没过多久，勇士苏瓦克德尔、妖连之子三军统帅萨哈代瓦、邦杜之子埃迦勒毗耶、竭陵伽王、般德耶王子克里什纳迪雷努达蒂、阿逾陀王、安舒曼、健陀罗王、伟大的统帅福授、沙鲁瓦王和广声等人都赶到了毗陀婆首都。

具威把这个好消息告诉女儿后，艳光公主却不是很高兴。原来，艳光美丽的名声早已传扬出去，黑天知道后便想娶她；而艳光也听说过黑天的英勇事迹，内心对他爱慕不已。艳光和哥哥宝光提过自己的心思，和黑天交过手的宝光却让她不要再提这件事，还说自己从陀鲁波处获得了很多神奇的武器，从持斧罗摩处得到了大梵法宝，正打算再和黑天比个高下。艳光只好听从了父兄的安排，准备嫁给童护，心里却盼望黑天成为自己的丈夫。

妖连等国王到达毗陀婆首都后，受到了具威王的热情招待。黑天是个有情义的人，姑母的儿子要成婚，他便带人来毗陀婆庆贺，具威王只是让他们在树林中居住。

艳光在婚礼前夕去树林里的寺庙进行祈祷，按例祈求女神因陀罗尼的祝福。因缘际会之下，艳光一下马车就和黑天碰面了，两人一见钟情。

待艳光走进寺庙后，黑天一副魂不守舍的样子，经过片刻思考，他当即下了决定："我要把艳光劫持到多门！"和黑天一起来的大力罗摩和瓦利施尼族人都认为这个主意可行，说让黑天带艳光先走，其他人来断后。

艳光刚出庙门，黑天就紧紧地拉住了她，两人乘车而去。负责保护艳光的卫兵们反应过来后，想要阻拦黑天，却被大力罗摩等人拦住了。

有些机灵的卫兵迅速向具威报告了艳光被抢走的消息，这让童护和妖连等人炸开了锅。他们带领一部分国王和军队追了过去，在中途和大力罗摩、善战、阿迦鲁尔、成铠等雅度族英雄打了起来。

艳光被抢走后，最生气的就是宝光了，他立下了不抢回艳光就绝不回国的誓言，带着另一部分的国王和军队去追黑天了。快马加鞭的宝光等人在纳尔马达河边追上了黑天，远远望见艳光正和黑天如胶似漆，宝光只觉得怒气攻心，向黑天发动了攻击。武艺高强的黑天并不慌忙,他先后打败了宝光的同伙安舒曼、什鲁特沃尔玛和维努达利,又杀死了迦利特考尸迦。这一连串打击让国王们再不敢轻举妄动,宝光冲了过来,和黑天进行了激战,却被黑天打晕过去了。宝光毕竟是艳光的哥哥,因此黑天没有杀他,明白这一点的宝光向黑天投降,不再阻拦黑天带走妹妹。

所谓树倒猢狲散。众国王见状纷纷丢下宝光四散逃命。当黑天走到宝光的跟前时,宝光向黑天行了触足礼,黑天饶了他。至此,黑天击退了追击他的所有敌人,带着艳光畅行无阻地踏上了返回多门岛的路程。

这样一来,再没有谁能阻拦黑天了,艳光和他一起去了多门。大力罗摩等人也打退了追兵,踏上了归程。

宝光没能带回艳光,也就不能回罐城了,什鲁特瓦尔纳陪着他来到迦兰塔尔的底瓦尔雅,宝光建立了属于自己的新国家,名叫福席城。

黑天和艳光在多门城举行了隆重的婚礼仪式,两人之后有了十个儿子和一个女儿。大儿子叫明光,女儿叫查鲁瓦蒂,深受雅度人喜爱。按照传统,黑天又娶了八位美丽的妻子,家庭氛围依旧和谐如初。

宝光之死

时光匆匆,明光长成了一个英武的少年,颇有其父黑天的风采。有一天,他外出游玩,遇到了一个美貌的少女,他平静的内心泛起了波澜。他追问少女的身份,才知道她叫舒庞姬,是宝光的女儿。两人情投意合,却都没有捅破那层窗户纸,只是互相在心里爱慕对方。

明光把自己的心事告诉了母亲艳光,艳光劝他不要着急,等宝光开始为舒庞姬举行选婿典礼时,再去参加也不迟。这一天终于到来了,宝光王选婿的消息一放出,明光就和众多国家的王子们一起赶到了福席城,渴望成为那个幸运儿。他们一个胜过一个,个个仪表堂堂、体魄健壮、风度翩翩,浑身洋溢着阳刚之气。

典礼开始了，王子们排成一行，舒庞姬手持花环一一走过他们的面前。前来参加典礼的王子们大都相貌英俊，一表人才，舒庞姬却面不改色地掠过了他们。直到她看到明光时，才眼神一亮，带着微笑把花环戴到了明光的脖颈上，表明这是她想嫁的人。宝光同意了女儿的选择，舒庞姬就在多门岛和明光举行了结婚典礼。

明光和舒庞姬婚后育有一子，名叫无碍。在他出生后，宝光有了一个名叫霞光的孙女。十几年过去后，黑天为无碍向宝光求娶霞光，想要亲上加亲。由于这么多年两国之间没有战争，宝光也就同意了。这一次，无碍和霞光的婚礼是在福席城举行的，远近闻名的国王们都来喝喜酒，并在这里逗留了几日，凑在一起玩耍。

国王们酒足饭饱之后就想赌博。维努达利、什鲁瓦、查努尔、安舒曼、胜军、般代、利湿迦等热衷这一娱乐项目的国王对宝光说："您擅长赌博的名声我们早就听说过，还希望您让我们开开眼，教教我们赌博的诀窍吧！刚好大力罗摩也在，他也经常赌博呢。"

架不住别人的一顿猛夸，由宝光当庄家，很多国王都参加了赌局，大力罗摩也不例外。但这些国王忌妒多门的财富很久了，他们心照不宣地挤兑大力罗摩，想方设法地让他输。

开局时，大力罗摩还很节制，一局只押一千枚金币，没想到他连着两局都输给了宝光。焦躁的大力罗摩在第三盘押了一千万枚金币，还是没能反败为胜。

这样一来，那些心怀叵测的国王们别提多高兴了，话里话外都是大力罗摩是个冤大头的意思，大力罗摩听后很生气。为了证明自己，他又押了一千亿金币，这个数目太大了，在场的人都屏住呼吸等待结果。骰子落地，是四点，大力罗摩赢。宝光不想把大半个国家的财富都给大力罗摩，睁着眼睛说瞎话，把四点说成了六点。大力罗摩再也无法克制自己的情绪，举起身边的金制八脚兽掷向宝光，宝光当场丧命。大力罗摩干脆一不做二不休，用宝剑向嘲笑过他的国王们发起挑战。有了宝光的前车之鉴，这些国王拔腿就跑，哪里还敢留在这里面对愤怒中的大力罗摩。

大力罗摩找到了黑天，讲述了自己的所作所为。黑天有些惋惜宝光的死，也不好责备自己的哥哥，便劝大力罗摩不要多想。黑天带着家人们回到了多门岛，这里欢乐的气氛冲淡了他心头的压抑。

波利迦多神树

心情不太好的黑天不知如何调节自己的心情，艳光提出自己要去瓦陀迦山朝拜天神，然后向大梵天还愿。黑天认为这是一个放松心情的好机会，就说自己要陪她一起去。黑天在婚后不断地纳妃，娶了一万六千个后妃，这次外出，他带上了真忿女等几个正受宠的后妃。那罗陀大仙建议黑天让大力罗摩先去瓦陀迦山探路，黑天照做了。身为王后的艳光到达山顶后，以优雅的行为对待众婆罗门，得到了大家的交口称赞。黑天看在眼里，心情舒畅了不少。

那罗陀带着一朵珍贵的波利迦多神花赶了过来，说这是送给黑天的礼物。黑天更加高兴了，鲜花送美女，他把神花转送给了艳光，并让她立刻把花插在她的发髻上。艳光照做后，被鲜花衬托得像天上的仙女一样，明艳动人。

那罗陀开始讲述神花的神奇功效："美丽的艳光，高贵的王后！这朵神花戴在你头上真是再合适不过了，只有你配得上这天上的神花。这朵神花，永远都不会枯萎，香气也会持续一年。它有无穷的益处，能让你冬暖夏凉，心情舒畅，体形优美，永葆青春。不管你向这朵花祈求什么，它都会尽力满足你。这朵花来之不易，举世罕见，人间只有这一朵，黑天肯把它送给你，就好似把无穷的好运送给了你，充分地证明了他有多爱你。"

艳光听后心花怒放，感谢了那罗陀大仙的好意。见证了这一切的真忿女等后妃都向艳光投去了羡慕的目光。尽管黑天的后妃众多，艳光还是稳坐正宫王后的位置，妃子们也一直都很尊重她，毕竟艳光是黑天的第一个妻子，还生下了明光等十个儿子，一直协助黑天打理事务。妃子们认为这朵神花就应该给艳光，真忿女却在心里忌妒得死去活来。她原本是一个舞女，身上充满青春活力，长得也漂亮，深受黑天的喜爱，现在她内心膨胀了，觉得那朵神花应该给她才对。

真忿女不想让别人看到自己忌妒的样子，扯乱头发，穿上白衣，躲进了泄愤室乱打乱砸，以此发泄自己的怒气。她抱怨命运的不公，为什么自己不是公主出身，为什么不是自己先嫁给黑天，为什么自己没有生下儿子，为什么黑天不把神花给自己……

得知这一消息的黑天不太高兴，去泄愤室找真忿女，想问她没事发什么神经。但当他看到真忿女癫狂的样子，连自己美丽的容颜都舍得破坏，不由得心软了不少。黑天阻止了她继续发疯，贴心地问道："是什么让你如此痛苦？哪个不长眼的人惹了你？快别打自己了，我看得心都要碎了，别忘了，你是我的心肝宝贝，有什么问题我都会替你解决的。"

真忿女从黑天的话里听出了爱意，这让她更加自怨自艾。她一边抽泣，一边哭诉："你是我最亲爱的人，对我说过许多甜蜜的誓言，这些我都当真。因为你的宠爱，我也受到了人们的尊重，我甚至以为我是天底下最幸福的人。但就在今天，我的美梦破碎了。你把波利迦多神花送给了艳光，难道不是说明她才是你的挚爱吗？那罗陀大仙把艳光夸上了天，你也对那些话表示赞同，可你有没有想过我的感受？既然你爱别人比爱我多，我留下来还有什么意思，我打算去林中苦修，再也不回来，还请你不要阻拦我。"

黑天这才明白真忿女是在争风吃醋，对此哭笑不得。他安慰她说："宝贝儿，再也不要说这些气话了，你说你要离开，这等于是要我的命啊。我喜欢你无忧无虑地待在我身边，我对你的爱也是独一无二的，你就是我最爱的人啊，你就好似我的生命。不是我想把波利迦多神花给艳光，是那罗陀大仙示意我给她的。区区一朵神花，不值得你为它生气，你要是想要的话，我就把那棵开满波利迦多花的神树带回来送给你，这可比一朵花珍贵多了。你不要再生气了，这还不能证明你才是我的最爱吗？！"

得到承诺的真忿女转怒为喜，脸上出现了笑意。她说："我暂且相信你的话吧，等你把神树拿来送给我后，我就再也没有忧愁了，就能快乐地和你生活在一起了。"她紧紧地抱着黑天，心中满是甜蜜。

黑天当着真忿女的面召唤来了那罗陀大仙，大仙很识时务，大肆吹捧了真忿女，惹得她喜笑颜开。那罗陀大仙又开始讲述神树的来历和效用，说连天上的女神们都对波利迦多树羡慕不已，却又求之不得。真忿女更加高兴了，在心里暗想连天上的女神都比不上自己。黑天得知波利迦多树栽种在天帝因陀罗的花园里后，就和那罗陀告别了，准备第二天去把神树从天庭带回来。

黑天大战因陀罗

　　太阳刚刚升起，黑天就告别了真忿女，与善战、明光和自己的车夫达禄加动身前往列瓦陀迦山。车夫留在了山顶，黑天三人随鸟王迦楼那一起飞向空中，越飞越高，直达天国。黑天没有被天国的繁华盛景所吸引，直奔天国花园，寻找波利迦多神树的身影。等他找到后，他就无视护卫神树的天国护卫，直接动手挖了起来。卫士们全副武装，却不敢履行自己的职责，阻止黑天的行为，只因他是天帝因陀罗亲自加封的众牛之主"戈温德"，大小神仙都要对他礼让三分。倒是有灵性的神树认为黑天的行为将会招致灾祸，一直在颤抖着，黑天对神树好言相劝，接着就把神树安置在鸟王迦楼那的背上，准备直接带走。护卫们立马向天帝因陀罗报告了此事，说神树就要落到黑天手里。因陀罗皱了皱眉头，觉得黑天也太不给自己面子了，直接来挖走自己的神树，和抢有什么区别？何况这神树还是件特别珍贵的宝物。因陀罗骑着御象，带着儿子贾因陀去追赶黑天，两伙人在天国的东门碰上了。因陀罗先礼后兵，问黑天："嗨，大神你不在人间征服妖怪，怎么到天上做这种事？"黑天还了礼数，说："你的一个嫂子想用神树，我只不过是在满足她的愿望。"因陀罗说："你这个雅度人啊，是不是太自大了！神树不是随随便便就可以带走的！"话音刚落，大象艾拉瓦陀就做出了阻挡黑天去路的姿态。

　　黑天明白因陀罗这次不会像以前那么好说话，直接对大象艾拉瓦陀动手了，因陀罗也随之伤了鸟王迦楼那。这两尊大神你来我往地打了起来，发出的箭支多如牛毛，为原本安宁祥和的天国带来了紧张的气氛，也吸引了一大帮天神、大仙、紧那罗、药叉、乾达婆、天女或近或远的地在周围观战。

　　天地之子贾因陀想要帮助父亲，就打算把鸟王背上的神树搬下来，黑天之子明光一直干扰他的行动，两人交起手来，扩大了战局。

　　战争逐渐激烈了起来，观战许久的天神使者波尔瓦尔打算亲自下场，帮好友因陀罗夺回神树。善战在黑天的授意下拦住了波尔瓦尔，质问他身为婆罗门，为什么要加入战争。波尔瓦尔一边攻击善战，一边回答说："我师从持斧罗摩，他是遮摩陀耆尼大仙之子，那么我是不应该参战，但朋友有难岂能不帮，我坚定地站在因陀罗这一边。多说无益，动手吧。"于是，这两位精通武艺的勇士施展着毕生所学，让战况更为复杂了。

众天神不好轻易插手战争，在一旁对战斗中的个人议论纷纷，都认为明光和善战的武艺不负勇士之名，有足够的资格跟在黑天身边，波尔瓦尔的弓被善战毁坏了，手指也被善战截断了几根，生气的波尔瓦尔用因陀罗送给他的神弓成功报复了善战，火气上来的两人打得更厉害了，最终善战因身负重伤而昏倒在地。波尔瓦尔以为这次自己总算可以拿到神树了，却被鸟王迦楼那一翅膀击飞，倒在了十几由旬之外的地面上，陷入了昏迷。还好贾因陀扶起了他，为他及时疗伤。

明光和黑天救治了善战，黑天运用神力使善战重新恢复武力。神采奕奕的善战与明光一左一右地站在鸟王身边，保护着神树。

恢复了体力的贾因陀和波尔瓦尔想要攻击鸟王迦楼那，因陀罗命令二人不要轻举妄动，因为鸟王力大无比，容易伤人。因陀罗见自己只能和黑天勉强打个平手，便改变策略，亲自向鸟王发起进攻。迦楼那知道自己打不过因陀罗，索性开始攻击因陀罗的坐骑大象艾拉瓦陀。最后，鸟王和象王的这场战争，以鸟王迦楼那用翅膀把大象击落到了人间南赡部洲的婆里马陀罗山上而告终。

大惊失色的因陀罗去人间寻找受伤的象王，黑天乘着鸟王带着神树跟在因陀罗后面。到达婆里马陀罗山后，因陀罗治好了大象艾拉瓦陀。生气的因陀罗一边攻击黑天，一边故意打压迦楼那，鸟王就一直忍受着。

神仙打架，凡人遭殃。黑天和因陀罗打得昏天黑地，婆里马驼罗山不堪重负，发出吱吱呀呀的声音，黑天对明光说："快让我的车夫达禄迦赶车过来。"达禄迦来了之后，尊敬黑天的婆里马陀罗山自发地缩小身体，钻进地里。这一举动取悦了黑天，他让婆里马陀罗山不必害怕，说它将与著名的喜马拉雅山和须弥山一起被列为名山，受到世人敬仰。因祸得福的婆里马陀罗山不胜感激，当晚，黑天一伙人就在它身上休息。

失去了黑天踪迹的因陀罗本想找出黑天，接着战斗，但夜幕降临了，因陀罗只好先休息了，他睡在普什迦尔圣地附近的一块石板上。而两位神仙的争斗，早就被大梵天、迦叶波等众大仙、众神、众楼陀罗、众婆数看在眼里。

当天晚上，黑天召唤出了恒河女神，在恒河里进行了沐浴，并取了一些恒河水。接着，黑天用恒河水供奉湿婆大神，向湿婆献上了藤萝叶，湿婆果真出现了。黑天就把事情的来龙去脉说了一遍，他认为自己拿走神树并不是什么十恶不赦的事，请求湿婆帮他顺利拿走神树，同时让他不必再和因陀罗打下去。

向来喜爱黑天的湿婆微微一笑，让黑天不必因为这件小事而伤脑筋，等到了该帮他的时候，自己自然就会帮助他。之后，湿婆大神又交给黑天一项任务：铲除在婆里马陀罗山山脚下的奢特普尔城里生活的恶魔。这些恶魔得到过大梵天的恩典，普通神仙无法铲除他们，这项重任就落到了黑天头上。黑天自信地接受了，湿婆大神就隐去了踪迹。

第二天一早，黑天和因陀罗接着进行昨天那未完的战斗。双方甚至召集了军队，将战争形势扩大了千百倍，造成的影响也就更大了。城门失火，殃及池鱼，他们经过的地方都变得杂乱起来，呈现出被扫荡的样子，天地也为之变色。大梵天终于出手了，让迦叶波大仙携妻子阿底提去劝双方停战和好，迦叶波大仙完美地处理好了这件事。黑天和因陀罗和好如初，还一起在恒河里进行了沐浴，在天堂吃了丰盛的晚餐。最后，因陀罗和黑天商量道："你带波利迦多神树走吧，这会使你的妻子高兴，不过你要记得当她去世后，最好把神树归还回来。"

黑天答应了因陀罗，心情愉快地把神树展示给真忿女看，真忿女终于不再吃醋了，更加尽心地服侍黑天。

奢特普尔之战

在一千多年以前，恶魔特里普拉阿修罗曾带着很多族人与湿婆爆发了战争，湿婆不想多造杀孽，只是处死了带头诛杀自己的恶魔首领特里普拉阿修罗，放过了与他一起举事的七十万个恶魔。没想到这七十万恶魔贼心不死，把对湿婆的仇恨深藏在心里。他们想要得到大梵天的恩典，为此持续修行了整整一千年，在此期间他们躲在树下，用空气维持着性命，日夜不停地念诵经文。大梵天被他们的行为感动了，问他们有何愿望，他们要求除去湿婆，大梵天自然没有同意。他们又祈求有一个安全的容身之所，大梵天就让他们居住在奢特普尔，说只要他们不侮辱婆罗门，就没有人可以杀死他们。

得到了梵天恩典的众恶魔有恃无恐，经常钻空子干坏事，却不会受到什么惩罚，这让他们更加肆无忌惮起来。一天，雅伽瓦尔迦耶大仙的弟子梵授在奢特普尔的阿瓦提河边举行马祭，有很多天神来观礼，广博仙人也带着他的门徒苏门图和斋密来了，与雅伽瓦尔迦耶大仙、刹那基和德瓦陀等人聚在一起。

祭典马上就要开始时，尼刚婆带着一些恶魔来砸场子，要求分走祭品和饮料，这无礼的要求被梵授一口拒绝了。尼刚婆无耻地要求梵授把他所有的女儿送给他们，梵授没有答应，众恶魔干脆施法破坏了祭典，劫走了梵授的女儿们。

出席了祭典的富天对恶魔的做法嗤之以鼻，他马上通知了明光。法力高强的明光追上恶魔，用法术做了一堆假美女，将梵授的女儿送回了家里。不知情的众恶魔欢天喜地地回到了奢特普尔，准备开始欺辱抢来的美貌姑娘们，却发现他们一接触这些姑娘，姑娘的身体就变成了轻烟。恶魔们明白背后肯定有人在捣鬼，只是不确定是谁。

没过几天，明光和梵授邀请了很多国王一起来讨论该如何处置恶魔们，妖连、德瓦瓦迦尔、童护、般度五子、持国的众王子、马拉夫众兄弟、巴尔伙里蒂、尼罗、文陀和阿奴文陀两兄弟、阿文碟、沙利耶、沙恭尼等人都来了。

唯恐天下不乱的那罗陀认为自己又可以制造混乱了，他动身前往恶魔尼刚婆的王宫，蓄意挑拨恶魔们与梵授开战。那罗陀故意说道："诸位，被魔术戏弄的滋味如何？实不相瞒，是黑天的儿子明光戏弄了你们，救回了那些美女们。黑天和梵授一个鼻孔出气，黑天帮助梵授娶了五百美女，这些美女博得了杜尔瓦萨大仙的欢心，大仙就恩准她们第一次与人交合后，全部都会生下一个聪明的儿子和一个美丽的女儿。而梵授为了报答黑天，自己许诺将来要把那些被大仙祝福而出生的女儿们，通通嫁到雅度族去。你们想要染指这些美女，身为雅度人的明光自然制止了你们。这些年来，你们不敢和梵授爆发大规模战争，如今就被欺负了吧，要是你们想要报复的话，可以去联合其他国家的国王们，送给他们财物，让他们帮助你们攻打雅度人和梵授。等战争取得胜利后，美女们自然就属于你们了。"

那罗陀的话点燃了众恶魔心中的火气，他们再也不想忍气吞声了。他们暗中勾结了沙利耶、沙恭尼、福授、妖连等国王，用重金与他们结为盟友，只有般度五子拒绝了恶魔们的诱惑。众国王收下礼物后，纷纷表示愿意为尼刚婆效劳。

恶魔之王尼刚婆说："我并无恶意，只是想要杀死梵授。"般度五子依旧表示拒绝，其他国王很快就帮助恶魔们战胜了梵授，还耀武扬威地盘踞在祭祀大殿上。

节节败退的梵授向黑天求助。黑天请来猛军管理多门，自己领兵赶往奢特普尔，将祭祀大殿围了起来，打算第二天天亮后再开始诛杀恶魔。

第二天早上，黑天带着将士们向湿婆神祈求庇护，而后就开始行兵布阵。黑天命明光打前阵，命般度五子使祭祀大殿不受战争破坏。黑天召唤来了波尔瓦尔和因陀罗之子贾因陀，吩咐他们守好通天的道路，不要让恶魔从这里逃跑。黑天又命山巴和巴陀摆出了怪鱼阵，让萨兰和博遮族人、猛军之子阿耶德里什提、成铠、普利图毗普利图等人坐镇阵中，让俊杰和永童仙人协助无碍负责压阵。无数的车马、战象、步兵到达了战场，随着黑天的一声令下，奢特普尔之战开始了。

七十万恶魔凶神恶煞地现身了，他们收起了以前那副虔诚诵经的样子，嘶吼着，翻腾着，带着他们渴望鲜血的武器与雅度人开始了厮杀。在恶魔们身后，是众多国王们率领各自国家的军队组成的庞大车阵，木柱王、持国百子、沙利耶、沙恭尼、福授、妖连、三穴国国王、毗罗吒、优多罗等人赫然在列，为恶魔们摇旗呐喊。

魔王尼刚婆朝雅度人射出大量利箭，猛军之子阿那德里什提及时地进行了阻拦，没有得逞的尼刚婆就使用魔法将自己变为隐身状态，弄晕了猛军之后，还把他藏在了一个山洞里。之后，返回战场的尼刚婆故技重施，藏起来了许多雅度族勇士。英勇的雅度人对隐形的尼刚婆无计可施，担心战争失利的黑天就亲自现身在战场上。

众恶魔兴奋地将黑天围了起来，一起攻打他，却纷纷丧命于黑天的可怕利箭下。见势不妙的众恶魔想要从通天之路逃走，又被守在那里的波尔瓦尔和贾因陀打了个落花流水。

帮助恶魔作战的众国王们给雅度人添了不少麻烦，幸好因陀罗派他的兵马大都督南迪给黑天带来了一些神奇的武器，说这是湿婆神赐下的恩典。

这些神奇的武器一撒在空中，就把帮助恶魔的那些国王们捆绑起来关进了一个山洞里，黑天之孙无碍把守在洞口前。恶魔的武器和坐骑也被缴获了，慌了神的恶魔开始逃命，却被黑天早就布下的天罗地网阻拦了退路。

隐身的尼刚婆想要偷偷杀死黑天和阿周那，预感到了危险的黑天祈求湿婆赋予他看透一切魔法的视力，而后他和阿周那便看到了隐身的尼刚婆。尼刚婆知道自己杀不了他们了，想去杀死先前关在山洞的雅度族众英雄。他跑到了山洞，黑天一路跟着他，先是救出了雅度族的好汉们，又和尼刚婆开始了生死搏斗。受过大梵天恩典的尼刚婆很难被杀死，黑天还是在湿婆的提醒下，才用自己那从不落空的神盘割去了尼刚婆的脑袋。

尼刚婆等一众恶魔被清除后,连天上的众神都欣喜不已。黑天在这次战争中缴获了大批战利品,雅度人满载而归,梵授终于可以在奢特普尔城安心地执政了。黑天回到了多门岛,他的英雄事迹又多了一件。

黑天诛杀尼贡婆

黑天之子明光曾杀死了魔王金刚脐,还抢走了他的女儿光照女。金刚脐的弟弟尼贡婆为了报仇,去多门抢走了明光的女儿祥光女。祥光女大声求救,听到声响的富天和明光赶到了出事地点,发现祥光女被劫走了。富天迅速报告了黑天,黑天骑上迦楼那循着魔王的踪迹赶了过去,明光跟在他的身后。

尼贡婆要把祥光女带到他的居住地博拉兹城,幸好黑天和阿周那在中途阻止了他,黑天要他速速投降,尼贡婆却以被他挟持的祥光女为盾牌,狂妄地挥动着闪着寒光的铁杵向黑天发起挑战。

区区一个恶魔尼贡婆,黑天和阿周那根本就不放在眼里,却由于投鼠忌器,怕误伤祥光女,迟迟不敢放开手脚收拾恶魔。阿周那如履薄冰地射箭,尼贡婆却在他面前突然消失了。黑天和阿周那大吃一惊,急忙看向四周,确定恶魔化身成了一只绿色的鸟,想要逃走。阿周那对这只鸟穷追不舍,想要用弓箭夺去它的生命,尼贡婆曲折地向前飞,躲避着阿周那的利箭。当恶魔飞到湿婆居住的牛耳山时,因为湿婆的威力阻止所有生灵从这里经过,恶魔就倒在了牛耳山山脚下。及时赶到的明光抓紧时机,从恶魔手中救出了祥光女。再无顾忌的黑天和阿周那立刻对恶魔发起了进攻,不料投机取巧的尼贡婆从地上的一孔洞逃走了。夜幕降临,黑天等人就没有追下去,只是决定以后一定要好好教训这个不知道天高地厚的恶魔。明光把受惊的祥光女送回了多门城后,自己与黑天、阿周那歇息在野地里。

第二天早上,尼贡婆又来挑衅黑天。阿周那先去迎战,尼贡婆躲过了阿周那发射的箭雨,用尽力量将铁杵砸到了阿周那的头上,常人受到这种伤害恐怕早就丧命了，体质强健的阿周那只是晕了过去。恶魔又打晕了明光，黑天恼怒地朝着尼贡婆扑了过去，也拿着铁杵做武器，两人的战斗使地面不堪重负，开始下沉，黑天便准备智取。尼贡婆再一次用铁杵击打黑天时，黑天躺在地上装死，在天上看到黑天昏倒在地的因陀罗急忙用恒河还阳圣水治疗黑天，黑天向因陀罗微微一笑，向他表明自己只是在装死，因陀罗便不再担心。

尼贡婆并没有发现黑天的小动作，准备把昏过去的黑天抢回自己的住所关押起来。但平日里力能拔山的他用尽了全力，也无法移动黑天的身体，只好举起铁杵，准备当场结束黑天的性命。眼看铁杵就要落下，黑天睁开眼睛一把夺过铁杵并把它扔得远远的。失去武器的尼贡婆又在空中施展了魔法，变幻出数万个一模一样的尼贡婆。

黑天也用了同样的方法，变出了无数个黑天、阿周那和明光。这难得的场面吸引了很多天神在天上观看。

尼贡婆出其不意地劫走了真正的阿周那，而后利用本体复制出无数个阿周那，这些阿周那将矛头对准了黑天。黑天只好再次向湿婆神祈求赋予他看透一切魔法的视力，祈祷成功后，黑天用自己那从不落空的神盘割去了尼贡婆的脑袋。尼贡婆的身躯砸向大地，明光赶快抢回了仍在他手里的阿周那。

这场战争以尼贡婆的死亡而告终，观战的众神对黑天表示了祝贺。

黑天一边思考祥光女为何会受此劫难，一边返回了多门城，稍后那罗陀解开了他的疑惑。

那罗陀说："由于祥光女曾经不太注意自己的行为，顽皮地戏弄难居大仙，大仙就诅咒她将被劫持。不过你也别急着责备她，我帮她向大仙求了情，说她只是不懂事，并无恶意。大仙就补充了诅咒，说被劫持后的祥光女将会有一位优秀的丈夫。这样一来，坏事就变成了好事。"

黑天回答说："听到这个消息，我真高兴，谢谢你帮助我们。"

那罗陀趁热打铁道："优秀的青年有很多，但我认为般度五子中的偕天是迎娶祥光女的最好人选，他们两个可以说是一对璧人，在一起一定会十分幸福。"

黑天向雅度人宣布了那罗陀的建议，得到了一致赞同。般度五子听说后更是欢喜，偕天便在象城迎娶了祥光女。

金刚脐觊觎天王位

现在，我们来说说之前尼贡婆的哥哥金刚脐为何死在了明光手里。

大名鼎鼎的迦叶波仙人有诸多不同种族的后代，恶魔金刚脐就是他诸多后代中的一个。金刚脐原本在须弥山的一个山洞里日夜苦修，因此得到了大梵天的眷顾。大梵天问他有什么心愿，金刚脐提出希望众神都无法杀死他，大梵天没有多想就同意了。

没有了性命之忧的金刚脐高兴地回到了自己的首都金刚城，众多妖魔慕名而来，城市日渐兴盛。在这里金刚脐的命令就是一切，没有谁能不得到他的允许就进入这座城市的。

恶魔们闲来无事，就开始挑可以在天空里任意飞翔的天神们的毛病，他们对金刚脐说："那些神仙总是欺负我们，不经过您的允许就从我们头顶飞过。我们要反抗才对，最好是抢走他们居住的天堂，看他们还怎么耍威风。"

因为众神杀不死自己，底气十足的金刚脐认为手下说得对，也该让恶魔一族尝尝住在天堂的滋味。于是，金刚脐直接对因陀罗说："我认为我的能力可以统统三界，如果你识相的话，就乖乖地把天堂国王的宝座让给我，反正咱俩要是打起来了的话，你也杀不死我。"

因陀罗皱着眉头请教天神之师祭主仙人该如何处理这件事，祭主仙人让因陀罗告诉金刚脐："你的确很有本领，但天堂易主这种大事应该由生主迦叶波来决定，不巧的是他的祭典现在还没完成。什么时候他完成了祭典，我们再请他来决定谁掌管天堂。在此之前，我们要竭力避免战争的发生。"尊敬父亲的金刚脐表示同意这个提议。

金刚脐又去找父亲迦叶波大仙，跟他说自己想住在天堂，当天堂的主人。手心手背都是肉，迦叶波大仙只好让金刚脐先在金刚城里等待消息，说自己完成祭典就去找他。金刚脐于是返回了金刚城。

众神唯恐金刚脐成功占据天堂，自己过上居无定所的日子，便央求因陀罗向神通广大的黑天求助。双方在多门会面后，黑天安慰他们说："我将会杀掉迦叶波的化身富天，拖延迦叶波完成祭祀的时间。你们也不要太过担心，金刚脐并非是不可战胜的，梵天对他的具体恩典是：在金刚城外，众神都无法杀死他。那我们只要骗取金刚脐允许我们进入金刚城，大梵天就无法再庇佑他了。"黑天提出了解决问题的思路，因陀罗觉得豁然开朗。

思路是有了，具体该怎么办呢？众神冥思苦想，也不知道该如何进入金刚城。眼看离迦叶波完成祭祀的时间越来越近了，众神更加焦虑。

幸运的是车到山前必有路。一个叫博陀的艺人横空出世，用精彩绝伦的舞蹈和歌喉博得了众仙人的欢心。仙人们甚至有了赐给博陀恩典的念头，黑天知道后，派文艺女神沙婆罗室伐底住进了博陀的喉中，代替他提出要求："让我在空中能够畅行无阻，让一切有生命的东西都无法杀死我，让我能随心所欲地变成活着的或已死去的任何人，让我能去任何想去的地方，让我的青春永驻，永远受到众位仙人的青睐。"对于他的要求，众仙人全都恩准了。

在此后的日子里，拥有多项恩典的艺人博陀不受限制地在世界各地进行演出，名气越来越大。连金刚脐都听说了他的名声，对他产生了好奇心。而这正是黑天想要的，他打算派明光扮成这个艺人，去欺骗金刚脐。

天堂里有诸多身姿优雅的天鹅，因陀罗命令它们去金刚城居住，伺机博得金刚脐的女儿光照女的欢心，而后向这位美丽的、将要开始选婿的少女夸耀明光，促成明光和她的姻缘。天鹅们义不容辞地答应了。

众天鹅来到了金刚城王宫的水池里，在这里梳理羽毛、随风起舞，吸引了宫中的一众女眷前来观看，女眷对它们赞不绝口。魔王金刚脐见到了这幅其乐融融的画面心情也变得愉快起来，便准许天鹅们在这里来去自由。

天鹅唱起了美妙的歌曲，一直在自己宫里玩耍的光照女也被吸引了过来，她的面庞皎洁如月光，具有独特的韵味。母天鹅淑姬乖巧地向光照女示好，光照女抱起了它，对它产生了喜爱之情。

当光照女将淑姬当作了自己的知心伙伴后，淑姬就开始夸光照女是天底下最美丽的姑娘，再也没人能比她更好看了，又说她应该好好挑选一位才貌双全的夫婿，以配得上她的美貌。光照女被夸得忘乎所以，心花怒放。

淑姬趁机说道："像你这样的美人，怎么能嫁给相貌丑陋的恶魔呢，在我见过的王子中，黑天之子明光不管是家世和容貌，还是人品和胆识，都是世界上数一数二的，他才应该是你的良配呢。他征服过无数恶魔，吸引了无数女子的爱慕，但可贵的是，他一直在苦苦追寻世界上最美丽的女子。我的公主啊，你仔细想想，他和你是不是天造的一对地设的一双？错过他你会后悔死的，要不要见他一面？"

光照女不由得对未曾谋面的明光产生了向往之情，她问淑姬怎样才能见到明光。淑姬说："请你告诉你父亲，有一只天鹅见多识广，有趣得很。然后你就等着我的好消息吧。"

光照女照做了，金刚脐果真召见了天鹅淑姬，问它都知道什么有趣的事。

天鹅就提起了艺人博陀的传奇事迹，只是故意隐瞒了黑天动过的手脚。金刚脐不知缘由，强烈地表示想要看到艺人博陀的表演到底有多精彩，让自己城里的子民也开开眼，就是不知道该如何邀请他来这里。

天鹅回答说："我曾经有幸见过他，如果我还能见到他的话，一定向他转告您的邀请。到时候，您就可以欣赏他和他的表演队的精彩演出了。说不定到那时候，您已经是天堂之主了呢。"

魔王飘飘然起来，直接说道："你可一定要请到那个艺人啊，事情做好之后来通知我，我将亲自迎接他们进城。"

天鹅淑姬就借口要寻找艺人，和其他天鹅一道飞回了天堂。因陀罗从淑姬口中知道了事情进展得很顺利，又急忙告诉了黑天，让他进行下一步的安排。

明光幽会光照女

黑天知道事情正在按照自己的计划进行。他召来明光，命令他去金刚城铲除金刚脐、迎娶光照女。之后，他施展魔法将三个儿子和一些雅度人变成了艺人表演队的成员，明光就带着他的兄弟山巴和伽陀与雅度族其他众英雄一起出发了，誓要消灭金刚脐。

天鹅告诉金刚脐艺人表演队在金刚城外等候入城，谨慎的金刚脐仔细观察了表演队的各个成员，由于黑天的魔法天衣无缝，金刚脐并没有识破明光等人的真面目。他大手一挥，准许身着艺人装的雅度众英雄进了城。

由于金刚城里住着很多恶魔，普通的艺人表演队都不敢进来表演。沉寂了许久的恶魔们看到雅度人精彩的开场表演，一个个高兴得摇头晃脑、手舞足蹈起来。恶魔们大方地送出了大量财物作为打赏，觉得有趣的雅度人表演得更加卖力了。

艺人们的名声在金刚城里打响后，前来观看的恶魔越来越多。这一天，表演队贴出告示，说将有美女们要表演火辣狂放的舞蹈，还要演出《罗摩衍那的故事》，恶魔们看到后兴奋极了，奔走相告。连一向忠于职守的宫廷卫士，也前来观看表演，并大声喝彩。

趁着王宫守卫松懈，天鹅淑姬来向光照女传信，对她说："明光王子已经知道了有关你的事情，他说要是你喜欢他的话，不管怎么样他都要来见你一面。约会的时间就是今晚，你且在宫中安心等待，也可以先去梳妆打扮一番。王子一定会如约前来。"

再过一会儿就要见到自己的意中人了，光照女既激动兴奋又忐忑不安，要求天鹅留下来陪着自己，天鹅答应了她的请求。

看着众恶魔已经被精彩的表演迷得神魂颠倒，明光放下心来，变成了一只蜜蜂飞到了光照女的宫中。而后，它就像是蜜蜂围绕鲜花打转那样，在光照女身边飞来飞去，还尝试着落到她的头发上、衣襟上、脸庞上。感到奇怪的公主用手赶它，心里想着明光怎么还不来，不禁开始骂这只蜜蜂可真够让人心烦的。

明光再也忍不住了，一边大笑一边现出了本来面目。对于他近在咫尺的英俊面庞，光照女的心跳忽然加快了，只知道呆呆地望着明光，连话都不会说了。机灵的天鹅迅速地悄悄溜走了，好让二人得以独处。

明光自我介绍道："美丽的姑娘啊，我叫明光。"

光照女还没有恢复理智，明光接着说："我对你一见钟情，还请你不要用沉默拒绝我的追求，快快对我吐露心声吧，能和你在一起恋爱结婚是我的荣幸。"光照女羞涩地向明光伸出了右手，表示同意和他结婚。两人手牵着手，在火神阿耆尼的见证下，举行了乾达婆式婚礼（指不公开式的婚礼），顺利结为夫妻。明光在当天晚上就和光照女行了夫妻之事，告诉她稍加等待，再过几日他就带她回多门。他的体贴和温柔让光照女心满意足。

光照女有两个玩伴，是叔父魔穆纳耶纳沙迦的女儿，分别叫曷德尔瓦蒂和贡纳瓦蒂。三人可以说是一起长大，白天她们经常聚在一起玩耍。

第二天早上，这两个女孩来找光照女出去看花，发现她的面颊上印着明显的吻痕，由于她俩不懂这是怎么回事，便连连追问光照女发生了什么事情。光照女就把事情一五一十地说了，并感谢天鹅为她找来了完美的无可挑剔的明光，让她享受到了做女人的欢乐。随后，她问两个妹妹是否愿意通过天鹅寻找意中人，两个姑娘都迫不及待地要试一试。由于这两个女孩并没有心仪的对象，也不知道什么样的男子会是合格的丈夫，便恳求光照女帮她们寻找夫婿，光照女同意了。

当天晚上，明光又来见光照女，她便对他说了两个妹妹的要求，问他是否有合适的人选。明光思考之后，推荐了自己的兄弟伽陀和山巴。光照女把这件事告诉了妹妹们，她们也觉得很是合适。次日晚上，在明光的帮助下，二女见到了伽陀和山巴，一番交谈之后，伽陀选择了曷德尔瓦蒂，山巴选择了贡纳瓦蒂，两对情人也举行了乾达婆式婚礼。如此一来，雅度族三兄弟便与光照女三姊妹结为佳偶了。

明光尽诛恶魔王

眼看迦叶波的祭典就要完成，明光也娶到了光照女，黑天觉得动手的时机成熟了。黑天骑着威武不凡的鸟王迦楼那直飞天堂，在因陀罗身边吹起了海螺号角。海螺号角声传入明光耳中，他明白这是父亲在召唤他，就赶到了天上。黑天命令道："儿子！动手的时候到了，你立即骑着迦楼那去把金刚脐杀掉。"明光领命而去。

明光威风凛凛地出现在金刚脐面前，向他发起了挑战，用百发百中的利箭和携带着万钧之力的铁杵打伤了金刚脐，令他倒在了地上。不等明光痛下杀手，金刚脐立马站了起来，一边骂明光是卑鄙无耻的雅度人，竟然骗过他进入了金刚城，一边拼尽全力用铁杵重伤了明光。在空中观战的黑天用自己的螺号砸向金刚脐，为明光恢复力气争取了时间。黑天又把自己那从不落空的神盘给了明光，如虎添翼的明光一挥手就用黑天的神盘割掉了魔王金刚脐的头颅。金刚脐的两个兄弟来为他报仇，瞬间就被明光夺去了性命。这些领头的魔王一死，金刚城里便炸开了锅，正义的恶魔们和阿修罗唯恐下一个被杀死的就是自己。黑天和因陀罗及时赶来，说他们不会残杀正义之士，让城中居民不必害怕。

最后，在天神之师祭主仙人的主持下，金刚城被分成了均匀的四部分。贾因陀之子维贾伊、明光之子无碍、山巴之子阿兹和伽陀之子尼布各自掌管一部分。这桩烦人的事终于得到了圆满解决，因陀罗再三向黑天致谢。黑天让他不必多礼，带着儿子们和儿媳们返回了多门城，优哉游哉地享受生活去了。

明光战败商钵罗

明光是黑天和艳光的儿子，他的前世身份是爱神。听说黑天有了一个可爱的儿子，一直没有生育的阿修罗商钵罗之妻摩耶婆蒂央求丈夫把这个孩子偷回来，当作他们的儿子。商钵罗照做了，刚出生一个星期的明光就这样离开了亲生父母。摩耶婆蒂见到明光后，认出来他前世是爱神，也就是她前世的丈夫。由于爱神惹恼了湿婆，湿婆才罚他下凡投胎为明光，还诅咒摩耶婆蒂下凡嫁给了商钵罗。摩耶婆蒂随之想起了前世她与明光恩爱的日子，不由得无限怀念，恨不得让明光迅速长成一个健壮的男子，好与她再续前缘。她命令奶妈们给明光哺乳大量奶水，以此来催熟他，明光的发育也的确比同龄人早了很多，年龄刚到了青春期，就已是壮年男子的模样。他那雄壮的身体引得摩耶婆蒂经常调戏明光，明光对此不胜其烦。

这一天夜里，摩耶婆蒂下决心要调戏明光，她悄悄地来到了明光的房间，抚摸明光，明光生气地推开了她。她没有停止，将自己的衣衫半遮半掩，在明光面前搔首弄姿。明光气血翻涌："我知道你是一个有正常欲望的女人，但你更是生我养我的母亲！哪一个母亲会像你这样不知廉耻？来做这种乱伦的丑事！"可摩耶婆蒂并不生气，把实情说了出来："我亲爱的明光啊，你难道就不感觉奇怪吗？哪一个阿修罗能像你这样貌美？说实话，你是黑天和艳光的亲生儿子，只不过是你生下来不到一个星期就被我和商钵罗抢来了。你的前世是爱神，我前世是你的妻子罗提，前世我们十分恩爱，这一世我们再续前缘有什么不对吗？"说完这些，她脱掉了自己的全部衣服，扑向明光。明光破门而出，朝把自己从父母身边抢走的商钵罗发泄怒气。

商钵罗还有其他妻妾，有很多亲生骨肉，一直都不太喜欢明光。此刻明光竟然对他不敬，他便出手准备教训明光，却没想到明光与他打了个平手。打斗声惊醒了商钵罗的儿子们和众妖魔，他们便一起攻击明光。

明光不愧是黑天的儿子，箭术高超，射杀了商钵罗的十个儿子，以及一百个恶魔。商钵罗心里后悔得要死，后悔自己为什么要养大一个这样的强敌，只能趁他现在还没有回到黑天身边，当机立断地杀死他，以防黑天来灭了自己全族。商钵罗摆下了阵法，命令全体恶魔都来围攻明光，即使如此，他们也没能把明光怎么样，不少恶魔反而还被明光打伤了。商钵罗见状恼怒极了，拿出了湿婆之妻雪山神女赐给他的金箍杖，这个武器诛杀强敌无数，是一把实打实的大凶器，出手就会杀死敌人。感知到了这些的因陀罗为了救明光，把自己的神甲和毗湿奴神器给了那罗陀，让他快去把这些送给明光，并告诉明光金箍杖的威力，让他快快逃走。转眼之间，那罗陀就做到了这些，还告诉明光迅速去多门岛寻求雪山神女的庇佑，如此才能在商钵罗的金箍杖之下博得一线生机。

明光便在多门城虔诚地向雪山神女祈祷道："啊，威镇三界的女神啊，您胸怀广大，力大无穷生下了战神鸠摩罗这样雄伟的儿子，又庇佑了万千向您祭祀的平民，您是我心里永不消逝的神光。我心甘情愿向您叩首作揖，心甘情愿为您供奉香火，以换取您美丽的笑容和舒畅的心情。伟大的女神啊，我即将参加恶战，请您庇护我的平安！"

这危急时刻的祷告尤其显得珍贵，雪山神女听到后展颜一笑。而后，她在明光面前显形，询问明光想要什么恩典。明光毕恭毕敬地说："啊，我的救命女神啊，若是我的话让您感到高兴，就请您救救我吧。您曾经赐给阿修罗商钵罗一根威力无穷的金箍杖，现在他要用它来对付我。我知道这个武器一定要打到敌人才罢休，那么，我请求金箍杖打到我时，不会给我带来伤痛，而是变成圣洁的莲花花环。"雪山神女欣然应允了。

明光返回战场之后，商钵罗迫不及待地对他使出了金箍杖，暗想这下明光必死无疑了。片刻之后，接触到明光的金箍杖就变成了一个圣洁的莲花花环，明光戴上花环后，闪耀若神人，商钵罗一下子呆住了。

明光一想到是商钵罗让自己从小就离开了亲生父母，受了很多磨难，不由得怒上心头，用那罗陀带给他的神器砸向了商钵罗。神器带着火光落在了商钵罗身上，立马把他烧死了。明光终于亲手除去了仇人，心里一阵轻快。他的事迹也传遍了三界，赞誉声一片。

明光带着摩耶婆蒂直奔多门城的王宫，大家都庆贺他年少有为。不知道内情的艳光却看着明光流下了眼泪，对明光说："我的儿子要是没失踪，现在也该和你一般大了，可惜他命不好，过早地离开了我。不知道为什么，我一看见你就想起了他，你是谁呢？"明光说自己是艳光那个多年前失踪的儿子，把事情的来龙去脉都说了出来，重新拥有了儿子的艳光紧紧地把明光搂在怀里，流下了喜悦的眼泪。因为这件喜事，多门处处张灯结彩，庆贺王子归来。

波那得志便猖狂

阿修罗波那因是魔王巴利的儿子，便一直自惭形秽，感觉在众神面前抬不起头来。诸多天神之中，波那最羡慕湿婆之子战神鸠摩罗，因为他有一对举世无双、威震三界的父母，谁也不敢轻易地看轻他、招惹他。有时候，波那会藏在暗处看战神鸠摩罗无忧无虑地玩耍，渴望自己能够和他一样，由湿婆和雪山神女做父母。

波那想通过勤修苦练感动湿婆和雪山神女，让他们收自己做儿子。订下这个计划后，他废寝忘食，把全部的心血投入到了修炼中。因此他一天比一天憔悴，却仍不放弃。他用自己顽强的毅力和坚持到底的品质感动了湿婆和雪山神女，两位大神问他有什么愿望。波那没有恳求财富，也没有恳求权力，只是问两位大神是否可以收他做儿子。湿婆听到这个别具一格的愿望后，不禁喜笑颜开，认为波那是个实诚人。于是，波那从魔王巴利的儿子摇身一变成了湿婆的儿子。湿婆又劝雪山神女说："我们只有鸠摩罗这一个儿子，未免有点儿孤单，就让波那做鸠摩罗的弟弟吧。我实在是太高兴了，波那在绍尼塔普尔城出生、长大，以后他也将居住在这里，那么我便为他守卫这座城。"成为尊贵的大神湿婆和雪山神女的儿子后，波那迅速在绍尼塔普尔建立了自己的政权。有了强大的父母做倚仗，波那一扫以前的颓唐，恨不得在众神、乾达婆和药叉前面横着走路。波那又努力讨好自己的哥哥战神鸠摩罗，让鸠摩罗也从心里喜欢他，愿意为他做一些事。鸠摩罗为了表示对波那的疼爱，把一面随风招展的旌旗和一只翱翔于九天的孔雀当作礼物送给了他。这下波那更加得意了，经常骑着耀眼的孔雀，伸展着自己的一千只手臂，在空中飞来飞去，想找机会挑衅、攻击众神，无奈的众神只好远远地躲着他，无不对他望而生畏。

没有对手的波那心里很不开心，他跑来问自己的父亲湿婆："伟大的父亲啊，您的威名传遍天下，成为您的儿子后，我也享受到了无上荣光，还打败了不少神仙。但现在都没有人敢和我打仗了，我觉得我的一身本领都没有了用武之地。因此我想知道，什么时候我可以再次痛痛快快地和别人进行战斗呢？"

湿婆回答说："你喜欢打仗，为父很是欣慰。还记得你哥哥送你的旌旗吗，哪一天它自己降落了，就是你能够打仗的时候了。"

得到答案的波那感谢了湿婆，又说自己想要打败天帝因陀罗，希望他成为自己的对手。对此湿婆没有给他明确的回复，只是让他回去等着战斗的到来。

渴望战争的波那得志便猖狂，甚至敢于在明面上欺压、打击其他神仙。由于波那拥有湿婆的庇护，众神对他的行为敢怒而不敢言。天帝因陀罗遭受的压力最大，时刻担心着波那来寻衅滋事，却又不能贸然出击，往日充满安宁的天堂乌云密布起来。

霞光梦中觅夫婿

湿婆和雪山神女经常在景色优美的地方散步，当他们来到了绍尼塔普尔城城边的河岸上游玩时，很多楼陀罗和仙女闻讯赶来，想方设法逗他们开心，以便为自己求取恩典。一个名叫绘画的仙女最为大胆，竟然变成了雪山神女的样子去戏弄湿婆，众楼陀罗看到了，索性全部化作湿婆的样子去戏弄众仙女。看到年轻人们打成一片，湿婆和雪山神女觉得自己也焕发了青春活力，就恩爱地站在一旁观看。这时候，波那之女霞光女赶了过来，当她看到湿婆和雪山神女那恩爱的样子时，不禁萌动了春心，开始想谁会是自己的心上人，真希望自己和那未知的他也能过上恩爱幸福的生活。

霞光女想着想着就开始叹气，一眼看穿了她心思的雪山神女就宽慰她说："这么美丽的一张脸上，怎么就挂满了忧愁呢？你不用羡慕我和大神湿婆之间的恩爱生活，不久后你也会过上这种生活，而且带给你欢乐的还是一位年轻帅小伙呢。让我仔细告诉你吧，今年的旧历二月十二夜里，你会梦到一个男人，他就是上天赐给你的伴侣，不过你要花费一番工夫才能在现实中找到他。"

知道了自己的爱情机密后，霞光女心里的石头落了地，身心轻松地找仙女们玩去了。没想到调皮的绘画偷听了雪山神女对霞光女说的话，大大咧咧的她就来戏弄霞光女："喂，美丽的姑娘啊！你就要找到你的伴侣啦，你即将告别少女的生活，怎么样，心里是不是很激动啊！"

脸皮薄的霞光女当下脸上飞起了两朵红云，一扭身就跑了，其他女友跟着她跑，开她的玩笑。

日子一天天地过去了，霞光女甚至都忘了雪山神女的话。到了旧历二月十二这天的夜里，霞光女入睡后果然梦到了一位英俊的青年。在梦里，这个青年直接拉住了霞光女的手，又把她的身体拥入怀中，而后深深地亲吻她，还抚摸着她……现实中的霞光女尖叫一声，从梦中醒了过来。心神不定的霞光女哭了起来，惊醒了和她同睡一床的绘画。

绘画和霞光女窃窃私语起来，交流梦中发生的一切。霞光女还是很伤心，认为梦中自己的纯洁受到了玷污。突然想起雪山神女预言的绘画赶紧安慰她说："别伤心了！那个男人不是别人，就是上天派给你的丈夫啊。你把女神的话都忘记了吗？"霞光女这才如梦初醒，高兴了一些，毕竟梦中的青年长得还挺帅。

霞光女又说："人海茫茫，我又很少出宫，什么时候才能碰到我梦中的那个男人呢？"

绘画答道："你还记得那个男子的相貌吧？我认为，既然他是上天指派给你的，就不会是什么籍籍无名之辈，一定是一个出众的男子。恰巧我认识所有有名的未婚男子，我一个一个地给你画出来，你好好认认哪个是他。这个办法行不通的话，我们再想别的招就是了。"

接下来，绘画按照自己的记忆画出了很多男子，霞光女一张一张地仔细对照，不停地摇头。直到她看到无碍的画像时，惊喜地问："他是谁？就是他，长得和我梦中的男子不差丝毫！"

绘画说："他叫无碍，是大神黑天之孙、伟大的斗士明光之子。"

霞光女说："那他就是多门的王子了？多门离我们这里那么远，我该怎样才能和他会面呢？再说了，我的父亲波那争强好胜，天天都在想着攻打雅度族，这样一来，他肯定不同意我出去找无碍。恐怕他看见了无碍，第一件要做的事就是杀死他。"绘画贴心地说："别担心了，我可以出去找他，把他带回来。有女神的话在，想必你父亲也不会棒打鸳鸯。你就安心地在宫里等我的好消息吧。"

绘画很快就飞到了多门城的王宫里，她想要带走无碍，但一是害怕无碍不同意和自己走，二是担心怎么和大神黑天交代。如果处理不慎的话，就很有可能引发波那和黑天之间的大战。犹豫不定的绘画突然看到了那罗陀大仙，觉得救星来了。她把霞光女的故事告诉了大仙，说自己很想带走无碍，又怕黑天震怒，可否请大仙帮她向黑天求情，让黑天同意无碍去见霞光女。

那罗陀说自己现在不会去报告给黑天这件事，因为他就想看神仙打架，打得越激烈他就越高兴，同时他教给了绘画迷惑世界的法术，让她直接带走无碍，说有什么后果他会承担。

没有了后顾之忧的绘画找到了身处美女群中的无碍，使用了迷魂法术，让美女们失去了意识。而后隐身的她向无碍发问："喂！英勇的无碍王子，你还记得昨天晚上在梦里被你夺去童贞的那位姑娘吗？你是否喜欢她、想要了解她？你愿不愿意跟我走，然后去见她，与她生活在一起？"无碍满口答应，迫不及待地想要出发。绘画怕他反悔，又说了霞光女的身世，以及雪山神女的预言，无碍仍然坚持要去见那位让他魂牵梦萦的姑娘。绘画就使用了魔法，在神不知鬼不觉的情况下，带着无碍回到了绍尼塔普尔城霞光女的宫殿里。

绘画带着无碍从天而降，霞光女十分惊喜，连连感谢了绘画好多次，而后，霞光女就和无碍走进内室，议定了终身。两人举行了乾达婆式婚礼，顺利结为夫妻，梦想成真。

两人互诉衷肠，过上了幸福的日子。雪山神女特别喜爱他俩，在他们身上布下了障眼法，使他们不会轻易地被别人发现。

波那与无碍之战

常言道，纸包不住火。

雪山神女有一天忘记了对无碍和霞光女施障眼法，来宫里寻找公主霞光女的侍卫便发现了正在与霞光女嬉戏的明光，不禁大吃一惊。侍卫连忙把这件事告诉了魔王波那，说这真是太荒唐了，一个不知来历的浑小子竟然敢缠在高贵的公主身边。波那大惊失色，第一个念头就是要杀死这个贼胆包天的男子。

一群侍卫带着兵器围住了霞光女的宫殿，扬言要杀死公主身边的男人，还请公主迅速离开他，以免看到血腥场面。霞光女心里很害怕，却没有丢下无碍，反而大力抱着他，表明自己要保护他的安全。

侍卫们与霞光女僵持不下，绘画担心会发生什么意外，便双手合十，祈祷那罗陀大仙前来。收到祷告的那罗陀大仙在绘画面前现形，让她不用担心。无碍用眼神询问那罗陀大仙该如何解决眼下的问题，那罗陀大声说道："不要畏手畏脚的，谁敢攻击你，你打回去就是了！"此前一直在防备的无碍听从了他的建议，打算和侍卫们切磋一下武艺。

宫里的侍卫们都是百里挑一的勇士，但就算他们加在一起同时动手，又怎么会是黑天之孙无碍的对手？不多时，仅凭一根门闩，无碍就把侍卫们打得落花流水、仓皇逃走，从内心对无碍产生了恐惧之情、受了伤的侍卫们对魔王描述了战争的情况，波那生气地让他们下去疗伤，带着自己的车夫贡邦德一起去往霞光女的内宫。一路上，波那心中十分疑惑，既想知道这个男子是谁，为何武艺不凡，又想知道到底是哪里出了疏漏，才会让一个青年男人出现在霞光女的宫殿里。受过湿婆恩典的波那非等闲之辈，是不可战胜的，看到他的身影，霞光女第一次感到了害怕，深深地为无碍感到担忧。

波那与无碍剑拔弩张的样子，让回到了天上的那罗陀看得津津有味。

波那直接亮出了他的一千只手，分别操起了刀、枪、剑、铁杵等兵器，让人望而生畏。无碍则是摆出了初生牛犊不怕虎的姿态，面对强敌毫不退缩，准备背水一战。波那用箭雨打头阵，让无碍来不及招架，之后用利剑刺伤了无碍，无碍的伤口流出血来。受了伤的无碍依旧不打算退缩，因勇敢而无畏，在波那的连番攻击下仍然抓住了机会，跳到波那的战车上杀死了他的战马。波那连忙用各种武器把无碍扫到了地上，无碍一时没能爬起来，波那便以为他死了，心情轻松了不少。可无碍一个翻身，又站了起来。

波那心烦意乱，自从成为湿婆的儿子后，还没有谁敢这么反抗他。他又和无碍斗了一会儿武艺，竟然露出了颓势。车夫贡邦德提醒波那："能和您打得旗鼓相当，这个青年一定出自武学名家，继续比武艺的话，我们占不了多少便宜。不如您施展出法力，他看不到您，就攻击不了您了，您好找机会把他绑起来，再做处理。"

波那认为贡邦德言之有理，施展法力让自己隐了身，失去了攻击目标的无碍只好停手。波那把很多条毒蛇变成了绳索，无碍被捆绑得无法动弹，却依然是无所畏惧的样子。波那看着无碍就气不打一处来，怒吼着："贡邦德！快杀了他！他竟然敢诱惑我的女儿，做出卑鄙不堪的事，这件事谁都不准说出去！"明辨是非的贡邦德回答说："大王，臣有一言，不知当讲不当讲。那就是我们不能轻率地杀死这个青年，一是我们要弄明白他的身份和目的；二是他已经和公主悄悄结了婚，我们要考虑公主的意见，以免您杀死这个青年后，公主与您反目。总之，谋之而后动吧，暂且不要杀他。"贡邦德的话在情在理，波那只好命令谁也不许私自放走这个青年，一定要严加看管。

那罗陀见事情发展到了这个地步，为了无碍的性命着想，他打算让黑天来救无碍。

寻找无碍

由于绘画是用魔法带走无碍的，多门岛的人对此毫无察觉，只是在发现无碍失踪后，变得人心惶惶起来。道理很好理解，无碍是黑天的孙子，连他都会被人劫走，敌人要是想劫走其他人或者做点什么坏事岂不是易如反掌？雅度人从来不害怕真刀实枪的明面争斗，却在心里对潜伏在暗处的敌人感到害怕。无碍是多门的人看着长大的，深受百姓喜爱，他失踪后，最伤心的就是那些年长的女性们，而她们又最容易流眼泪，因此一时之间，多门岛上的号哭之声不绝于耳。这些号哭声又勾起了男人们的愁绪，大家纷纷猜测是谁无声无息地劫走了无碍。

黑天是大神毗湿奴的化身，世上哪有什么事是他不知道的呢？只是为了能够早日铲除波那，还众神一个安心，他不得不对无碍的行踪保持缄默。后来，多门人民闹腾得越来越厉害，黑天擂鼓准备召开会议，民众纷纷赶了过来。

会议的主题是谁把无碍劫走了。人们首先要求黑天派出大量人手去寻找无碍，而后开始七嘴八舌地埋怨黑天，说他一直是众神的倚仗，却找不到自己的孙子。面对人们的指责，黑天举了明光的例子，说明光可以依靠自己的力量杀死敌人、返回多门，无碍就该向他的父亲学习，进行自救，化险为夷。不消多说，人们激动了起来，说万一敌人太过强大，无碍打不过怎么办？恰好派出去的人也回来了，说哪里都没有无碍的踪影。人们更加沮丧了。

在一片叹气声中，雅度人的统帅阿那德里什提说出了自己的意见："大神黑天虽然帮天帝因陀罗铲除过阿修罗，获得了他的感谢，但在此之前，黑天曾因为波利迦多神树和因陀罗大战了一场。以我之见，八成是因陀罗忌妒黑天的才能，又为神树在心里仇恨黑天，这才绑走了无碍作为报复。"人们对此议论纷纷，黑天坚定地说："大家快别胡思乱想了，因陀罗身为天帝，怎会做出如此勾当。不仅他不会做，众天神、乾达婆、药叉以至罗刹都不会做。倒是那些精通魔法、贪恋无碍美色的恶魔的女人们，只有她们既有动机又有能力做出这件事。"人们觉得这个说法很有道理，准备第二天再继续讨论。

次日，人们早早地来到了会议现场，发现那罗陀大仙也来了。双方见礼之后，大仙问雅度人为何一副愁眉不展的样子。黑天说："我的孙子无碍失踪了，大家为此忧愁。不知道大仙有没有破解这个难题的线索。"

那罗陀大仙说："我恰好知道这件事，无碍去了绍尼塔普尔城，现在被阿修罗波那关押在他的宫里。"之后，他把无碍与霞光女的事和盘托出，直接讲出了事情的结果："波那与无碍进行了激战，由于波那不能在武力上战胜无碍，便使用魔法把他绑了起来。波那本来是打算直接杀死无碍的，由于大臣贡邦德的阻劝，无碍暂时留住了一条性命。但波那迟早都会施刑的，你们越早过去，无碍被活着救出的可能性就越大。"

那罗陀的话解开了人们心中的疑团，同时也点燃了他们心里的怒火，波那太不把雅度人放在眼里了，一定要给他好看！在场的雅度族英雄们个个跃跃欲试，想要去暴打波那。

看着大家群情激奋的样子，大神黑天马上点兵派将，向绍尼塔普尔城杀去。他叫上大力罗摩和明光作为前锋，骑上鸟王先走了。众天神在天上为黑天送行，祝福他早日获得胜利。大神黑天将自己的身躯变大了好多倍，把自己的八只手臂都展现了出来，并把自己的神盘、铁杵、长矛、盾牌、弓箭和法螺这些武器都拿了出来，最后，黑天又长出了一千个头颅，看上去让人又敬又怕。而大力罗摩则变出了上千个身躯。他们很快就到达了绍尼塔普尔城，城外围绕着一周熊熊燃烧的火焰，阻拦了他们的去路。这道火墙是疼爱波那的湿婆命令火神阿耆尼设下的。连见多识广的迦楼那都感叹道："这火可真够大的！普通人的身体一接近就会被烤化，连天神也不敢轻易接近吧。"黑天说："迦楼那，别光顾着感叹了，灭火的事情还得指望你，否则我们就进不了城了。"迦楼那闻言，立马飞去了大海，长出了一千个头，每个头里都储满了海水。鸟王又来到火墙边，一千个头同时喷水，这才浇灭了熊熊烈焰。黑天、大力罗摩和明光得以继续前进。

火神阿耆尼看到自己设下的火墙被浇灭，而鸟王迦楼那背上又像是载了怪物一样，不由得上前去进行阻拦。阿耆尼们开始围攻黑天、大力罗摩及明光，双方交起手来，弄出了很大的动静。王宫里的波那隐约听到了打斗声，吩咐手下去看看外面是什么情况。

波那的手下不敢靠得太近，就在远处观战，发现除了黑天三人和众阿耆尼外，支持波那的安吉罗仙人也驾着战车加入了战斗。

尽管火神阿耆尼们和安吉罗仙人也算是有本事的神仙了，黑天却对他们的攻击不以为意，轻轻松松地就杀死了一些安吉罗大仙和阿耆尼，还活着的阿耆尼立马向城内逃去。

大神黑天正准备攻破城门，那罗陀大仙说："慢着！黑天，你即将踏入绍尼塔普尔城，去剿灭魔王波那，但我要说的是，大神湿婆是这座城市的守卫者，湿婆神、雪山神女和战神鸠摩罗不仅在此居住，还都是波那的亲人，你确定要与他们为敌吗？"

黑天毫不犹豫地回答说："哪怕是毁灭之神湿婆也亲自帮助阿修罗波那，我依然无所畏惧！要战便战吧！"黑天说完，便吹响了他独有的法螺，用法螺声宣告黑天与湿婆之间的大战拉开了帷幕。

黑天战湿婆

黑天用法螺昭告三界自己将要铲除魔王波那,为此不惜付出任何代价。法螺声结束的时候,黑天一马当先,带头冲进了绍尼塔普尔城。

波那知道黑天亲自来攻打自己,心里竟然有一些激动:终于有人愿意和我打仗了!他命令手下擂起战鼓,拿来他的铠甲、宝剑和神弓等装备,恨不得将自己武装到牙齿。波那带着他的魔鬼兵团上了战场,魔鬼士兵人多势众,一起出现时竟然把日光都遮挡了起来,他们张牙舞爪地向黑天等人扑去,面目可怖。大力罗摩说:"我们站着不动的话,就会被这些魔鬼包围起来,他们会用车轮战耗光我们的力气,不如我们分头作战,各自负责一个方向的敌人,把他们消灭干净。"黑天同意了。

三人像脱笼的猛虎回归山林,又像骁勇的蛟龙进入大海,势不可当地杀入各个方向的魔鬼士兵中,几乎全部是一招制敌,干脆利落。面对这样从未见过的强敌,魔鬼士兵开始害怕了,他们失去了战意,边打边逃。魔鬼劫瓦尔是波那的好朋友,这会儿他亲自上场来对付雅度人。因为他本领高强,带着一柄能发射出火焰、让敌人饱受炙热之苦的武器,所以他很轻松地在雅度人的军队里杀出了一条道路,直接抵达了大力罗摩身边。劫瓦尔故意挑衅大力罗摩:"呦,这是从哪儿来的放牛小子?竟然敢来这里逞威风,既然来了,就尝尝大爷我的厉害,把性命留在这里吧!"劫瓦尔用武器向大力罗摩发射了火焰,预感不妙的大力罗摩连忙躲开,火焰就烧着了他身后的山峰,滚落的山石带着火焰砸到了大力罗摩身上,大力罗摩立刻就尝到了被烈火炙烤的痛苦,连呼吸都变得不顺畅了。他急忙大声向黑天求助,黑天让自己的身体贴着大力罗摩的身体,消除了大力罗摩的痛楚。劫瓦尔见状明白了黑天才是最厉害的敌人,连连向黑天出手,奇怪的是他发出的火焰明明烧着了黑天,却总在瞬息之间自动熄灭。劫瓦尔只好选择了肉搏,与黑天对打了起来，长手长脚的黑天抓住了劫瓦尔，把他狠狠地摔向地面，狡猾的劫瓦尔却跑到了黑天的肚子里，在里面翻滚闹腾，让黑天失去了平衡。神通广大的黑天动用了"毗湿奴火"，用圣火把劫瓦尔逼了出来，恼怒的黑天吸取了上次的教训，打算亲手把劫瓦尔大卸八块。劫瓦尔大喊不要杀他，他愿意投降，天上也传来了声音，请求黑天放过劫瓦尔。黑天命令劫瓦尔再也不许攻击雅度人，然后饶过了他。

波那迟迟没有出来亲自对抗大力罗摩、黑天和明光，魔鬼大军就像飞蛾扑火那样扑向黑天等人，落得了身首异处的下场。这场战争成了单方面的压制，魔鬼兵团死伤惨重。

波那本来是很高兴有人来挑战自己的，此刻却吓得躲了起来，偏心波那的湿婆不忍心看到魔鬼兵团溃不成军，骑着大白牡牛南迪，带着战神鸠摩罗亲自来到了战场。看到他们全副武装、气势汹汹的样子，黑天明白湿婆是下定了决心要插手这件事，不禁在心里埋怨湿婆被情感冲昏了头脑、失去了理智。

黑天越想越生气，把怒气转换成了无尽的战意，连续不断地对着湿婆射出了箭雨。湿婆本以为黑天会看在自己的面子上主动撤兵，当下受到攻击后怒不可遏，同样用箭雨回敬黑天。黑天使出了能够掌控风雨的武器"云雨"，湿婆张开了嘴巴，释放出烈焰抵抗风雨。两位大神的战斗造成了巨大的影响：风雨侵袭着大地，烈焰灼烧着树木房屋，被波及的地面震动个不停。

身心俱疲的大地女神只好来向大梵天求助，她委屈地哭诉道："天理何在！黑天和湿婆本来是来拯救我的苦难的，现在他们却打了起来，加深了我的痛苦。我再也无法忍受了，还不如让我沉入海底、远离纷争好了！"

大梵天安抚她说："仁慈的大地啊，你再稍微等等，你的负担一定会减轻的。"

大梵天降临在战场上，阻止了正在打架的黑天和湿婆，他指责湿婆说："你的理智去哪里了？怎么能因为要保护波那而对黑天出手呢？你忘了黑天是你的灵魂吗？快停战吧。"湿婆回答说："是我太偏爱波那了，我这就撤走，让黑天做他该做的事。"最后，湿婆与黑天握手言和，带着自己的人离开了。

黑天战魔王

波那看到连自己最大的倚仗湿婆都离开了战场，只好亲自上场，渴望能够挽回败局。单论武艺，只能和黑天之孙无碍打个平手的波那自然打不过黑天；论坐骑的威力，战神鸠摩罗送给波那的孔雀也不是鸟王迦楼那的对手。黑天一方占据着上风，不一会儿就打晕了波那的孔雀，波那本人也狼狈地倒在了地上。

波那一蹶不振，开始反思自己从前的所作所为，明白自己到了现在这一步，全都是自作自受，后悔自己没有好好地待在湿婆和雪山神女身边侍奉他们，没事儿就出来打架。

波那可怜巴巴的样子湿婆看在眼里，疼在心里，他想起了波那往日的孝顺和乖巧，心里一软，命令自己的手下南迪驾着战车去帮助波那，在紧要关头保护他。南迪照做了，波那在湿婆送他的战车上恢复了全部的力气，还召唤出了能够击毁任何其他武器的大梵神箭，大梵神箭威扬四海，无人敢掠其锋，黑天看到后，立刻收起了自己的神弓，转而把自己那从不落空的神盘拿了出来，打算在波那发动大梵神箭前杀死他。

湿婆看透了大神黑天的心思，连忙叫道："雪山神女！快去救救波那！等到黑天发动神盘后，波那就必死无疑了！"

雪山神女赤身裸体地出现在黑天面前，促使他停下了手中的动作，转过了头避让女神，这样一来，黑天就没能及时地杀死波那。黑天无奈地对雪山神女说："您以女神之尊，为了救波那，不惜褪去了自己所有的衣衫。可这也只是能推迟一会儿我动手的时间，不杀死波那，我无法安心地离开。"女神说："黑天大神啊，您是男人中的翘楚！您创造了万物，庇护了万民，您的仁慈遍及三界，怎么就不能放过波那呢？我是他的母亲，我有义务保护我的儿子啊！当初我施予他恩典的时候，就答应过他要护他周全，我怎么能做一个言而无信的人呢？请您让波那活下来吧！"黑天认真考虑了一会儿，回答说："女神，不是我一定要狠心地杀死您的儿子，是您的儿子作恶多端，经常用他的一千只手欺负别人，简直就是飞扬跋扈。看在您为他求情的分儿上，我可以留他的性命，但我必须砍下他的九百九十八只手，让他没有能力再去作恶。"女神答应了黑天的要求，转身离开了。黑天嘲笑波那说："你以前不是很威风吗？如今却在女人的保护下才留住了性命，滋味如何？"黑天说完就发动了神盘，砍去了波那的众多手臂，只给他留下了两只。波那痛苦地大吼起来，吼声里含有对黑天的怨恨和不满，黑天听到后，为了免除后患，想要用神盘彻底杀死波那。战神鸠摩罗和大神湿婆及时地赶来了，一起向黑天求饶，让他放过他们的亲人，留波那一条命。黑天只好答应了。

波那认湿婆和雪山神女做父母，从一开始的骄傲自大，变成了如今的改邪归正。由于黑天给了湿婆情面，湿婆与黑天重修旧好，波那与黑天也不再敌对。

霞光女与无碍完婚

结束了战斗的黑天召唤出那罗陀，问他无碍身在何处。那罗陀说无碍在波那的女儿霞光女的宫里，黑天就往霞光女的宫里走去，碰到了仙女绘画。绘画怀着崇敬的心情为黑天领路。当黑天看到被捆绑的无碍后，化作绳索的众蛇，害怕鸟王迦楼那杀死它们，本能地逃命去了，黑天仔细查看无碍的伤势，瞬间治愈了他的伤口，告诉他不必害怕，自己已经战胜了魔王波那，他可以没有顾虑地与霞光女在一起了。无碍便祝贺了祖父的胜利，感谢他为自己所做的一切。当然，对于参战的大力罗摩和明光、迦楼那，无碍也对他们感激有加。

无碍向亲人们引见了霞光女，霞光女没有因为父亲的事怀恨在心，乖巧地向大力罗摩、黑天、明光和迦楼那行了礼。因陀罗在天上看到了这一切，命令那罗陀替自己向黑天致谢，并去做无碍和霞光女的证婚人。那罗陀领命而去，祝贺黑天找回了孙子，提出成亲的建议。众人都觉得这是一个不错的提议，只是举行婚礼要用的物品太多，一时来不及准备，这是个亟待解决的难题。这时，贤能的贡邦德带着早就准备好的婚礼用品出现了，他首先向黑天行礼致敬，说："神通无边的大神啊！我愿意成为您的追随者！您可知道，我已经仰慕您很久了，今天终于见到了您。"大神黑天已经从那罗陀那里了解到了贡邦德的事迹，知道是他从魔王手下救了无碍，一直记着他的恩情。于是，黑天回答道："贡邦德，贤能的人啊！我感谢你为我的孙子求情，从今以后我会庇护你。为了报答你的恩情，让你的才能得以施展，我决定把绍尼塔普尔城交给你掌管，你就与你的追随者住在这里吧，希望你能让这座城市焕然一新。"贡邦德感激涕零，成了绍尼塔普尔城的新一任国王。

吉日来临时，霞光女和无碍如愿在众人的见证下结为了夫妻。很多人都来参加他们的婚礼，欢乐的气氛充斥城中，人们得以欣赏了仙女们优美的舞姿。

黑天大战伐楼拿

心满意足的黑天打算回到自己的国家，贡邦德请求道："大神，波那曾把属于绍尼塔普尔城的数千头奶牛输给了水神伐楼拿，这些奶牛很珍贵，请您说服水神，让这些奶牛回到绍尼塔普尔城吧。"黑天同意了。

迦楼那载着黑天飞到了大海上空，看到海岸边有数千头奶牛，他询问迦楼那道："贡邦德想要的就是这些奶牛吗？"

迦楼那回答说："依我之见，这些与众不同的奶牛正是我们要找的。"

黑天难得地八卦起来："老伙计啊，从我妻子萨特雅巴玛那里听说，这些特殊的奶牛产的牛奶里蕴含着特殊的力量，天神们只要喝下一点，就能够获得无尽的寿命和强健的体魄，因此经常有天神去偷喝牛奶。怎么样，你有没有动心，要不要去偷喝一些。"迦楼那回答说："恐怕事情没有我们想得那么容易。你看，我们已经暴露了，我还没有动身，那些奶牛就已经藏进了大海中，寻求伐楼拿的庇佑。你且等着，我去把奶牛抢过来。"迦楼那说完，就放大了自己的身形，展开自己巨大的翅膀，把海水扇得涌起了波浪。伐楼拿的手下们感知到了异常，成群结队地来抵御迦楼那，双方打了起来。黑天认为这些人是在以多欺少，为了不让鸟王吃亏，他也参加了战斗，逼得伐楼拿的一部分手下立马退出了战场。这时，接到报告的水神伐楼拿派出了六千车兵，他们全都乘着战车，声势浩大。大力罗摩、黑天、明光、无碍和迦楼那一起出手，用箭雨逼退了这些车兵。

生气的伐楼拿再也忍不住了，不顾自己与黑天之间的力量悬殊，亲自上了战场。水神吹响了螺号，表明自己向黑天发起了挑战。黑天听到后，也吹响了自己的法螺，表明自己接受水神的挑战。水神不同于其他神仙，是世界的原始基础，因此众天神都很关注这场战争，想看看水神战败后世界会不会崩塌。水神和黑天的这场战争可以算是意气之争，失去了理智的双方都拿出了自己顶级的武器，伐楼拿的武器颇具威力，黑天就用毗湿奴神器进行对抗。水神的武器携带着众多海浪冲向黑天，黑天则用毗湿奴神器释放出熊熊烈火，瞬间蒸发了海水，还烧死了水神的很多士兵。伐楼拿看到士兵们在火海中痛苦地翻滚，他恢复了冷静，他向黑天求饶道："仁慈的大神啊！您创下了累累功绩，收获了太多赞誉，因此您变得内心膨胀了，不允许别人挑战您的权威。您难道忘了我是您创造出来的吗？可因为我的过失，您就大动肝火，让火焰吞噬了我的士兵，这对他们来说，是何其的不公平！我现在向您认输、请罪，还请您收起火焰，恢复冷静吧。"

大神黑天压抑了自己的怒气，收起了毗湿奴神器，宽容地说："水神，我已经按着你的要求停止了攻击，那么作为战败的一方，你最好交出奶牛，我们就此言和。"水神伐楼拿又不卑不亢地答道："大神，少安勿躁，还请您听听我的心声。这些奶牛的前任主人是波那，他与我达成了契约，把奶牛转让给了我。如果我无缘无故就交出奶牛，就等于违背了契约，众天神都会因此嘲笑我、谴责我，我还有何颜面面对世人呢。如果您一定要带走这些奶牛，还请您想出一个好主意，让我不要违背契约。否则，我会拼命保护这些奶牛，付出生命也在所不惜，以维护那比生命还要珍贵的名誉。我的话说完了，您仔细考虑一下吧。"

大神黑天表示，自己并不知道伐楼拿是合理拥有这些奶牛的，既然如此，他不会再为难水神。黑天还赐下恩典，使水神可以去任何地方。水神感谢了黑天对他的包容，愉快地离开了。

因陀罗、众天神、乾达婆、仙女、紧那罗和其他人都被黑天的气度所折服，在黑天回到多门岛后，他们也降临了多门岛，向这里的居民歌颂黑天的品德和功绩。居民们一下子见到了这么多特殊的客人，热情地招待了他们，对黑天也更加敬佩了。

吉罗娑神山之行

在黑天刚与艳光成亲后不久,黑天一鼓作气,杀死了多门周围的所有恶魔,征服了那些敌对的国王,创造出了一个没有危险的居住环境,雅度人便在这里安心地住下了。

日子一天天过去,艳光想要一个孩子,因此她向黑天请求道:"你觉不觉得,一个可爱的孩子会为我们的生活带来更多欢乐?今天我在外面看到一位年轻的母亲与她的孩子快乐地在一起嬉戏,心里别提有多羡慕了。你总说爱我,如果这是真的,就请你满足我这个愿望吧,让我也享受一下做母亲的快乐。"

黑天轻轻地笑了,说:"我还以为你有什么难以完成的心愿呢,原来只是想要一个孩子,我当然要答应你了,因为我也想有自己的孩子。事不宜迟,我这就动身去吉罗娑神山,居住在那里的大神湿婆肯定会赐我们一个孩子。你就耐心地在家里等我回来吧。"

艳光起身为黑天打点行装,嘱咐他早去早回。

准备出发的大神黑天召唤来了鸟王迦楼那:"我的老搭档啊,陪我去一趟吉罗娑神山吧。我要去见见湿婆,让他给我一个孩子。"于是,在外游历的鸟王就回到了黑天身边,载着他向吉罗娑神山飞去。

鸟王用最快的速度带着黑天到达了目的地。当大神毗湿奴还没有化身为黑天时,曾在吉罗娑神山进行了为期一万年的修行生活,以此为万物祈福。一万年的修行结束后,大神毗湿奴把自己分裂成了两半,一半成为那罗神,另一半成为那罗延神,为世界做了很多好事。而吉罗娑神山也因此有了"圣地"的称号,千万年来,来这里朝拜或者寻求解脱的人络绎不绝。

黑天打算在神山脚下的枣林里歇息一晚,因此他没有立即上山,而是不住地打量四周的景色。他看到了虔诚的人们正在进行着祭祀,鸟儿用美妙的歌声表达自己的畅快之情，乳牛毫不吝啬地任人挤奶……星光闪烁，清风拂面，黑天对这片土地有了一种全新的认识。

拯救铃耳

人们完成祭祀后，惊喜地发现大神黑天竟然到达了这里，他们简直不敢相信自己的眼睛。片刻之后，他们欢呼雀跃，不约而同地向黑天念了一段祷告词，告诉黑天他们将要去打猎，稍后会把最美味的猎物呈给黑天吃。黑天没有拒绝他们的好意，明白他们如此只是为了从自己这里求取恩典，并不是全心全意地崇敬自己。

黑天趁着夜色在这里转了一圈，而后走进了那罗——那罗延茅庵，这正是毗湿奴多年前曾居住过的地方。黑天决意在这里度过一晚，重温修行时的感觉。黑天在闭目打坐时，突然一个面目可怖的魔鬼闯进了茅庵。

这个魔鬼长得很丑陋，头发长得都垂到了地上，身上沾满了污垢，更让人吃惊的是，在这个整洁庄严的圣地，他竟然直接啃食正在往下滴血的生肉。看到他这副样子，普通人心生嫌弃，都会远远避开。正在打坐的黑天睁开眼睛，看到了这个肮脏的魔鬼，却没有赶他走。魔鬼大喊大叫道："嘿，修行者，我要去寻找大神毗湿奴，你可知道他的下落？你是少数没有嫌弃我的人，跟我说一下你的来历吧！"

黑天认真地回答道："我是个刹帝利，出生在雅度族，信奉达摩。我平日里最喜欢铲除坏人，保护善良的人，我来是为了会见大神湿婆。我说完了，现在你也介绍一下你自己吧，你怎么能够带着满身的污垢跑到圣地来？要是被那些喜好整洁的人看到了，他们一定会追着打你。你找毗湿奴又有什么事呢？"

魔鬼答道："我叫铃耳，以吃肉为生。我曾经不自量力地对抗过造物主毗湿奴，后来落下了一个听到他的名字就头痛的毛病。因此，我不得不在自己的耳朵里装了铜铃，让铃铛声充斥我的耳朵。为了不再遭受痛苦，我祈求大神湿婆让我解脱，正是他指点我去皈依毗湿奴，来那罗——那罗延茅庵。我已经想好了，如果我能得到解脱的话，我将成为大神毗湿奴的忠实追随者。我的另一个愿望是去多门见识见识大神黑天的风采，听说他对他手下的雅度人很好。如果这两件事都能完成的话，我这一生将再也没有什么遗憾。"说完，铃耳便用期待的眼神看着黑天，像是在询问他能不能帮助自己达成愿望。

大神黑天原本是很反感这个茹毛饮血般的魔鬼的，认为他应该做了很多坏事，但在听了魔鬼的话后，黑天改变了自己的想法。于是，他迎上了魔鬼的眼光，说："看着我吧，我现在的面目就是大神黑天，你的第二个心愿完成了。当然，我也是大神毗湿奴，你的虔诚打动了我，我将会显出真身，让你脱离苦难。"黑天说完后，就显出了大神毗湿奴的真身，整个人看起来无比庄严、圣洁，像是一轮熠熠生辉的太阳。接着，黑天轻轻一指，用法力解除了铃耳的痛苦。

铃耳激动地辞别了大神黑天，开始了自己的新生活。

黑天会见湿婆

第二天早上，大神黑天登上了吉罗娑神山。这座神山承载了很多神仙的记忆，比如说大神湿婆曾在此和雪山神女约会、散步，生主悉陀和紧那罗等众神也曾在此聚会畅饮，等等。黑天在这里缅怀了一下过去，发现自己好久没有长时间地修行过了，因此决定在神山进行为期十二年的修行。他回头看了一眼山脚下的景色，在山顶上莲湖的北岸辟出一块平整的土地，脱下了身上的华服，换上了最低等的粗布衣衫。黑天选择印历十二月作为苦修的开始，在迦楼罗的帮助下完成了祭祀仪式，便在原地打坐，一动不动地苦修起来，任凭风雨吹打着他的身体。为了表明自己的虔诚，黑天几个月才吃一次饭，他的全部饮食就是蔬菜。直到修行进行了十一年零十个月时，黑天才召唤湿婆，准备结束自己的修行。

有朝拜神山的人把黑天在此苦修的消息传了出去，众神纷纷赶来看他。天帝因陀罗最先到达，接着依次是骑着水牛的阎摩王、骑着天鹅的水神伐楼拿，以及一些天神。最后，众天神、婆薮、众楼陀罗、悉陀大仙、乾达婆、药叉、紧那罗、天女都围坐在黑天周围。

众大仙和众神不敢出声打扰黑天的修行，只好用目光交换彼此的想法，表达心中的疑惑。是啊，造物主黑天还能有什么不如意的地方，需要苦修才能圆满呢？又过了一些日子，十二年的修行结束了，大神黑天才睁开眼睛，看到湿婆如约前来，还带着雪山神女、财神俱比罗和众药叉。

面对湿婆的到来，大神黑天带头赞颂他道："伟大的湿婆大神！荣耀的世界之主！永恒的胜利之士！……"其他人也跟着唱了起来。黑天又单独对湿婆施礼："睿智的大神！万千子民爱戴的人！千言万语不足以表达我对您的敬意，您满足了多少人的愿望！祝福您身体康健，永远庇佑人民、守护三界，把无私的爱撒播给您狂热的信徒！"

湿婆听了这一番真诚的夸赞后，也开始夸赞毗湿奴的化身黑天："黑天大神，您才是三界最伟大的神明！我已经知道了您苦修十二年的事迹，您何苦这样为难自己呢？但凡您有什么要求，我赴汤蹈火也会帮您做到啊，能为您效劳，是我的荣幸。我知道您想要一个孩子，在您登上神山的时候，我就把他送到了您的妻子艳光的腹中，他叫明光，前世是爱神。不知道您是否还记得，在世界历史的第一时期，我选择了苦修，在众山之王让他的女儿雪山神女来看望我时，天帝因陀罗故意派爱神来扰乱我的修行。我睁开了第三只眼睛，杀死了爱神。他现在投胎成了您的长子明光，我说的话都是真的，不信您可以回家证实一下。无论如何，您的行动还是为那些苦修者做了表率，我相信会有更多人用苦修的形式让自己的心灵变得澄澈，世界上的孽障也会慢慢减少。"

众神簇拥着大神黑天下了山，接受了修行者的膜拜，随后就各自散去了，黑天依旧留在神山山脚下的枣林里。从这之后，信奉黑天的人越来越多了。

榜吒罗王自视强大

黑天苦修十二年之后，声誉传播得更广了。榜吒罗国王听后很不服气，认为黑天之所以被人膜拜不过是因为他掌握着威力巨大的神盘，而榜吒罗国王认为黑天的神盘不如自己的神盘厉害，人们应该崇拜自己。

榜吒罗国王若是正大光明地向黑天发起挑战，要求一试神盘高下也就罢了，他却集结了一众国王，然后当众口出狂言："黑天有的武器，我也全都拥有，而且比他的更厉害！我的好友阿修罗纳尔迦命丧黑天手中，我决定去教训一下这个牧童出身的黑天，让他不要再那么狂妄，乖乖地躲起来，别碍我的眼。从今以后，我的名字就是'持法螺—神盘—铁杵的大神富天'，你们就这样称呼我吧，胆敢不照做的人，我会抢走你们的财富和土地，让你们知道我的厉害！"

面对榜吒罗国王的狂妄之语，尊敬黑天的国王沉默不语，假装出臣服的样子。也有一些看不惯黑天的国王趁机大喊："杀死黑天！杀死黑天！"

过了没几天，在人间、天界四处游荡的那罗陀大仙光临了榜吒罗国，榜吒罗国王将他尊为上宾，但当他夸赞黑天时，榜吒罗王一下子就翻脸了，在他面前把黑天狠狠地骂了一顿，扬言等自己集结完军队，就去踏平多门、杀死黑天，最后还把那罗陀赶出了他的国家。

颜面尽失的那罗陀生气地来到了枣林，向黑天控诉榜吒罗王的无礼行为，提醒他赶快回去保卫多门的安全。黑天知道后，说："让他耍威风吧，等到了我面前，他就知道什么叫作真正的厉害了。"

榜吒罗王终于集结完了所有军队，他带着庞大的军队和埃迦拉沃耶等反对黑天的国王一起向多门进发了。为了保证胜利，他们是在夜里发动进攻的，而这个时候，毫不知情的雅度人正在香甜的梦乡里，城门的防御也很薄弱。榜吒罗王派人到多门城的城门前大喊道："你们那英勇的黑天大神、善战、成铠和大力罗摩都在哪里？让他们滚出来，和我们一决高下！"雅度人惊醒，勇士们迅速集结起来，在善战的带领下开始应战。

由于榜吒罗王一方的准备太过充分，雅度人一开始就落了下风。等到天亮之后，双方暂时停战，雅度人进行了清点，发现己方的寓天之子尼奢特和萨兰、猛军、乌德沃、阿鲁迦尔等众英雄全都受了伤，还有一些勇士直接死在了战场上。幸运的是，多门城的城门没有被攻破，城中居民暂时还是安全的。但好景不长，榜吒罗王再来叫阵时，没有谁能够起到黑天这个主心骨的作用，带领雅度人奋勇杀敌。雅度人勉强支撑了一会儿，就从战场上撤退了，乘胜追击的榜吒罗带着士兵冲进了多门城。这群杀红了眼的人一进入城里，就对那些金碧辉煌的建筑开始了疯狂的破坏。没一会儿工夫，东边的宫殿就化为了废墟，被黑天委托保卫多门城的善战又羞愧又难过，决意出手阻止敌人的恶行，否则怎么好意思拿一堆废墟和黑天交代。

善战带着足够的箭支来到了战场，用百发百中的箭术杀死了不少敌兵，敌人赶快躲了起来。善战开始叫阵："你们那位不可一世的榜吒罗国王在哪里？趁着黑天大神不在来偷袭多门算什么本事！我只是黑天手下的一个小兵，但我认为，榜吒罗连我都打不过！要是他出来了，我立刻就会杀死他！"

榜吒罗自持身份，派自己的一个密友去杀善战，结果被善战一箭射死了。榜吒罗恼怒地和善战打了起来，双方势均力敌，打得难分难解，一时难以分出胜负。榜吒罗手下的士兵生怕国王命丧于此，不停地给他加油助威。大力罗摩不忍心看善战孤军作战，加入了战争，尼沙德国王埃迦拉沃依上前和罗摩交手，结果被大力罗摩打得落花流水，尼沙德国的士兵急忙上前帮助国王，将大力罗摩层层围了起来。大力罗摩看敌人以多欺少，便拿出了自己使得最顺手的犁铧和连枷，像翻耕土地那样杀死了诸多尼沙德士兵。此时已是深夜，以生肉为食的魔鬼们来到了战场，开始了属于他们的"饕餮盛宴"。

善战和榜吒罗仍然打得难分难解，没有因为时间的流逝而露出疲态，仍不断地互相用铁杵击打着对方。围观的人不时为他们叫好，渴望他们分出胜负。但当太阳又一次升起的时候，两人还是不分高下。

榜吒罗与黑天之战

战争进行得如此激烈，听到了打斗声的众神都为黑天捏了一把汗：他要再不回来，多门说不定真要被榜吒罗夺走了！终于，在万人期盼中，雅度人的主心骨——大神黑天，骑着鸟王迦楼那赶回了多门。黑天一站在多门的土地上，雅度人就欢呼着聚拢在他的身边，仿佛他们已经取得了战争的胜利。黑天看了看眼前的形势，让迦楼那去休息休息，命令自己的车夫达禄迦把战车赶来。

看到雅度人得意的样子，榜吒罗王心里别扭极了，再次在心中暗想：如果不除去黑天，自己将永无出头之日。他对黑天挑衅道："呦，你这个胆小鬼终于回来了，我还以为你会一直躲下去呢。我自我介绍一下，我是榜吒罗国的国王，我的名字是'持法螺—神盘—铁杵的大神富天'，听清楚喽，我可不是你那个给人当奴仆的父亲富天，我前来的目的是消灭你！我要夺走你'法螺持有者'的称号，让大家看清你这个欺凌弱小的伪君子的真面目，让你颜面扫地，再也没有任何声誉可言。听到这些，你是不是很害怕，但你最好不要逃跑，以免坐实你胆小鬼的名称！"

黑天任由榜吒罗大放厥词，因为他明白越是胆小的狗，越容易叫得凶狠。黑天懒得骂他，淡淡地说："你该不是来炫耀口才的吧？我们战场上分胜负。"

黑天和榜吒罗王打了起来，不过有心人都能发现，黑天只是做了基本的防御，存心让榜吒罗上蹿下跳地施展他的本领。黑天在心里算着榜吒罗都做了那些攻击：射中自己八十箭，射中自己车夫二十五箭，射中自己的战马十箭。然后，黑天想是时候终止榜吒罗的表演了，连发了十箭，精准地射断了敌人的战旗，射死了敌人的车夫和四匹拉车的马，连敌人的战车都碎成了一片一片的。大神黑天停手了，想看看对方有什么反应。

榜吒罗王被黑天射箭的准头吓到了，决定用自己的神盘杀死黑天。他嗷嗷地大叫着，一边叫一边挥舞着自己的神盘，觉得神盘上蓄满了力量后才用尽全力把它抛了出去。黑天迟迟没有杀死榜吒罗王，是因为他觉得对方很有趣，并且有一种愚蠢的无畏精神，明明知道自己的神盘威震四海，还敢拿一个普通的神盘来杀自己。黑天一动不动地让榜吒罗王的神盘来到了自己面前，可它还没有碰到黑天的衣衫就落在了地上。榜吒罗不愧是一个固执的人，到了这步田地也不肯求饶，随手从地上拿起了一块石板做武器，黑天一挥手就让这块石板变成了碎末。

黑天起了戏弄之心，逗得榜吒罗像个跳梁小丑一样，而自己不费吹灰之力就打败了他，一边的雅度人看得解气极了。最后，黑天决定给予榜吒罗战士应有的尊重，郑重地拿出了自己那从不落空的神盘，说："你能够死在真正的神盘下，也算是死得其所了！"说完之后，黑天就用神盘将榜吒罗送上了黄泉路。敌人赶紧四散逃开，雅度人为黑天再次击退敌人、取得胜利而欢呼了起来。

雅度人返回城中，开始修整被破坏的房屋。大神黑天回到了王宫，去看望自己的一众妃嫔，将自己这十二年的经历讲给她们听。

亨娑与丁婆迦

  统治着沙鲁阿城的国王梵授是一位优秀的国王，把政事打理得井井有条，同时又是个德行出众的人，他乐善好施，经常帮助穷苦之人，碰到婆罗门，也总是给他们大量钱财。最重要的是，他对天神们充满了敬意，每次都用最丰盛的祭品去祭拜大神湿婆等神灵，并且会一丝不苟地完成烦琐的祭拜仪式，丝毫不感到厌烦。在他的影响下，他仅有的两个妻子也学到了他的品德，处处与人为善，虔诚地信奉湿婆。难得的是，这两个妻子就像姐妹一样亲密无间地相处，从来没有发生过争风吃醋的事情。国王梵授对自己的生活很满意，唯一一个小小的遗憾就是没有子嗣。梵授王就此问题与自己名叫密陀罗萨哈的婆罗门密友商讨解决对策，因为密陀罗萨哈也没有孩子，处境和他差不多。两人最终决定去向大神们求取恩典，让大神们赐给他们子嗣。梵授王便带着两个妻子向湿婆大神倾诉了自己的愿望，一直喜爱他们的湿婆当晚就通过梦境告诉他们五年后会赐给他们孩子。

  五年的时间很快就过去了，在此期间，梵授王甚至不再享受国王的待遇，像贫苦的修行人那样苦修。国王的妻子们一人生了一个儿子，百姓们为此庆贺。大王子叫亨娑，二王子叫丁婆迦。而国王的密友则通过祭祀大神毗湿奴得到了一个儿子，长得与大神毗湿奴有几分相似，他与国王的儿子们同时出生，被父亲取名为遮那尔丹。

  父辈的友谊延续到了下一代，这三个孩子从小在一起长大，和他们的父亲一样熟悉各种经典。时间一年一年地过去了，三人都长成了挺拔健壮的小伙子。

  梵授王的儿子们在父亲的影响下，极度地崇拜湿婆大神，从小就在心里对湿婆进行祷告。在他们成人后，两兄弟又都在吉罗娑山进行了长时间的艰苦修行。湿婆对他们很有感情，出现在他们眼前，问他们有什么心愿。两兄弟抓住这来之不易的机会，提出了一连串要求：若众天神、罗刹、乾达婆和阿修罗与我们打起仗来，我们永远不会输；世界上的一流武器都会被我们所掌握，比如说楼陀罗神器、大梵神器、不破铠甲、神弓和板斧。被他们取悦了的湿婆没有多想，便爽快地同意了。

黑天剪除亨娑

得到了湿婆恩典的两兄弟欢喜地回到了自己的国家，向父亲讲述了他们的特殊际遇，并鼓动父亲举行王祭，让所有的国王都臣服于他。梵授王本来不想这样大肆行事，无奈儿子们一直鼓吹，就同意了，并且派儿子们带上遮那尔丹一起去通知众修行人，邀请他们参加王祭。

三人首先到达了一个小型的修行人聚居地，客气地向众人问好，众修行人也热情地招待了他们。亨娑说出了自己的来意："诸位！我邀请大家出席我父王将要举行的王祭典礼。众所周知，大神湿婆是我们一家的庇护者，还给了我们兄弟诸多武器，在这种情况下，我的父亲不称王，谁敢称王呢？还请大家准时前往我们国家。"

众修行人回答道："请王子放心，只要我们收到王祭的消息，就会及时赶去。"

三人告辞后，又到达了祭祀地普什迦尔湖区的北岸，著名的恶愿大仙的茅屋就修建在这里。众婆罗门聚集在这里，研究、朗诵经典，丝毫不在意名利，尽力追求内心的安宁，吃穿用度都十分简陋，并以大神毗湿奴为主要供奉者。

看着这里破败的场景，亨娑和丁婆迦不由得傲慢起来，骂众婆罗门的所作所为毫无意义，不如及早放弃，回归世俗，做一些切实的能获得好处的事。以恶愿大仙为首的众婆罗门都皱起了眉头，性格暴躁的恶愿大仙当场就想教训两兄弟一顿，想了想又忍住了，只是义正词严地反驳了两兄弟的话，让他们赶快离开这里，否则就要他们好看。他又疑惑地看了看婆罗门遮那尔丹，意思是你怎么会和这么愚蠢狂妄的人待在一起。生气的两兄弟当即做出了无礼的举动，按住恶愿大仙的身体，拉扯掉了他身上仅有的一件衣服。两兄弟还不解气，撒起泼来，搞起了大破坏，修行人的蜡烛、讨饭钵、木杖和各种器皿等大量什物都被他们砸破了。发泄完毕的两兄弟这才离开，婆罗门遮那尔丹跟着他们走了，他很奇怪昔日的伙伴怎么变成了今天这副凶狠无礼的样子。

受到了惊吓的众婆罗门决定去别的地方修行，恶愿大仙不愿意忍气吞声，大叫一声："我说，这件事不能就这么算了！我们又没有犯错，一定要讨回公道！我建议大家一起去多门岛，让大神黑天惩治那两个坏蛋，否则他们将会越来越无法无天。大家走的时候不要忘了带上被砸坏的东西，以证明我们不是故意污蔑那两个坏蛋。"

大仙的话得到了众人的一致赞同，他们聚在一起不分昼夜地出发了。到达多门城后，他们面见了黑天，详细叙述了亨娑和丁婆迦两兄弟的恶行。得知众婆罗门竟然受到了此等折辱，黑天又羞愧又愤怒，认真地说道："首先，我要跟你们道歉，你们是我的信徒，我却没有保护好你们。其次，我一定会好好惩处这两个无礼的恶棍，让他们受到远胜于你们的痛苦，以此来向你们谢罪。我知道大神湿婆十分偏爱他们，尽管如此，他们也不可以为非作歹。你们不要再伤心了，我会好好教训他们的。"众婆罗门这才平息了心中的怒气，在多门住了下来。

亨娑派婆罗门遮那尔丹向各个国家征收赋税，多门也不例外。当他向大神黑天提出这一要求后，黑天断然拒绝了，还派善战去责骂亨娑。亨娑见到善战后问道："黑天是不是派你缴税来了？那就快把财物呈上来吧。"善战回答说："亨娑！你真是胆大包天！你是世界上第一个敢让大神黑天缴税的人，大神说了，你的头颅就是他要缴的税！大神是世界之主，又是多门的国王，他都没有举行王祭，你们竟然敢不自量力地要求众国王向你父王称臣？做你的美梦去吧！如果没有湿婆的恩典，你们什么也不是；即便湿婆赐予了你们众多武器，你们也只能在大神黑天的神盘下哀号。你自己选吧，你们想在哪个地方开战，是普什迦尔湖区、牛增山、马图拉还是钵罗耶伽？我的观点是，不管你选择哪里，都只有死路一条。"

善战说的全都是事实，亨娑和丁婆迦却毫不接受，叫嚣道："你回去等着吧！我们要把与黑天关系亲厚的所有牧民和雅度人都杀死，再亲手割下黑天的头颅，让他知道我们的厉害！就选普什迦尔湖区作为黑天的葬身之地吧，你回去让他好好准备一下！"

听了善战的汇报后，大神黑天集结军队，带着英勇的雅度族众勇士出发前往普什迦尔湖区，在这里安营扎寨，准备与亨娑兄弟恶战一场。

亨娑也带着自己的军队出发了。曾与雅度人为敌的国王维查迦尔听到风声后，全力支持亨娑兄弟，带着自己的军队加入了他们。魔王希丁波是维查迦尔的朋友，他也带着由八万八千个恶魔组成的阿修罗大军加入了亨娑兄弟的队伍。如此一来，亨娑、丁婆迦的军队便成为了一股不容小觑的势力。

战争开始后，双方主将都选择了对手：大神黑天对维查迦尔，大力罗摩对亨娑，善战对丁婆迦，富天和猛军对付阿修罗王希丁波，其他雅度人奋力攻击敌方的小兵。与黑天有过旧怨的国王维查迦尔身中数箭后，仍不放弃战斗，叫嚣着要让黑天偿命。黑天出于对他战士身份的尊重，数度摧毁了他的武器，没有杀死他。在这场战争里，无论是黑天一方的大力罗摩、善战、圣雄富天、猛光，还是亨娑和丁婆迦一方的维查迦尔、希丁波，都拿出了全部的力气，不因受伤而放弃战斗，被打倒了就站起来接着打。因此，直到太阳落山后，战斗也没有结束，双方互有胜负。大家不约而同地要求暂时停战，约定好明天在牛增山进行决斗。

次日，双方在牛增山上进行了激战。黑天一直没有动手，想要抓住时机一举打败亨娑和丁婆迦。没想到两兄弟越战越勇，渐渐地占了上风，雅度人脸上则出现了疲惫的神色。

黑天不愿再等下去，直接动手把两兄弟拎了起来，顺手扔到了吉罗娑山上。众天神正在这座山上聚会，两兄弟觉得颜面大失，又开始疯狂地咒骂黑天。黑天笑话他们死到临头仍不自知，说早在他们羞辱普什迦尔湖区的修行人时，就已经为他们自己掘好了坟墓，而今日，黑天就要把他们送进坟墓。黑天用火焰烧向两兄弟，亨娑用水神伐楼拿的水器扑灭了火焰；黑天便拿出威力无穷的毗湿奴神器，吓得亨娑转身就跑，一口气跑到了龙王迦梨耶曾居住过的那个深潭。龙王迦梨耶移居大海后，再也没有人敢接近这个深潭，慢慢地它就成了通往地狱的恐怖路径之一。不知情的亨娑慌不择路，"扑通"跳进了潭里，以为可以从这里潜水逃走。大神黑天岂会让他如愿，跟着他跳进了潭里，抓住了他，劈头盖脸地将他打得脸都变形了，潭水也被鲜血染得变了颜色。亨娑渐渐地不再挣扎了，围观的人们明白他正在慢慢死去。

丁婆迦知道亨娑殒命的消息后，就退离了战场，来水潭边寻找哥哥，担心黑天的大力罗摩也跟了过来。丁婆迦在潭中苦苦寻找哥哥的踪迹，然而，只见鲜血，不见尸体。他只好辛苦地爬了上来，询问黑天把他哥哥藏哪里去了。黑天告诉他，他哥哥就在潭中，丁婆迦再次跳入了深潭，奋力向下游去，最终死在水中，去地狱与他的哥哥团聚了。

大力罗摩和黑天坐在牛增山上，怀念当牧童时的日子，有牧民们发现了他们，急忙回去通知难陀夫妇。难陀和耶雪达便带着所有的布拉吉人，准备了丰盛的食物来慰劳他们。难陀夫妇已经很久没有见到过他们了，激动得眼泪直流，黑天便孩子气地问道："父亲，母亲！牛群又壮大了吗？牛奶的产量增多了吗？小牛犊是不是还爱打架？牛奶是否依旧香甜？"难陀夫妇没有作答，看着已经长大了的两个儿子，想着自己再也不能天天见到他们，又自豪又伤心。黑天出言安慰道："我敬爱的双亲啊！你们不要再难过，继续带领牧民们在此生活吧！你们是我的父母，将受到与我同等的赞颂，越是尊敬你们的人，越容易升入天堂。我也会给予你们一切祝福的。"黑天依依不舍地告别了养父母，带着雅度人回到了自己的国家。

大神毗湿奴在化身为黑天的这些年里，惩恶扬善，匡扶正义，尽职地履行了自己的职责。他杀死了恃强凌弱的魔鬼、妖魔们，度化了潜心修行的修行者们，除去了不安定的因素，让整个世界得以正常运转，大地女神感到浑身轻松，对黑天感激涕零。而被黑天统治的多门，一跃成为了国力最强盛的国家，婆罗门们来此寻求庇护，人们在此享受安逸的生活，交口称颂黑天的无上功德。

第五章 湿婆大神

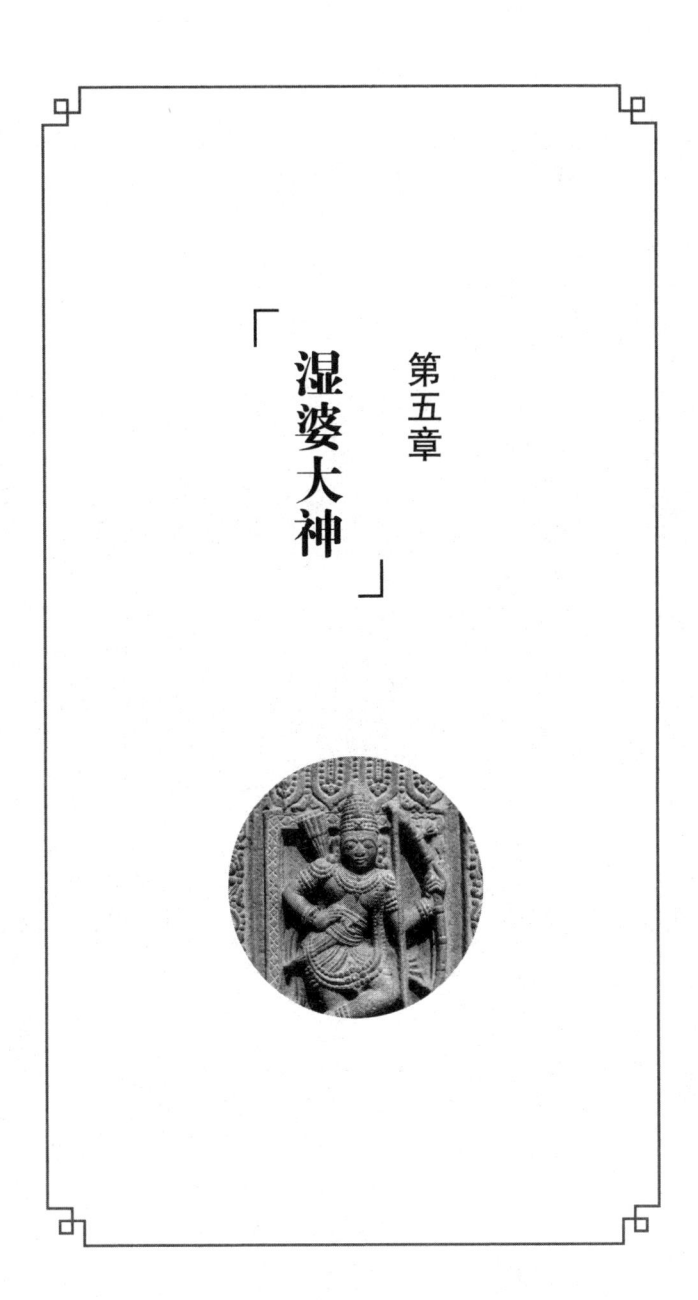

商特耶

整个宇宙都是由大神湿婆创造出来的,他因此获得了"世界之主"的美誉,掌管万物。

大神湿婆的外貌与常人不同,除了与常人无异的双目外,他在额头上生有第三只眼,它能在他生气时喷出烈火;他有五张面孔,随着心情而转换;他还有十条手臂。他经常手持一把三叉戟做武器。大神不仅可以创造世界,也能够毁灭世界,毁灭所有惹他生气的人或物。

在刚开始的时候,大神湿婆决定创造几个神帮自己分担事务。于是,毗湿奴得以从湿婆的左半边身体出生,梵天得以从毗湿奴的右半边身体出生,楼陀罗则是从毗湿奴的心中降临了世间。后来湿婆大神又让梵天担负起了创造世界的责任。

梵天先创造出了摩利支、陀刹等十个儿子,世人称他们为生主,或十仙人。梵天接着创造出了一个美丽的女儿,为其取名为商特耶。最后,梵天的最后一个儿子从他的心中出生了,他很偏爱这个儿子,给了他待在一切生灵的心中的权利,并且可以撩拨、控制、利用生灵们的感情,他为此子取名迦摩(爱欲),给了他"爱神"的称号,还送给了爱神五支不可抵挡、撩拨欲望的花箭。爱神想要试试花箭的威力,便趁梵天、十大仙人和商特耶聚集在一起时,向他们射出了一支花箭。结果连花箭的创造者梵天都没能抵住花箭带来的诱惑,动了情爱之心。这一反常的场景被不远处的正法王达摩瞧见了,他急忙呼唤大神湿婆来制止丑事的发生。清心寡欲的湿婆不禁皱起眉头,狠狠训斥梵天:"荒唐啊!梵天你怎么能对自己的女儿产生欲望?你和十仙人这种卑劣的行为,让商特耶以后如何面对众神?亏你还是吠陀的显示者,怎么可以知法犯法?你们都忘记了吠陀的教诲了吗?他说过不管在什么情况下,生灵们都不能对着自己的母亲、姐妹、女儿和兄弟的妻子投去色眯眯的眼神!"湿婆的大声呵斥起到了一定作用,梵天和他的儿子们没有让自己的欲望更加膨胀。

这时，梵天和儿女们终于清醒了过来，面对湿婆不悦的面容，梵天把事情的责任都推到了爱神的身上，说这一切都是爱神在背后捣鬼，然后诅咒爱神会在触怒湿婆后，在湿婆第三只眼睛射出的怒火中灰飞烟灭。爱神又委屈又害怕，反问梵天："不正是你给了我撩拨别人感情的权利吗？为什么我使用了之后，你反而怪罪于我？"梵天听到爱神的控诉后，心里有一些后悔，因为自己说出的诅咒不能收回，他只好做了补充，说爱神死之后，会在湿婆结婚时复活。

生主陀刹认为只有英俊的爱神才足以在外貌上配得上自己漂亮的女儿，提议让爱神与自己的女儿罗蒂成亲。两人互相打量了对方一番，愉快地同意了，从此过上了甜蜜的生活。

在这次事件中，最丢脸的是梵天，心里最痛苦的却是梵天的女儿商特耶，她认为自己若是不在场的话，父亲和兄弟们就不会失去自制力，做出失态的举动，受到湿婆的斥责。而父亲若是没有被湿婆大骂一顿，就不会恼羞成怒地诅咒爱神，预言了他的死亡。商特耶决定以自身的力量，获得大神湿婆的欢心，警醒世人遵守规范。湿婆大神最喜欢奖给修行人恩典，商特耶便在旃陀罗跋伽河边的山上苦修起来。没过多久，湿婆就被她感动了，甚至提出可以答应她三个恩典。商特耶仔细思考后，说："第一，刚出生的生灵不会受到情欲的挑拨；第二，我要求有一位与我互敬互爱的丈夫；第三，除了我丈夫以外，以后谁敢对我有非分之想，就会受到严厉的惩罚。"

湿婆答应了商特耶的三个请求，说："每个人出生后都将经过童年和少年时期，才能迈入成年时期。而人会在少年时期的末尾、成年时期的开端产生情欲；下一世你会托生为弥塔底提仙人的女儿，得到一位爱你的丈夫；胆敢觊觎你美色的人，都将受到严厉的惩罚。"湿婆离开后，商特耶点火自焚，然后托生成了弥塔底提仙人的女儿，取名为阿伦陀蒂。阿伦陀蒂成人后，嫁给了极裕仙人，实现了自己的愿望。

沙蒂

　　梵天自从被大神湿婆训斥了一顿之后，就开始在心里记恨湿婆，埋怨他太不给自己面子。他和十仙人一致决定，要让湿婆也尝尝出丑后被人责骂的滋味，这就需要让湿婆先动情欲之心。若论起勾人心魄的本领，谁也比不上爱神，梵天就让爱神带着他的助手春神去引诱大神湿婆，破坏湿婆的瑜伽修行。爱神充满信心地去了，用出了种种手段，都没能扰乱大神湿婆宁静的心神，不得不铩羽而归。无计可施的梵天只好请求毗湿奴帮帮自己，问他有没有什么好主意。知晓了事情的来龙去脉后，毗湿奴让梵天忘了这些是是非非。倔强的梵天偏要报复湿婆，让湿婆娶一位妻子回家。毗湿奴建议梵天去向世界之母求助，说唯有世界之母有帮助梵天的能力。

　　梵天知道若是直接向世界之母湿娃女神提出反对湿婆的要求的话，大地之母肯定会断然拒绝，于是他选择了用修行来打动女神。女神欣然降临在梵天面前，问他有何心愿，梵天请求她托胎为陀刹的女儿，然后嫁给大神湿婆。女神一听就明白了梵天是想报复湿婆，破坏湿婆心灵的纯洁，就没有答应。一意孤行的梵天干脆拉上了自己的儿子生主陀刹，一起投身于苦修事业，深深地打动了女神湿娃，她最终松了口，答应帮梵天实现他的愿望。

　　女神如约投生到陀刹的妻子阿西克尼（维梨妮）的肚子里，以女婴的形态出生，成为了陀刹夫妇的女儿，名字叫作沙蒂。

　　沙蒂度过了无忧无虑的童年时代，慢慢进入了少女期，乖巧懂事。陀刹按照梵天的盼咐，告诉沙蒂她是要嫁给湿婆大神的。收到父亲的指令后，沙蒂就日夜祈祷，发誓要成为大神湿婆的新娘。为达到目的，她不惜严格地遵守"欢喜戒"，不再有任何情色方面的贪欲。

　　沙蒂的行为被梵天、毗湿奴和众天神看在眼里，他们认为应当帮帮这位虔诚的少女。于是，他们约定好日期去吉罗娑山上拜见湿婆大神，还特意带上了各自的妻子。大神湿婆询问他们为何来此，梵天代表众神说："尊敬的大神啊，如果您不创造我，我就无法创造别的生灵；如果您不赐予众神力量，我们就无法各司其职。您是世界的主宰，众神的表率，而如今，我和毗湿奴都有了妻子，您却还是孤身一人，这让大家心里很过意不去，因此来求您早日娶妻。"看着众神企盼的目光，湿婆答道："你们知道我是没有情欲的神灵，我热衷于瑜伽修行，并从中感到了快乐和安宁，我并不想结婚，那可能会破坏我的瑜伽修行。但既然你们都要求我娶妻，我就考虑一下这件事，重点是我想要一位女瑜伽行者来做我的妻子，而不是那些容易被欲念支配的普通女人，你们知道哪里有这样的姑娘吗？"梵天急忙和湿婆讲述了陀刹之女沙蒂的事迹，说她非您不嫁，和您很是般配。大神湿婆说自己会去见见这位姑娘，众天神高兴地离开了。

湿婆细心倾听沙蒂的祈祷，发觉她真的是自己想要的那种妻子，便亲自到了她面前，温柔地问她有什么愿望。守得云开见月明的沙蒂却一直注意着湿婆大神的英俊脸庞，不好意思直接说出她想成为他的新娘。大神湿婆又问了她一次，沙蒂才羞涩地说："我的愿望您是知道的，您随意赐一个恩典给我吧。"大神湿婆便说要娶沙蒂做自己的妻子。如愿以偿的沙蒂告诉湿婆别忘了按照吠陀所规定的礼仪行事，以求得二人婚礼的圆满。

在湿婆大神的指挥下，婚礼的准备工作有条不紊地完成了。印历正月白半月的第十三天是湿婆大神与沙蒂的大婚之日，众神都去参加了他们的婚礼。

陀刹在家门前为大神湿婆和沙蒂搭建了喜棚和祭台，二人便坐在祭台上，沙蒂的容貌掩映在厚厚的面纱里。听说新娘子很漂亮，梵天便想偷看一下，他故意把湿祭柴扔入祭火盆，柴火上的水分便化作浓烟飘散在空中。为了让呼吸畅快一些，沙蒂揭起了面纱，呼吸新鲜空气。她的容颜比传闻中的还要娇艳，已经明白了一切的湿婆大神毫不手软地用锋利的三叉戟去追打梵天，现场惊呼一片，梵天的儿子们想要帮助梵天，但他们加起来也不是湿婆的对手。机智的毗湿奴大声地赞颂湿婆，让湿婆的心情得以好转，梵天也停止了逃亡，向湿婆赔礼道歉，说自己愿意接受湿婆的任何惩罚。湿婆说他要梵天头顶着自己去凡间行走，做一个反面例子，让人们知道乱看别人的妻子会是什么下场。梵天立即答应了，湿婆便平息了怒火，没有在心里记恨梵天。举行婚礼之后湿婆带着沙蒂去了吉罗娑山，在这里修行了二十五年，又选了喜马拉雅山作为居住地。

宁静的日子没过多久，风波又起。众天神与仙人们聚集在钵罗耶伽（恒河与阎牟那河汇流处，被认为是圣地），共同参与大规模的祭祀活动。梵天、湿婆、毗湿奴等人都带着妻子和仆从出席了这次活动。面对身为众神之主的湿婆，在场的人都向湿婆施礼、问好，得到了湿婆的允许才会落座。但生主陀刹到来后，只向梵天行了礼，便落座了。众天神和仙人们或出于礼貌、或出于敬意，一起站起来向陀刹行礼。陀刹沉浸在赞美声中，幸福地笑了起来，但当他瞥见世尊湿婆稳如山岳一动不动地坐着时，便生起气来，质问湿婆大神是不是看不起他。湿婆没有回答陀刹的问题，陀刹便生气地骂道：“这些天神、大仙，不管是何身份，都向我表达了敬意，为什么唯独你坐在那里一动不动，像没有看到我一样？我要以众生之主的名义诅咒你！因为你的无礼和傲慢，我将赶走你，并且不允许你再参加任何天神的祭礼！”陀刹的激烈情绪感染了其他众天神和仙人们，他们竟然纷纷诅咒起湿婆。神牛南迪是湿婆的头号仆从，他为湿婆打抱不平道：“你们是疯了吗？！到底谁才是众神之主？一群愚蠢的家伙，以你们的能力，你们竟然敢诅咒湿婆大神，你们将来一定会后悔的！”湿婆并不想和失去了理智的众神斤斤计较，对南迪说：“没必要因他们生气，他们的诅咒又伤害不了我。”湿婆随即带着妻子和众仆从回到了喜马拉雅山，开始仇恨湿婆的陀刹也带着自己的支持者离开了。众人不欢而散。

陀刹又在迦那劫罗圣地举办了一个规模更大的祭祀，将天上地下排得上名号的大仙、天神都请了过来，独独没有请大神湿婆和沙蒂。在场的人们沉浸在欢乐之中，并未发现异常，直到湿婆的忠实追随者达提支大声问道："为什么世尊湿婆没有来？没有他的话，祭祀是无法完成的，大家快去请他吧。"

众神沉默不语，陀刹回敬达提支道："这场祭祀有众天神之主大神毗湿奴、梵天、天帝因陀罗和众天神在，肯定会获得成功的！倒是你，不要再提那个湿婆了！"达提支见大家不听自己的劝解，便生气地离开了，在场的另一些湿婆崇拜者也跟着他离开了。陀刹没有理会走掉的人，劝剩下的人尽情享受祭品，气氛又热烈了起来。

倘若事情到此为止也就罢了，偏偏祭祀当天，湿婆之妻沙蒂看到了众天神和仙人们匆匆赶往一个方向，她便叫来自己的女友维阁雅，让她问问别人发生了什么事。维阁雅从月神那里探听到众神都是去参加陀刹的祭祀大典的，维阁雅将这个消息转告给了沙蒂。沙蒂一开始还以为是自己的父母亲太过忙碌，忘了通知自己，就去找湿婆，看他去了没有。当她看见丈夫还好好地待在屋里时，误解了事情真相的她还质问湿婆："有人告诉我说，我父亲邀请了所有天神去参加他的祭祀，你怎么还没动身？是因为你不想去，还是说你不喜欢我父亲？别耍脾气了，我们一起去吧。"湿婆回答，说："不是我故意不去，是你的父亲根本就没邀请我啊，我怎么能厚着脸皮去呢？你还记得上次祭祀的事情吗，我估计你父亲就是因为那个对我心怀怨恨。"反应过来事情真相的沙蒂当即表示，她要亲自去看看发生了什么，问问父亲为何做出如此无礼的举动。湿婆只好答应了妻子的请求，并派神牛和八万仆从一起跟着沙蒂上路。

沙蒂到达祭祀场后，发现父亲的确没有邀请湿婆，连位置都没有给他留。她看着众神一派其乐融融的样子，根本没有把湿婆缺席的事放在心上，便再也压抑不住自己的怒火："整个世界都是湿婆创造的，所有的天神都来自湿婆，你们竟然敢在这么重要的典礼上遗忘了他？你们是被油蒙了心还是脑子里都进了水？湿婆大神若是发怒了，你们就跟世界一起走向灭亡吧！父亲，你的理智都去了哪里？整个祭祀场坐满了你请来的天神，可他们哪一个敢说自己比湿婆大神还伟大！"沙蒂又质问毗湿奴说："毗湿奴，你的主见去了哪里？你竟然敢来参加这种蔑视湿婆的祭祀，你忘了是谁给的你封号吗？"沙蒂接着说："梵天、因陀罗，你们这两个傲慢的家伙！以前你们就总是冒犯湿婆，结果湿婆烧掉了梵天五张脸中的一张脸，毁灭了因陀罗的金刚杵，作为对你们的惩戒，怎么一转眼的工夫，你们的胆子又大起来了呢？"

面对沙蒂的谴责，众神都恐惧了起来。陀刹安慰沙蒂说："女儿你不要再生气了，我本来是想邀请你的，看，属于你的祭品我都给你准备好了，快坐下来吧。你不要替那个魔怪说话了，我最后悔的事就是把你嫁给了他。你自己想想看吧，你是走还是留。"沙蒂明白父亲是无法醒悟了，进入了进退两难的境地：回去吧，没有脸再面对丈夫；留下吧，就得和这些愚蠢的人同流合污。沙蒂当即决定自焚明志，摆脱这痛苦的生活。她又谴责了在场的天神们："我的父亲让我感到耻辱，我这就摆脱来自他的肉身，摆脱陀刹之女这个让我备感耻辱的身份。而你们这些诽谤了湿婆的人，就等着承受湿婆的怒火吧！"沙蒂随即通过修炼瑜伽的方式，自身产火焚化了自己，引起了天地同悲的异象。跟她一起来的八万仆从们绝望地吼叫了起来，一部分仆从追随沙蒂而去，绝大多数仆从开始了对天神们的攻击，天神们纷纷溃逃。前来参加祭祀的婆利古为了顺利完成祭祀，把大量的祭品倒入了祭火，无数的阿修罗从祭火盆中跳了出来，和湿婆的仆从们战作一团。场面一片混乱。

天空中传来了一个声音："愚蠢的陀刹，你将付出生命的代价，来弥补你的罪恶。在场的天神们，再不逃出祭祀棚，你们会和陀刹一起死去。"

众天神面面相觑，不知如何是好。

被阿修罗打败了的湿婆的仆从们赶到了湿婆身旁，要求主人前去复仇。湿婆又从那罗陀那里知道了事情的详细经过，得知了妻子是因为受辱才自焚死去的。盛怒的湿婆现出了他那主管毁灭的大楼陀罗相，然后将自己的一束发辫分为两截，前半段化身成一个拥有两千只手臂和无尽力量的勇士，名叫雄贤；后半段化身成了号令万千恶魔的时母迦梨女神。湿婆命令他们去杀了陀刹和所有参加陀刹祭祀的天神、乾达婆，连毗湿奴、梵天、因陀罗、阎摩这些著名的神仙都不能放过。雄贤与时母领命而去，带领着人数众多的湿婆从者，浩浩荡荡地赶去了陀刹的祭祀场。

面对遮天蔽日的雄贤大军，陀刹终于清醒了过来，急忙请求毗湿奴保护自己，一边说还一边跪了下来。毗湿奴表示自己也无能为力，说任何人都阻止不了湿婆复仇的脚步。陀刹瞬间变得面如土色。天帝因陀罗对毗湿奴的话嗤之以鼻，表示自己和天神们能够与湿婆抗衡。他边说边自信地带着火神、水神伐楼拿、风神伐由、财神俱比罗等一众天神上了战场，陀刹便请求因陀罗保护他，因陀罗答应了。

婆利古大仙念起了咒语，众天神从中获得了力量，杀死了很多湿婆的仆从。这一情况惹怒了大力士雄贤，他神勇地凭借着自己的一把三叉戟打倒了众天神，湿婆仆从一拥而上，对天神们实施了围攻战术。天神们再也不能互相照应了，纷纷撤出战场，找个容身之所藏了起来。因陀罗向天师木星祭主求救，问他如何才能取得胜利。天师无奈地说这是不可能做到的，因为湿婆不可战胜。因陀罗这才明白自己之前有多狂妄自大。

雄贤开始搜寻藏起来的天神们，扬言要吃了他们，天神们只好逃到了更远的地方。剩下的仙人们请求毗湿奴保护大家，使祭祀可以完成，一直未参战的毗湿奴只好拿着神盘走上了战场。雄贤对毗湿奴大骂道："毗湿奴，别人来参加陀刹的祭祀也就算了，你可是从湿婆大神的右半部分身体生出来的，你的尊荣也是大神给你的，你怎么可以和别人一起反对大神？我今天就替大神杀了你这个叛徒！"

毗湿奴并不害怕，回答说："雄贤，我并没有背叛湿婆大神。我现在来和你作战，也是因为我的信徒要求我这样做，你不知道所有的神灵都受控于自己的信徒吗？动手吧，无论如何，战争要有个结果，如果我输了，我就退离战场，不再插手这件事。"

看到毗湿奴上了战场，天神们重拾信心，又开始了搏斗。按理说，毗湿奴的神盘是从不落空的,雄贤并不能战胜他,但由于湿婆大神在背后支持雄贤,毗湿奴并不能发挥出神盘的全部威力,因此败在了雄贤手下。遵守诺言的毗湿奴随即离开了战场。

梵天跟在毗湿奴的后面偷偷走了,生怕湿婆惩治自己。这下雄贤便没有了实力相当的对手,他施展手段惩罚了祭祀场上所有的天神和仙人们。例如,他烧掉了婆利古大仙的胡子,砍掉了祭祀神的头,又抓住天神之母娑罗斯婆蒂,抓破了天神之母娑罗斯婆蒂的鼻子。做完这一切后,雄贤得意地大笑起来。

祭火仍在燃烧,湿婆从者们就用粪便浇灭了祭火,宣告了陀刹祭祀的失败。陀刹害怕得瑟瑟发抖,雄贤利落地拧下了他的头,用火烧毁了它。

胜利女神及时地为雄贤送来了祝贺,他带着湿婆的随从们一路歌唱,回到吉罗娑山上向湿婆复命。湿婆认为雄贤可堪大用,又十分忠心,便让他做了自己仆从的首领。

战争结束后,梵天为陀刹之死流下了伤心的眼泪,他求毗湿奴与自己一起去请求湿婆大神的原谅。于是,一众天神来到吉罗娑山上,用各式各样的赞颂把湿婆夸得心花怒放,湿婆心情愉快地说:"好了,我原谅你们了,还会赐给你们恩典。把一只公山羊头安在陀刹的尸体上,他就会复活。除此之外,天神、仙人们的伤口也会恢复,光滑如初。"

众天神惊喜地感谢了湿婆,再也没有了与他作对的念头。

雪山神女

陀刹之女沙蒂对湿婆大神情根深种,她自焚之后,又恢复了她世界之母的神身,众神又使她做了众山之王喜马谐尔(喜马拉雅)的女儿,帮助她再次嫁给了湿婆。但这个过程并不顺利,充满了坎坷。

生主陀刹一共有六十个女儿,他的女儿们大都有了比较好的归宿,其中一位名叫斯瓦达的女儿嫁给了祖群仙人,婚后生下了曼娜、穗尼娅和迦罗瓦蒂三个女儿。三姐妹长大后，去位于乳海中的白洲膜拜毗湿奴大神。三姐妹在这场聚会中惹了个不大不小的麻烦：当娑那迦仙人到达会场时，其他人都站起来迎接仙人，三姐妹由于疏忽没有看见大仙也就没有起身，这惹怒了娑那迦，他诅咒她们会像凡人一样怀胎分娩，饱受生产之苦。三姐妹害怕极了，立马承认错误，跪地求饶。仙人接受了她们的道歉，却无法收回自己的诅咒，便补充说：她们都会有一位称心如意的好夫婿，尤其是曼娜大有福气，将会嫁给喜马谐尔，生下伟大的雪山神女。

仙人的诅咒果真应验了，曼娜如愿嫁给了众山之王喜马谐尔。因陀罗等天神为了弥补自己曾经的过错，使湿婆大神重新拥有一位妻子，就与曼娜夫妇商议，恳求他们用苦修换取世界之母的恩典，让她托生到曼娜的腹中。这样一来，大地之母化身为雪山神女后，就又有了嫁给湿婆大神的希望。曼娜夫妇同意了，日夜祈祷，坚持了二十七年，终于感动了世界之母，现身询问他们有何愿望。曼娜就要求拥有一百个长寿的儿子和一位由世界之母投生的女儿。世界之母点头表示同意。

过了一些日子，曼娜如愿生出了一百个儿子，长子名叫曼纳迦。曼娜后来又生了一个女儿，取名为帕尔瓦蒂（即雪山神女）。喜马谐尔夫妇并不知道自己的女儿一生下来就注定要嫁给湿婆，看着日渐长大的女儿，他们时常讨论该为女儿找个什么样的夫婿。因此，当那罗陀大仙来到喜马谐尔家中时，疼爱女儿的喜马谐尔请那罗陀大仙看了雪山神女的手相，然后问他雪山神女适合嫁给哪种类型的人。大仙说："你们的女儿天生圣洁无瑕，要嫁的夫婿也与众不同。她的手相显示她只能嫁给一个没有祖先的瑜伽修行者。"喜马谐尔夫妇如遭雷击，久久不能走出这个打击，一旁的雪山神女却绽放了笑颜。喜马谐尔又问这件事是否还有回旋的余地，大仙回答说为今之计，只能尽量让雪山神女嫁给大神湿婆，因为只有身为万物之主的湿婆既没有祖先，又修炼瑜伽。如果这件事成功了，雪山神女还可以得到"半女世尊"的称号。

想要得到湿婆的恩典是件不太困难的事，但想要嫁给湿婆简直难如登天，因为大神并不愿意让女人耽误自己的瑜伽修行。发愁的喜马谐尔夫妇为此规劝女儿认真苦修，这样才有可能嫁给湿婆。雪山神女回答说她梦里的一个婆罗门也是这样规劝她的。喜马谐尔则在梦中得到了湿婆将要来此修行的指示。

喜马谐尔的梦变成了事实，湿婆与仆从一起来恒河岸边修行，与喜马谐尔居住的地方很近。喜马谐尔为了给女儿创造接触湿婆的机会，带着雪山神女去赞颂湿婆，请求湿婆同意雪山神女每天都来侍奉湿婆。湿婆断然拒绝了这个请求，说女人只会阻碍自己的修行，聪明的雪山神女反问道："您说女人是障碍，但您若同意我来侍奉您，不就有了跨过障碍的机会吗？这会使您的修行更进一步。"湿婆觉得她说得有道理，便答应了雪山神女的要求。不过湿婆把全部精力都放在了修行上面，将美丽的雪山神女和她的女伴视若空气，没有丝毫的情绪波澜。

众天神对这一状况看在眼里急在心里，因为他们迫切地需要湿婆马上娶妻，然后生一个儿子出来对抗在三界横行霸道的多罗迦。多罗迦是迦叶波仙人的孙子，继承了他父亲婆奢拉伽的强健体魄。但他总是惹是生非，在得到梵天除湿婆的儿子外谁都无法战胜他的恩典后，更是无法无天，丝毫不将父亲和祖父的劝导放在眼里，贪婪地抢走了众天神们心爱的坐骑和宝物，成了众多阿修罗的首领。众天神向梵天求助，梵天却说赐出去的恩典就不能再收回，只有湿婆的儿子才能解决这一问题。

众神进行商议后，决定要点心机，让湿婆对雪山神女动心。这种事情只能交给操纵人情感的爱神去做，因陀罗便恳求爱神去激发、煽动湿婆的爱欲之心。爱神便与罗蒂、春神一起在众神的期盼中出发了。

爱神一行人到达了湿婆的修行地，发现湿婆正在闭目坐禅，就努力营造出适合谈情说爱的环境与气氛。春神先施展了法力，让这里开满了鲜花，并送来阵阵柔和的春风，吹得人心醉神迷；月神也洒下了柔和的月光，夜色朦胧，使得景不醉人人自醉。花前月下的氛围布置好了，只等爱神找出湿婆心中的破绽，瞄准射上一箭，剩下的事就水到渠成了。让人着急的是，爱神迟迟没有动作，因为湿婆心如磐石，无懈可击。恰好美丽的雪山神女出现了，袅袅婷婷地走到了湿婆身边，湿婆闻到她身上独特的香味，不自觉地睁开眼睛看了她一眼。在这一瞬间的时间里，爱神射出了那引诱人动情的花箭，湿婆的情感被搅动起来了。雪山神女像往常一样向湿婆施礼，却发现湿婆不再是一副冷淡的样子，眼神起了变化，她便娇羞地低下了头。这一低头的温柔，触发了湿婆的赞赏之意，他目不转睛地看着雪山神女，说："啊，你蓬松的乌发，胀满了我的眼帘；美丽的容颜，吸引了我的注意；秀美的姿态，荡漾了我的心神……"湿婆的修为毕竟要高于其他神灵，他很快就发现了自己身心的异常，皱着眉头寻找是谁在暗中捣鬼。他很快就发现了藏在一边的爱神，他散播的怒气惊动了爱神，爱神急忙跪地求饶，并请来众天神为自己求情。正当天神们为爱神说情时，湿婆睁开了额头上的第三只眼睛，从中射出的烈火锁准爱神，把他烧成了灰烬。众天神还没反应过来，爱神的妻子罗蒂就哀号了起来，哭她惨死的丈夫，斥责让她丈夫来干这卑鄙勾当的天神们，带着丈夫的骨灰离开了。

湿婆没有理会众神，隐去了踪迹，曾以为幸福近在咫尺的雪山神女失魂落魄地跟着父亲回到了家里，一副死气沉沉的样子。还好那罗陀大仙把湿婆的赞语教给了雪山神女，激励她不要放弃、坚持苦修，就会感动湿婆。雪山神女听后，不顾父母的阻拦，执意到森林中苦修，就在爱神丧命的地方修建了祭台。曼娜看到娇生惯养的女儿要吃这么多苦头，伤心地哭了起来，但也没能阻止雪山神女苦修的脚步。

雪山神女发下了大誓愿，开启了她那连神仙也难以忍受的苦修生活。夏日，烈日无情地炙烤着大地，她犹嫌不够苦，置身于火圈之中；冬日，大雪纷飞，她就坐在寒冷的冰水中；每逢雨季，她不要什么遮盖，任由雨水冲袭着自己。在进食方面，她一开始还吃野果和树叶，两年之后，她就断绝了饮食，全靠意志力撑着。她苦修了三千年，湿婆未曾露过一次面，家人们劝她放弃，说湿婆冷酷无情，不会对她施以恩典。雪山神女依旧坚持，说自己定会让大神动心。

雪山神女对自己的苦修乐在其中，三界中的众神魔却都因此备感痛苦，就像身处火炉之中一样。天神和阿修罗纷纷发出了哀号，请求梵天和毗湿奴免除他们的痛苦。两位大神就建议说，大家一起去求湿婆吧，只要他娶了雪山神女，三界就会恢复正常。爱神的惨死历历在目，众神说不敢去见湿婆，万一他又发怒怎么办。毗湿奴做出了会保护众天神的保证，他们才一起动身了。

众天神在确认湿婆心情还不错后，才敢走到他的身边，对他唱赞歌，但湿婆没有理会他们。众天神只好央求一直跟随湿婆的神牛南迪替大家求求情，神牛照做了，湿婆才睁开眼睛，倾听众神的倾诉。

毗湿奴说："伟大的大神湿婆，雪山神女为了能够嫁给您，已经苦修了三千年；而阿修罗多罗迦也越来越猖狂了，他唯一的克星便是湿婆您的儿子。为了拯救三界，铲除恶魔，我们恳求您快些结婚生子！"湿婆听后，不为所动，善良的神牛南迪指点众神多多地赞美湿婆，使他高兴。众神照做后，心情大好的湿婆终于答应迎娶雪山神女。

大神湿婆一松口，其他的事情就是小菜一碟了。喜马谐尔立刻做好了嫁女的准备，雪山神女的脸上神采飞扬。仙人们祝福了她之后，来到吉罗婆山上，对湿婆说，该开始准备迎亲队了。

到了吉日那一天，湿婆带着迎亲队前往喜马谐尔统治的城市，一路顺畅，很快就到了喜马谐尔的城市外。这时候发生了一个小插曲，雪山神女的母亲曼娜突然想要先见见女婿，为女儿把把关。迎亲队是由紧那罗、阎摩、火神、梵天等英俊的天神组成的,曼娜一一看去,越看越高兴,想着女婿应该比他们更加英俊。好心的那罗陀为她指了指谁是湿婆,她看着那个身穿象皮衣、耳戴蛇环、有着五张脸、正面脸上有三只眼的人,简直不敢相信自己的眼睛,确认这就是湿婆后,她"扑通"一声倒在了地上。当她醒来后,又哭又闹,不想把自己如花似玉的女儿嫁给湿婆,众天神都拿她没有办法。还好毗湿奴耐心地问她要怎么样才会同意女儿出嫁,她要求湿婆变成相貌俊美、仪表堂堂的样子,湿婆瞬间就变成了她要求的样子,满足了她的要求,她这才转悲为喜。

盛大的婚礼在一片祝福声中开始了,三界同欢,众神共庆。终于实现了心愿的雪山神女脸上荡漾着幸福的微笑,端庄地坐在湿婆大神的身边,接受众神的膜拜。趁着这千载难逢的良机,罗蒂恳求湿婆复活爱神,湿婆看了一眼她带来的爱神骨灰,爱神便复活了。

塞健陀和群主

湿婆与雪山神女结为夫妻后,便定居在吉罗娑山上,应众神的要求致力于生下一个儿子。但几百年后,依旧没有生子。按捺不住的众天神要求梵天和毗湿奴去劝说大神湿婆快点生子。毗湿奴告诉众天神:"床笫之欢是正常的,不应该被阻止。等过一段时间之后,他便不会再沉浸于此了。"

众天神不好再说什么,各自散去了。后来天神们再也忍不下去,和毗湿奴一起来到吉罗娑山上,祈求湿婆早日生子。印历九月白半月的第六天,湿婆之子在婆罗根达林中出生了,他的名字叫作战神塞健陀(鸠摩罗)。

战神塞健陀出生后,明白自己应该有一场新生的神灵都会有的圣礼。恰巧众友仙人来到婆罗根达林中,战神便请他来做这件事。众友仙人说只有婆罗门才可以做这件事。战神塞健陀便把众友仙人的身份由刹帝利改为了婆罗门,完成了圣礼。雪白大仙也来到了这里,把众多武器当作礼物赠予了战神。好奇的战神拿着武器到了迦朗遮山山脚下,想要砍下迦朗遮山的山峰。居住于此的阿修罗们不乐意,上前阻止战神,战神把他们打得落花流水。因陀罗听说后,好奇地去挑战战神,也败在了战神的手下。

战神塞健陀游荡到了天界,他那粉嫩可爱的样子激发了昴宿六女神的母性,便争着去抱他,饥饿的战神自发地寻找食物,喝光了她们的乳汁。昴宿六女神欢喜地抱他回家,成了他的乳母。

忽有一日,雪山神女问起了湿婆相关情况,不了解情况的湿婆又询问了众天神,才知道自己有了一个儿子。湿婆派南迪带着仆从们从昴宿六女神那里接回儿子,战神塞健陀便回到了湿婆天界。湿婆和雪山神女为他补上了一系列烦琐的庆祝仪式,战神塞健陀还收到了很多礼物:来自毗湿奴的神杵和神盘;来自因陀罗的爱罗婆多神象;来自湿婆的三叉戟;来自吉祥天女的一支莲花,等等。典礼结束后,众天神提出要快点消灭阿修罗之王多罗迦,明白他们意思的湿婆就下令让战神塞健陀带着神军出发了。

神军包围了多罗迦的城堡,多罗迦满不在乎地出门迎战,并先后打败了因陀罗、毗湿奴和雄贤。多罗迦得意地笑了起来,问还有谁想来尝尝被他打败的滋味。

战神塞健陀挺身而出,站到了多罗迦对面。多罗迦几乎不敢相信自己的眼睛,说:"你们怎么能派一个小孩子来和我打仗,是你们天神里没有敢与我打仗的人了吗?快让这孩子下去,我不想欺负小孩子。"战神塞健陀懒得反驳他的话,直接动起手来,多罗迦连忙应战,你来我往地打了一会儿后,才明白自己之前小瞧了这孩子。双方打得难解难分,毗湿奴和众天神连忙在一旁为塞健陀加油助威。在战斗接近尾声时,塞健陀在心中默祷湿婆和雪山神女,获得了他们的祝福,然后用拳头打裂了多罗迦的胸膛,获得了最后的胜利。为祸三界的阿修罗之王终于死了,众天神把战神塞健陀围在中间,赞美了他。

得知世界上出了这么一位英勇无双的战神,饱受恶魔巴耳折磨的迦朗遮之王意识到自己有救了,他请求塞健陀除去嗜血成性的恶魔巴耳,救救他的臣民,战神答应了,很快就除去了巴耳。其他天神纷纷效仿迦朗遮之王的行为,请求战神除去与他们作对的恶魔,战神全都答应了,然后将众多恶魔送去了地狱。积累了很多功德后,战神回到吉罗婆山上,与父母生活在了一起。

雪山神女经常与两个女友一起游玩散心,有一次,两个女伴开玩笑道:"女神啊,您和湿婆都享有无上尊荣,但他有数不清的仆从,我们却什么都没有,这太不公平了。要知道,有一个贴心的仆从,可是很惬意的事啊。"雪山神女听后笑了笑,没有多做计较。

后来雪山神女就想要一个贴心的仆从了，因为当她洗澡时，湿婆没有询问她的意见就进了屋内，雪山神女为此不好意思极了。她想，若是有一个自己的仆从在的话，就不会发生这种状况。雪山神女立马将自己身上的污垢变成了一个小男孩，这个孩子既是她的儿子，又是她的仆从，完全听命于她。雪山神女命令他拿着一根木棒去守门，不准放进去任何一个人。这个小男孩就一直守在门外，让正在房间里洗澡的雪山神女安心了不少。过了一会儿，湿婆想要进屋，遭到了男孩的阻拦。觉得好玩的湿婆告诉男孩："家里所有的人都听命于我，我又是雪山神女的丈夫，我想要进屋怎么就不行了？快点让开啊。"没想到男孩听后，还是一动不动地把守着房门。不愿意和孩子计较的湿婆让仆从讲道理给男孩听，男孩用棍子打跑了仆从。湿婆的仆从们一拥而上，却都被男孩打败了。

无可奈何的湿婆请来梵天、因陀罗和那罗陀劝阻男孩让开道路，却全都失败了。这男孩甚至还揪掉了梵天的胡子，赶走了梵天和毗湿奴。湿婆不得不亲自动手，初生牛犊不怕虎的男孩撒起泼来，用矛在大神湿婆的手上造成了伤口。众神没有想到男孩的武力如此高，全都目瞪口呆。大失颜面的湿婆再也控制不住自己，用三叉戟向男孩挥去，男孩眨眼间就身首异处了。

预感到不妙的那罗陀大仙及时把男孩的死讯报告给了雪山神女，神女果然发怒了，造出十万萨克蒂去追杀湿婆的仆从们和众天神，为死去的儿子报仇。天神们被这些萨克蒂追杀得东躲西藏，湿婆也吓得不敢回家，只有那罗陀得以置身事外。众天神求那罗陀大仙去安抚雪山神女，让她不要再生气了。雪山神女答应原谅众天神，前提是那个男孩要重新活过来，并且取得尊贵的封号。湿婆便命令众神从北方带回一个只有一根长牙的象的象头，用这个象头替代男孩的头，复活了男孩。湿婆赐了男孩"群主"的封号，让他号令众多仆从。雪山神女这才满意，与众天神冰释前嫌，与湿婆和好如初。

这样一来，湿婆和雪山神女便有了两个儿子，战神塞健陀也友善地对待弟弟象头神群主，带着他到处玩耍，度过了无忧无虑的童年时代。弟兄两个慢慢成了大人，到了该娶妻的年纪，湿婆说出了这件事，弟兄两个都说自己想先娶妻。湿婆想了一个解决的办法，让他们围着大地跑一圈，谁先完成谁就先娶妻。战神听后立马开始了奔跑，机智的象头神群主却围着坐在宝座上的湿婆和雪山神女转了一圈，宣布自己完成了任务。一头雾水的湿婆夫妇问儿子这是什么意思，象头神说："难道父亲忘了自己制定的规则了吗？您说过环绕父母和环绕大地可取得同样的功德。"湿婆夫妇认为象头神能用这个方法完成任务，说明他将自己的话牢记在了心里，便为群主娶了施蒂和婆蒂两位妻子，她们都是生主的女儿。没过多久群主就有了两个儿子。

终于围着大地走了一周的战神高兴地回到了家里，却发现弟弟已经娶妻生子，从那罗陀大仙那里了解事情的始末后，生气的战神觉得父母太偏心了，便独自搬去了迦朗遮山居住。

诛众魔

1. 诛多罗迦之子

恶魔多罗迦未被战神诛杀前，曾与妻子生下了三个崇拜湿婆大神的儿子，分别叫作多罗迦刹、毗敦摩利和迦摩拉刹。因为湿婆庇佑他们，战神饶过了他们的性命。

收到父亲多罗迦的死讯后，三子心中升起了一阵恐慌，生怕自己哪天也被天神杀死。为了能长长久久地活下去，他们躲在山洞中进行了艰苦的修行，获得了梵天的欢心，梵天便问他们有何愿望。三子起初要求与天同寿、永葆青春，梵天说这是不可能的；三子便要求战无不胜、攻无不克，拥有三座坚固华丽的城池，永远不会被神、魔杀死，梵天同意了这些要求，但又加上了一句：毁灭之神湿婆可以战胜他们。三子明白只要自己还信奉湿婆，湿婆便不能对他们出手，因此他们可以说是三界无敌了。

梵天命令阿修罗工艺师摩耶分别打造了金、银、铁三座城池，并把它们送给三子。三子便横行霸道起来，从外面抢夺了众多奇珍异宝搬进自己的城池，无聊的时候就去寻衅滋事，搅得三界乌烟瘴气。

众神责怪梵天不该给三子那么多恩典，梵天说我好歹还留了后路，只要湿婆大神出手，就可以杀死他们。众神便去央求湿婆杀死三子，湿婆回答说三子现在还是我的信徒，我万万没有诛杀自己信徒的道理，你们想别的办法去吧，只要你们能改变他们的信仰，我便为你们除去祸患。"

众天神聚在一起想了很久，也没能想出好办法，梵天指点他们去向毗湿奴求助。大神毗湿奴安慰众天神："你们不要太过苦恼，事情总会有解决的办法的，大家拭目以待就是了。"睿智的毗湿奴从自己心中生出了一个布鲁沙，命名为阿尔罕。阿尔罕随即按照毗湿奴的意思，写出了一本假经典，由于它极具迷惑性，见了它的人会被其中的错误指示弄迷糊，从而对自己以前学过的正确经典产生怀疑，最终背弃自己的正确信仰。毗湿奴命令阿尔罕将这部假经典在三子的城池中大力推广，毁掉三子对湿婆的信奉。阿尔罕照做了，成效却不是很大，毗湿奴又请那罗陀去帮他迷惑三子。那罗陀以大仙的身份，在三子面前对这部假经典赞不绝口，骗取了三子的信任。三子便带着民众修习假经典，背离了正法，使自己不再能获得湿婆的庇佑。

万事俱备，只欠东风。最终，三子信奉邪魔歪道的事情传到了湿婆耳中，生气的湿婆便带着燃起了烈火的火矛前去讨伐，三子与他们的城池一起在火焰中化为了灰烬。

2. 诛水持

天帝因陀罗号令群神，威风凛凛，却因骄横触怒过湿婆大神，那是很久远的事了。因陀罗和祭主木星天师去吉罗娑山上膜拜湿婆，湿婆突发奇想，把自己变成了一个衣着破烂、相貌普通的苦修人，在山上闭目修行，想看看因陀罗二人是否能认出自己。因陀罗上山后四处寻找湿婆无果，便问苦修人湿婆去哪里了，苦修人没有回答。因陀罗觉得一个小小的苦修人竟敢挑战天帝的威严，一定要好好教训他，便举起雷杵砸向苦修人。湿婆施法定住了因陀罗的动作，恼怒地睁开第三只眼睛，就要从中射出烈火烧死因陀罗。一旁的祭主木星天师反应过来苦修人就是湿婆，连忙为因陀罗说情，请湿婆饶恕他的无心之过。湿婆答应了祭主的请求，把自己已经发射出的烈火用手接住了，远远地扔进了乳海里。没想到这火没有在海水中熄灭，反而化成了一个哇哇大哭的男孩。

男孩的哭声让大海翻腾了起来，梵天上前查看，这男孩主动搂住梵天的脖子，双臂一用力，使梵天疼得叫了起来。梵天仔细看了看这孩子，给其取名为水持，说他长大后会是阿修罗之王，可以打败一切魔，娶到一位忠贞的妻子，只有湿婆大神能够杀死他。

海神听梵天把这孩子夸得神乎其神，就收他做了养子，特意让工巧大神毗首羯磨在赡部洲建了一座华丽的宫殿，作为水持的居所。水持在这里长大后，收服了迦罗尼弥等住在地界的阿修罗们为他效力。

当时，三界之中最年轻最美丽的女子叫婆林达，为天女斯婆尔纳和迦朗遮仙人所生，她的美貌使得天帝因陀罗都亲自上门求娶，天女斯婆尔纳却把婆林达嫁给了水持做妻子。因陀罗为此很忌妒水持。

一天，水持从太白仙人嘴里得知因陀罗手中有十四件产自乳海的宝物，便愤愤不平地说："乳海是我父王的领地，宝物自然也该是我父王的。"然后，他派了一个使者对因陀罗下战书，说因陀罗若是交出产自乳海的所有宝物，便相安无事；若是不交，便举兵来犯。因陀罗本来就对水持有成见，巴不得找个借口和他打一架，当下就说打就打吧。

因陀罗严重低估了水持和地界的全体阿修罗的战力，他与众天神被打得抱头逃窜，只好去向毗湿奴求助。毗湿奴安慰了众神，便骑着鸟王迦楼那对抗水持去了。毗湿奴轻轻松松地杀死了恶魔迦罗尼弥和其他一众恶魔，愤怒的水持出手打落了鸟王，打伤了毗湿奴，还想进一步伤害毗湿奴。这时，毗湿奴的妻子吉祥天女出现了，温和地问水持："海神是我的亲生父亲，你既是他的养子，便算是我的弟弟，我们是一家人。我嫁给了毗湿奴做妻子，你现在是要杀害我的丈夫，让我一个人活在世上吗？"水持听闻吉祥天女是自己的姐姐，停止了进攻，向她和毗湿奴问好。毗湿奴看水持如此谦逊知礼，高兴地问他有什么愿望。渴望亲情的水持说："我想要你和我的姐姐吉祥天女与我住在同一个地方。"毗湿奴更加感动了，立马与吉祥天女一起定居在了乳海。

旁观了这一切的天神们只好请求湿婆为他们出头，湿婆看着垂头丧气的因陀罗，心中好笑，说："为了杀死水持，我已经用我的神光造出一只神轮，只有这件新武器才能杀死他。我们还需要定一些计策，主动挑拨水持来冒犯我，我好师出有名；另外，根据吠陀的原则，若是他的妻子一直对他忠贞不贰，我们是无法杀死他的，必须有人去破坏他妻子的名节。"众神对此议论纷纷，最终制订了一个完美无缺的计划。

那罗陀打着观赏宝物的旗号去水持家做客，水持炫耀地拿出了自己的所有宝物，那罗陀故意说："你的宝物是挺稀奇的，却都比不上湿婆拥有的女宝，即他的妻子雪山神女，跟她一比，你的宝物就像石头一样不值钱。你还没见过雪山神女吧，她的美能够打动世界上任何一个男性，你没有见过她可真够可惜的。"

水持立即开始对雪山神女浮想联翩，他匆匆送走那罗陀，丧心病狂地派了一个使者去求湿婆把雪山神女给他。毫无疑问,湿婆拒绝了他的请求。

水持带着大批恶魔杀向湿婆天界。天神们把情况转述给了湿婆,还跟他告状,说毗湿奴偏心水持。湿婆召来毗湿奴,问他怎么解释自己的行为,毗湿奴说:"我住在他的家里并不能代表我会帮助他,再说了,只有你才能杀死源自你的水持。"湿婆吩咐道:"为了众天神的利益,我会亲自动手,但你要负责破坏水持之妻的贞节。"毗湿奴答应了。

湿婆骑着神牛和水持打了起来,水持灵机一动,放出了众多能歌善舞的天女和紧那罗,她们的歌舞吸引了湿婆的全部注意力,两方军队也都暂时住了手。水持摇身一变,变化得与湿婆本尊并无二致,出现在雪山神女面前。雪山神女就以为他就是湿婆,把他带到了房间里,伺候他洗脸。雪山神女柔软的手一碰到水持的身体,水持就呈现出了本来的面目。

受骗的雪山神女赶走了水持,派毗湿奴以其人之道还治其人之身,去侮辱水持的妻子婆林达。

毗湿奴先用法力让婆林达变得心神恍惚,又变成苦修者的模样救下了被罗刹追赶的婆林达,获得了她的信任。然后,毗湿奴又用法术使两只猴子提着假的水持尸身出现在婆林达面前,应她的要求复活了假水持。婆林达千恩万谢地带着丈夫走了,回家好几天后才发现是毗湿奴假扮了她的丈夫。如梦初醒的婆林达诅咒毗湿奴的妻子也会与自己一样,被一个变化成苦修人的恶魔骗走。很多年后,毗湿奴化作罗摩下凡,罗摩的妻子悉多果然被变化成苦修人模样的罗婆那抢走了。

婆林达失去了贞节,便无法再保护水持,水持立马死在了湿婆手中。痛苦的婆林达在林中苦修,抛弃了她那不纯洁的肉体,化身为杜尔西藤,生长在戈婆尔坦山旁的婆林达森林里。

除去了水持这一威胁,众天神高兴地回到了因陀罗天界。

3. 诛商却久罗

梵天生下了十仙人,其中一个叫摩利支,生主摩利支又生下了迦叶波仙人,仙人娶了生主陀刹的十三个女儿,最美丽的那个叫檀奴。檀奴为仙人孕育了众多儿子,其中最英勇的是毗波罗吉多,他又有了一个叫旦波的儿子。旦波虔诚地信奉毗湿奴,为了得到后代,他向太白仙人学习了赞语真言,在青莲天一边苦修一边赞美毗湿奴,一年之后,毗湿奴显形告诉他,他会有一个十分厉害的儿子。后来,旦波那个属于檀那婆一族的妻子顺利产子,取名叫商却久罗。

商却久罗懂事后和父亲一样去了青莲天苦修，梵天很喜欢他，将黑天大神的宝铠甲赐给了他，祝福他不会被任何人打败，还帮助他娶到了忠贞美丽的都罗悉姑娘做妻子。商却久罗携妻面见父母亲，恰巧遇到了太白大仙，太白大仙说："我真诚地祝福你娶到了美丽的妻子，但你长大了，身为檀那婆的后代，你有义务替檀那婆一族向天神们复仇。"商却久罗了解情况后，表示自己愿意做檀那婆之主。之后，在太白大仙的帮助下，他带着一众恶魔，攻占了因陀罗天界，并驻扎在了这里。失去家园的众天神按照惯例，先去向梵天和毗湿奴求助，束手无策的两位大神又带着他们去找湿婆，要求可以毁灭一切的湿婆杀了商却久罗，湿婆说："我同意帮助你们，不过我要先问问商却久罗是否愿意投降，他若是不答应的话，我再动手杀死他。"

世尊湿婆任命了乾达婆之王画车作为自己的使臣，让他去劝降商却久罗。画车说出自己的身份和来意后，劝商却久罗退出天界，反正他已经教训过众天神了，还告诉他若是他执意不从，就要死在湿婆手里了。商却久罗回答说："为什么恶魔就不能住在天界？这是我凭本事打下来的，你们别想用湿婆来威胁我！用战争决定我的命运吧，我无所畏惧。"

湿婆听到这些话后，生气地带上雄贤、杜尔迦女神和众天神与商却久罗交战。

商却久罗带着恶魔们来到了战场，湿婆劝他快快投降，与天神们和平相处。他回答说："这一切又不全是我们恶魔造成的，天神也有错，怎么不见你训斥他们，你太偏心了。"湿婆说："天神们是我的膜拜者，我理应帮助他们。"商却久罗听了使臣的回报，认为毫不退缩地前去应战才是优秀的战士应该做的，于是他向自己的军队下了开战的命令。

双方开始了激烈的战斗，由于湿婆一方的迦梨女神太过英勇，恶魔们死伤无数。商却久罗施展魔法将整个战场变得一片漆黑，战神塞健陀又让战场重回光明。生气的商却久罗用长矛扎死了战神，湿婆又复活了他。

商却久罗用箭雨阻挡了迦梨女神屠杀恶魔们的脚步，迦梨女神恼怒地挥动毗湿奴之神轮，没想到商却久罗是毗湿奴的信徒，当他在心中默祷毗湿奴时，神轮并没有伤害他，他还用同样的方法让梵天神器也失效了。女神换了一把兽主之戟做武器，这时空中传来一个声音说："商却久罗只能死在湿婆手下，女神速速退下。"

闻言，湿婆大神骑着神牛开始了对商却久罗的攻击，空中的那个声音又说道："只要商却久罗还穿着毗湿奴的宝铠甲，只要他的妻子依旧忠贞，湿婆就不该对他动手。"

湿婆只好命令毗湿奴先变成一个婆罗门，讨要走商却久罗的宝铠甲；再变成商却久罗的模样，引诱他的妻子，破坏了她的忠贞。毗湿奴做完这些后，湿婆大神干脆利落地杀死了商却久罗。

湿婆大神又一次为众天神抢回了因陀罗天界，他们欢喜地返回了天界。

湿婆林加

（全印度各地有许多湿婆神庙，庙中常供奉一根圆石柱。石柱被称为湿婆林加，即湿婆生殖力的象征。）

1. 阿特利湿婆林加

迦摩陀森林原是众多修行人的住所，却莫名其妙地遭遇了干旱，这干旱持续了百年，修行人们纷纷搬走，连鸟儿都不再来这片森林。阿特利仙人和他的妻子阿娜苏娅为了让这片森林不再干旱，长年累月地在此苦修，祈祷大神湿婆解除干旱。这对夫妇的苦修感动了三界，众天神、仙人都隐身在空中参观他们的修行景象，给他们祝福后就离开了，只有大神湿婆和恒河女神潜进了森林，计划在必要之时向他们伸以援手。

这对夫妇坚持修行五十四年后，阿特利仙人口渴难耐，让妻子阿娜苏娅起身寻水。阿娜苏娅便认认真真地搜寻了森林里的每一个角落，发现全都没有水，不禁叹息起来。恒河女神不忍心让这位贤惠的妻子叹气，现身问她想要什么恩典，阿娜苏娅请求恒河女神赐下足够丈夫解渴的水。恒河女神命令阿娜苏娅在土地上刨出一个坑，女神随手一指，清澈甘甜的恒河水便溢满了土坑。阿娜苏娅想要让丈夫来见见这一奇迹，便请求恒河女神不要离开，等一下接受她和她丈夫的共同感谢，女神答应了。阿娜苏娅匆匆忙忙地带着水回去了，阿特利仙人一饮而尽，询问妻子在哪里找到了这么甘甜可口的水。阿娜苏娅把自己的所见所闻都告诉了他，要他赶快和自己一起去感谢恒河女神。阿特利仙人见到恒河女神后，请求她永远住在这片森林里，好让这里有源源不断的恒河水。恒河女神提出用恒河水交换阿娜苏娅服侍丈夫一年而获得的功德，博爱的阿娜苏娅毫不犹豫地答应了。这时，大神湿婆以林加相现身了，仙人夫妇提出让湿婆也一直留在这里的要求，湿婆同意了。后来，世人称阿娜苏娅挖的那个坑为曼达基尼，将湿婆生自大地的林加命名为阿特利湿婆林加。

2. 医主林加

罗刹王罗婆那想要请湿婆住在自己统治的楞伽岛，为此他在吉罗娑山上修行了很多年，在他遭受风吹日晒之后，湿婆大神还是不待见他，不肯显形在他面前。他便采取了极端的手段，用自己的生命博取大神的欢心，他依次砍下自己的十个头，当他只剩一个头的时候，湿婆不忍心看他白白死去，制止了他的行为，将他掉落的九个头都安回了他的身体。罗婆那却痛哭流涕起来，说自己想要湿婆大神到楞伽岛的恩典。不愿这样做的湿婆大神提出："你把我的林加带回去吧，看到它跟看到我没什么两样。不过你在回去的路上不要放下它，不然它落在哪里，就会长在哪里。"罗婆那连连答应，用双手捧着那林加回去了。走到半路时，忍不住尿意的罗婆那把林加交给一个牧牛人，让他替自己拿一下。但普通的牧牛人拿不动林加，一失手就把林加摔到了地上。林加迅速落地生长起来，有了"医主林加"的称号。

3. 三眼大神林加

素以树木茂盛、水源充足而闻名的大梵山，吸引了很多仙人来这里修行，乔答摩仙人就是其中一位。但这里突然遭遇了干旱，树木渐渐变得枯萎，万物慢慢失去了生机。因为这干旱严重影响了人们的正常生活，乔答摩仙人连续苦修六个月，感动了水神伐楼拿，水神决定满足仙人求水的愿望。水神命令乔答摩在土地上刨出一个坑，坑中自动涌出了甘甜清澈的水。水神伐楼拿说："乔答摩，你用你的苦修换取了水源，这坑中的水永远不会干涸，这个水坑以后就叫作'乔答摩水坑'，这里面的水将会惠泽众人，为你带来功德，使你获得湿婆大神的庇佑。"

有了这水坑后，仙人们都派自己的妻子来此取水。有一天，乔答摩让自己的弟子去取水，碰到了其他仙人们的妻子，硬要叫这个弟子排在最后取水。愤愤不平的弟子就叫来了师父，乔答摩说是弟子先到的，理应先取水。仙人们的妻子把这件事告诉了各自的丈夫，说乔答摩居功自傲，他的妻子和弟子欺人太甚。众仙人便凑在一起，想要设计赶走乔答摩。仙人们向群主象头神诉说了这一愿望，象头神说这样做是不正义的，仙人们固执己见，象头就只好赐给了他们力量。仙人们故意让一头快要死去的母牛拦住了乔答摩的路，乔答摩仙人轻轻地想要赶走母牛，母牛却倒地而亡，仙人们就跳出来说乔答摩是个杀害母牛的罪人，合力把他赶出了森林。

难过的乔答摩在地上竖起数千万林加，并加以膜拜，湿婆大神不忍看他痛苦下去，显形说："你不是罪人，你比任何人都要纯洁无瑕。说说你想要什么恩典吧。"乔答摩请求用恒河水造福世界，湿婆答应了，就让恒河女神留在凡间帮他，黑暗时期结束后再回到天界。应恒河女神的要求，湿婆也带着妻子在凡间住了一段时间。而乔答摩在地上竖起的数千万林加，获得了"三眼神林加"的称号。

第六章

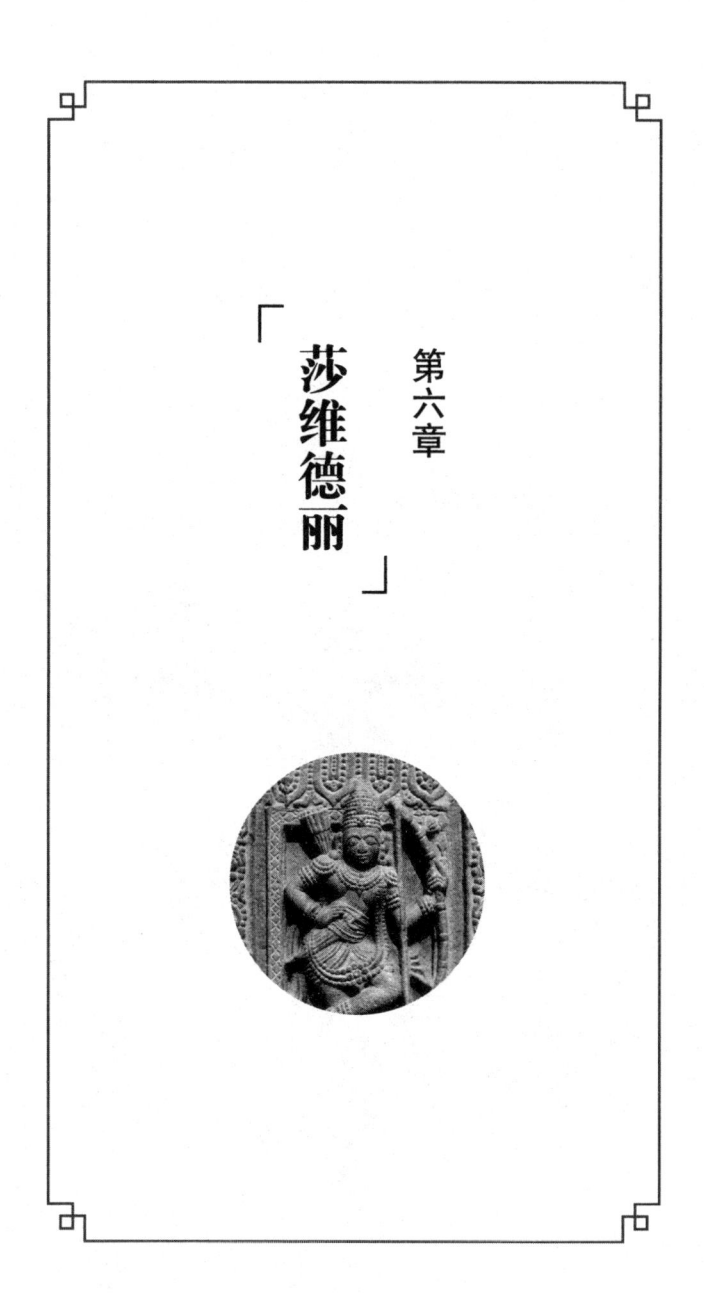

「莎维德丽」

公主降世

马主国王掌管的国家名叫摩德罗国,由于马主国王遵守达摩戒律,膜拜大神,乐善好施,恪尽职责,全国上下的百姓们都很敬重他。

马主国王事事顺心,唯有一桩遗憾:没有子嗣。他为这个问题烦恼了很久,最终决定以实际行动感动天神们,请天神赐一个孩子,无论这孩子是男是女,他都会高兴地接受。为了求得子嗣,国王开始了清心寡欲的修行生活,每一天他都会大声赞颂女神莎维德丽,每一天他都会对着圣火拜了又拜,这种严守戒律的日子他一连过了十八年,女神莎维德丽终于被他打动,显形告诉他说他的苦修感动了众神,大梵天因此赐了一个女儿给他。

被女神莎维德丽赐福的马主国王欣喜若狂,连连感谢女神。当天晚上,他便与自己的王后玛罗维同床共枕,做成好事,王后体内便有了一个胎儿。经历过十月怀胎之后,王后产下一个可爱的女婴。激动的马主国王为了感谢赐下恩典的莎维德丽女神,特地给自己的宝贝女儿取名为莎维德丽。

莎维德丽公主从小就是美人胚子,渐渐长成了一位美貌少女,她明眸善睐,唇红齿白,整个人透出一股清丽绝尘的味道,却又不失皇家公主的威严。因为她的身体像笼罩在光芒中一样熠熠生辉,不知情的人见了公主,甚至会跪地膜拜她,称她是来人间游玩的女神。但公主身上的光辉在给她带来荣耀的同时,也给她带来了烦恼,那就是寻常男子根本不敢接近她,生怕亵渎了这位天仙般的女子,如此一来,到了婚嫁年龄的公主,竟一直没有人来向她提亲。

在节日到来时,莎维德丽公主换上盛装,打扮完毕后,浑身清爽地出了门,亲自采摘了一束鲜花献给她的父王。马主国王仔细打量正值青春年华的女儿,发现她脸上神采飞扬,身段窈窕动人,确实已经可以嫁人了。国王想起女儿的终身大事还没有一点眉目,就叹息了一声,吩咐道:"我的好孩子啊!人应该在恰当的年龄做恰当的事,你母亲像你这么大时,已经同我定亲了。既然没人敢主动向你提亲,你便自己外出寻找夫婿去吧,我相信以你的眼光,肯定会找一个优秀的男子做丈夫。我要提醒你的是,你找到合适的人选后,先不要与他举行婚礼,回来禀报给我,让我看看他能否配得上你,再决定要不要把你嫁给他。乖女儿,不是父王不想把你留在身边,而是根据吠陀经典,你一直不出嫁的话,人们就会非议我。"

莎维德丽公主安慰国王后,又去辞别了母亲,带着几位富有智慧的老臣,乘车踏上了寻找意中人的路途。一路上,她走访了无数的森林道院和圣地,向很多修行人打听哪位男子品德出众,还帮助了很多贫苦人,捐给婆罗门大笔钱财。

公主选婿

那罗陀大仙游历到了摩德罗国,国王马主热情地招待了他,与他谈论起治国之道。就在他们相谈甚欢之时,莎维德丽风尘仆仆地从外面回来了,她立即诚挚地向父亲和大仙施礼问好。

那罗陀大仙疑惑地问:"国王啊,你怎么能让这么美丽的女儿去外面游历呢?快点给她找个合适的夫婿才是正当事啊,否则众天神就会降罪于你。"

马主国王说:"大仙你有所不知,我是让我的女儿外出寻找夫婿去了,我们来听听她相中了哪位幸运的男子。"

莎维德丽恭敬地说出了自己意中人的大致情况:"勇士耀军曾是夏鲁阿国的国王,他文武双全,品行出众,却遭遇横祸,盲了双眼,不能像以前那样得心应手地管理国家。邻国的国王知道这件事后,落井下石,发兵攻打耀军的国家,耀军战败,带着自己的妻子和儿子搬去了森林居住,过着艰苦的修行生活。而我看中的,就是他的儿子萨谛梵,据传闻,他继承了父亲的所有优点,外貌英俊潇洒,武功高强,知识广博,还极为孝顺。我觉得他就是我的良配,特地回来询问父亲的意见。"

莎维德丽公主话音刚落,那罗陀大仙就大叫道:"天啊,国王你千万不要答应这门婚事！否则你的女儿就要大难临头了。莎维德丽公主对这位萨谛梵只知其一不知其二，并没有完全了解他。萨谛梵的双亲从不撒谎，便给儿子起名为诚实（萨谛梵），他的确是一位优秀的男子，但嫁给他做妻子的话，却是一件不大吉利的事情。"

马主国王迷惑地问："既然这位萨谛梵的品行都得到了大仙您的称赞，我的女儿对他也很满意，为什么您要我拒绝这门婚事呢？这里面到底有什么隐情？还请大仙您坦率地告诉我，作为父亲，没有谁比我更渴望我的女儿得到幸福。"

那罗陀说："无论是品德行为，还是武功学识，这位萨谛梵都不差。但他却有一个致命缺陷：短命，一年后的今天，就是他魂归地府之日。如果您的女儿执意要嫁过去的话，一年后她就会成为寡妇，在漫漫余生里再也没有丈夫做依靠，该是多么孤苦啊。国王，公主，面对婚姻大事，你们一定要三思而后行，不要因为一时的冲动毁了今后的人生。"

国王吓得脸都白了，急忙对公主说："好孩子，大仙说的话你都听到了，我怎么能允许你嫁给一个短命人呢？放弃萨谛梵吧，世上好男儿千千万，肯定会有适合你的人出现的。你不要反驳我，我是不会眼睁睁看着你跳入火坑的。"

莎维德丽摇了摇头，铿锵有力地说："婚丧嫁娶，是世间常有的事，我们不应该对此大惊小怪。女儿走访了众多名山古刹，确定萨谛梵就是我想要嫁的丈夫，怎么能因为他只剩下一年生命就放弃他呢？我用我的生命发誓，今生我就要嫁给萨谛梵，无论今后会发生怎样的事我都不后悔。"

马主国王还想再劝劝女儿，那罗陀仙人出言道："国王啊，你不要再多费口舌了，这孩子的心坚如磐石，不可动摇。作为她的父亲，你就随她去吧，那位萨谛梵也确实是人中豪杰，和你的女儿很般配。至于以后的事，上天有好生之德，说不定会出现转机。"

马主国王对那罗陀仙人说："您是有大智慧的人，对于您的话，我总是毫不犹豫地去执行。那好吧，我同意这门婚事了。"那罗陀随之告辞离开，留下马主国王父女二人说心里话。

喜结连理

马主国王怀着复杂的心情筹备好了婚礼用品，他定下吉日，召来婆罗门和祭司做陪，亲自把女儿送往萨谛梵居住的苦行道院。

国王耀军自从看不见东西后，听力变得格外敏锐，他听到有人迈进了自家的院门，便起身迎接对方，向对方表达善意。马主国王心里一暖，觉得这位耀军王确实是贤明之人，女儿嫁入他家后应该不会受苦。因此，马主国王向耀军王介绍了自己的身份，双方在桌子旁边落座。

耀军王对马主说："我早已听说过您的大名，今日您大驾光临，令我脸上备感光彩，可否说一下您此行的目的呢。"马主认真地说："可怜天下父母心，我今日是为我的女儿前来的。我的女儿叫莎维德丽，她打定主意要嫁给您的儿子萨谛梵做妻子，因此我恳求您能同意这件事。"

耀军王说："若在从前，我一定会欢天喜地地答应，因为这两个孩子是很相配的。如今，我们一家遭遇不幸，沦落至此，过着穷苦的生活，还总要进行艰苦的修行，您的女儿是您的掌上明珠，是在蜜糖罐里长大的，我怎么能让她来过这艰苦朴素的生活？"

马主说："您不要担心这种小事，我的女儿吃苦耐劳，并不是一个娇生惯养的人。估计您还不知道，她遍寻了整个大地，才确定要嫁给您的儿子。是否拥有国家并不重要，我女儿看中的是您儿子的优秀品德，连她自己都不在意要过艰辛的生活，您就不要再反驳了。"

耀军说："能得到莎维德丽公主这么一位出色的儿媳，真是上天对我的眷顾。既然如此，我便痛快说了吧，我很乐意与您结为亲家。"

在两位国君的主持下，莎维德丽与萨谛梵在森林道院举行了隆重的婚礼。萨蒂梵看着妻子晕满红霞的脸，心中满是甜蜜，莎维德丽如愿以偿地嫁给了自己的心上人，心中也十分满意。

马主国王离开后，莎维德丽收起了美衣华服，卸下了珠宝首饰，换上了一件朴素的修道服，与丈夫一起勤于修道。莎维德丽尊敬公婆，为他们端茶送饭，对他们嘘寒问暖，居住在森林道院的人都夸她是一位贤德的女子。

为夫祈福

耀军国王一家人在森林道院里平静地生活着，对一家人互亲互爱的情况极为满意。只有知道隐情的莎维德丽在心里发愁，那罗陀仙人的预言总在她脑海里挥之不去。她有时会看着自己的丈夫，在心里叹息：这么好的人，怎么会在不久之后就会命丧黄泉呢？

日子一天天地过去了，萨谛梵的死期也一天天地逼近。萨谛梵只剩下四天生命时，想要为丈夫改变命运的莎维德丽对家人说，自己要绝食三天，以完成名叫"三夜斋"的大戒。家人不舍得她吃苦，但修道之人都是在苦难之中功德圆满的，家人只好祝福她成功完成这场"三夜斋"。

在这三天里，莎维德丽一口水都没碰，日夜不停地思索该如何为丈夫改变命运，最终也没能想出好办法来，不禁心如刀绞。她想，如果死亡是不可避免的，起码不要让丈夫直接死在双亲面前，老人们是受不了这种打击的。

太阳从地平线上冉冉升起，过了今日，萨谛梵留在世上的就只是一具躯壳了。莎维德丽按照昨晚所想，恭敬地向公婆问好，说自己还想把斋戒再延长一天，今天依旧不吃食物。公婆心疼地答应了她这个要求。这时，萨谛梵来向双亲辞别，说要去森林里砍柴，莎维德丽便恳求公婆让她和萨谛梵一起去。

萨谛梵看着消瘦的妻子，回绝道："你已经三天没吃饭了，根本没有力气走到森林里去，通往森林的路崎岖不平，会磨烂你的脚，我不会同意你去的。"

莎维德丽说："我的体重是降低了一点，但我从修行中获得了无穷力量，足以支撑我陪你去森林。外面正是繁花似锦的季节，我多想去欣赏那里的美景啊，而且我还可以帮你采摘野果，带回来供奉双亲。"

耀军说道："儿子啊，你便带莎维德丽一起去森林吧。她嫁给你后，一直都任劳任怨，从来都没有要求过什么，也没有去欣赏过森林的景色。今日她提出这么小的要求，你怎么忍心拒绝呢。你们一起动身吧，早去早回，不要太劳累了。"

萨谛梵便带着莎维德丽出门了，一人提着斧子，一人挎着果篮，一路上说说笑笑。到达森林后，眼前的景色美不胜收，萨谛梵贴心地指给妻子看哪里的鲜花开得最好，莎维德丽却无心欣赏，只是定定地望着丈夫，生怕死神突然降临，带走他。

贤女救夫

原来的分工是萨谛梵砍柴，莎维德丽采摘野果，但萨谛梵不忍妻子劳累，便让她坐在地上休息，自己摘了果子后又去砍柴。砍着砍着，萨谛梵的头突然痛了起来，他不得不停止砍柴，抱着自己的头呼唤妻子。

莎维德丽很快就发现了丈夫的异常，她明白这是丈夫即将死去的前兆，强忍着眼中的泪水，装作若无其事的样子安慰丈夫头疼不要紧，休息一会儿就好了。萨谛梵安心了不少，靠在妻子的怀里睡着了，还发出均匀的呼吸声。但莎维德丽发现他的呼吸越来越微弱，怕是命不久矣。

片刻之后，一个身材雄伟、浑身发光的人拿着一条奇特的绳索出现了，此人头顶的王冠、通红的双目、金黄色的衣衫都表明他不是凡人，而是一位地位崇高的大神。这个人沉默地看着萨谛梵，像是在思索着什么事。

莎维德丽知道此人便是带走丈夫性命的人了，她立即虔诚地向这个人施礼，问道："您的身躯如此伟岸，相貌不凡，通身气派，您是哪一位神祇？因何事来到这荒无人烟的森林？"

死神阎摩说："莎维德丽，贤德的女子！你心里应该清楚我是谁，来做什么。作为死神阎摩，本来我只需派一个手下直接带走你丈夫的性命，但由于你们夫妇高尚的品德、艰苦的修行，我亲自前来迎接你丈夫去往另一个世界，并劝你多多节哀,不要太悲痛了。"

死神随即用绳索勾出了萨谛梵的灵魂,那灵魂是一个拇指大的小人,一副灰头土脸的样子。莎维德丽急忙看向躺在地上的丈夫,发现他已经没有了呼吸,身体也失去了温度,再也不会做出任何动作了。

死神阎摩带着萨谛梵的灵魂向南而行,打算去往阴间。莎维德丽沉默地跟在他的后面,一副不撞南墙不回头的倔强样子。

阎摩只好对她说:"莎维德丽,你跟着我也没用!你丈夫的寿限已经到了,今日就是他的死期。你不舍得丈夫的心情我能理解,但我不能破坏自己定下的法规,你还是回去为你丈夫准备葬礼吧。"

莎维德丽说:"据经典记载,失去伴侣的人无法修得圆满的成果,因此我不能离开我的丈夫,只好跟在你的身后。有种说法是'七步生友情',我们已经走了几十步路,在这段路途里,我们之间已经存在友情了,您能否对我宽容一些呢?"

阎摩说:"你的话使我感到愉悦,除了不能复活萨谛梵外,你说说你想要什么恩典。"

莎维德丽提出让耀军王重见光明,阎摩答应了,又催促莎维德丽赶紧离开。

莎维德丽回答说:"无论跟着丈夫走多久,我都不会劳累。友善的人总是帮助别人,您是天神,除了勾人性命之外,您也有善良的那一面吧?!"

阎摩说:"我偶尔会有一副好心肠,除了不能复活萨谛梵外,你想要什么帮助?"

莎维德丽回答说希望耀军王重返王位,阎摩再次同意了。

莎维德丽仍不离开,运用她的智慧,妙语连连,使得阎摩又答应了她两个愿望,即让马主国王有一百个优秀的儿子,让莎维德丽有一百个英勇的儿子。

在这之后,阎摩说自己已经赐下足够多的恩典了,足够莎维德丽幸福快乐地过完一生,劝她速速回去。没想到莎维德丽大放悲声,痛哭流涕道:"仁慈的天神啊!您赐下了让我生育一百个儿子的恩典,但我的丈夫却被你夺去了性命,你让我如何怀孕生子?假若您不网开一面的话,我是生不了儿子的,您的恩典便是虚假的恩典,这将有损您的英名。您可知道,我情愿奉献出我的一切,交换我丈夫的生命。求求您了,把我的丈夫还给我吧!没有他,我的生命便也要枯萎了。"

死神阎摩看着莎维德丽脸上滚滚落下的眼泪,说道:"让你这样一位贤德、聪明、美丽的女子哭个不停,便是石头见了这幅画面也会软下心肠,唉,我便成全你的心愿吧。"死神阎摩说完便松开手中的绳索,放出了萨谛梵的灵魂,催促莎维德丽快点回去照料她的丈夫,还祝福他们夫妻二人都能平安地活到四百岁。成人之美之后,死神阎摩自己也觉得愉悦非常,高兴地离开了。

  莎维德丽立马飞奔回原地,把躺在地上的丈夫抱在怀里,激动地抚摸着他那逐渐恢复生机的脸庞。

  萨谛梵悠悠转醒,感觉自己像是做了一个非常逼真的梦,他揉了揉自己的眼睛,然后问莎维德丽:"你一直在这里没动过吗?我好像梦到一个拿着绳索的人带走了我的灵魂,然后你一直跟着他,哀求他放我回来。啊,那种恐怖的感觉太真实了,亲爱的,你告诉我,是不是我刚刚真的死了一次,然后你把我救了回来?"

  莎维德丽说:"既然你醒了,就别想那个梦了。不管之前发生了什么,现在我们都好好地活在世上呢。天渐渐黑了,我们该回家了,免得双亲担心我们。"

  萨谛梵稍稍还有些头疼,说:"今天本来是带你来看风景的,却被睡觉耽误了时间。我还忘不了那个可怕的梦,现在周围这么黑暗,怕是连路也看不清。"

  莎维德丽便提议在森林里休息一晚,明天一早再赶回家去。

  萨谛梵考虑到双亲还在家里,说:"月亮慢慢出来了,月光可以为我们照亮道路,我们还是回去吧。今天我们已经在外边待得够久了,我们的母亲很依赖我们,我们不及时回去的话,我真怕她做出什么傻事来。"

  两人顺着来时的路慢慢往家中赶去,萨谛梵一直在担心父母的安危。莎维德丽明知公婆不会发生什么意外,却不好说出内中原因,只得安慰他虔诚的人自有神灵庇佑。

揭开秘事

  儿子和儿媳刚走了一会儿,耀军王就惦念起他们,生怕会发生什么意外,他不时地催促妻子去外面看看儿子回来了没有,越等越心慌。当莎维德丽向死神提出她的第一个愿望后,耀军王盲了许久的双眼奇迹般地痊愈了,蓝天白云清晰地出现在他的视野中,他甚至能看清从树林高处飞出的一只小鸟。受宠若惊的耀军王急忙跑到妻子面前,将这一喜讯告诉了她,两人激动得流下了泪水,迫不及待地想和儿子、儿媳分享这一喜讯。

耀军王夫妇耐着性子在家中等待儿子、儿媳回来，却迟迟不见他们的身影，这时，窗外的太阳已经开始落山了，两位老人义无反顾地出门寻找儿子、儿媳去了。他们大声地叫着儿子、儿媳的名字，在附近的密林里找了又找，还是一无所获。夜幕降临，两位老人着急地回到家中，发现儿子、儿媳还是没有回来，连自己身上被荆棘划出的伤口都来不及处理，就又要出门寻找儿子。在森林道院里还住了一些年老的修行人，他们拦住了耀军王夫妇，说外面不安全，安心在家等着吧。

为了减轻耀军王夫妇的担忧之情，众人主动讲起了一些富有传奇性的故事，故事主旨都是好人有好报，耀军王夫妇这才感觉到了些许安慰。过了一会儿，萨谛梵的母亲又因担心落下了眼泪，仙人苏伐罗遮和大仙乔答摩只好以自己的名声担保萨谛梵百分百还活着，并且会带着莎维德丽安然无恙地回来。

众人都焦急地等了起来，时间过得格外缓慢，还好萨谛梵和莎维德丽终于手牵手出现在了大家面前。

众人七嘴八舌地向这对小夫妻说了耀军王双目复明的事情，然后问他们为什么回来得这样迟，让大家都着急坏了。

萨谛梵说："说实话，我也不知道今天都发生了什么。我在砍柴时头疼得昏了过去，是莎维德丽在我旁边照顾我。然后我就像是做了一场梦一样，梦到我被死神带走了，但当我睡醒之后，我仍在原地，莎维德丽也还在我的身边。那时天色已晚，我知道我们不回来的话你们一定会着急，便急匆匆地赶回来了。"

大仙乔答摩说："今天真是奇特的一天，你这个奇特的梦境，恐怕只有你的妻子才能解答。贤德的莎维德丽，你就把前因后果都跟我们说说吧，事情的真相一定很有趣。"

莎维德丽回答说："如今危机都已被化解，我也可以把秘密公之于众了。一年前我便从那罗陀仙人那里知道我的丈夫会在今天被死神阎摩带走，但我还是嫁了过来。死神带走萨谛梵的灵魂后，我跟在他的后面不肯离开，用最真诚的语言博取了死神的欢心，使得他先后赐下我五个恩典，分别是我的公公将重见光明，还会重返王位，我的父王将育有百子，我将育有百子，我丈夫萨谛梵可以继续在世上活到四百岁。这样一来，我们一家再也不会经历磨难，终于苦尽甘来了。"

众人对此啧啧称奇，将莎维德丽夸了又夸，说她是一颗吉利的福星，冲散了全家的阴霾。耀军王夫妇激动得老泪纵横，立誓说以后一定更加善待莎维德丽。萨谛梵也将立下大功的妻子紧紧抱在怀里。

喜报频传

当太阳再次从地平线上升起时，莎维德丽感到了前所未有的轻松和舒心，她再也不用提心吊胆了。众人再次将她围了起来，询问她从死神手中救夫的细节，说她肯定会作为贤女的典范被各地百姓称赞。

大家正在探讨死神的长相，忽然有很多夏鲁阿国的普通百姓涌进了院子，跪在地上，嘴里大声喊着："请耀军王重返王位！勇士们已经诛杀敌王，朝政重回夏鲁阿人手中，就算耀军王眼睛看不见，百姓们依旧拥您为王！"

耀军王大声回应："我的子民们啊，多谢你们还记着我！你们抬头看看，我已双目复明，定将带领你们走向盛世！"百姓们惊喜极了，当下就要求耀军王一家回国执政。

耀军王一家便辞别了修道院的诸人，并祝福他们功德圆满。然后，在百姓们的拥护下踏上了返回故国之路。

归国之后，耀军王登基为王，萨谛梵成为了太子。耀军王的王后和莎维德丽恢复了华丽的装扮，奴仆成群，前呼后拥。后来，马主国王派使者传来消息，说玛罗维王后为莎维德丽添了一百个弟弟。莎维德丽紧接着也生下了一百个儿子，壮大了王族力量。

莎维德丽的故事传开之后，她便成了众多女子的楷模，有了"贤女"的称号，人人钦佩、赞扬。

第七章

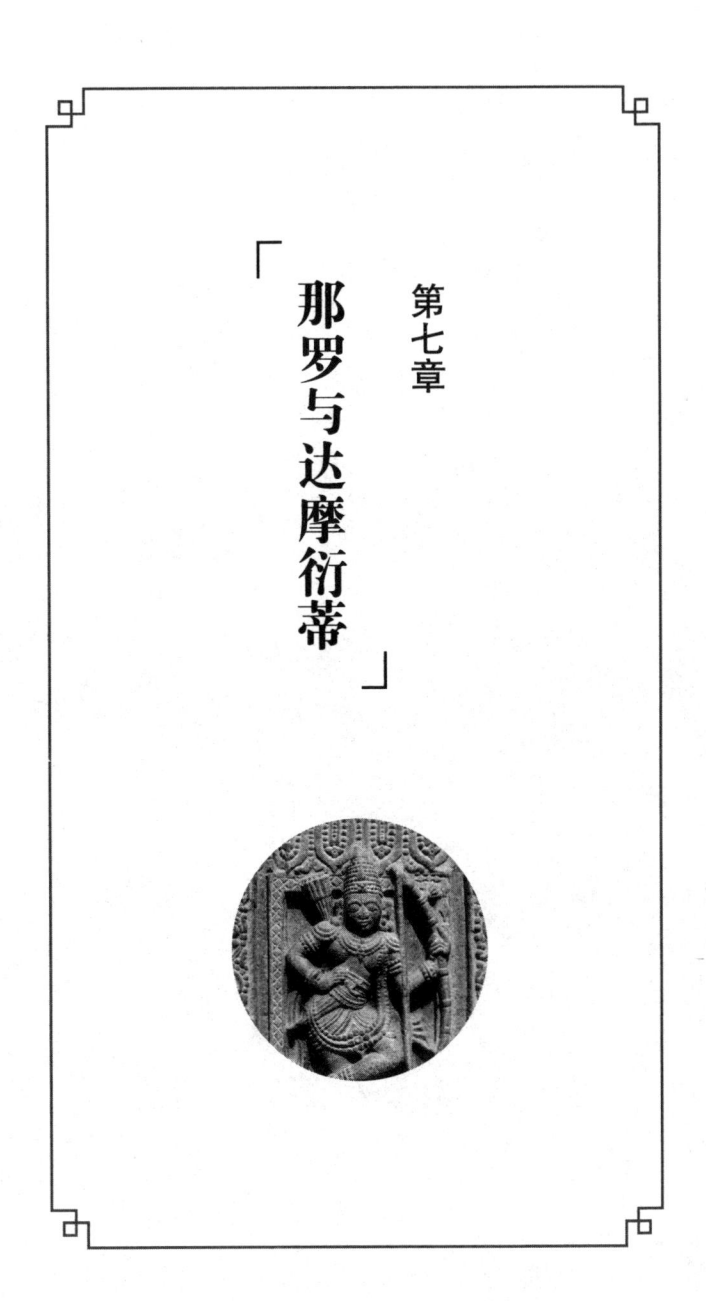

「那罗与达摩衍蒂」

天鹅做媒

那罗是尼奢陀国的国王，当时大地上有很多国王，那罗在一众国王里有独占鳌头的趋势，因为有很多国王都是到了中年才从父亲那里继承王位，那罗却依靠自身的品德和武功创建了属于自己的国家，年纪轻轻便重权在握。那罗在当上国王后，有很多其他国家的使者来向他介绍自己国家的公主想要给他做妻子，他都拒绝了。在他的国家里，也并不缺少美人，对他一见钟情的姑娘如过江之鲫，他也没有垂青哪个女子。可以说，那罗并不是个纵情声色的人，除却喜欢掷骰子这一点，他几乎是个完美无缺的人了。

无独有偶，大地上有这么一位声名远扬的那罗国王，便有一位同样充满传奇性的公主。她便是毗德尔跋国国王毗摩的女儿，名叫达摩衍蒂。毗德尔跋国位于文底耶山的南边，国王毗摩在此统治着一大片土地，早些时候，国王没有子嗣，便求经过此地的达摩那仙人赐给自己一儿半女，仁慈的仙人被国王的诚心所打动，直接赐了国王三个优秀的儿子和一个美丽的女儿。因这一点，达摩衍蒂被人称为神送来的姑娘，她的三个哥哥，分别叫作达摩、怛陀、达摩那，也被认为是有福气的孩子。

达摩衍蒂长成亭亭玉立的少女后，见到她的人全都为之倾倒，她的美貌甚至惊动了众天神，众天神下凡前来观看，一饱眼福。达摩衍蒂却对女友们口中的那罗国王起了好奇心，想知道这位英雄究竟有多优秀；而尼奢陀国王那罗也对众人夸赞的达摩衍蒂起了倾慕之心，想要娶她做妻子。如此一来，两个未曾谋面的人默默地在心里喜欢着对方，却又不知怎么才能隐秘地联系到对方。

许是上天听到了那罗呼唤爱情的心声，他在王宫的树林里散心时抓到了一只会说话的天鹅，天鹅表示只要那罗不杀它，它便去向远处的达摩衍蒂公主传达那罗对她的爱意。国王那罗立马放飞了这只天鹅，殷切地期盼它早去早回，为他和达摩衍蒂公主牵起千里之遥的姻缘。

天鹅主动飞到了达摩衍蒂公主的身边，做出种种可爱的姿态吸引公主的注意力，然后向公主转达了那罗对她的倾慕之意，询问公主是否也思慕着那罗。达摩衍蒂得知自己爱的人恰巧也爱自己，心里像吃了蜜糖一样甜，请求天鹅回去告诉那罗一句"君心似我心"。天鹅眼看自己要促成一桩婚事，心里美滋滋地回去传话了。

公主选婿

天鹅飞走后，达摩衍蒂公主反复回味着那罗对自己的爱慕之语，两颊上飞起了两朵红云，坐在窗户前手托着腮想念自己的心上人。这恋爱的甜蜜感过去后，公主由于见不到那罗，夜不能寐，食不下咽，也不再外出玩耍，每日就在屋内长吁短叹，眼见着一日日地消瘦了。

达摩衍蒂的异常惊动了她的女友们，为了公主的健康着想，她们大着胆子告诉毗德尔跋国王："国王啊！您常年埋首政事，有段时间没去看望您的女儿了，您可知她近日里一直郁郁寡欢？"

睿智的国王毗摩认真思索了一番，认为女儿应该是想嫁人了，便传令下去，要为女儿举办选婿大典。毗摩国王派出了众多使者，去往不同的国家，把选婿的消息传遍了整个大地。

各国国王听说美丽的达摩衍蒂公主要公开选婿后，全都沸腾了起来，适龄的国王们全都带上礼物出发前往毗德尔跋国，年老的国王们也都派出自己的儿子们出发前往那里。这些自命不凡的王公贵族们，都梦想着得到公主的垂青。

就在这时，那罗陀大仙和波尔伐多大仙去天帝因陀罗的宫殿中做客。双方互相问候之后，天帝因陀罗抛出了一个问题："大地上的国王们最近都在做什么？这几日怎么不见他们举行祭祀，邀请我去做客呢？"

那罗陀挤眉弄眼地说："尊贵的天帝，你有所不知啊，前些日子毗德尔跋国王放出消息，要为他那珍贵的女儿达摩衍蒂选婿，这位公主名动四方，牢牢霸占人间第一美女的宝座，各国的国王、王子们无不倾心于她，便一窝蜂地赶到了毗德尔跋国，想要成为她的如意郎君。谁还顾得上举行祭祀呢。"

那罗陀说这一番话时，火神、水神等几位天神结伴来到了因陀罗的宫殿，把那罗陀的话听得一清二楚。这几位天神顿时兴奋了起来，对天帝说："反正我们在天上也无事，不如去人间参加选婿大典吧，说不定那位美人会爱上我们其中的谁呢。"天帝点头表示同意，天神们便驾着各自的飞车，从云层中飞往毗德尔跋国。这时，人世间的众多国王已经到达了。

那罗国王掌管的尼奢陀国离毗德尔跋国较远，所以他慢人一步收到消息，顿时急了起来，生怕别的国王抢占先机，因此他急急忙忙地出发了，想要快点见到心上人达摩衍蒂。众天神恰巧从天上望见了玉树临风的那罗国王，不由自主地被他吸引了注意力，感叹世间怎会有如此相貌堂堂的男子。众天神索性停止了赶路，现身在那罗面前，热切地对那罗说："英俊的尼奢陀国王啊！你的相貌可以与众天神比肩，我们想请求你的帮助，让你为我们做一回使者，你愿意吗？"

那罗传信

那罗出于对众神的尊敬，想都没想就大声说："我愿意！为天神效劳，是我的荣幸，只是不知您们都是哪位天神，想要让我替您们做使者去哪里？我又该传达什么消息呢？"

天帝因陀罗、火神、水神、死神阎摩便向尼奢陀国王表明了自己的身份，告诉他："我们是来参加美人达摩衍蒂的选婿大典的，你需要去往她的王宫，告诉她我们四位天神倾心于她，让她好好考虑想要嫁给我们四位中的哪一位天神。"

那罗立马回绝道："啊呀呀，我也是来求娶达摩衍蒂公主的，你们是我的竞争者，我不能替你们做使者！再说我也绕不开公主宫殿外的层层守卫啊。"天神们说："那罗国王，你已经说了你愿意为我们效劳，那么你就必须兑现你的承诺。别推辞了，快点去吧！我们保证你不会受到任何阻拦，能够顺利地见到达摩衍蒂。"无奈的那罗只好快马加鞭地往达摩衍蒂的宫殿赶去，并畅通无阻地进入了宫门。

这时，达摩衍蒂公主在女友的劝说下，与自己一百位珠光宝气的女友们在花园中散步。那罗突然现身在她们面前，这些女子惊喜极了，纷纷在心中赞叹这个陌生男子的威武不凡，猜测他究竟是什么身份。那罗痴痴地望着被众人环绕的达摩衍蒂，觉得自己见过的那些女子，在她面前都是一些庸脂俗粉，他情不自禁地想要拥她入怀中，对她倾诉自己的思念之情。但那罗忍住了自己的冲动，告诫自己是来为天神们传信的，不能忘记了自己的使命。

达摩衍蒂深情地看着那罗，轻启朱唇道："我从未见过你，却好像已经与你熟识很久了。你出现在我的面前，像是一轮初升的太阳，照亮了我的心房，我觉得我已经爱上你了。你快说说你的身份，你是怎么穿过层层守卫到达这里的？我父王从不允许陌生男子靠近我的宫殿。"

那罗双手合十，认真地说："美丽的公主啊！我是尼奢陀国的国王那罗，本来我是来向你求婚的，但天帝因陀罗、火神、水神和死神阎摩委托我做他们的使者，向你转达他们对你的爱慕之意，他们说，让你好好考虑想要嫁给他们四位中的哪一位天神。他们施展了法术，使我畅通无阻地到达了这里。现在，还请你尽快做出决定，我好回去向他们复命。"

天神遭拒

达摩衍蒂听出了那罗的苦衷，温柔地对他说："伟大的国王啊！您是一个诚实守信的人，所以您忠诚地履行了您作为天神使者的职责。但您却忽略了我的感受，您曾经主动派一只天鹅来向我告白，我从那以后就死心塌地地爱上了您。所以我才召开选婿大典，让你可以光明正大地成为我的丈夫。请不要再说让我嫁给天神这样的话了，您可知道这样会让我心碎，唉，不能嫁给您的话，我情愿选择结束自己的生命。"

尽管毗德尔跋公主说得如此真挚诚恳，那罗还是劝导她说："天神们都已经向你敞开了怀抱，你何必还记挂着我这个普通凡人呢？诸位天神功德无量，掌管整个世界的诞生、发展与毁灭，而我只是一个小小的国王，连天神们的一根头发丝都比不上，两相比较，孰优孰劣，一目了然啊！你应当做出明智的选择，选一位天神做丈夫，与神共享尊荣。如若不然，天神的雷霆之怒是你我所不能承受的，当天神降下惩罚时，恐怕连我们各自的国家也都会受到牵连。"

那罗的话让达摩衍蒂忍不住流下了眼泪，她思索了一下："你不要再劝阻我了，如果你担心天神降罪，那便由我来承受罪责。我已经想出了为你脱罪的办法，那就是请你务必要参加选婿典礼，到时候我会光明正大地选你做丈夫，天神们便也无话可说，因为女子是有权选择自己的心上人的。"

国王那罗点头答应了，他出宫去见众天神，众天神要求他仔细讲讲公主都说了什么。那罗把公主的话和盘托出后，又说："伟大的天神们，我向公主讲了你们的功绩，但公主还是执意要选择我。你们自己做决定吧，看如何处理这件事，但我请求你们不要怪罪公主，她只是遵从了她内心的想法，对你们并没有不敬之心。"

四位天神面面相觑，不知如何是好。后来，他们私下里制订了一个考验公主真心的计划。

终成眷属

在众国王的殷切期盼中，终于到了选婿大典召开的日子。国王毗摩特地辟出了一个宽敞明亮的大厅，邀请众位国王入内等候。这些国王便遵照规定戴上芬芳的花环，公主若是选定了谁做夫婿，就会取下他的花环。

众位国王都入场后，四位天神也变作凡人的样子进入了大厅，坐在那罗的身边。大地上的年轻国王们就此共聚一堂，像是一群威武的猛虎聚在一起，让人见之生畏。国王们的脸上都闪现着期待的光彩，等着一睹达摩衍蒂公主的芳容。

端庄秀美的达摩衍蒂公主终于露面了，她一出现，就成了众人关注的焦点，她迈着精妙的步伐，摇曳生姿地往前走着，众人呆呆地看着这美丽的姑娘，魂儿都不知道飞哪去了。四位天神赶紧变作了那罗的模样，与那罗并排站在一起，这就是他们的计策：看公主能否从五个一模一样的人里挑出真正的那罗，如果她挑错了，她便要归被她挑中的那位天神所有。

达摩衍蒂公主不顾众人失魂落魄的目光，急切寻找着心上人那罗，结果她看到了五个那罗，她瞬间明白这是四位天神对自己的考验，不禁叹息了一声，然后收拾心情，认真观察起来。但五个那罗的外貌衣着如出一辙，连脖子上戴的花环也并无二致，公主看了又看，也无法辨认出真正的那罗。其他国王也看到了这奇特的场景，看着公主焦急的样子，他们好心地提醒道："天神是没有影子的，他们不会出汗，也不会眨眼睛！"公主刚要按照这个方法去找那罗，面前的五个人却都眨起了眼睛，让公主无法辨认。

心急如焚的达摩衍蒂明白天神们不会轻易让自己过关，只好用最诚挚的语言说出了自己的心里话："自从天鹅为我做媒之后，我便对尼奢陀国王情根深种了，无论发生什么事，都不会动摇我嫁他的决心。诸位天神在上，若我所说句句为真，就请你们显露出自己的特征吧，我非那罗不嫁！"

天神们在心里计量了一下，既然这位美人已经心有所属，并矢志不渝要嫁给那罗，那便成全她吧！众天神收起法术，他们身上的汗珠消失不见了，双脚也离开了地面，而真正的那罗此刻热得出了很多汗，双脚还在地面上站着。达摩衍蒂指着那罗，激动地说："这就是我要嫁的人！"

看到公主找到了自己的归宿，心胸宽广的其他国王纷纷为她鼓掌，祝贺这一对有情人终成眷属，说这么优秀的两个人在一起很般配。四位天神也为他们感到高兴，为他们祝福。那罗和达摩衍蒂又请求大家留下来参加他们的婚礼，婚礼上宾主尽欢。抱得美人归的那罗十分宠爱妻子，两人过着神仙眷属般的幸福日子。

恶神嫉恨

参加完那罗和达摩衍蒂的婚礼后，兴高采烈的四位天神高兴地踏上了归程，在路上碰到了两位素来心胸狭窄的天神，他们分别叫作迦利和德伐波罗。天帝因陀罗好奇地问他们："你们两个这么匆忙地赶路，是要去做什么啊？"迦利回答说："听说那位有名的美人达摩衍蒂要开始选婿了,我们过去碰碰运气,就我个人来说,我在心里爱慕她好久啦。"因陀罗忍俊不禁道:"那你不用去了,美人已经选好了夫婿!我们也去碰运气了,结果还是尼奢陀国的国王那罗赢得了她的芳心,我们刚从那里回来,你们去做别的事吧。"

错过了选婿典礼的迦利闻言大怒,愤愤不平地说:"那个女人竟如此不知好歹!她要是选了你们中的谁做丈夫也就罢了,偏偏嫁给了一个凡人做妻子,我听着都觉得生气,你们不打算报复他们吗?"四位天神明白迦利的小心眼儿又发作了,严厉地说:"作为天神,我们要有宽广的胸怀,才能守护好世界。达摩衍蒂是按照自己的心意挑选夫婿的,她与那罗国王终成眷属,是合乎正法的,我们不仅没有报复他们,还送了祝福给他们。再者,那罗国王是一个品行端正的人杰,几乎是个完美无缺的人,你要是想给他使绊子的话,恐怕会偷鸡不成蚀把米,我们劝你还是看开一点吧。"四位天神说完就走了。

德伐波罗劝迦利去寻找别的美人,迦利却对他说:"我实在咽不下这口气!不报复那罗的话,我的内心便无法平静下来。你愿意帮我吗?我要让那罗失去他的王国,失去他的妻子,去做一个低等的奴仆,磨光他的所有锐气!"德伐波罗点头同意了。

诱落圈套

迦利和德伐波罗决定从那罗好赌的缺点下手,迦利钻进那罗身体里扰乱他的神志,德伐波罗附身在骰子里控制赌局,让那罗不停地输。他们两个随即潜藏在了那罗身边,想要找机会实施毒计,但那罗果真如天神因陀罗所说的那样,是一个品行端正的人杰,两位恶神等了好久也没等到报复的机会。在此期间,那罗和达摩衍蒂十分恩爱,还生育了一儿一女。固执的迦利等了十二年也不肯放弃,总算盼来了一个下手的机会。

那天天色已晚,那罗上过厕所后没来得及洗漱就去做了晚祷,但按规矩身上带有灰尘的人不能进行祷拜。因此,那罗不再是无懈可击的人,迦利乘虚而入,潜进了那罗体内。迦利变出一枚骰子，让德伐波罗附身在骰子里，还用法力变出了一个人，让这个人把骰子送给那罗的弟弟布湿迦罗，鼓动他去和那罗掷骰子。布湿迦罗没能经得住财富的诱惑，当真去找兄长那罗掷骰子，挑衅地说："以前总是你赢我，这次我要把你的财产都赢过来！"这要是在平时，那罗国王肯定不会理会无赖的弟弟，但他现在已经被恶神迦利扰乱了心智，便爽快地接受了弟弟的挑战。达摩衍蒂劝丈夫说不要赌，那罗却没有听从她的建议。

那罗在这次赌博中赌得一发不可收拾，连连压上了好多财产，简直称得上是挥金如土。但在两位恶神的操控下，那罗每一局都输了，因此他急切地盼望在下一局扳回胜负，布湿迦罗尝到了赢钱的甜头，更不肯收手，一直怂恿着那罗下更大的赌注。两人便一直疯狂地赌着，那罗连朝政也不理了，有大臣来找他商量国家大事，他就不耐烦地让大臣滚一边去。

被喝退的大臣伤心地出了王宫，向同僚们哭诉自己的经历。听闻国王沉迷于赌博后，大臣们和百姓们不安地聚集在王宫宫门外，等待国王中断赌博，出来给他们一个交代。那罗的车夫名叫伐尔湿内耶，他从那罗那里学到了精湛的驭马术和驭车术，对那罗怀有很深的感情，大臣们便派他去通报那罗。但那罗对他理也不理，他只好对达摩衍蒂说："国王进入了这种丧心病狂的状态，臣民们都很担忧，他们就在宫门口等候国王前去，还请您去劝劝国王，让他不要寒了百姓们的心。"达摩衍蒂边哭边劝丈夫去接见臣民们，那罗面对爱妻的泪水，还是一副无动于衷的样子。达摩衍蒂只好吩咐臣民们不要再等了，众人失望地散去，心头蒙上了一层阴影。

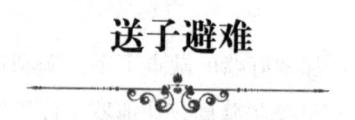

送子避难

布湿迦罗和那罗像是疯了一样，眼睛里全是红血丝，还强撑着精神继续赌，赌了数月也不停手。达摩衍蒂请来很多贤德的婆罗门劝导丈夫，仍是没有一点效果。在这时，达摩衍蒂已经知道要让丈夫清醒过来是不可能的了，但她还是想帮帮丈夫。她拿出了一位王后应有的镇静和果决，吩咐仆人召来群臣规劝那罗，那罗却对此表示厌烦。达摩衍蒂便明白，到了为自己的一双儿女留后路的时候，她可以忍受自己跟着那罗去吃苦受累，却不愿两个孩子也过上颠沛流离的生活。

不好的消息一直传来，仆人们总是跟达摩衍蒂禀报说国王又把什么什么输给了布湿迦罗。达摩衍蒂稳稳心神，召来十分忠心的车夫伐尔湿内耶，郑重地对他说："你从国王那里学到了精湛的驭马术和驭车术，这是你的立身之本。现在的情况你也很清楚，指望国王回心转意是不可能的了，他输掉了很多东西，接下去说不定还会输了整个国家，那我就必须把我的两个孩子送走，以免他们也被当成了赌注。国王的车马都是你在照料的，我现在请求你备好车马，快马加鞭地把孩子们送到我父王的国家毗德尔跋国，到了王宫之后，你便把车马和孩子们留给我父亲照料，你想要留在王宫就留下，不想留也可以去别的国家以驭车术讨生活。我会留在这里陪着那罗，请你告诉我的父王，让他不要太担心我们，我相信事情总有柳暗花明的那一天。"

达摩衍蒂的肺腑之言打动了车夫伐尔湿内耶，他向她保证一定会把小王子和小公主平安地送到他们的外公那里去。伐尔湿内耶随后把王后的决定告诉了一些重臣，大家都认为这样做是正确的，伐尔湿内耶便带着孩子们出发了。

伐尔湿内耶完成任务之后，觉得自己身为一个尼奢陀国的子民，没脸待在王后父亲的国家，便前往乔萨罗国讨生活，当上了乔萨罗国国王哩都波尔那的车夫。

那罗失国

达摩衍蒂送走儿女的行为无疑是明智的，因为在这之后，那罗押上了自己手中所有的土地和财产，把整个王国都输给了布湿迦罗。布湿迦罗猖狂地说："我说了我会一直赢，你还不信！现在你什么都没有了，只对你自己和你的妻儿拥有所有权，你的孩子已经离开了这里，你想一下，你是要押上你自己还是你妻子做赌注？我十分期待你继续和我赌下去！"

浑浑噩噩的那罗这才明白自己都干了什么蠢事，但他的确是亲手输掉了自己的国家，想指责布湿迦罗都没有理由。布湿迦罗还叫来了自己的仆人，吩咐他们拿走那罗和达摩衍蒂身上的衣物，然后就把身着单衣的二人赶出了宫。

那罗夫妇没有脸面在城内停留，在尼奢陀国外面的树林里凑合住了三天，百姓们不忍心看他们受苦，想要送来衣物、食物和钱财，已经登上王位的布湿迦罗一声令下："帮助那罗者，格杀勿论！"百姓们便缩了回去，生怕引火烧身。饥饿的那罗夫妇只好去喝泉水、吃野果。

那罗夫妇舍不得远离尼奢陀国，在树林里住了好久，这期间一直没有吃饱过。当一群鸟雀落在地上嬉戏时，很久没有吃肉的那罗仿佛看到了一盘盘美餐，他脱下唯一的一件衣服，向那一群鸟雀扑了过去。鸟儿们趁势高飞，那件衣服也被它们带走了。灰心丧气的那罗看着那群飞在空中的鸟雀，期盼衣服会掉落下来，没想到鸟儿们竟口吐人言："蠢货！我们是故意抢走你衣服的，别仰着脖子等衣服掉下去了！没有了衣服，看你还怎么好意思待在这里！"这群鸟儿自然也是恶神迦利变出来的，他想逼那罗去过流浪的苦日子。

那罗没有细想自己为什么会遭此不幸，没有了遮羞的衣物，他的尊严便没有了保障。他沉痛地告诉妻子："这么多天来，你一直陪我在这物资贫瘠的树林里生活，丝毫没有怨言，还鼓励我说会有东山再起的日子。可现在，我昔日的子民们对我敬而远之，我唯一的一件衣服也被鸟儿抢走了，我实在不知道未来还会再发生什么。我把通往你父亲国家的路线画下来给你看，你要牢牢记住。"

聪慧的达摩衍蒂明白丈夫想让自己独自回毗德尔跛国去，难过地说："毗德尔跛国是我父亲的王国，你是我的丈夫，那里自然永远对我们敞开怀抱。我原本想等你神志清醒一些后，我们就去那里，寻求我父亲的帮助，但你要我牢牢记住路线，可见你是想要抛下我，自己去往别的地方，让我独自回我父亲那里去，你怎么能有这样的想法呢？夫妻本身是一体的啊！我请求你和我一起去毗德尔跛国，开始我们的新生活。"

弃妻林莽

那罗安抚达摩衍蒂说："我不会抛下你的，只是现在我正在走背运，如果我去了你父亲的国家，说不定会把厄运带到那里去，所以去那里对我来说并不是明智的选择。我把路线告诉你,也只是为防不测,万一我们失散了,你还可以凭借路线回你父亲那里去,这样我便不用担心你太多。"听了丈夫的解释,达摩衍蒂心中仍然充满了疑惑与不安,那罗却把画好的地图讲解给她听,说了一遍又一遍。

为了遮羞,两人只好合披一件衣服,慢慢地向树林深处走去。天快黑时,他们发现了一座福舍(即佛教所设用于布施修福的住所),便决定在此歇息一晚。疲惫不堪的两人顾不得打扫地上厚厚的灰尘,倒头便睡。

在达摩衍蒂睡着之后,心事重重的那罗睡了片刻便醒了过来。这些天的一连串遭遇令他大受打击、寝食难安,他望着妻子熟睡的面庞,她依然那么美丽,眉间却带有忧愁之色,身体也消瘦了一些,身上只有一件沾有尘埃的衣服。曾经贵为国王的那罗无声无息地落下了泪,他刚一产生独自上路的念头,便觉心如刀绞:一方面,妻子多年来任劳任怨,没有任何过错,只有丧尽天良的人才会抛弃这样同甘共苦的好妻子;另一方面,他已经把养尊处优的妻子拖累成了这样,再待下去肯定会有更坏的事发生。是留下来还是独自走掉,那罗陷入了两难的境地。

恶神迦利忌妒那罗与妻子的恩爱,趁机兴风作浪,再次扰乱了那罗的神志,使他不由自主地向外走去。那罗开始了和恶神迦利的拉锯战,自己占上风时,他就跑回妻子的身边;自己神志不清时,他就抛下妻子独自上路。

那罗最后还是败给了恶神迦利,一个人消失在了茫茫夜色中,睡梦中的达摩衍蒂立马感觉到了锥心之痛,但她太累了,没有醒过来。

在离开之前,那罗用一把在福舍外面捡到的宝剑割走了妻子的半件衣服,心神恍惚地披着走了。

寻夫遇险

直到太阳高升,达摩衍蒂才从睡梦中清醒过来,她一看福舍里只有自己,顿时慌了,大声呼唤起丈夫。但不论她叫的有多大声,都没有人回应她。她不得不接受了被抛弃的事实，心里一片冰凉。她不禁开始埋怨丈夫："啊，狠心的人啊！你趁半夜离开了我，以后我再也不能安眠。你曾说过当我选中你做丈夫时，是你人生中最幸福的时刻，说我是你最爱的人。但为什么你撇下我先走了？有你在时，我什么困难都不怕，你一离开，我察觉到这看似平静的树林杀机四伏，我真怕自己凄惨地死在这里，再也见不到亲人们。"

"可怜的国王啊，从你答应你弟弟赌博的要求那刻起，你就落入了一个巨大的圈套，幕后黑手操纵着你的神志，让你丧心病狂地抛弃了你的妻子。我以我的全部功德发起诅咒，坑害那罗的幕后黑手将一直痛苦地活着，熊熊烈火在他的灵魂深处燃烧，直到他死去的那一天。"

达摩衍蒂不顾自己孱弱的身躯，艰难地在林间行走，想要发现丈夫的踪迹，却一无所获。她的号叫声是那么凄厉刺耳，温驯的小鹿见了她落荒而逃，令她哭得更加伤心了——那罗离开时是不是就像这头鹿一样跑得飞快？自己到底应该去哪里找这个狠心的人啊！

达摩衍蒂走不动了，坐在地上捶打自己的腿，一条饥饿的蟒蛇悄无声息地爬了过来，以迅雷不及掩耳之势紧紧缠住了她的身体，想要把她勒死吃掉。就在这千钧一发的危急时刻，达摩衍蒂心中想的还是自己的丈夫，她痛哭流涕地想："经典上说，丈夫不在身边，妻子寸步难行，看来这是真的，可那个狠心人抛下了我，我有什么办法呢？"

也是达摩衍蒂命不该绝，人迹罕至的森林里竟然有个猎人恰巧听到了她的痛哭声。猎人循声而至，瞬间被达摩衍蒂的美色所倾倒，他凭借多年打猎的经验，干脆利落地用猎刀砍下了蟒蛇的头颅，然后使劲分开蟒蛇缠在达摩衍蒂身上的尸体，又拿出自己身上的水和食物递给她，好心地问："像你这么美丽的女子，若不是亲眼看到你被蟒蛇缠住，我还以为你是哪个女神呢。你怎么孤身一人在这危险的森林里？普通的弱女子们都巴不得离这里越远越好。"达摩衍蒂急匆匆地填饱了肚子后，一五一十地说出了自己的所有经历。

那个猎人一听说达摩衍蒂是被丈夫抛弃在森林里的，心中一动，起了不该有的念头。天堂和地狱，只在一念之间，他故作体贴地询问达摩衍蒂还需要什么帮助，要不要到他的家里歇息一下，眼睛却不停地瞄向达摩衍蒂祖露在外的身体——她身上只有半件衣服，根本掩盖不了她那玲珑有致的身体。达摩衍蒂敏感地察觉到了猎人的变化，语气变得强硬、冷淡，出言请猎人快快离开，猎人哪肯放过这唾手可得的美人，步步紧逼，想要强逼这个柔弱美丽的女子就范。

达摩衍蒂不由得更加思念、怨恨丈夫，怪他把自己置于如此危险的境地。看着猎人眼中炽热的欲望，大动肝火的达摩衍蒂对天神祈求道："作为一个忠贞的女子，我此生只忠于自己的丈夫，若我的话没有半点虚假，便让我面前这个欲行不轨的小人天打五雷轰吧！"达摩衍蒂话音刚落，真有一道天雷对准那个猎人劈了下来，猎人瞬间倒地身亡，尸体犹如一截烧焦的木炭。

历尽艰辛

1. 穿林莽

达摩衍蒂用忠贞保护了自己，她拖起疲乏的身体，往森林更深处走去。

这座森林危机四伏，既有凶狠的野兽，又有未开化的、以生肉为食的野蛮人，还有抢劫路人的强盗和盗贼，更有带毒的野果，人误食之后便会一命归西。达摩衍蒂靠着自己的智慧避开了那些有毒的野果，只挑自己认得的果子吃；她又小心翼翼地避开了野兽集聚地，万分幸运地没有遇上野蛮人和强盗。但森林里的路崎岖不平，荆棘丛生，树木的枝丫随意生长，划破了她的肌肤，让她的身体多了很多细微的伤口。

达摩衍蒂最终还是安全地走出了那座危险的森林，她在里面没有看到丈夫的尸体，这让她感觉到了些许安慰。

2. 怨夫郎

达摩衍蒂不知身在何处，只是朝着一个方向前进，又走进了一座安宁祥和的森林，坐在一块大石头上休息。温暖的阳光照射在她身上，她又想起了与丈夫相处的美好时光，不自觉地露出了笑容。但等她记起这些日子的悲惨时光，她的眼泪又流了下来："我那威武雄壮的丈夫啊！你是我最大的庇护者，没有了你，让我如何笑对生活！那时我疑心你要离我而去，你信誓旦旦地说不会离开，当我醒来时，身边却空无一人。你做下了这样罪恶的事，是为了不拖累我吗？不，我宁愿与你一起颠沛流离吃尽苦头，也不想像现在这样，一个人鼓起勇气去寻找活路，埋怨你。"

达摩衍蒂尽管怨恨丈夫，心里还对他有着深深的爱意，唯恐他不幸地遭遇了不测。于是，她又向上天祈祷说："我愿意用我的所有好运去换取我丈夫那罗的平安，如果我能活着与他相见，我将奉上最丰盛的祭品向天神还愿，愿你们保佑我的丈夫。"

3. 问狮

达摩衍蒂继续向前走去，看到了一头威风凛凛的雄狮，它是称霸森林的王者。狮子也看到了达摩衍蒂，奇怪地看着这个满脸泪水的女子，在考虑要不要吃掉她。达摩衍蒂意识到这是一头懂得思考的狮子，便真诚地说："您金黄的毛发举世罕见，看起来犹如天神的坐骑，请您听完我的话，我叫达摩衍蒂，我的丈夫那罗抛弃了我，您有没有看见过他？他与我一样，身上穿着半件衣服，他的相貌与您一样，威武不凡，您能告诉我他的下落吗？如果您说出肯定的答案，我便是被您吃了也死而无憾！"雄狮没有任何表示，绕过了这样一位心系丈夫的忠贞女子，放她继续前进。

4. 问山

达摩衍蒂走出森林，看到了一座高耸入云的高山，她无力攀登高山，又怕丈夫从这里走过，便虔诚地向高山施了一礼，恭敬地问道："险峻的高山啊，您身体里蕴藏着无数宝藏，是众多猛兽与鸟雀的生长乐园。您雄伟的身躯，令人望而却步，只有真正的勇士才能进入您的怀中。我自知力量弱小，不敢前去攀登，但我想问问您，有没有见过一个威武的、穿着半件衣服的男子？他叫那罗，是我的丈夫，也是一位声名远扬的人，如果他到过这里，他一定会毫不犹豫地攀登而上，给您留下深刻的印象。高山啊，您不要不说话，在这远离家乡的陌生地方，我孤苦伶仃地找我丈夫找了好久，我看到您就像看到我的父亲一样亲切，把我的心事全都吐露给您听，为什么您不肯做出丝毫应答呢？我已经被我的丈夫抛弃了，难道您也像那狠心人一样，吝啬给我父亲般的宠爱吗？"

高山默不作声，周围只有树叶飒飒作响的声音。达摩衍蒂伤心地拜别了高山，改变方向往北方走去了。

5. 逢仙人

达摩衍蒂走进了一座森林，听见了里面有撞钟的声音，便想这里一定有森林道院，不如去那里问问有没有丈夫的行踪。她往钟声传来的地方走去，看见了很多修行人独有的茅屋和一座干净整洁的森林道院，道院里还养了一些寓意吉祥的麋鹿，它们正在开心地嬉戏。

达摩衍蒂的悲伤之情被这安宁祥和的气氛冲淡了一些，她整理了自己破烂的衣衫，尽量用最得体的姿势走进了森林道院。她礼貌地向院子里的修行人问好，颇有眼力的修行人向她还礼之后，问她说："您的身上有光华笼罩，这证明您是有德之人。但您面带哀容，神情郁郁，是否遇到了什么困难？说出来吧，我们一定尽力帮您。"

达摩衍蒂深深地向他们鞠了一躬，把自己的悲惨经历说了出来，不料这一群修行人都摇了摇头，说没见过她的丈夫。达摩衍蒂寻夫的希望又一次破灭了，修行人遗憾地为她赐了祝福，祝她早日与丈夫团聚，并目送她出门离开。

6. 问树

达摩衍蒂失魂落魄地往前走着，连修行人都不知道那罗去了哪里，她又该向谁求助呢？这时，一株长得异常茂盛的无忧树映入了她的眼帘，她的心中又生出了一丝希望，因为在传说中，无忧树可以解除人的所有忧愁，它的树名便是由此而来。

达摩衍蒂面对无忧树拜了几拜，闭眼祈祷道："您是所有树中最懂得体贴人的吉祥之树！请您发挥您的功能，免去我的忧虑和哀愁吧！我的丈夫那罗是否也来过这里，并在您的庇护下放下了所有痛苦和哀愁？如果是的话，还请您摇晃您的枝丫告诉我！我找他已经找得身心疲惫了，望您能为我衰竭的心房注入新的活力！"

达摩衍蒂说完之后就去观察树的反应，可无忧树一动不动，像是凝固了一般。她只好噙着满目的泪水离开了这里。

7. 遇商队

娇贵的达摩衍蒂为了寻找她的丈夫，翻过高山，跨过河流，穿过森林，越过沙漠，一路问山问狮问人问大树，却始终没有听到过一条关于丈夫的消息，痛苦到麻木的她渐渐失去了希望，却依然固执地寻找着丈夫。这天，她远远望见一支规模较大走南闯北的商旅队，便走过去打听丈夫的消息。

商旅队的成员正坐在树林里休息，看见一个状若疯子的瘦弱女郎向他们走了过来，全都吓了一跳，在心里猜测她是为何而来，准备了一些食物想要施舍给她。

达摩衍蒂拒绝了人们递给她的食物，痛苦地说："好心的人们啊，虽然我很饿，但我并不是为讨要食物而来的，我只想问问你们有没有见过我的丈夫。他叫那罗,曾是尼奢陀国的国王,后来我们夫妇被他的弟弟赶出了国家,我的丈夫神志不清,自己走掉了我正在四处寻找他。如果你们见过他,就请如实地告诉我吧!"

商旅队的首领至纯代表众人回答道:"忠贞不渝的女郎啊!您对您丈夫的一片爱意可真是感人肺腑,不过我们并没有遇到过他。在这人烟稀少的地方,恐怕你很难打听到你丈夫的消息,不如和我们一起上路,去繁盛的支谛国探听消息,我们这些人都是支谛国的子民,我们的国王妙臂是个乐善好施的国王,他一定可以帮你尽快找到你的丈夫。"

面对首领的善意,达摩衍蒂思索了一番就答应了,歇息好的众人一起动身上路了。

他乡为婢

达摩衍蒂与商旅队和平相处,白天和他们一起赶路,晚上和他们一起在树林里歇息。众人都很同情她的遭遇,对她没有丝毫邪念,这令她对他们心生感激。

一天夜晚,他们照例睡在了树林里,却遭遇了象群的袭击。这些可怜的人们并不知道自己恰好睡在了野象喝水的必经之路,生气的象群用脚踏过他们的身体,不少人都在睡梦中死于非命,及时醒来的人也都受了伤。达摩衍蒂当晚蜷缩在一棵树下睡觉,并没有受到伤害,当她第二天醒来看到幸存者悲伤的面容,心里又多了一层痛苦,她以为是自己为商旅队带来了厄运,愧疚地向众人道歉。大家并没有责怪她,带着她一直到达了支谛国的京都,才与她分开。

商旅队带达摩衍蒂入城时,城里的人们都注意到了这位奇怪的女郎,人们纷纷议论着她身上为何只穿了半件衣服,她的头发上为什么沾满了污垢,她的神情又为什么那么悲伤。不懂事的小孩子当她是个疯婆子,跟在她后面嘲笑她,叽叽喳喳地发表着自己的观点。在王宫外面的王太后也注意到了她,便让仆人去请她过来,见了达摩衍蒂后,王太后惊奇地询问道:"你肮脏的外表,掩盖不了你美丽的面容,而你周身气质高贵,仿佛是天仙下凡,可以告诉我你的身份吗?按理说,你应该在宽阔的宫殿里舒心地生活,却为何是现今这副模样?"

面对身份高贵的王太后,达摩衍蒂为了避免她耻笑那罗因为赌博而失国,便隐去了自己和那罗的名字,把自己的故事详细地讲了一遍,最后询问王太后能否留她在这里做一名奴婢,说她愿意端茶送水洗衣做饭,只求有一个容身之所。

王太后听完达摩衍蒂的故事后,对这名女郎产生了深深的怜惜之情,对她说:"到今日为止,你的流浪日子就到头了,我会好好待你的,不会让你做粗活,只愿你早日从悲伤中解脱出来。除此之外,我会派人去各地寻找你的丈夫,总有一天会找到的。你就安心地住下吧。"

达摩衍蒂说自己可以放下身段做奴婢,但她拒绝吃别人的剩饭,也不会替人洗脚,拒绝与婆罗门之外的男人说话,王太后爽快地答应了她的要求,还把自己的女儿妙喜公主叫了过来,让两人彼此做个伴,一起生活。

那罗变貌

那天晚上,那罗国王抛下了娇妻,趁着夜色跑了很远,在深邃的森林中,那罗看见了一场烈焰熊熊的大火。他刚想绕开大火继续前进,火中传出一个声音:"那罗!快来救救我,我快要被火烧死了!"好心的那罗受过火神的恩典,不会被火伤害,他急忙跑进了火里,看见一条大蛇一动不动地躺在那里。

那条大蛇说自己中了仙人的诅咒不能移动,请求那罗把它带出大火,救它一命。那罗照做了,大蛇对他说:"其实我是蛇王,由于你的帮助,我从大火里死里逃生,还破解了仙人的诅咒,为了报答你,我要替你解决你的难题。现在,请你数着向前走十步。你不要害怕,我是绝对不会害你的。"那罗便向前走了十步,那条大蛇猛然发动了攻击,咬了那罗一口。等大蛇松口后,那罗已经从一个英俊的国王变成了一个相貌有些丑陋的普通人。那罗疑惑地看着蛇王,不明白它为什么要这样做。

蛇王微笑地看着那罗,解释道:"你的相貌是世间独一无二的,不管是谁看见你英俊的相貌,都会认出你就是那罗,这对现在的你是没有一点益处的。我赐你一件仙衣,哪天你想再与你妻子破镜重圆时,你穿上仙衣容貌就会恢复如初。你一定会好奇为什么你一直走背运吧?那是因为恶神藏在你的身体里作乱,我刚刚咬你一口,把我的毒液灌进了你的身体,但这毒液是专门处罚那个恶神的,对你没有丝毫影响。你等一下就化名为跋乎迦,动身前往由哩都波尔那国王统治的阿逾陀城,去做他的车夫,你们两人会结下深厚的友谊。最后你还会与你的妻儿团聚,重新登上王位。我说的话都是真的,请你不要有半点儿怀疑。"

蛇王说完之后,拿出仙衣送给了那罗,隐去了踪迹。

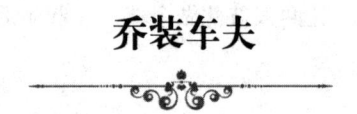

乔装车夫

在那条大蛇咬完自己后,那罗果然觉得自己的身体一阵舒畅,头脑也清醒了很多,他决定听信大蛇的话,去阿逾陀城谋生。认得路的那罗只用了十天就到了目的地。

那罗去王宫面见国王哩都波尔那,对他说:"我叫跋乎迦,我的驭马术是世界上最厉害的,我还擅长烹饪,会做各种美味的饭菜。现在我生活困顿,特意来投奔您,希望您留下我,让我为您服务。"

哩都波尔那欣喜地说:"跋乎迦,假如你真的如你所说,精通驭马和烹饪,我当然举双手欢迎你来当我的车夫和厨师。你不知道,我养了好几匹千里马,还有一辆华丽的车辇,却苦于没有一个足够优秀的车夫。现在你就像及时雨一样来到我的身边,我心里别提有多高兴了。我将给你不错的薪资和待遇,还会让两个仆人做你的助手,他们分别叫作伐尔湿内耶和吉婆罗,这样你满意吗?"那罗表示自己很满意,哩都波尔那就为他引见了伐尔湿内耶和吉婆罗。没过多久,那罗便凭借精湛的驾车技术和厨艺博得了国王的欢心。

恢复理智的那罗常常想起自己的妻子和一双儿女,不知道他们过得怎么样。那罗尤其挂念达摩衍蒂的安危,每天入睡前都要为她做一次祈祷,盼望她平安无事。这天夜里,那罗在床上辗转反侧,自言自语道:"不知我的妻子流落到了何方?我愚蠢地抛弃了她,她现在是不是恨死我了,再也不想见我了?唉,说不定她已经嫁给了别人。"

与他同睡一屋的吉婆罗听见这些话后，好奇地问道："跋乎迦，你总是在那儿自言自语说你的妻子，不如把这事跟我说说吧。"

那罗便隐去了自己和妻子的真实身份，直接说起了自己遭遇打击之后，是如何抛弃妻子的，吉婆罗听得很入神，那罗讲着讲着又开始思念起美丽的妻子达摩衍蒂来了。

毗摩悬赏

就这样，那罗夫妇在不同的国家做了奴仆。思念爱女的毗摩国王日日为他们忧心，最终决定派众多婆罗门去世界各处寻找女儿、女婿。毗摩给每个婆罗门都备好了大量的钱财，又许以重诺：找到那罗和达摩衍蒂者，可得一千头牛；把达摩衍蒂或是那罗任意一人带回来者，也可得一千头牛；将两人都带回来者，可得一千头牛和一处村庄。

重赏之下必有勇夫，众多婆罗门迫不及待地出发了，希望自己会是那个找到那罗和达摩衍蒂的幸运儿。

婆罗门妙天名声极高，他去了支谛国的京都寻找那罗夫妇，支谛国国王听说他来了之后，连忙请他进宫一叙。妙天便看到了明艳动人的达摩衍蒂，虽然她的面容跟未出嫁时有了很大的差别，妙天还是认出了她就是自己国家的唯一的那个公主。

妙天仔细观察着达摩衍蒂，发现她瘦了很多，眉宇间也有化不开的忧愁，昔日神采飞扬的脸上覆盖了一层乌云，不过她双眉中央的吉祥痣还没有褪掉，很容易辨认出来。

确定达摩衍蒂的身份后，婆罗门妙天接近她，说道："我们毗德尔跋国的公主啊！你怎么流落到了这里，你可知你的亲人有多担心你，他们日夜叹息，盼望你能早日回到他们的身边。为此你父王派出了大量人手出来找你和你的丈夫，我就是其中一员，我叫妙天，你还认得我吗？我们曾经见过的。值得高兴的是，你的父母、兄弟、儿女都十分健康、平安。"

达摩衍蒂突然在异乡见到了故人，再也压抑不住自己的情绪，泪水止不住地流了下来，要妙天赶紧说说自己亲人们的详细情况。他们是在一个房间的隐秘角落里谈话的，妙喜公主来找达摩衍蒂，发现了这一幕。不知所以的妙喜跑去把这件事告诉了王太后："母亲啊，我看到达摩衍蒂跟一位婆罗门在一个屋子里谈话，但她一直伤心地哭着，这事太奇怪了。"

王太后也觉得这件事很奇怪，她派人召来达摩衍蒂和婆罗门妙天，要他们说出关于达摩衍蒂的一切。妙天答应了。

妙天对王太后说："您的这位宫娥，真实名字是达摩衍蒂，是毗德尔跛国国王毗摩的女儿，也是我们国家唯一的一位公主。她嫁给了尼奢陀国的国王那罗，但那罗在输掉国家后带着我们的公主流落到了树林里。我也是今天才知道，达摩衍蒂公主在您这里，我准备带她回去与国王一家团聚。您如果不相信我的话，可以去看看她双眉中央的那颗吉祥痣，那实际上是一颗自小就被泥土遮盖起来的会发光的红痣。"

为了证实妙天的话，妙喜用手抠掉了达摩衍蒂吉祥痣上的一层薄泥，那颗状似莲花的红痣便露了出来，并发出了肉眼可见的耀眼光芒。

王太后见到红痣，把达摩衍蒂搂在了怀里，边哭边说："我的孩子啊，你怎么不早点说出你的身份，我是你的姨母啊！你的母亲是我的姐姐，她曾经抱着刚出生不久的你去你外祖父家里见我们，我那时就看见过你这颗红痣。没想到过了这么多年，你长得这样漂亮，我都没认出来你，唉，我的好孩子，你受苦了，安心地住在这里吧。按出生时间算，支谛国王是你的表哥，妙喜是你的表妹。"

达摩衍蒂的心情终于好转了一些，她亲热地对自己的姨母说："尽管我没有说出我的真实身份，您还是尽心地招待了我，我这些日子过得很快乐。我也想接着住在这里，但我已经太久没有回到我父亲那里了，很久没有见到我的亲人。我很挂念我的父母亲、我的三位兄长，还有我可爱的一双儿女。我想请您派车送我快点回到毗德尔跛，以后我有时间会再来探望您和表哥、表妹的。"

达摩衍蒂的请求立即得到了王太后的支持，王太后随后派人护送她回国。达摩衍蒂终于如愿以偿地回到了阔别已久的娘家，她激动地拥抱了每一个亲人，回到自己昔日的宫殿安顿了下来。

毗摩国王对立下大功的婆罗门妙天很是满意，果真赏了他一千头牛，婆罗门欢欢喜喜地回家了。

传播隐语

见到诸位亲人的达摩衍蒂更加思念自己的丈夫,她对自己的母亲说:"母亲啊,我知道你一向疼我,我不好意思跟我父王说,那就告诉你吧,如果我的丈夫不能快点回到我身边的话,我恐怕也活不长了。"

王后一听女儿还在挂念那个抛弃了她的那罗,又生气又心疼,陪着女儿一起哭了起来。但她终究还是疼爱女儿的,收拾心情后去找国王毗摩,恳求道:"那罗不知道为什么抛弃了我们的女儿,这里面怕是别有隐情。你快点派人把他找回来,女儿还是很牵挂他,我也想问问他我的女儿到底哪里做错了。"

国王又把先前的婆罗门们召了回来,要求他们尽快把那罗找出来。这几位婆罗门都没见过那罗,便要求达摩衍蒂公主给他们一个那罗知道的暗号。

达摩衍蒂公主交代他们说:"不管你们去哪里,不管你们见到的是什么人,你们都要对他们这样讲——'狠心的人啊,你因为赌博招致灾祸,又失去了自己的衣服,你的妻子一直对你不离不弃,你却在她熟睡时夺走她的半件衣服抛弃了她。你的妻子历经千辛万苦也找不到你,机缘巧合之下回到了她父亲那里。她日夜思念着你,现在只想见你一面,让你与一双儿女共团聚!!'诸位,绝大多数人对这番话都只会好奇,但若有人听到此话后惭愧地低下了头或者流出了眼泪,那他极有可能就是你们要找的人,你们就快点打听清楚他的情况,回来禀告我!当然,你们要隐秘地做这件事,不要说你们是奉我父王之命出去的,以免有小人冒充我的丈夫。"

众婆罗门带着公主的隐语上路了,花费了很多功夫,但却始终一无所获。

夫妻团聚

很久之后,婆罗门波尔那陀在阿逾陀城发现了一个反应异常的人,他立刻回去告诉了达摩衍蒂:"美丽的公主,我在阿逾陀城说完隐语时,有一个男子一直尾随着我,然后对我说:'福泽深厚的女人即便被丈夫抛弃,也能依靠自己的品德和父兄的庇佑过上幸福的生活。她的丈夫是个十足的蠢人,一时糊涂离开了她,却始终活在悔恨之中。希望在她的丈夫回去的时候,他们还能和好如初。'我一听这些话,就马上调查了他,他是哩都波尔那国王的车夫,精通驭马和烹饪,按理说我应该带他回来,但他长得很丑陋,完全跟俊美沾不上半点关系,我只好回来问问您的意见。"

达摩衍蒂感谢了波尔那陀,说他遇到的那人很可能就是那罗。接着,她又召来智慧的妙天,求他亲自去阿逾陀城传信给那里的国王说:"毗摩之女达摩衍蒂如今是单身,要重新选婿,明天早上就会定出结果,如果您有娶她的意愿,就请快点动身吧。"

妙天果然一字不差地把原话说给了哩都波尔那国王听,这位国王便要求化身为跛乎迦的那罗快马加鞭带他去向达摩衍蒂求婚,那罗唯恐妻子真的要另嫁他人,急忙选了几匹千里马出来拉车,带着国王和自己的伙伴伐尔湿内耶飞速向毗德尔跋国奔去,这时正是清晨,骏马飞驰时,国王根本看不到马蹄沾地,仿佛是飞着向前走一样,国王不禁对化名为跛乎迦的那罗那神乎其神的驭马术啧啧称奇,说自己精通掷骰术,愿意用它交换跛乎迦的驭马术。那罗愉快地同意了,并在赶车过程中学会了掷骰术。恶神迦利当即明白自己再也无法利用那罗好赌的缺点继续陷害他,便逃出了他的身体,向他求饶说:"伟大的国王!仁慈的国王!请您宽恕我吧,蛇王的毒液和达摩衍蒂的诅咒一直折磨着我,我再也忍受不了了!千错万错都是我的错,我不该忌妒您娶了美丽的妻子,故意陷害您。如果您能宽恕我,我发誓以后再也不做坏事,做一个遵从正法的好天神。"

那罗终于找出了陷害自己的凶手,他看着迦利瑟瑟发抖的样子,知道他已经吃了不少苦头,便原谅了他。迦利施法使得两人的对话只有对方能听见,并没惊动马车内的国王。

太阳即将落山时,那罗与哩都波尔那国王到达了王宫,达摩衍蒂收到消息后,急忙出来迎接他们,她先是向哩都波尔那国王致歉,说自己临时决定不选婿了,请他原谅自己的任性。这位国王摆摆手表示这没什么,说自己有一位技艺高超的车夫,花一天的时间来见美人一面也挺值得。公主闻言便看向外貌变得丑陋的那罗,心头起了疑惑:种种迹象都表明他是自己的丈夫,但这个貌丑之人真的是自己的丈夫吗?聪慧的公主故意带那罗去马厩,寄存在那里的那罗昔日珍爱的那几匹千里马见了那罗后,亲热地对他蹭来蹭去。

达摩衍蒂公主的眼泪刷地一下流了下来,她悲伤地看着这个相貌丑陋的男子,说:"哩都波尔那国王说你是他的车夫,你既是他的车夫,为什么我丈夫那罗的马会跟你这么亲热?你还想骗我们到什么时候,是不是等你见了咱们的孩子,你都不敢承认你是他们的父亲?我对天发誓,在你抛弃我的这段日子里,我没有做任何对不起你的事情!"那罗再也维持不了自己的伪装,他紧紧地将爱妻拥在怀里,把前因后果都说给了她听,夫妻二人抱头痛哭。那罗从怀里拿出了仙衣,重新变回了那个相貌堂堂的那罗国王。

那罗复国

那罗夫妇兴高采烈地来到了众人面前,说出了全部真相,哩都波尔那国王惊讶得下巴都要掉了,他连忙请求那罗不要怪罪自己曾把他当仆人使唤,那罗表示他不仅不怪罪国王,还要和他交朋友。忠心的伐尔湿内耶看见了那罗国王,扑到他身边叫着说:"上天有眼,不使好人蒙冤。"毗摩国王夫妇也原谅了那罗因恶神捣乱犯下的错,那罗已经长大的一双儿女争相扑到他怀里喊"父王"。

看着这感人肺腑的团聚场面，众人又哭又笑，一起祭拜了天神们，感谢他们主持了正法。

　　当天晚上，那罗夫妇说了一晚的话，夫妻感情更加深厚，经过了这次波折，他们都对未来充满了信心。

　　翌日清晨，哩都波尔那国王来向众人辞行，那罗将驭马术传给了他，还吩咐伐尔湿内耶以后效忠于他。那罗在这里住了一小段时间后，也辞别了众人，带了六百侍从返回自己的国家，发誓要夺回王位。

　　布湿迦罗见到气势汹汹的那罗后，心虚不已，却不肯主动交出王位，那罗便提议说："你自己选择，是掷骰子决定胜负，还是咱俩正大光明地进行一场决斗。"布湿迦罗一听到掷骰子就精神了起来，连连嚷道这次谁输谁就自尽。那罗答应了他，却在之后的赌局里获得了绝对的胜利。布湿迦罗脸涨得通红，却不想自尽，便请求兄长那罗原谅他的罪过。那罗把事情都讲给了他听，还分了一座城市给他做封地，羞愧难当的布湿迦罗感恩戴德地去了自己的城市。

　　尼奢陀国的百姓们欢呼雀跃，欢迎他们真正的国王那罗回来执政。那罗一边筹备庆祝大典，一边派出军队去接自己的妻儿归国。守得云开见月明的达摩衍蒂辞别了父母兄弟，带着两个孩子返回了尼奢陀国。在庆祝大典上，这对历经磨难的夫妻彼此凝视着对方，明白再也没有什么能将他们分开。

　　从此以后，那罗夫妇的故事广为流传，人们在挑选意中人时，也都以对方的品德为第一标准，那罗的名气更大了。

说明

创世

本篇据《摩奴法论》第一章编写，参见蒋忠新译本，中国社会科学出版社1986年版，第3—12页。

洪水

本篇据《摩诃婆罗多·森林篇》第一百八十五章编写。

侏儒的故事

本篇据《薄伽梵往世书》第八篇第十五章至第二十三章编译。

人狮的故事（短）

本篇据《薄伽梵往世书》第七篇第二章至第十章编译。

恩钵梨奢的故事（短）

本篇据《薄伽梵往世书》第九篇第四章编译。

北极星的传说（短）

本篇据《薄伽梵往世书》第四篇第九章至第十二章编译。

地王的故事（短）

本篇据《薄伽梵往世书》第四篇第十三章至第十七章编译。

布伦杰纳的故事（短）

本篇据《伽梵往世书》第四篇第二十六章至第二十八章编译。

摩达勒萨（短）

本篇据《摩根德耶往世书》上卷编译。

赫利斯金达王和众友仙人（短）

本篇据《摩根德耶往世书》上卷编译。

地狱的传说

本篇据《摩根德耶往世书》上卷和《大鹏往世书》第一章、第二章、第三章、第四章、第十二章编译。

美娘

本篇据《摩诃婆罗多·森林篇》第一百二十三章至第一百三十五章编译。

杜尔迦女神

本篇据《摩根德耶往世书》下卷编译。

摩奴诞生

本篇据《摩根德耶往世书》下卷编译。

迦鲁娑王族的故事

本篇据《摩根耶往世书》下卷编译。

罗摩的故事

本章据季羡林、冯金辛、黄志坤诸先生的三种汉文译本缩写。

摩诃婆罗多的故事

本章据印地文、汉文等多种版本缩写。

黑天的故事

此章据《诃利世系》编译。

湿婆大神

本章据《湿婆往世书》编译。

莎维德丽

本章出自《摩诃婆罗多·森林篇》第二百七十七章至第二百八十三章，据金克木先生译文编写。

那罗与达摩衍蒂

本章出自《摩诃婆罗多·森林篇》第五十章至第七十八章。据赵国华译文（中国社会科学出版社1982年版）缩写。